십팔사략

①

소설 십팔사략 ● 제1권

초 판 1쇄 인쇄 2009년 11월 10일
초 판 3쇄 발행 2013년 12월 15일

저 자 : 증선지 · 진순신
평역자 : 천 승 세
디자인 : 이지디자인
발행처 : 도서출판 **중원문화**
발행인 : 황 세 연
교 열 : 김 영 권
주 소 : 서울시 마포구 서강로 11길 24(창전동 2-33)
전 화 : 02-325-5534 FAX : 02-324-6799

 ISBN : 978-89-7728-282-7(04820)
 ISBN : 978-89-7728-290-2(세트)

❋잘못된 책은 구입하신 서점에서 바꾸어 드립니다.

十八史略 ①

오늘날의 중국

이 책은 출판 저작권법 부칙 제4조에 의하여 법률적으로 보호를 받는 저작물이며 본사의 허락 없이는 무단으로 사용할 수 없습니다.

ⓒ Copyright 1986 by Jungwon munhwa Publishing Co.
Reprinted 2013 by Jungwon munhwa Publishing Co.

십팔사략(十八史略)
이 책을 읽는 독자에게

 이 책 『십팔사략』은 기원전인 하(夏)·은(殷)·주(周)로부터 몽고의 징기스칸이 중국 본토에 원나라를 세울 때까지 약 3,000년 간의 긴 역사를 확실한 역사적 자료에 근거하여 쓴 정통 역사소설이라는 점이다.
 제1권의 내용을 차지하는 신화시대 및 하·은·주나라 시대는 알 수 있는 사적(史蹟)이 적고 또 자료에 의지하다 보니 읽는이에게 흥미가 적어질지도 모른다. 그러나 『소설 십팔사략』이 일반 역사소설과는 달리 정통적인 중국역사에 기초하여 씌어졌기 때문에 역사상에 없는 일을 다루지 않았다는 점에 포커스를 맞추어야 할 것이다. 때문에 중국 전체의 역사를 기술하는 데 있어서 처음에 부딪히는 몇 가지 흥미 없는 내용은 어쩌면 반드시 지나쳐야 할 과정이라고 보아야 한다. 하지만 독자 여러분은 곧이어 동양문명의 발상지인 황하를 둘러싸고 펼쳐지는 웅장하고 흥미진진한 역사를 소설로 맞이하게 될 것이고 동시에 역사적 사고를 넓히는 논리를 얻게 될 것이다.
 그러면 처음 읽는 분을 위하여 작품 전체의 내용을 개괄해 보겠다. 아울러 독서에 임할 때는 번거롭고 귀찮더라도 제8권 뒤쪽에 나와 있는 '연대표'를 꼭 참고하면 많은 도움을 얻게 될 것이다.

제1·2권 기원전 1,000년경 은나라 말기 달기(妲己)라는 미녀로 인해 은(殷)나라가 멸망하는 것과 포사(襃似)라는 여자 때문에 주(周)나라가 무너진다는 이야기가 시작된다. 춘추시대와 전국시대는 관중, 손자, 공자, 맹자, 한비자 등이 등장하여 백가쟁명을 통해 중국사상의 기초를 확립하고, 이어 군웅할거에 종지부를 찍고 민심에 의해 최초로 중국을 통일하는 진(秦) 시황제(始皇帝)가 등장한다. 진시황제가 중국통일의 대위업을 달성하는 과정과 노후에 불로초를 찾다가 죽음의 길로 들어선 후, 사분오열된 중국대륙을 놓고 각축전을 벌이는 한(漢)나라의 유방과 초(楚)나라 항우의 신나는 이야기가 펼쳐진다.

제3·4권 패권을 다투는 결전에서 항우가 패하고 유방이 한(漢) 고조로 즉위한다. 그러나 유방은 자기를 도왔던 공신들을 한 사람씩 제거해 버린다. 그리고 한반도에 한의 4군을 설치했으며, 한나라 최대의 명군이었다고 알려진 한무제의 치세에 얽힌 이야기도 있다. 중국 역사상 실크로드의 시작이 되는 장건의 서역 정벌이 이 시대에 이루어진다. 그러나 한무제가 7세의 어린 유제(幼帝)에게 황위를 물려주고 죽자 한의 세상이 어지러워지기 시작한다. 혼란한 정국 속에서 서민 출신의 황제 선제가 즉위하여 어느 정도 국정을 쇄신하나, 그가 죽자 한나라는 또다시 어지러워지고 그로 인해 다시 정국은 혼란기에 접어들어 결국은 멸망하고 만다. 한이 광무제에 의해 다시 건립된다. 그리고 후한 200년 동안 뚜렷한 특징 없이 통치된다. 그러나 인류사상 획기적인 종이의 발명이 있었고 한반도의 진한·마한·변한과 무역이 공식적으로 이루어진다. 후한 말기 황건적의 난을 시작으로 삼국시대의 막이 서서히 오른다. 동탁과 여포가 죽고 조조가 중국통일을 눈앞에 두었을 때 손권, 유비가 등장하여 천하 삼분계를 가지고 천하를 판가름하는 대접전이 시작된다.

제5·6권 제갈공명의 등장과 삼국시대의 영웅들인 유비·조조·손권이 각각의 개성을 가지고 할거하는 이야기와 후삼국시대 조조 등의 아들들이 싸우는 이야기가 펼쳐진다. 하지만 그 누구도 중국을 통일하지 못하고 남북조시대로 분열되었다가 수나라의 문제(文帝)에 의해 두 번째로 중국이 통일된다. 그러나 양제의 호전성과 신라의 간청으로 수나라는 민심을 이반하는 3차에 걸친 고구려 침공을 단행하게 된다. 그러나 고구려의 을지문덕 장군에 대패하고 결국은 30년도 못 되어 수나라는 멸망한다.

제7·8권 수의 멸망 이후 이연, 이세민 부자가 단시일 내에 당이라는 중국역사상 가장 자랑할 만한 문명왕조를 세운다. 수나라의 뒤를 계승했다고 자처한 당태종은 신라의 요청을 받아들여 그 역시 민심을 어기는 고구려 침공을 단행하나 고구려 장군 양만춘과 연개소문에게 대패하여 병사하고 만다. 그 후 중국역사상 전무후무한 여황제 측천무후가 등장하여 전횡을 휘두르는 내용이 펼쳐진다.

측천무후 역시 신라(新羅)의 거듭된 간청으로 연합군을 형성하여 백제와 고구려 침공을 단행한다. 이에 일본은 백제를 돕기 위하여 급히 2,000여 척의 원군을 파병한다. 측천무후로부터 당왕조를 부활한 이용기가 즉위하니 당현종이다. 현종은 양귀비를 만나 국정을 소홀히 하고 안록산의 난 등이 일어나 당은 결정적인 쇠퇴의 길을 걷는다. 결국 '황소의 난'과 '안사의 난' 등으로 혼란해진 중국대륙은 5대 10국으로 분열된다. 조광윤, 조광의 황제가 송(宋)왕조의 기틀을 마련함으로써 송의 문치주의가 꽃피고 부국강병을 위한 왕안석의 개혁이 시작된다. 그러나 이는 당파싸움의 씨앗이 되고 북쪽에서 강성해진 여진족의 금나라로부터 위협을 받게 된다. 약해진 송은 몽고족과 연합하여 금을 쓰러뜨리나 몽고족의 위대한 지도자 징기스칸에게 결국 망하게 된다.

대략의 내용을 살펴보았듯이 『십팔사략』은 모두 18가지 책을 모은 책이다. 18가지 책이란 바로 사마천의 『사기』(史記), 『한서』(漢書 ; 반고), 『후한서』(後漢書 ; 범엽), 『삼국지』(진수), 『진서』(晉書 ; 방현령 외), 『송서』(宋書 ; 침약), 『남제서』(南齊書 ; 소자현), 『양서』(梁書 ; 요사렴), 『진서』(陳書 ; 요사렴), 『위서』(魏書 ; 위수), 『북제서』(北齊書 ; 이백약), 『후주서』(後周書 ; 최인사), 『수서』(隋書 ; 위징·장손무기), 『남사』(南史 ; 이연수), 『북사』(北史 ; 이연수), 『신당서』(新唐書 ; 구양수·송기), 『신오대사』(新五代史 ; 구양수) 등을 말한다.

그리고 우리나라 삼국시대의 고구려, 백제의 강한 자주성을 중국인들의 손으로 기록된 역사서에서 확인할 수 있다는 점에서 우리에게 시사하는 바가 크다.

　아울러 이 책의 원저자는 증선지(曾先之)이며, 일본에 살고 있는 중국인 진순신(陳舜臣)이 소설화한 것을 천승세 선생님께서 직접 평역(評譯)하셨으며 또한 잘못 알려진 중국역사나 한반도 역사에 대하여 올바르게 잡아 주셨음을 밝혀 드린다.

　또한 제8권 말에 인물사항 색인, 연표, 중국 역대 왕조의 계보(系譜), 우리나라 및 세계사와 중국을 비교한 연표를 수록하여 두었다. 동시에 각장마다 지도와 화보 등을 삽입하여 일독하는 동안 이해하기 쉽도록 해두었다.

2009년 중추절에
중원문화 편집부

■ 차 례 ■

삼황오제(三皇五帝)

예(羿)와 항아 이야기 · 15
주지육림(酒池肉林)이란 무엇인가 · 24
백이 · 숙제의 고사(古事) · 36
웃지 않는 미녀 포사 · 47

춘추시대(春秋時代)

열국(列國)의 시대로 · 59
관포지교(管鮑之交) · 70
관중과 포숙아, 패자(覇者)를 만들다 · 82
복수에 불타는 여인 · 93
형제 도망가다 · 103
여희의 복수 · 113
은혜와 복수 · 124
오자서(伍子胥)의 등장 · 134
오자서의 도망 · 138
왕위전전(王位轉轉) · 149
해는 저물고 길은 멀어 · 160
죄수부대는 가다 · 171
와신상담(臥薪嘗膽) · 183
미녀 서시(西施) · 190

오궁(吳宮)의 나비 · 194
은혜도 갚고 복수도 한다 · 206
춘추시대의 종막 · 217

전국시대(戰國時代)

손자병법(孫子兵法) · 231
앉은뱅이 군사(軍師) · 241
이제야말로 재상 · 252
백가쟁명(百家爭鳴) · 263
위험한 줄타기 · 274
계명구도(鷄鳴狗盜) · 285

진(秦)나라 시황제(始皇帝)의 등장

소진(蘇秦)과 장의(張儀) · 299
모략학교(謀略學校) · 310
소진, 당하다 · 321
한비자(韓非子)와 이사(李斯) · 345
축객령(逐客令) · 356
고독한 소년왕 · 367
거근 장신후(巨根 長信候) · 378

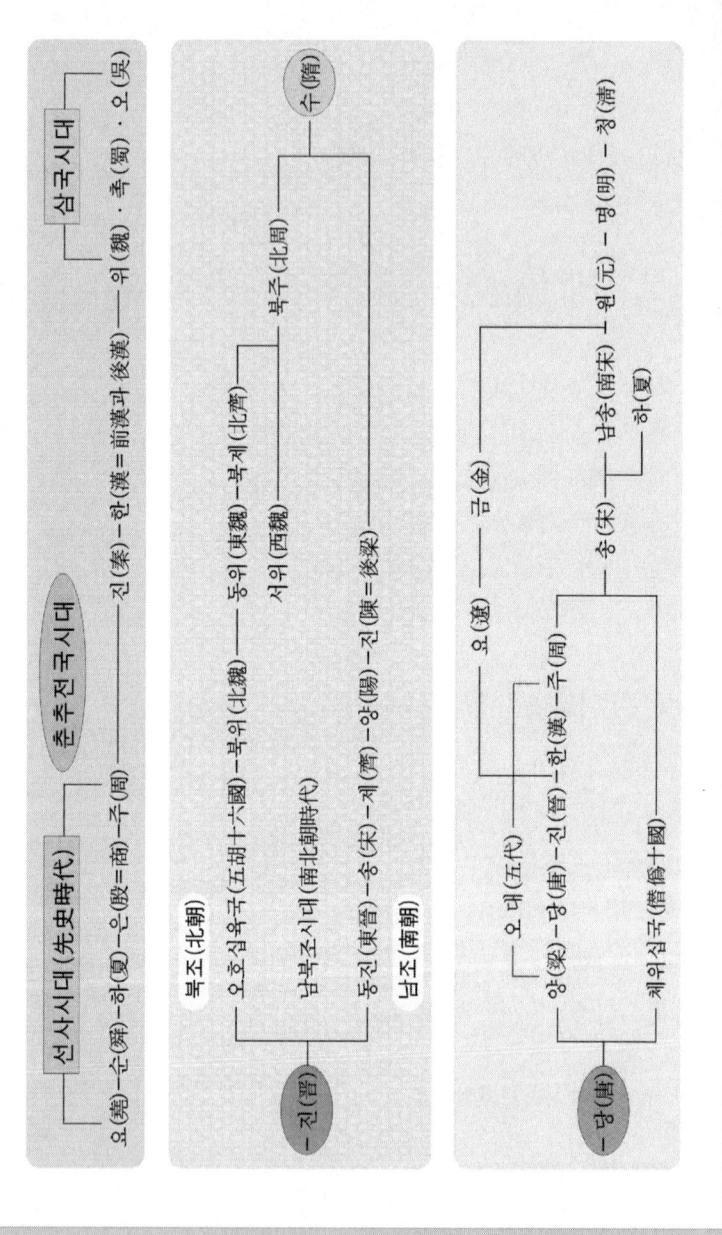

삼황오제

(三皇五帝)

14 십팔사략 ❶

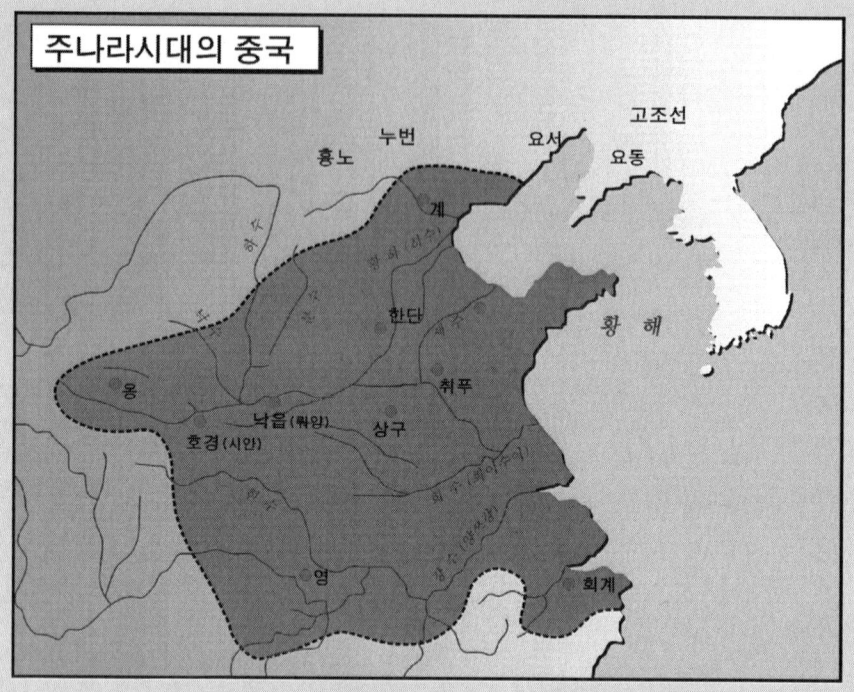

삼황오제
(三皇五帝)

예(羿)와 항아 이야기

중국의 역사는 요(堯)나라와 순(舜)나라 시대를 거쳐 소위 하(夏), 은(殷), 주(周)로 이어진다. 여기서 요순시대는 통상 전설적 국가로 알려져 있고 하, 은, 주 시대는 어느 정도 역사적 기록이 남아 있다. 특히 주나라가 기원전 8세기경부터 통치력을 상실하고 각 제후(諸侯)들끼리의 각축전을 벌이는 춘추시대와 전국시대, 그리고 진(秦)나라가 기원전 3세기경 천하통일을 이루는 시기까지 약 550여 년간의 역사는 아주 특별한 의미를 지닌다. 그 이유는 바로 이 550여 년간 관중, 공자, 맹자, 손자, 노자, 묵자, 순자, 한비자 등 수많은 인재들이 배출되면서 동양역사의 황금시대를 이루었기 때문이다.

중국의 역사는, 아니 극동아시아의 역사는 서구가 신(God)을 정점으로 하여 진행된 것과는 달리 일반적으로 인간 중심으로 이루어졌다는 점이다.

사람!

오직 사람!
오로지 인간만을 추구한다!
이렇듯 중국인들은 역사를 사람 중심으로 보았다. 그렇기 때문에 그리스·로마신화와 같은 신화를 이상으로 하는 서양 사람들이 보기에 동양에는 신화(神話)가 적다고 말하는 사람들도 있다. 그러나 동양의 신화도 결코 적지 않다. 단군신화 역시 서양인들은 모르고 있다.
우선 중국의 신화를 하나 소개하겠다.
인간적인, 지나치게 인간적이라고 할 수 있는 가장 중국적인 성격을 가진 신화를 하나 소개하고 싶다.
예(羿)의 이야기를 펼쳐 보자.
예는 요(堯)나라 시대의 영웅신(英雄神)이라고 단정할 수는 없어도 활의 명수이며 대단히 용감했던 것으로 전해지고 있다. 그런데 그는 하늘나라 임금인 대강(大康)으로부터 추방당했다고 한다.
하늘나라에 있던 예가 땅으로 내려온 이유는 하늘나라 임금의 아들들의 장난 때문이었다.
임금에게는 10명의 아들이 있었다. 그들은 모두 태양이었다. 그 어머니 희화(羲和)는 여섯 마리의 용이 끄는 마차에 매일 한 사람씩 아들을 태우고 달리게 하였다. 미리 차례가 정해져 있기 때문에 10개의 태양은 10일 만에 한 번씩 하늘에 올라가기로 되어 있었다. 인간 쪽에서 보면 언제나 태양은 하나지만 사실은 10일 만에 한 번씩 교체하였던 것이다.
이러한 일을 몇 천 년, 몇 만 년이나 반복하니 10명의 태양은 싫증을 느끼게 되었다. 그래서 부상(扶桑)의 나무그늘에서 형제들은 다음과 같은 의견을 모았다.

"언제 우리 모두 함께 놀러 나가지 않을래? 잔소리가 심하니 어머니께는 알리지 말고 몰래 말이야."

결국 10개의 태양이 한꺼번에 하늘에서 빛나게 되었다.

그들은 서로 재미있게 노는 것이지만 인간으로서는 10개의 태양이 한꺼번에 나타났으니 말할 수 없는 고통이었다. 인간들은 덥고 뜨거워 타죽을 지경이었고 농작물은 모두 말라 버렸다.

이때 지상의 성왕(聖王)이었던 요(堯)는 인간의 고난을 천제(天帝)에게 기원하여 구원을 요청했다. 당시 인간 세상은 10개의 태양뿐 아니라 맹수, 요괴(妖怪), 해조(害鳥) 등의 피해 또한 심했다.

지상의 성왕에게 부탁을 받은 천상의 왕은 거절할 수가 없었다. 그래서 활의 명수인 예로 하여금 지상에 내려가 인간을 도와주도록 하였다. 활의 명수인 예는 인간을 돕는 데에는 적격자였지만 좀 고지식한 면이 있었다.

천제에게는 10명의 태양이 모두 사랑스러운 자식들이었다. 자기가 파견한 예가 자기의 자식들을 모두 죽이리라고는 생각지 않았다. 활로 위협하여 옛날처럼 부상나무 그늘로 돌려보낼 것으로만 믿었다.

그러나 임금이 인간을 위해 일하라는 분부를 하자, 고지식한 예는 그것을 그대로 받아들여, 인간에게 해를 끼치는 것은 용서치 않으리라는 각오로 부부동반하여 항아(嫦娥=상아)라는 아내를 데리고 지상으로 내려왔다. 신의 세계에서의 출정은 언제나 부부가 동반하는 것이 원칙이었다.

　예는 10개의 화살을 메고 자신 있는 활솜씨로 하늘에 떠 있는 10개의 태양을 쏘았다.

　요나라 임금은 놀랐다.

　10개의 태양이 하늘에 있는 것도 문제지만 태양이 한 개도 없다면 역시 인간은 살 수가 없다.

　요왕은 사람을 시켜 예의 전통에서 화살 한 개를 몰래 훔쳐 오도록 했다. 9개의 화살로 9개의 태양을 쏘았기 때문에 한 개만이 하늘에 남게 되었다.

　예는 더 나아가 인간을 잡아먹는 맹수, 괴조(怪鳥), 그리고 어부의 배를 뒤엎는 바다의 큰뱀 등을 퇴치시켰다.

　큰 공로였다.

　하지만 하늘나라 임금은 아들 아홉을 죽인 예를 용서할 수가 없었다.

　"아, 이놈! 놈의 신적(神籍)을 박탈하여라."

　이렇게 좌우의 신하들에게 명령했다.

　신의 자격을 박탈당한 예 부부는 다시는 천상으로 돌아갈 수가 없었다.

　신은 천상에서 사는 것만이 아니라 불사(不死)의 특권을 누릴 수가 있는데, 예 부부는 이제 인간으로서 죽음을 맞이해야 할 뿐만 아니라 지옥에 떨어질 운명에 놓이게 되었다.

　이 일로 인하여 부부 싸움이 그치지 않았다.

　"당신은 바보예요. 공연히 천제의 아들을 아홉씩이나 죽이고 말았으니……, 이제 어떻게 할 거예요?"

항아는 신경질을 부렸다.

그러나 영웅신이었던 예도 이제는 어쩔 수 없었다. 그도 아내와 마찬가지로 죽고 싶지는 않았지만 인간으로 전락한 처지인지라 방법을 찾을 길이 없었다.

더욱이 그는 아내의 짜증에 화가 나서 바람을 피웠다. 상대는 사람의 부인이었다. 방탕아로 알려진 하백(河伯)의 아내 낙빈(洛嬪)이라는 절세의 미인이었다. 그녀도 남편의 바람기에 화가 나서 예라는 믿음직스러운 남성과 놀아난 것이다.

예가 하백의 눈에 화살을 쏘았다. 하백이 이 사실을 천제에게 고발하겠다고 소동을 부렸으나, 이 바람 소동은 얼마 안 가서 가라앉게 되었다.

예는 아내 항아와 다시 사이가 좋아졌다.

이렇게 말하면 남자가 괘씸한 것처럼 들릴지 모르지만, 다음 말은 아내의 변절을 나타내는 비유이다.

— 바람에 나부끼는 갈대와 같은 것이 여자.

사람들이 이렇게 무심코 말하면, 여자들은 눈썹을 치켜올리며

— 남자야말로 바람에 나부끼는 갈대다.

라고 반박한다.

여자가 남자를, 남자가 여자를 그리워하는 것은 어쩔 수 없는 인간의 본능이다. 지나치게 일편단심으로 생각하게 되면, 사모하는 마음이 과열되어 서로에게 기대가 너무 많아진다. 하지만 현실은 그 기대에 미치지 못하며 그로 인해 변심하게 되는 것이다.

앞의 이야기도 이와 같은 경우이리라.

실제로는 서로 변했다고 느끼는 경우, 남자 쪽이 유리할 수도 있다. 왜냐하면 이런 남자들은 대부분 쾌락적이고 낭만적이지만, 여자들은 오히려 현실적이기 때문이다.

그런데 부부싸움이 그칠 새가 없던 어느 날 예는 아주 기쁜 소식을 들었다.

곤륜산(崑崙山)에 서왕모(西王母)라는 신이 있으며 그가 죽지 않는 약을 갖고 있다는 것이다. 그러나 그곳으로 가는 길은 험할뿐더러 깊은 못과 화염산(火焰山) 등이 있어 보통 사람으로서는 도저히 갈 수가 없었다.

"좋은 기회다. 곧 내가 갈 테다."

예는 길을 떠났다. 신의 신분에서 인간으로 격하되었다고는 하지만 예는 보통 인간과는 달랐다. 곤륜산쯤 가는 것은 문제없었다.

서왕모는 불사약을 가지고 있긴 하였지만 꼭 두 알밖에 남지 않았었다.

"이것이 마지막 약이오. 길일(吉日)을 택해 부부가 한 알씩 먹도록 해요. 한 알만 먹으면 늙지도 않고 죽지도 않아요……, 두 알을 먹으면 천상으로 올라가 신이 될 수도 있겠지만……."

서왕모가 엄숙한 어조로 설명했다.

모(母)라는 글자 때문에 여성신이라 생각되지만 서왕모는 남성이라는 설도 있다. 여하튼 예는 기쁜 마음으로 아내에게 돌아와 서왕모의 이야기를 전해 주었다.

"죽지 않는 것만으로도 다행이오. 지상에서도 행복하게 살 수 있어. 하늘로는 못 올라가지만 우리 둘이 지상에서 재미나게 살아봅시다 그려."

예가 웃으며 말했다.

"그래요……."

그러나 아내인 항아는 대답은 했지만 속으로는 다른 생각을 하고 있었다.

(이렇게 된 것은 모두 남편 책임이고 내게는 잘못이 없다. 나는 억울해. 죽지 않는 것만으로는 부족해. 승천의 권리를 되찾아야지.)

부부가 한 알씩 먹으면 불로불사(不老不死)하지만 둘 다 승천(昇天)은 못한다. 한 사람이 두 알을 다 먹으면 한 사람은 승천할 수 있지만 나머지 한 사람은 승천은커녕 죽어야만 한다.

(자, 어떻게 하지?)

항아는 길일도 택하지 않은 채 서왕모가 준 영약 두 알을 먹어 버렸다. 여자란 무서운 것이다…….

과연 그녀는 몸이 가벼워져 점점 하늘로 올라갔다.

도중에 그녀는 생각했다.

(이대로 올라가면 남편을 두고 혼자 왔다고 손가락질을 받을 염려가 있다. 소문이 가라앉을 때까지 좀 쉬었다 가야지.)

그녀는 하늘과 땅 사이에 있는 달에 불시착하여 잠시 쉬기로 했다. 그런데 월궁(月宮)으로 들어가자 그녀의 몸에 이상한 변화가 왔다. 키가 갑자기 작아지고 목은 어깨 속으로 들어가고 배와 허리가 부풀어 오르기 시작했다.

"악!"

그녀는 소리를 질렀으나 그것은 아주 흉하고 둔탁한 소리가 되어 나왔으며 나중에는 소리마저 나오지 않았다.

모든 여의치 않았다. 얼마 후 그녀는 한 마리의 두꺼비로 변해 버렸다. 이 일이 있은 후 예의 아내인 항아의 이름은 달의 별명이 되었다.

이때부터 남성들은 달을 볼 때마다 항아의 이야기를 생각하며, 9개의 태양에 활을 쏘거나 영약을 여자에게 맡기는 것과 같은 어리석은 짓을 해서는 안 된다고 자신들에게 말해 왔다.

그러나 몇천 년도 더 그렇게 말하여 왔으면서도 아직도 세상 남자들은 그렇게 현명하지는 못한 듯하다.

불쌍한 것은 예였다.

그는 하늘에 올라가는 것은 고사하고 영원히 죽지 않겠다는 소망마저도 이루지 못했다. 죽음이 그를 기다리고 있었다. 더욱이 그 죽음은 대단히 비극적인 것이었다.

— 예를 죽인 것은 봉몽(逢蒙).

이런 말이 있다.

봉몽이란 자는 예의 제자이자 부하이기도 했다. 예는 그에게 활 쏘는 기술을 가르쳐 준 것이다. 봉몽은 점차로 궁술이 익숙해져서 스승인 예를 제외하고는 천하에 따를 자가 없게 되었다. 여기서 그는 예를 죽일 생각을 하게 된 것이다.

활로 쏘아 죽이려다 실패하고 결국 복숭아나무로 만든 곤봉으로 예를 때려 죽였다. 이 속담은 오늘날 흔히 '믿는 도끼에 발등 찍힌다!'라는 의미로 사용되고 있다.

그러나 예의 옛이야기에서 진정한 의미는 좀 더 심각한 것이다.

─ 모든 행위에 있어서 스승의 최대 경쟁자는 제자이고 방심하면 언제 당할지 모른다. 제자 쪽에서 보면 스승은 타도해야 할 최대의 목표이다.

이런 차가운 현실을 가르쳐 주고 있는 것이다.

맹자는 이 예의 옛이야기에 대해서 엄한 평론을 가하고 있다.

─ 그는 스승을 타도하려고 하는 인물을 제자로 삼았기 때문에 예에게도 실수가 없다고는 할 수 없다……

이러한 이야기는 너무나도 인간적이지 않은가? 중국의 신화는 이와 같이 인간의 면모를 드러낸 것이다.

서왕모에게서 받은 두 알의 영약을 앞에 놓고 항아가 이것저것 고민하는 장면은 현대 드라마의 주제가 될 수 있을 것이다.

중국의 역사(歷史)는 3황 5제로부터 시작되는 것이 보통이다.

증선지의 『십팔사략』도 역시 3황 5제의 이름을 들춘다.

삼황(三皇) → 복희(伏羲)·신농(神農)·황제(黃帝).
오제(五帝) → 소호(少昊)·전욱(顓頊)·제곡(帝嚳)·제요(帝堯)·제순(帝舜).

물론 이 3황 5제는 신화시대에 속한다.

사람들에게는 오래된 이야기일수록 새롭게 느끼는 기묘한 감상이 있다.

인간은 날이 갈수록 문명화되면서 무엇인가 재미있는 이야기를 꾸며내고, 어느 시기인가는 새로운 일화가 삽입되어 또 다시 새롭고 재미있는 이야기가 탄생되는 것이다.

　예의 이야기가 요나라 시대의 것이라면 3황 5제의 말기가 되고, 하왕조(夏王朝) 시대의 것이라면 좀 더 뒤의 이야기가 될 것이다.

　우리는 예의 이야기에서 많은 것을 느낄 수 있다.

　주어진 임무의 수행방식, 인정의 기미(機微), 남녀의 갈등, 욕망의 소용돌이, 신의와 배신, 죽음에 대한 공포, 인정, 사제 간으로 대표되는 인간관계의 냉정함 등, 이 신화 속에는 이후로 연결되는 인간의 역사가 전부 집약되어 있다고 해도 과언은 아닐 것이다.

　때문에 이것을 첫머리에 놓기로 한 것이다.

주지육림(酒池肉林)이란 무엇인가

　중국의 하(夏), 은(殷), 주(周)시대에는 유명한 3걸이 있다.

　하(夏)나라에는 말희(末喜)라는 여성이 있었는데 하나라의 마지막 황제 걸왕(桀王)의 왕비중 한 명이었다. 바로 하나라가 말희 때문에 은(殷)나라로부터 침공당하여 망했다는 이야기는 후세 사람들이 다 아는 이야기일 것이다.

　그런데 은(殷)나라 역시 달기(妲己)라는 여성 때문에 주(周)나라에게 멸망당한다. 그리고 포사(褎姒)라는 여성이 있는데 포사라는 이름은 포(褎)라는 국명(國名)과 사(姒)라는 성씨에서 유래한다. 바로 주나라 역시 포사로 인하여 멸망당한다.

　은(殷)나라 말기 기원전 1,030년경의 일이다.

주(周)는 유력한 제후(諸侯)로서 은(殷)왕조를 섬기고 있었고, 주(周)나라는 그 당시 훌륭한 군주인 문왕(文王)의 시대였다. 그리고 은왕조의 주인은 폭군 주왕(紂王)으로 하루하루 민심을 잃어 가고 있었다.

문왕의 아들 무왕(武王)과 주공(周公) 형제는 아버지에게 궐기할 것을 권했다.

"은의 덕은 쇠퇴했습니다. 궐기하셔야 합니다."

두 아들이 열심히 그렇게 말해도 문왕은 머리를 옆으로 흔들었다.

"5백 년이나 계속된 왕조이다. 한 사람의 천자가 덕이 없다고 그렇게 간단히 쓰러뜨릴 수는 없는 일이다."

"주가 그처럼 포악해도 말씀입니까?"

"아직 저 정도의 포악성은 5백 년이나 쌓은 덕이 지탱해 줄 것이다."

"그래 아직도 포악함이 부족하단 말씀입니까?"

아들들은 그렇게 말하면서 서로 얼굴을 바라봤다.

그들은 언제나 나라 안의 정치와 천하에 관한 일들을 이야기하고 있었다. 형 무왕은 실천력이 강하고 동생 주공은 생각이 깊었다.

유소(有蘇)씨에게는 아름다운 딸이 있었다. 그 아름다움에는 누구나 넋을 잃고 만다는 소문이 서쪽 주(周)에까지 전해졌다.

"그 미녀가 낳은 딸을 얻고 싶습니다만."

어느 날 주공은 이렇게 말했다.

형 무왕은 놀랐다. 여자에 대해서는 별로 흥미를 느끼지 않는 동생이었다. 미녀를 얻고 싶어하는 것은 알겠지만 그의 딸이라고 한다.
"그 여자는 아직 시집도 안 갔는데 아들이고 딸이고 있을 리 없지 않느냐?"
형은 웃으며 이렇게 말했다.
"그러면 딸이 태어날 때까지 기다리지요."
"호, 꽤나 느긋한 말이구나. 하, 하, 하……."
무왕은 큰 소리로 웃었다. 동생이 눈앞의 일보다도 대국을 내다보고 있다는 것을 평소에도 잘 알고 있었다. 하지만 정치나 군사에 관한 일이 아니고 여자에 관해서도 이와 같이 길게 앞을 내다본다는 것은 뜻밖의 일이었다.
"저는 진심으로 말씀드리는 것입니다."
주공은 섭섭한 듯이 그렇게 말했다.
알기 쉽게 무왕이라든가 주공이라고 했지만, 아직 아버지인 문왕이 생존해 있는 동안은 그들이 그런 식으로 불렸던 것은 아니다. 형의 이름은 발(發), 동생은 단(旦)이었다.
주공은 분명히 진심이었다. 사자를 유소씨의 나라로 파견해서 미혼인 따님이 결혼을 해서 딸을 낳으면 그 딸을 양녀로 달라는 교섭을 은밀히 시작했다.
유소씨는 제후의 한 사람이었다. 그의 영토가 어느 지역에 있었는지 확실한 것은 알 수 없다.
절세의 미녀에게서 태어나는 딸은 역시 비할 데 없는 미녀가 될 것이다. 미모는 그 자체가 강력한 무기이다. 주공은 게다가 미모의 소유자를 어릴 때부터 훈련시켜 다른 힘을 겸비하도록 하려고 했다.

　소문의 주인공인 미녀는 곧 출가를 해서 몇 년 후에 딸을 낳았다. 이미 약속한 바가 있었으므로 주공이 그 아이를 데리고 왔다. 주공은 은밀히 상대측과도 상의를 해서 이 일을 표면화시키지 않았다.

　주공이 그 양녀에게 어린아이때부터 가르친 것은 남자의 마음을 매혹시키는 방법이었다.

　남자라고 해도 사람에 따라 개인차가 있고 성격도 모두 틀린다. 그러나 주공은 목표를 정해 두고 훈련을 하고 있었다.

　천하의 주인인 은나라의 주왕이었다.

　주왕은 폭군이기는 했지만, 그렇다고 우매하지는 않았다. 폭군이 될 수 있었던 것은 이미 어느 정도의 실력이 있었다는 것을 의미한다. 실력도 없이 마음 내키는 대로 행동한다면 도저히 그 지위를 보존할 수가 없다.

　『사기』는 주왕의 모습을 이렇게 기록하고 있다.

　― 타고난 웅변가이고 행동이 민첩했다. 듣고 보는 것만으로도 이해력이 빠르고 재능 또한 출중하게 뛰어났다. 체력은 맨손으로 맹수를 때려잡을 정도였으며, 지능은 신하들의 어떠한 간언에도 말려들지 않을 만큼 비상했다.

　오히려 암군(暗君) 쪽이 추켜올리고 어르고 해서 다루기가 쉬울 것이다. 그러나 뛰어난 자질의 소유자인 주왕은 이 세상에 자기보다도 우수한 인간은 없다고 생각하며 우쭐해 있었다. 이와 같은 남자를 조종하는 일은 보통의 기술로는 어림도 없는 일이다.

더구나 은의 국체는 신권정치(神權政治)였다. 역사가들은 은왕을 이집트의 파라오에 가깝다고 말하고 있는데 그는 확실히 절대자였다. 주왕은 인간신(人間神)으로서 천하에 군림한 것이다.

주왕의 한 마디가 모든 것을 결정한다.

따라서 세상을 바꾸려고 한다면 먼저 주왕의 마음을 바꾸지 않으면 안 된다. 주공은 주왕을 좋은 쪽으로 바꾸려고 하지 않았다. 주왕이 어진 군주가 된다면 주(周)는 천하를 잡을 수가 없게 되는 것이 아닌가.

(더더욱 나쁜 쪽으로 바꾸자.)

그때문에 깨뜨릴 무기로 생각해낸 것이 여자였다. 주왕은 술과 여자를 가장 좋아했던 것이다.

유소씨의 소문난 미녀의 딸에게 주공은 자기 이름인 단(旦)자에 계집녀 변을 붙인 달(妲)이란 이름을 지어 주었다. 유소씨의 성은 기(己)였으므로 이때부터 그녀는 달기(妲己)라고 부르게 되었다.

주공은 여자들이 어떻게 해주면 주왕이 기뻐할까, 어떤 일을 가장 싫어하는가, 약점은 무엇인가 등 기거, 음식, 의복에 이르기까지 생활의 세밀한 습관과 기호를 파악하는 조사를 끊임없이 계속했으며 이러한 조사에 입각해서 양딸을 교육하였다.

충분히 훈련시킨 다음, 이번에는 그 달기를 유소씨에게로 돌려보냈다. 모든 일이 비밀리에 행해졌기 때문에 지극히 한정된 일부 사람들 이외에는 이 일을 아는 자가 없었다.

유소씨는 일부러 천자의 비위를 건드려 자기의 딸 달기를 헌상하고 용서를 빌었다. 뒤에서 주공이 조종했음은 말할 것도 없다.

주왕은 달기를 얻고 미친 듯이 기뻐했다.

"너야말로 진짜 여자다. 지금까지의 여자는 마치 나무 인형과 같았다. 달기 너야말로 천사다. 하늘이 나를 위해 특별히 만든 여성이다……. 나는 생전 처음으로 진짜 여자를 만나게 되었다."

틀림없이 달기는 천하의 주인 주왕을 위해 특별히 만들어진 여자였다. 그런데 그렇게 만든 주인공은 하늘이 아니고 바로 주공이었던 것이다.

주왕은 독단전횡의 폭군이기는 했지만 두뇌가 영리한 인물이었다. 서투른 속임수라면 곧 탄로가 나고 말 것이다.

그러나 달기는 젖먹이때부터 '주왕에 맞는 여자'가 되도록 특별 훈련을 받은 것이다.

중도에서 억지로 맞춘 것이 아니라 철저하게 어릴 때부터 교육시켰기 때문에 부자연스러운 것이라곤 하나도 없었다.

만약 그녀의 행동에 조금이라도 부자연스러운 곳이 있었다면 주왕도 의심을 품었겠지만 그런 것은 전혀 없었다. 그녀 자신조차도 자기가 훈련받아 온 사실을 생각하지 못하고 있었다. 그녀가 생각하는 대로 행동하는 그 하나하나가 주왕의 마음을 사로잡은 것이다.

주왕은 성품이 사납기 때문에 좋아하고 싫어하는 것도 극단적이었다. 뿐만 아니라 같은 일에 대해서도 때와 장소, 기분에 따라 변덕을 부렸다.

그런 감정의 복잡한 기복에도 달기라는 여자는 왕의 기분을 잘 맞출 수가 있었다. 이불 속에서는 감미로운 여자였고 이불 밖에서도 모든 것이 좋았다.

훌륭하다고 할 수밖에 없었다.
이와 같이 좋은 여자가 일찍이 주왕 앞에 나타난 일이 없었고 달리 있을 것 같지도 않았다. 두 번 다시 찾아 볼 수 없는 여자였다.
주왕은 생전 처음으로 다른 사람과 일체가 되는 감정을 경험했다. 자기가 바라는 것은 달기가 바라는 것과 같았고 싫어하는 대상도 같았다.
하루는 달기가 말했다.
"연(涓)에게 분부하셔서 좀 더 마음을 녹일 수 있는 음악을 만들도록 하시옵소서."
마침 주왕은 지금까지의 궁중음악에 싫증이 나기 시작했을 때였다. 달기도 같은 생각을 가지고 있지는 않았다. 다만 주왕의 마음을 알고 생각하고 있다가 적절한 시기에 말을 한 터였던 것이다.
주왕은 속으로 생각하였다.
(내가 마음속으로만 생각하고 그것을 아직 표면에 나타내지 않고 있을 때 달기는 옆에서 그것을 알아차리는구나.)
이렇게 되면 달기는 주왕에게는 정녕코 생명이었다.
주왕은 연이란 음악가에게 지금까지의 것보다도 더욱 분방하고 관능적인 음악을 만들도록 했다. 그것이 북리(北里)의 무(舞)와 미미(靡靡)의 악(樂)이다.
도덕면에서도 천자는 만민의 모범이 되어야 한다.
중국에는 그런 사고방식이 있었기 때문에 주왕이 음란한 가곡을 만든 데 대해서 모두들 얼굴을 찡그렸다.

"천하의 주인은 천하의 모든 재물을 다 모아야만 하옵니다."

달기가 그렇게 말하자 주왕도 재물을 모으는 방법이 부족한 듯싶어 세금을 무겁게 매겨 녹대(鹿臺)의 금고와 거교(鉅橋)의 곡창을 가득 채웠다. 뿐만 아니라 민간에 있는 진귀한 물건을 눈에 띄는 대로 매수해서 궁중으로 가져왔다.

사구(沙丘)의 원대(苑臺)를 확장하고, 그 속에 들짐승이나 날짐승 등을 길렀다. 사구의 궁전은 특히 달기가 좋아하였다.

"사구에 가지 않으시겠습니까?"

달기가 주왕을 꼬였다.

달기는 사구의 궁전에 있는 돌계단 부근에서 몸을 옆으로 돌리고 난간에 기대어 서서 젖은 눈으로 하늘을 바라보았다. 그 모습은 주왕이 가장 좋아하는 자세였다.

주왕이 다가가자 달기는 눈을 빛내며 말했다.

"대왕마마, 즐거움의 극치란 어떤 것이옵니까? 소첩은 미적지근한 것을 가장 싫어하옵니다. 즐기려고 한다면 즐거움의 끝까지 가보고 싶사옵니다. 그곳은 어디일까요? 만약 다시 태어난다 하더라도 그런 곳에 갈 수 있을는지 알 수 없는 일이옵니다. 지금 현재는 이곳에 있으니 지금 이 순간을 마음껏 즐기심이 어떠하오리까? 끝이 닿을 수 있는 곳까지……."

이것이 그녀의 철학이었다. 그리고 그녀의 것은 주왕의 것이기도 했다. 좋다, 철저히 쾌락을 추구해 보자.

"여자와 술을 준비해라."

주왕의 명령이 떨어지자 곧 큰 야외 불고기 요리 연회가 벌어졌다.

　연못의 물을 퍼내고 연못 밑과 주위를 돌로 쌓은 다음, 그곳에 술을 가득 채웠다. 마음 내키는 대로 술을 마시는 것이다. 불고기는 연못 주위에 있는 나뭇가지에 매달아 놓았다. 마음 내키는 대로 먹는 것이다.
　"이 연회에 참석한 자는 옷을 입어서는 안 된다. 물론 여자도 벗어야 한다. 남자는 반드시 여자 한 사람을 데리고 짐이 있는 곳까지 와야 한다!"
　주왕은 참가자들에게 명했다.
　뜰에 쳐 있던 막이 주왕의 명령으로 내려지자, 거기에는 1천여 명의 벌거숭이 여자들이 서 있었다. 궁녀들이다.
　"시작하라!"
　나체가 된 여자들은 개미 새끼들을 흩어 놓은 것처럼 도망가고 신하들은 그들의 뒤를 쫓았다.
　여기저기서 환성이 올랐다. 즐거운 비명도 들렸다. 풀숲에서 나무 아래에서 연못 옆에서 남자와 여자들이 서로 엉켰다. 남자들에게 업힌 여자들은 팔다리를 허우적거렸다. 발이 미끄러져 술로 가득 찬 연못으로 빠져들어 꼴깍꼴깍 술을 마시는 여자도 있었다. 간음과 강간도 이루어졌을 것이다. 이것이 유명한 '주지육림'(酒池肉林)이다.
　다음에는 장야지음(長夜之飮)이란 짓을 했다.
　철야의 주연을 가리키는 것 같지만, 주지육림을 생각해내었던 주왕이나 달기로서는 별로 신통치 않은 착상 같다. 때문에 이것은 철아뿐이 아니고 날이 밝아도 문을 닫고 불을 밝힌 다음 밤의 분위기로 계속 술을 마시는 것이라는 설도 있다.

무거운 세금과 정치 부재로 백성들이 고통을 당한 것은 말할 나위도 없다.

"천하의 주인이시라고 하지만 아직도 순종하지 않는 자가 있을 것이 아니옵니까?"

달기가 이렇게 말했다.

그녀 말고 누가 이처럼 대담한 말을 할 수 있겠는가. 그따위 말을 하면 큰일이 난다. 짐을 농락하다니, 당장 목을 쳐라 하는 호통을 당할 것이다. 하지만 그녀의 간언에 대한 주왕의 반응은 사뭇 다르다.

"음……, 그러고 보니 변경에서 가끔 만족(蠻族)들이 그러는 것 같다. 군사를 보내어 놈들을 짓밟아 버리고 말리라."

즉시 동원령이 내려졌다.

주왕이 동남의 부족을 쳤다는 소식이 주의 수도에 전해지자 주공은 여러 군신들 앞에서는 침통한 표정을 지으며 중얼거렸다.

"천하의 백성들이 또 고통을 당하는구나."

하지만 집에서 아버지나 형님을 만났을 때는 밝은 표정이 되었다.

주공은 낮은 목소리로 이렇게 말했다.

"이제 주왕도 파멸의 길을 재촉하고 있습니다. 그건 그렇고, 달기는 우리들이 기대한 이상으로 활약하고 있습니다."

기대 이상의 활약을 하였지만 그녀는 자기가 주공의 기대를 받고 있다는 사실을 전혀 모르고 있는 듯했다. 주왕이 좋아하는 여자로 인위적으로 훈련받았다는 진상을 아무도 그녀에게 알려 주지 않았던 것이다.

은의 시대는 노예제 사회였기 때문에 노예가 유일한 생산력이었다. 전쟁에 의해 노예를 얻을 수 있기 때문에 군사의 출병은 일종의 영리 사업이기도 하였다. 그러나 병사는 노예 외에 백성들을 징발해서 충당하기 때문에 주왕이 백성들에게 미움을 사게 된 것은 당연한 일이었다.1]

출병의 정보에 뒤이어 '포락(炮烙)의 형'(刑)이 제정되었다는 소식이 들려왔다.

백성들의 불평이 높아지면 그것을 억누르는 가장 좋은 방법은 공포정치였다.

'포락의 형'이란 구리로 된 기둥에 기름을 바르고 그것이 뻘겋게 달구어질 때까지 그 아래 숯불을 피워 놓은 다음, 그 위로 죄인들을 걸어가게 하는 형벌이었다.

"무사히 그 구리 기둥을 걸어가는 자에게는 상으로서 죄를 면해 주시옵소서."

이렇게 달기가 말했다.

"좋아, 좋아……, 잘들 해봐라."

주왕은 그녀의 말이라면 두말 않고 승낙했다.

불바다 위에 한 개의 구리 기둥이 걸쳐 있다. 그 위를 걷는 것이다. 미끄러지기 쉽게 기름을 칠해 놓았다. 너무나 미끄럽게 칠하면

1] 우리가 이 책을 읽으면서 계속 염두에 두어야 할 것은 당시의 군인은 선비나 일반백성들 중에서만 선발할 수 있었고 노예는 군수품 운반이나 농사를 짓는 데만 이용되었다는 점이다.

한 발자국도 걷지 못하고 불 속으로 떨어지고 만다. 때문에 기름을 칠하는 것도 적당히 하지 않으면 안 된다. 구리 기둥을 너무나 불 가까이 놓으면 너무 뜨거워 이 또한 한 발자국이나 두 발자국 정도 가다가 곧 떨어지고 만다. 그렇게 되면 재미가 없기 때문에 적당히 거리를 띄워 놓지 않으면 안 된다.

불 속에 추락해서 타 죽느냐, 무사히 기름칠한 기둥을 건너가느냐 하는 절박한 갈림길에서 죄인들은 필사적으로 된다.

앞으로 두세 발자국만 가면 되는 거리에서 힘이 빠져 불 속으로 떨어지는 것이 구경거리인 것이다. 달기는 떨어지는 순간 사람들의 얼굴 표정을 보는 것이 무엇이라 말할 수 없는 쾌감이라고 주왕에게 말했다.

"나도 그렇다."

주왕도 대답했다.

"그 필사적인 형상을 보고, 다음에 사람이 타는 소리를 들으면 이것으로 오늘 하루도 겨우 지났구나 하는 생각이 드옵니다…….포락이 없는 하루란 생각만 해도 권태롭사옵니다."

그녀는 여러 사람 앞에서 이렇게 말했다고 한다.

"그것이 사실인가?"

소식을 전해 온 자에게 주공이 물었다.

"사실이옵니다. 두 귀로 들은 자에게 직접 들었으니까요."

"그런가……? 무서운 여자로군……."

강한 자극을 받거나 학대하는 것으로 만족하는 변태성욕자, 바로 달기는 가학적인 변태성욕자가 된 것이다. 하지만 그녀에게 그 금단의 즐거움을 가르친 사람은 다름 아닌 주공 자신이었다.

백이·숙제의 고사(古事)

확실히 그 소문은 사실이었다.
다만 그 사실의 전파가 시간적으로 너무 빨랐고, 지역적으로도 넓었다는 것이 약간 이상하기는 하다.
― 제발 포락의 형만은 중단해 주십시오. 부탁이옵니다. 이를 위해서라면 신이 가지고 있는 낙서(洛西)의 땅을 바쳐도 좋습니다.
이것이 주의 문왕이 천자인 주왕에게 탄원한 내용이었다.
낙서란 낙수(洛水)의 서쪽에 있는 비옥한 농경지였다. 거기서는 많은 세금을 걷을 수가 있었다. 그 무렵 주지육림, 장야지음, 계속된 정벌전쟁 등의 비용으로 은 왕실도 적지 않은 재정의 압박을 느끼고 있었다.
주왕은 기쁘게 낙서의 땅을 받아들이고 그 대신 포락의 형을 폐지했으며 주의 문왕을 서백(西伯)으로 임명했다. 서백이란 서부의 총독으로 병권을 장악하는 지위였다.
그렇게 낙서의 땅이 필요했다면 주왕은 어찌해서 빼앗지 않았을까? 폭군인 그가 마음만 먹으면 그 정도의 일은 아무렇지도 않은 듯 해치웠을 것이다.
후세의 역사가들은 이 물음에 대해서, 은의 주왕이 천하의 주인이었지만 서쪽의 주도 꾸준히 실력을 길러 왔기 때문에 무시할 수가 없었다고 대답하고 있다. 서백에 임명한 것도 그렇게 하지 않을 수 없을 정도로 주의 힘이 강해졌기 때문이었을 것이다.

"서백은 동정심이 많으신 분이다."

낙서의 땅을 헌상하고 포락의 형을 주왕으로 하여금 폐지하게 한 문왕의 의로운 행동은 이와 같은 꼬리를 달고 각지로 전해졌다. 실은 아들인 주공이 사람을 시켜 그 정보를 될 수 있는 한 넓은 지역으로 유포시켰던 것이다.

낙서의 땅을 바치게 한 것은 주공의 뜻이었다. 형인 무왕은 처음에 반대하였다.

이에 주공이 말했다.

"어차피 우리에게로 돌아올 땅이 아닙니까."

형은 동생의 이런 말에 설득됐던 것이다.

은 왕실의 권위는 점차로 기울어져 갔다. 주왕은 달기가 하자는 대로 따랐다.

그런데도 주왕 자신은 그렇게 생각하지 않았다.

(달기는 내가 생각하고 있는 것과 그대로 똑같은 생각을 하고 있다……)

다른 사람의 명령을 받아본 일이 없는 주왕은 결국 달기가 말한 것을 자기의 명령이라고 생각하기에 이른 것이다.

"어려운 말만 하는 분은 싫사옵니다. 근엄한 체하는 얼굴은 보기만 해도 몸서리가 쳐지옵니다."

달기가 은의 현신(賢臣) 상용(商容)에 대해서 이렇게 말하자 주왕은 곧 상용을 면직시키고 말았다.

"비중(費中)이나 오래(惡來) 같은 분은 참으로 믿음직스럽사옵니다."

그녀가 이렇게 말했기 때문에 주왕은 이 두 방간(幇間 ; 술자리에서 주흥을 돋우는 사람)을 중용하게 되었다. 비중은 아첨을 잘했고, 오래는 중상모략을 잘했다. 간신이 등용되면 충신은 사라진다.

"참으로 시원하옵니다. 소첩이 이곳으로 왔을 때와 비교해 보면 훨씬 분위기가 좋아졌사옵니다. 그렇지 않사옵니까?"

"그렇고말고……, 좋아졌고말고."

주왕은 머리를 끄덕였다.

그 무렵 백성들은 은밀하게 수군거리고 있었다.

― 하늘은 왜 빨리 은을 멸망시키지 않는 것일까? 천명(天命)은 어째서 이렇게 늦는 것일까?

어진 신하의 한 사람인 조이(祖伊)가 백성들이 수군거리는 일을 주왕에게 고하였다.

"다행히 그런 소리는 저절로 퍼진 것이 아닌 것 같사옵니다. 어떤 자가 고의로 유포한 것 같사오니 엄히 조사토록 하시옵고, 제발 폐하께서도 자중해 주시옵소서. 그와 같은 백성의 소리가 저절로 퍼졌다 하오면 이미 손을 쓸 길이 없게 되는 줄로 아뢰옵니다."

하지만 주왕은 들은 척도 하지 않았다.

"천명(天命), 천명 하지만 분명히 내가 이렇게 천명을 받고 천자가 되었던 것이 아니냐?"

이 소리를 듣고 조이는 머리를 흔들며 집으로 돌아와 탄식했다.

"이제 주왕에게는 간언해도 소용이 없다."

그는 백성들 사이에 인위적으로 유포되고 있는 소리의 근원을 찾아내려고 생각했으나 그 의욕도 사라지고 말았다. 그는 그것이 필경 주(周)나라의 주공(周公)의 책모일 것이라고 마음속으로만 생각하고 있었다.

(아무래도 좋다. 내가 주나라 사람이라도 그와 같은 공작을 했을 것이다.)

고죽국(孤竹國)은 요서(遼西)지방에 있던 작은 나라이다. 그 군주(君主)는 막내아들인 숙제(叔齊)에게 자리를 물려주려고 하였다. 그런데 군주가 죽자 숙제는 맏형인 백이(伯夷)에게 말했다.

"역시 장남이 뒤를 이어야 할 것입니다. 제발 군주의 자리에 오르십시오."

"아니다. 아버님은 너에게 이 나라를 맡기려 하셨다."

백이가 이렇게 말하고 사양했지만 숙제는 아무리 생각해도 형님이 앉아야 한다고 주장하며 듣지 않았다.

이런 식으로 서로 사양하고 있는 사이에 백이는 모든 것이 귀찮아져서 나라를 떠나고 말았다. 이 사실을 알게 된 숙제도 형님의 뒤를 따라 도망치고 말았다. 백성들은 하는 수 없이 둘째 아들을 군주로 세워야 했다.

숙제는 형님을 따라 동쪽으로 여행을 계속했다.

"어디로 갈까?"

"천하의 주인이 있는 은나라로 갈까요?"

"주왕은 달기 때문에 평판이 나쁘다."

"그럼 어디로 가시겠습니까?"

"서백이란 사람은 평판이 좋은 것 같더라."
"백성들을 잘 보살펴 주고 있다고 하더군요. 특히 노인들을 공경하고……, 한 번 주나라로 가보시지요."
"그것이 좋겠다."
형제는 은나라를 지나서 다시금 서쪽으로 향했다. 그들은 아직 모르고 있었지만 사실 서백, 즉 문왕은 그 무렵 죽고 없었다.
문왕 뒤에 무왕이 위(位)를 계승했다. 동생인 주공이 무왕을 보좌했고, 국무를 총괄하는 사람은 태공망(太公望)이었다. 이 새로운 진용으로 은을 토벌하고 주의 천하를 만들려고 한 것이다.
문왕은 그 만년에 수도를 기산(岐山) 밑에서 풍읍(豊邑)으로 옮겼다. 현재의 섬서성(陝西省) 도서안(都西安)의 남쪽에 해당한다.
백이와 숙제는 풍읍에 당도하기 바로 전에 문왕의 죽음을 알게 되었다.
"어떻게 할까?"
"할수없지요. 서백의 아들을 찾아가 봅시다."
"어떤 인물일까?"
"좋지 않은 소문은 듣지 못했어요."
"그럼 가볼까?"
주의 수도 풍읍은 열기를 띠고 있었다. 문왕이 죽고 얼마 동안은 이 거리도 침체되어 있었으나 곧바로 청신한 기풍이 넘치게 되었다.
그것이 점차로 열기를 더해 가고 있었던 것이다.
— 포악한 주(紂)를 토벌하자!

― 하늘은 명(命)을 바꿨다!
― 이제부터다. 주(周)의 세상은!

그런 뜨거운 열기가 소용돌이치는 풍읍에 도착하자 백이와 숙제는 행진하는 군대와 마주치게 되었다.

"무엇입니까? 저것은!"

백이가 거리에 있는 사람에게 물었다.

"모르고 있었군요. 동쪽의 폭군 주를 토벌하기 위해 출전하는 군대요."

"그런데 선두의 마차에 세워 놓은 나무패는?"

"돌아가신 문왕님의 위패(位牌)지요. 그것을 마차에 모시고 황하를 건너 맹진(盟津)에서 제후들의 군사와 합세해 다시금 진격하는 거요."

형제는 얼굴을 마주보았다.

"이거 안 되겠구나."

두 사람은 동시에 그렇게 말했다. 말을 끝내자마자 그들은 함께 뛰어가기 시작했다.

대열의 선두에 무왕이 있었다.

백이와 숙제는 좌우에서 뛰어들어 무왕이 탄 말의 고삐를 잡아끌었다.

"아버지가 죽었는데 장사도 지내지 아니하고 간과(干戈 ; 전쟁)를 하려 하다니 효(孝)라 할 수 없습니다. 신(臣)의 몸으로 군(君)을 죽임은 인(仁)이라 할 수 없습니다."

『사기』의 열전(列傳)에는 이때 백이·숙제 형제가 무왕에게 간한 말을 이렇게 기록하고 있다.

― 상중(喪中)에 전쟁을 하는 것은 효가 아니고, 신하가 군주를 죽이려 하는 것은 인이라 할 수 없다.

무왕의 부하들은 물론 두 사람을 붙잡아 베어 버리려고 했다.

"참아라, 베어서는 안 된다. 그 사람들은 의인(義人)이다."

큰소리로 이렇게 제지한 사람은 군사(軍師)인 태공망이었다. 이렇게 해서 형제는 죽음을 모면하고 끌려가게 되었다.

태공망(太公望). 성은 여(呂), 이름은 상(尙)으로 동해(東海) 사람이다. 가난하고 나이가 들어 위수(渭水)에서 낚시를 하고 있는데 마침 그때 문왕이 그곳을 지나가게 되었다.

문왕은 사냥을 온 것이었다. 당시는 사냥을 갈 때 곧잘 점을 치곤 했다. 그날의 점괘는 '오늘의 수확은 용이나 범 같은 것이 아니라 패왕(覇王)을 보좌할 인물이다'라는 것이었다.

"음, 이 사람이었던가?"

문왕은 낚시를 하고 있는 노인을 보고 말했다.

문왕의 조부 고공단부(古公亶父)는 일찍이 이렇게 예언한 바 있었다.

― 언젠가 성인(聖人)이 주(周)에 오면 주는 그 사람을 얻어 번창해진다.

그 후 그 성인이 나타나기를 무척 기다리고 있었다. 태공(太公 ; 조부)이 대망(待望)했던 인물이라고 해서 여상에게 태공망이라는 호가 붙여졌다.

후세에 이르러 태공망은 낚시꾼[釣師]의 뜻으로도 사용되고 있다.

주는 군사를 맹진으로 진군시켜 8백여 명의 제후(諸侯)와 회동했는데 이때 무왕이 태공망에게 물었다.

"은을 쓰러뜨리고 천하를 주(周)의 것으로 하는 데 있어 성공할 공산은 어느 정도요? 기탄없이 말해 보시오."

"10중 8입니다."

태공망이 대답했다.

"군대를 돌려라!"

즉석에서 무왕은 명령을 내렸다.

성공할 공산은 컸지만 그래도 아직 2할의 실패 가능성이 있다. 하지만 주왕의 포학이 이 상태로 계속된다면 앞으로 2,3년 후 성공률은 1백 퍼센트가 될 것이다. 그때까지 기다리자는 것이다.

"어떻게 된 일입니까? 절호의 기회라고 생각하는데……."

불만스럽게 묻는 제후들에게 무왕은 말했다.

"그대들은 천명을 모르오. 아직 때가 아니오."

그 무왕의 뒤에서 동생 주공이 회심의 미소를 짓고 있었다.

(요즘에는 형님도 나와 생각을 같이하게 되었구나. 주왕이 그의 애인 달기에게 이끌리고 있듯이…….)

주공은 이렇게 생각하고 있었다.

그로부터 2년이 지났다.

그 동안에 주왕의 포학성은 점점 더해 갔다. 달기의 가학증이 주왕의 혼을 빼 버리고 있었다. 달기가 도리에 어긋나는 짓을 생각해 낼 때마다 주왕은 눈을 번쩍번쩍 빛내고 흰 이를 드러내며 무서운 얼굴로 웃었다.

　주왕의 숙부가 되는 비간(比干)이 목숨을 걸고 최후로 간언하려고 왔을 때 달기가 말했다.

　"저 사람은 성인이옵니까?"

　"흥, 세상에서는 그렇게들 말하고 있지만……."

　주왕은 냉소를 지으며 대답했다.

　"소첩은 성인의 내장에는 7개의 구멍이 있다는 말을 들었사옵니다만……."

　달기의 눈은 짐승의 그것과도 같은 요상한 빛을 발했다. 그 빛은 최근 주왕의 눈 속에서도 비치고 있었다.

　주왕은 입술을 전혀 움직이지도 않고 말했다.

　"조사해 볼까? 7개의 구멍이 있는지 없는지, 과연 성인인지 아닌지?"

　이에 비간은 절망해서 말했다.

　"폐하의 뜻대로 하소서."

　비간은 살해되어 해부되었다.

　또 한 사람의 숙부 기자(箕子)는 겁을 먹고 미친 것으로 가장했으나 주왕은 이도 체포해서 투옥했다.

　비간의 죽음과 기자의 투옥 소식을 전해 듣자 주공은 형 무왕의 얼굴을 바라보았다. 물론 반응이 있었다. 서로가 말없이 고개를 끄덕였던 것이다.

　"출병!"

　4만 5천의 군사가 동쪽을 향했다.

주의 출병 소식을 듣고 깜짝 놀란 은나라의 주왕도 70만의 병력을 손수 동원해서 목야(牧野)로 대항해 나갔다. 70만의 은나라 병사는 대부분이 전쟁에서 포로로 얻은 자들이었다.

주왕의 주지육림과 같은 방탕한 생활로 뼈가 휠대로 휜 은나라 사람들은 군사가 되기에는 힘이 없었으며 또한 전쟁포로들도 물론 전의가 있을 리 없었다. 주나라 군사가 공격해 오면 곧 투항을 하고 돌아서는 상태였다.

은나라 군사의 대패였다.

주왕은 목야에서 수도까지 도망쳐 돌아와서는 화려하게 꾸민 녹대(鹿臺)로 올라가 보석으로 장식한 옷을 입고 건물에 불을 지른 다음 그 속으로 몸을 던졌다.

은의 수도 조가(朝歌)에 입성한 무왕은 주왕의 사체에 세 대의 화살을 쏘고는 명검 경려(輕呂)로 벤 다음에 황색의 도끼로 목을 잘라 그것을 큰 깃대의 끝에 꽂았다.

이로서 은왕조가 멸망한 것이다.

(자살이나 했으면 좋으련만…….)

주공은 속으로 그렇게 생각하고 있었지만 그가 생각하는 달기는 살아서 궁전 안에 있다고 한다.

토벌군은 출발할 때 격문 속에 이렇게 썼다.

— 지금 은의 주왕은 그 요부의 말만 듣고 스스로 하늘과의 인연을 끊었다.

요부란 달기를 말하는 것이다. 그녀를 비난하는 격문으로 출병을 했으니 표면상으로는 용서할 수가 없었다.

(어떻게 해서든 구해 주어야 할 텐데…….)

주공은 자기가 훈련시켜 은나라를 파멸시킬 무기로 성장시킨 여자를 구해낼 방법을 이것저것 생각하고 있었다.

달기가 군사들에게 끌려 와 주공 앞에 앉혀졌다. 달기는 자리에서 무릎을 꿇고 몸을 비스듬히 해서 밑에서 위를 바라보듯 주공을 쳐다보며 말했다.

"이것으로 되었지요? 제가 훌륭하게 일을 완수했지요?"

주공은 깜짝 놀랐다.

여자에게 훈련은 시켰지만 그 임무는 언급하지 않았었다. 언급하지 않아도 그녀의 본성 그대로가 은을 멸망시킬 무기가 될 수 있을 것으로 생각했기 때문이다. 자기의 임무를 모르는 편이 일하기가 좋을 터였다.

그런데 달기는 알고 있었던 것이다.

"베어 버려라!"

쉰 목소리로 주공이 명령했다.

'아악!'하는 긴 비명이 들렸다. 그녀의 머리는 검은 도끼로 잘렸다. 이상하게도 그녀의 머리가 피를 뿌리며 몸뚱이에서 떨어진 후에도 그 '아악!'하는 비명은 얼마 동안 사라지지 않았다.

주공은 눈을 감고 '아직도냐, 아직도냐? 제발 사라져라……'하고 비명소리가 사라지기를 오랫동안 기다리고 있었다.

은(殷)나라는 탕왕(湯王)이 하왕조를 멸하고 세운 이후 17대 33왕이 계속된 긴 왕조였다. 형제의 계승이 많았다. 위(魏)의 양왕(襄王)

의 묘에서 출토된 『죽서기년』(竹書紀年)에 의하면, 은(殷)은 496년 동안 계속되었다고 하고, 한(漢)의 유흠(劉歆)의 『삼통력』(三統曆)에 의하면 629년이다. 증선지의 『십팔사략』은 후자에 준하여 씌어진 것이다. 어느 것이든 은의 멸망은 지금으로부터 약 3천여 년 전의 일이 되는 것이다.

 백이와 숙제는 신하의 몸으로 주군(主君)을 죽인 새 왕조 주(周)나라를 인정하지 않았다.
 ― 주의 곡식을 먹지 않는다.
 그리고 수양산(首陽山)에서 고사리를 캐어 먹으며 연명하고 있었으나 마침내 굶어 죽었다. 의인(義人)이 아사(餓死)라는 비참한 최후를 마친 것이다.
 한편에서는 살인강도 도척(盜蹠)이라는 사나이 따위가 유복하게 살며 천수를 다하고 있었다.
 사마천(司馬遷)은 『사기』 가운데 백이·숙제에 대해서 언급하곤 다음과 같이 큰 의문을 제기했다.
 ― 나는 몹시 생각이 헷갈린다. 천도(天道)는 옳으냐, 그르냐?
 과연 백이·숙제가 옳은 것인가, 주나라 무왕이 옳은 것인가? 이것은 『사기』 열전(列傳)의 개권(開卷) 첫 항에 기록되어 있으며 모름지기 『사기』 전권을 관통하는 중심 문제일 것이다.

웃지 않는 미녀 포사

또 여자 이야기이다. 역사의 뒤에는 여자가 항상 숨어 있다.

열지 못하는 문이라든가, 열면 안 되는 칸이라는 것이 있다. 불길하다고 해서 그곳을 열지 않는다. 열면 보복을 받는다고 한다. 오늘날에도 그러한 말이 적지 않게 전해지고 있다.

고대 중국 궁전에서도 '열지 못하는 궤'란 것이 있었다.

그 안에 무엇이 들어 있었는가 하면 놀랍게도 그것은 용의 타액(침)이었다.

하(夏)왕조가 쇠퇴했을 때 두 마리의 신용(神龍)이 왕궁의 뜰에 와서 이렇게 말했다고 한다.

"우리들은 포(襃)의 조상이다."

하왕은 점쟁이에게 그 처방을 점치게 했다.

죽일 것인가란 물음에 점괘는 흉(凶), 쫓아보낼 것인가에도 흉, 머무르게 할 것인가에도 흉이었다.

무엇을 점쳐 보아도 흉이 나왔다. 다시금 여러 가지 점을 치다가, 용의 정기라고 말하는 타액을 용에게 청해서 깊이 간직해 둘 것인가 하는 묘한 내용을 점쳐 보았더니 길(吉)이 나왔다. 그래서 이 내용을 기록한 칙서를 용에게 보였더니, 용은 입에서 그 정기를 토해 놓고 사라졌다. 그것을 상자에 넣고 밀봉해 둔 것이다.

하나라가 망하자 그 상자는 은나라로 전해졌다. 약 5백 여년 간의 은대 동안 아무도 이 금단의 상자를 연 자는 없었다. 은이 망하고 그 상자는 주 왕실에 전해졌다.

은나라는 신권(神權) 국가로서 미신을 대단히 숭배하였다. 그래서 전전긍긍하며 재앙을 두려워했지만, 주나라 시대에는 예악(禮樂)이나 제도(制度)를 통치의 근본으로 삼았기 때문에 미신을 믿는 풍습이 많이 없어졌다. 그런 이유로 예의 상자 보관도 은처럼 엄중하게 하지는 않았던 것이다. 무왕으로부터 10대가 되는 여왕(厲王) 시대에 무심히 그 상자를 열어 버렸다.

1천 년 간 밀봉되었던 침은 갑자기 궁전 바닥에 흘러나왔으며 이상하게도 아무리 쓸고 닦고 벗기려고 해도 그것은 붙어서 떨어지지 않았다.

"여자들을 알몸으로 만들어 큰소리를 지르게 하라."

여왕이 명령했다.

미신을 믿는 풍습이 많이 없어졌다고는 하지만 그것은 은에 비해 상대적으로 그렇다는 것이고, 주나라 사람들도 주문(呪文)을 외우는 일은 여전히 있었던 것이다.

요마를 물리치기 위해서는 나체를 보이면 효력이 있을 것이라고 생각했던 모양이다.

그런데 실 한 오라기 걸치지 않은 여자들이 큰소리로 떠들어 대자 용의 침은 곧 한 마리의 검은 도마뱀으로 변해서 후궁 쪽으로 도망쳤다. 그런데 후궁에서 식사 시중을 들고 있던 7세난 소녀가 이 도마뱀과 마주쳤다. 그런데 그 도마뱀은 그 소녀의 치마 속으로 들어갔다.

그 후 도마뱀과 마주친 어린 처녀는 15세가 되었을 때 시집도 가지 않았는데 배가 불러 왔다고 한다.

그녀는 어떻게 해야 좋을지 난처해졌다.

(아기가 태어나면 버릴 수밖에 없구나.)

그녀는 그렇게 마음을 작정하고 부른 배를 감추고 있었다. 그리고 아이를 낳자 강가의 갈대밭에 몰래 버렸다.

당시는 여왕 다음인 선왕(宣王)의 시대였다.

― 뽕나무 가지로 만든 활과 기(箕)나무로 만든 화살통은 주나라를 멸망시킬 것이다.

당시 이런 노래가 사람들 사이에 불리고 있었기 때문에 왕은 가당치도 않은 일이라고 하면서도 신경을 쓰지 않을 수 없었다.

그런 때에 뽕나무 가지와 기나무로 만든 화살통을 팔고 있는 부부가 있다는 보고가 들어왔다.

"그것들을 잡아서 죽여라!"

선왕은 명령을 내렸다.

이를 안 활장수 부부는 강가로 도망치기 시작하였다. 위험을 간신히 피해 강가로 도망쳐 가던 활장수 부부는 도중에 아기의 울음소리를 들었다. 아기가 강가의 갈대밭에 버려져 울고 있었다.

"어머나, 귀엽기도 해라."

활장수 아내가 아기를 안아 올리자 아기는 울음을 뚝 그쳤다.

"뭐야. 지금은 도망치기도 바쁜데 아기를 어떻게 하겠다는 거야? 도대체 우리를 왜 잡으려고 하는지 이 이유를 알 수 없군."

남편은 이렇게 말하며 아내를 재촉했다.

아내가 그 아기를 다시금 땅에 내려놓자 또다시 불에 데인 듯 울어댔다.

"버린 아기라면 데려갑시다. 우리는 자식이 없지 않아요."

아내가 말했다.

"공연히 고생을 사서 할 것 없잖아."

"하지만 좋은 일을 하고 나면 좋은 보상을 받을 거예요."

"그렇긴 하지. 우리들이 이렇게 쫓기는 것도 무엇인가 잘못한 일에 대한 벌일는지도 모르지……, 그래 데리고 가지."

이렇게 해서 활장수 부부는 그 아기를 안고 친척이 살고 있는 포(褒)나라로 도망갔다. 포나라는 두 마리의 용이 포의 조상이라고 말한 나라이다.

이 아기는 용의 침이 변해서 된 도마뱀과 마주쳤던 그 어린 처녀가 낳아서 버린 여자 아이였다. 포나라에서 자란 이 아기는 누구라도 그녀를 한 번 보기만 하면 반드시 감탄할 정도의 미녀로 성장했다.

그 무렵 포의 영주의 아버지가 죄를 저질러 금고처분을 받고 있었다. 그를 석방시키기 위해 포의 영주는 나라 안에서 제일가는 미인을 주나라 유왕에게 바치기로 했다.

활장수 부부의 양녀가 뽑힌 것은 말할 것도 없다. 그녀는 포사(褒姒)라는 이름으로 불리우고 있었다.

당시에는 이런 경우가 종종 있었다. 은나라 멸망의 원인이 되었던 달기도 애당초는 유소씨가 허물을 용서받기 위해 바쳤던 여자였다.

이번에 바쳐진 포사도 또한 주나라 멸망의 원인이 된다.

그때의 천자는 주의 유왕(幽王)이다.

『사기』에는 유왕이 포사라는 여자를 맞아 총애한 것은 즉위 3년의 일이었다고 기록하고 있다.

　포사는 웃음이 없는 여자였다. 태어났을 때부터 이제까지 웃어 본 일이 없었다.

　유왕의 총애를 받고 그녀는 아이를 낳았다. 그 아이가 백복(伯服)이다.

　유왕은 신후(申侯)의 딸을 정실로 맞고 있었으며, 정실에게도 의구(宜臼)라는 아들이 있었다. 그리고 이미 입태자(立太子)의 순서를 끝마친 상태였다. 하지만 유왕은 포사를 사랑했고, 그녀를 기쁘게 해주고 싶은 일념에서 태자를 폐하고 백복을 태자로 세웠다.

　그래도 포사는 기뻐하지 않았다. 아니, 기뻐하고 있는지 어떤지는 알 수 없지만 아무튼 웃지 않았다.

　"어떻게 하면 그녀가 웃을까?"

　지금 유왕에게 최대의 삶의 보람은 포사를 웃게 하는 것이었다.

　여자가 남자에게 시집와서 사는 것은 아마 농경산업이 발달하고 어느 정도 국가체제가 확립되었을 때 가능했을 것이다. 그런데 그 여자는 항상 역사의 고비마다 등장해서 남자를 못난이로 만들고 결국 나라까지 망하게 한다. 또 한 남자가 무너지고 있다.

　― 언연일소(嫣然一笑).

　(이 여자가 한 번 웃으면 얼마나 아름다울 것인가?)

　그것을 상상만 해도 유왕은 몸이 떨리는 것이었다.

　천하의 음악가들이 펼치는 훌륭한 대 관현악 연주를 들어도 그녀는 웃지 않았다.

　"도대체 그대는 어떠한 소리를 좋아하는가?"

못 참겠다는 듯이 유왕이 이렇게 물었다.

"글쎄요!"

포사는 잠시 생각하고는 말했다.

"언젠가 소첩의 손으로 비단을 찢었을 때의 그 소리가 가장 아름다운 소리였다고 생각합니다."

그 후로는 매일같이 비단을 산처럼 쌓아 놓고 그녀의 앞에서 찢게 했다.

웃음이라고까지는 말할 수 없었다.

뺨 부근이 희미하게 떨리는 듯했고 입술이 약간 벌어져 흰 이가 반짝 빛나는 것에 불과했다.

그래도 유왕은 미친 듯이 좋아했다.

"자, 비단이다, 비단이다. 자꾸자꾸 가져오너라. 뭐라구? 이미 창고에 비단이 없어졌다구? 그렇다면 백성들에게서 징발해 오너라!"

그러는 사이에 비단 찢는 소리에도 싫증이 났는지 그녀는 그것을 들어도 이제는 뺨도 움직이지 않았다.

언젠가 무슨 실수로 봉화대의 봉화가 올랐다.

당시에는 외적이나 반란군의 침공이 있을 때 봉화를 차례차례 연이어 올려서 멀리 있는 제후에게 알리도록 되어 있었다.

점화의 모의훈련이 잘못되었는지도 모르지만 이것은 중대한 과실로 엄벌에 해당하는 것이다. 그런데 이 실수를 범한 병사는 오히려 상을 받았다.

봉화를 본 제후들은 군사를 이끌고 수도로 달려왔다.

"이거 큰일이다!"

그런데 아무 일도 없었다.

훈련 중의 실수였다고 한다.

제후들은 맥이 빠져 버렸고 무장 병사들은 투구를 벗어 땅에 집 어던지며 분개하기도 했다. 또 기운 없이 땅바닥에 털썩 주저앉는 자도 있었다.

이런 모습을 보고 포사는 살짝 웃었다.

꿈에 본 포사의 웃는 얼굴이다. 아니, 그 모습은 꿈에서보다 더 아름다웠다. 그녀의 웃는 얼굴보다 더 아름다운 것이 이 세상에 또 있을까. 꿈이 아니다. 이것은 현실이었다. 하늘도 땅도 그녀가 웃는 이 순간을 위해 창조된 것이다.

그 다음부터 유왕은 끊임없이 봉화를 올리게 했다. 처음에는 제 후들도 달려왔지만 그러는 사이에 그들은 다른 생각이 들기 시작 했다.

"좀 적당히 해주었으면 좋겠다."

밤낮 가쁜 숨을 몰아쉬며 달려오는데, 그것은 한 여자를 웃기기 위함이 아닌가. 이럴 때 화를 내는 쪽이 잘못일까? 앞으로는 봉화 가 올라도 제후들은 가만히 있기로 했다. 누구나 쓸데없는 고생은 하고 싶지 않아서였다.

물론 신후의 딸은 정후의 자리에서 쫓겨나고 포사가 그녀의 자 리에 앉았다. 이 원한은 깊었다. 신후의 일족은 은밀하게 군사를 모았다. 서쪽의 오랑캐나 견융(犬戎)과 같은 새외(塞外)의 유목 민 족들도 모여들었다.

신후의 거병은 유왕 즉위 11년의 일이다. 유왕이 봉화를 올려 제후들에게 위급함을 알렸지만 제후들 쪽에서는 상대를 하지 않았다.

(또 그 여자를 웃기고 싶은 모양이로구나.)

한 사람의 원병도 오지 않았다.

유왕은 여산(驪山) 아래에서 견융족의 병사에게 죽고 말았다. 포사는 포로가 되었지만 그 후 어떻게 되었는지 『사기』도 거기까지는 쓰지 않고 있다. 백성들의 이야기로는 자살한 것으로 되어 있는 것이 많다. 용의 화신이라면 포로보다는 자살하는 쪽이 그럴듯하기 때문이다.

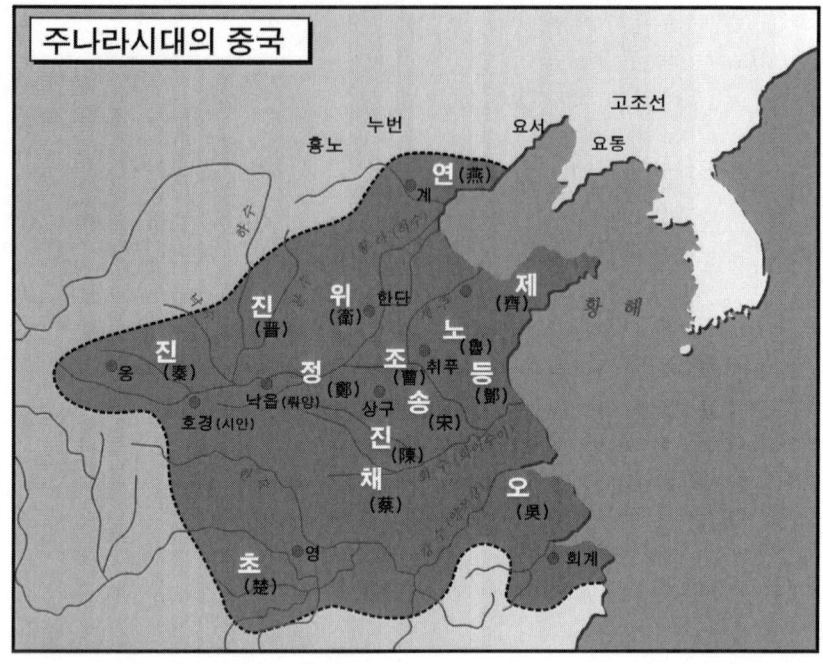

춘추시대

(春秋時代)

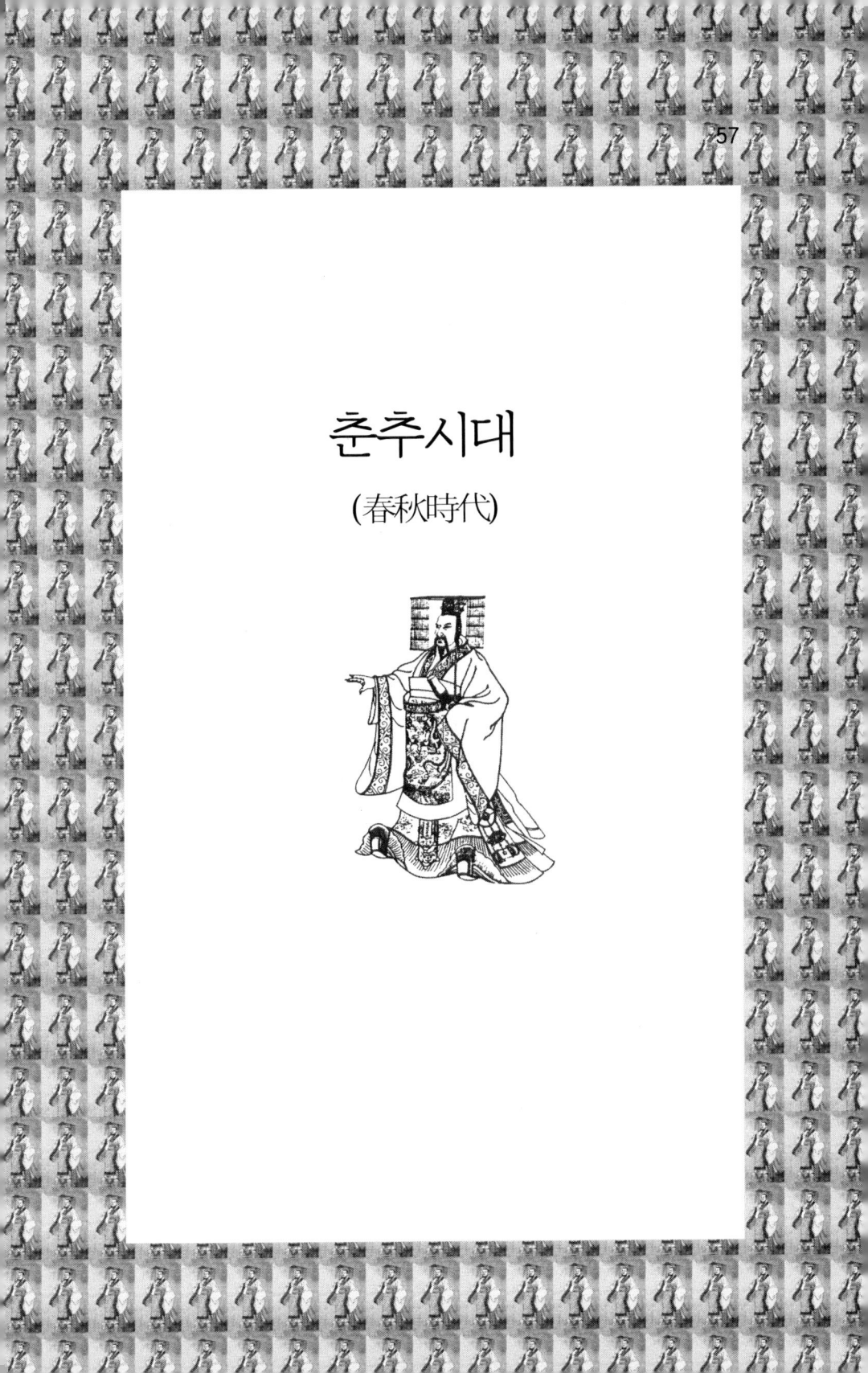

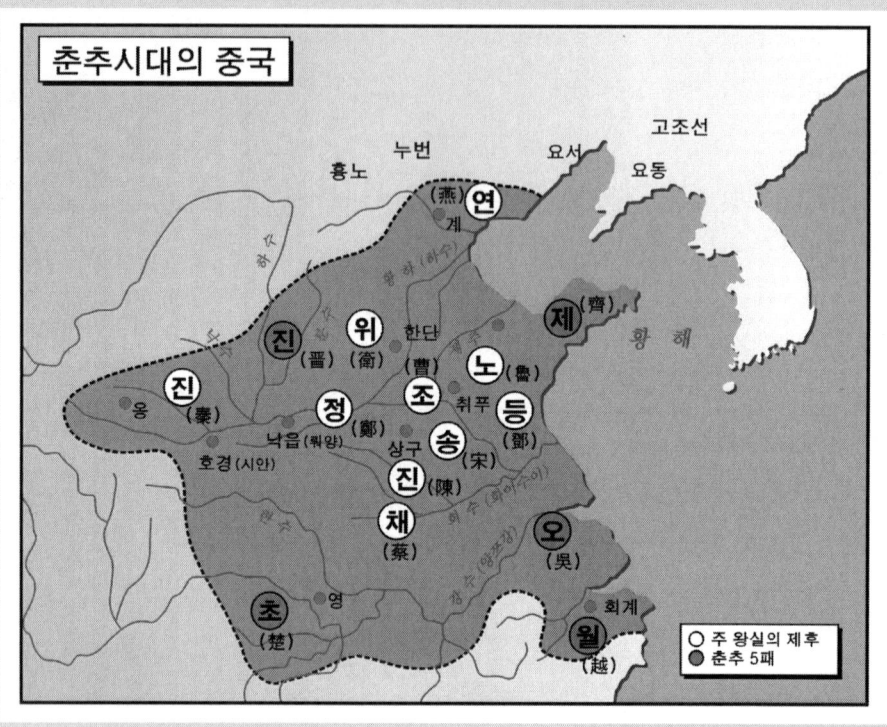

춘추시대
(春秋時代)

열국(列國)의 시대로

여산(驪山) 기슭에는 화청지(華淸池)란 연못이 있다. 당나라 현종(玄宗 ; 712~755년) 때 양귀비가 이곳에서 목욕을 하고 황제의 총애를 받은 것으로 알려져 있다. 당나라가 기울기 시작한 것은 사실 현종이 양귀비를 사랑한 때부터이다.

주나라의 유왕도 바로 이 여산 기슭에서 죽었다. 유서 깊은 곳이라 하겠다.

그 후 제후들은 포사가 낳은 태자 백복 대신에 처음의 태자였던 의구(宜臼)를 주나라 왕으로 옹립하였다. 이가 평왕(平王)이다. 그러나 반란에 끌어들였던 견융의 세력이 강해졌기 때문에 주왕조는 동쪽인 낙양으로 천도하지 않을 수 없었다.

그 이후 주나라는 힘이 전혀 없는 오늘날의 영국 왕실이나 일본의 왕실처럼 이름뿐인 왕조로 전락하고 말았다. 그리고 실권은 각지의 작은 영지의 제후들에게 넘어갔다. 진(秦)나라의 시황제(始皇帝)가 중국을 통일할 때까지 명목상으로 주나라는 5백여 년이나 계속되지만 실권이 전혀 없는 이름뿐인, 그야말로 힘센 제후에게 이용당하여 이름이나 빌려주는 왕실로 떨어져 버렸다. 바로 이 시기를 춘추전국시대(春秋戰國時代)라 부르는데 전반은 춘추시대, 후반은 전국시대라 일컫는다.

이제부터 역사는 웃음이 없는 미녀 포사를 사랑하다 나라와 몸을 망친 유왕 다음인 춘추시대로 이어진다.

왜 이 시대를 춘추시대라고 이름 붙이게 되었는가.

공자(孔子)가 편찬한 연대기『춘추』(春秋)라는 책이 바로 이 시기에 해당되기 때문이다.

춘추시대와 전국시대는 어떻게 다른가?

춘추시대의 제후들은 제후 연맹의 맹주, 즉 패자(覇者)가 되는 것을 목표로 싸웠다. 그런데 전국시대의 제후는 맹주가 아니고 지배자, 즉 왕자가 되기 위해 싸운 것이다. 춘추시대의 싸움은 상대에게 겁을 주는 일종의 시위전쟁의 성격이 강했고, 전국시대의 싸움은 그런 간단한 것이 아니고 땅을 뺏는 전쟁으로 먹느냐 먹히느냐 하는 지독한 싸움이었다. 학자에 따라서는 춘추시대를 노예시대로, 전국시대를 봉건시대로 구분하기도 한다.

춘추시대의 경우에는 가문이나 혈통을 어느 정도 내세울 수 있었다. 그러나 전국시대에는 그런 것은 아무런 쓸모가 없게 되고 말았다. 완전히 실력본위이고 약육강식(弱肉强食)의 시대로서 영지가 되는 땅이 넓어야 되었다. 한마디로 땅 빼앗기가 시작된 것이다. 그러다 보니 자연히 황하문명권을 벗어나 다른 민족과의 전쟁이 불가피해졌다.

주(周)의 낙양 천도는 기원전 770년의 일이며, 진(晋)에 내분이 일어나 사실상 세 나라로 분리되는데 바로 그 시기까지인 기원전 405년까지의 약 3백 70년간을 '춘추시대'라고 부르는 설이 가장 유력하다.

이 2백여 년 사이에 춘추 5패(五覇)라고 불리우는 유력한 패자가 다섯 사람 나온다.

패자의 제 일인자는 제(齊)나라의 환공(桓公)이었다.

제나라는 현재의 산동성에 해당한다.

춘추시대의 제후를 크게 나누면 제(齊), 노(魯), 위(衛), 진(晋), 오(吳) 등 주왕실 일족과 그렇지 않은 성이 다른 자들로 갈라진다.

제는 주왕조 창건의 대공신 태공망이 봉해졌던 나라로 자손들이 공의 자리를 계승해 왔다. 제나라는 주왕실과 성이 달랐지만 큰 나라였다. 환공이 제의 주인이 된 것은 주의 낙양 천도 후 80여 년이 지나서였다.

서론이 길어졌지만 첫 번째 패자였던 제의 환공을 등장시켜 보자.

태공망으로부터 꼽아 13대째인 희공(僖公)이 환공의 아버지이다. 하지만 당시 환공은 태자가 아니었다.

공의 자리를 계승할 태자는 환공의 형님인 제아(諸兒)였다.

환공이 공의 자리를 계승하기 전의 이름은 소백(小白)이라 했다. 또 한 사람 규(糾)라는 형이 있었다. 또한 문강(文姜)이란 누님이 있었으나 후에 노(魯)나라의 주인 환공(桓公)의 아내가 되었다.

여기서 벌써 환공이 두 사람이나 나왔다.

혼동하기 쉽기 때문에 아직 위(位)를 계승하지 않은, 이야기의 주인공인 제의 환공을 소백이라 부르고 이야기를 진행해 나가자.

소년 시절, 소백은 어느 날 자기의 보좌역인 포숙아(鮑叔牙)에게 말했다.

"나는 꼭 제의 주인이 되어야겠다."

"도련님, 분별없는 말씀을……."

포숙아는 깜짝 놀라 소백의 입을 손바닥으로 막으려 했다. 다음 번 이 나라의 주인은 태자인 제아가 계승토록 되어 있었다. 소백이 주인이 되려고 한다면 모반을 일으키지 않으면 안 된다. 소년의 발언은 '모반하자'는 것과 같은 뜻이었다.

소백은 얼굴을 돌려 포숙아의 손을 피했다.

"왜 그러느냐? 그대에게만 말하는 거야. 걱정할 것 없다."

"그렇다고는 하지만 어째서 그런 말씀을 갑자기 하시는 겁니까?"

"나는 보아서는 안 될 일을 보고 말았기 때문이다."

"어떤 일입니까?"

"그것은 말할 수 없다."

소백은 말하지 않는다고 선언하면 무슨 일이 있어도 말하지 않는 소년이었다. 그것을 알고 있었기 때문에 포숙아는 그 이상 묻지 않았다. 10대 소년의 가슴에 큰 충격을 준 것은 무엇인가?

소백은 다름아닌 형님인 제아와 누님인 문강이 껴안고 애무하고 있는 모습을 보았던 것이다.

근친상간은 원시사회에서도 금기로 되어 있었다. 아직 공자(孔子)가 태어나지도 않은 시대이지만, 남매간의 성행위가 금기 사항으로 되어 있었던 것에는 변함이 없다. 물론 서양이 형제나 친족끼리 결혼을 장려했던 것과는 다른 동양의 문화였다.

그들은 궁전의 기둥 뒤에서 꼭 끌어안고 격렬한 입맞춤을 계속하였다. 우연히 뜰 한쪽 구석을 지나가던 소백은 그 장면을 비스듬히 아래서 올려다본 것이다. 곧 형님은 누님의 가슴 속으로 손을 넣고 비틀듯이 해서 그 옷을 벗겼다. 그리고 숨소리가 거칠게 들려왔다. 누님의 희고 풍만한 젖가슴이 보이자 소백은 숨을 들이마셨다. 눈앞이 희미해졌지만 '좀 더 힘껏 껴안아 주세요'하는 누님의 목소리가 마치 회초리처럼 날카롭게 소백의 가슴을 때리는 것이었다.

소백은 마음의 고통을 이기려고 눈을 굳게 감았다. 다시금 눈을 떴을 때 형님과 누님은 이미 기둥 뒤에 없었다.

'노나라로 가면 다시는 만날 수 없겠구나'하는 형님의 목소리만이 들렸다.

두 사람은 방안으로 들어간 모양이었다.

누님인 문강이 노나라로 시집갈 계획이 막 결정되었을 때였다.

그 장면을 생각하고는 소백이 중얼거렸다.

"문란해졌다……."

"예, 뭐라고 하셨지요?"

포숙아가 재빨리 물었다.

"아무것도 아니다."

소백은 입을 다물었다.

(무엇이 문란해졌다는 말인가.)

포숙아는 추리해 보는 수밖에 없었다.

('무지'無知의 일일까?)

마음에 짚이는 것이라면 그 정도였다.

당시 제의 주인 희공은 남동생인 이중년(夷仲年)을 사랑했으며 그 사랑이 넘쳐 그 동생인 아들인 무지까지 사랑했다. 그리고 의복이나 봉록 등 모두를 태자와 똑같이 대우하라고 주위의 가신에게 명하고 있었다.

조카인 무지를 자신의 정식 후계자와 동격으로 대했기 때문에 자기의 아들이라도 태자 이외의 규나 소백은 실제로는 종형제인 무지보다도 하급 대우를 받고 있는 셈이 되었다.

아버지가 나라의 주인인데 친자식이 방계인 종형제 이하로 취급되어서는 소백도 기분이 좋지 않았을 것이다. 그 불평이 불현듯 입밖으로 나와 문란해졌다고 중얼거렸는지도 모른다. 그러나 그렇다면 어째서 제의 주인이 되지 않으면 안 되는가? 그 점이 이해되지 않았다.

"도련님께서 무엇을 보셨는지 이 이상 더 묻지는 않겠습니다."

이어 포숙아는 목소리를 낮추어 물었다.

"그렇지만 왜 이 나라의 주인이 되고 싶다고 말씀하셨는지 들려주실 수 없겠습니까?"

"그대에게만은 말해 주지. 알겠는가? 지금 북쪽에서는 적(狄), 남쪽에서는 만(蠻) 등 다른 민족이 중원을 엿보고 있어. 그놈들을 쫓아 버리기 위해서는 강력한 지도력이 필요한 것이야. 그런데 주의 왕실은 제후들을 통제할 수가 없어. 그렇다면 왕 대신에 제후들을 호령할 수 있는 자가 와야만 될 것 아닌가? ……형님인 제아에게는 그 힘이 없어. 규라면 못할 것도 없겠지만. 다른 사람에게 의지할 것 없이 내가 그 역할을 해내도 좋을 것이 아닌가?"

소백은 의기양양하게 가슴을 펴고 대답했다.

(믿음직스러운 젊은이다.)

포숙아는 소년 소백의 얼굴을 찬찬히 바라보았다.

이상하게도 제나라 태자인 제아는 제멋대로이고 야무진 데가 없었지만 그 동생인 규와 소백은 양쪽이 다 훌륭한 재능을 가지고 있었다.

규(糾)를 보필하던 사람이 나이가 많아 은퇴를 청원했을 때 포숙아는 부탁을 받고 그 후임자를 물색했는데, 결국 그의 어릴 적 친구인 관중(管仲)을 추천했다. 이는 후에 제갈공명(諸葛孔明)이 가장 흠모했던 사람으로 알려져 있다. 또한 관중은 『관자』(管子)라는 책을 썼는데 그 속에 '조선(朝鮮)은 8천 리 밖에 있는 나라로 무늬가 좋은 가죽이 나는 나라'라고 언급하기도 한 사람이다.[2]

포숙아는 관중으로부터 때때로 규의 이야기를 듣지만 대단히 훌륭한 젊은이인 것 같았다.

"큰 목소리로 말할 수는 없지만……."

관중은 포숙아에게 귓속말을 한 일이 있었다.

"제아는 태자로서 오래 견딜 수 없을 것이야. 반드시 저 훌륭한 두 동생 중 어느 하나가 태자를 대신해서 장래 군주가 될 날이 올 것이네. 다행히 우리들은 그 훌륭한 공자를 보살펴 주는 역할을 맡

2] 여기서 조선이란 고조선을 말하는 것이다.

고 있네. 어느 쪽이 군주가 될지는 알 수 없지만 우리들도 그때는 서로 도울 수 있지 않겠는가?"
 "물론이지. 우리는 형제 이상의 사이가 아닌가!"
 포숙아는 관중의 손을 굳게 잡았다.

 희공이 죽고 태자인 제아(諸兒)가 제(齊)의 주인이 된 것은 기원전 697년의 일이었다. 이가 양공(襄公)이다.
 양공이 군주가 되어 제일 먼저 한 일은 사촌동생 무지(無知)에 대한 특별대우를 폐지하는 일이었다.
 양공은 태자 시절부터 자신과 같은 대우를 받고 있는 무지에 대해 화가 치밀어 견딜 수가 없었던 것이다.
 무지에게는 지금까지의 대우가 당연한 것으로 받아들여지고 있었다.
 그는 특권을 박탈당한 것에 대해서 불평이 많았다.
 "불평 많은 무지를 업고 문제를 일으키는 것도 한 방법이다."
 소백이 포숙아에게 말했다.
 이 무렵에 두 사람은 나라를 탈취하려는 논의를 은밀히 하고 있었다.
 "안 됩니다. 무지님으로는 할 수 없습니다. 안 됩니다. 저 사람은……."
 포숙아는 그렇게 말하며 머리를 흔들었다.
 "그렇다면 기다리는 수밖에 없는가?"
 "그렇습니다."

"기다리다 보면 공자(公子)가 커 버린다."

"죄송한 말씀이지만 이제 훌륭한 공자는 없는 걸요."

"팽생(彭生)은 어떤가?"

"대단한 힘을 가지고 있습니다. 완력이 있고 과감하지만, 약간 사려가 부족합니다."

"그러나 대단한 힘이야. 그 꼬마는……."

양공에게는 여러 명의 아들이 있었다. 양공 자신은 야무진 데가 없지만 우수한 아들이 성장해서 아버지를 보좌하는 경우가 있을 것이다. 하지만 포숙아가 말하듯이 이렇다 할만한 우수한 아들은 없었다. 다만 팽생이란 아들은 적어도 체력만은 뛰어났다.

양공이 즉위하고 4년, 노로 시집갔던 여동생 문강이 남편과 함께 제나라로 나들이를 왔다.

제를 떠나 이미 15년이나 지나 있었다.

그렇지만 양공은 성적 욕망을 억제하지 못하는 인물이었다. 아니, 15년이나 만나지 못했으니 그만큼 욕정은 일층 더했다. 떳떳하지 못한 불륜의 사랑이니 만큼 가슴속에 불길이 타오르는 것이었다.

양공과 노의 환공 부인은 다시금 둘만의 욕정을 불태웠다.

노의 환공은 그것을 눈치챘다.

신분 있는 집안의 아내가 다른 남자가 있는 곳에 그렇게 쉽게 갈 수는 없는 법이었다. 그러나 친오빠다. 누구나 설마 하고 생각할 것이 틀림없다. 정말 오랜만에 남매는 둘이서만 이야기하고 싶었을 것이다. 그렇게 생각하고 문강을 자유롭게 오빠에게로 출입하게 허락한 것이다.

　그렇지만 아무래도 태도가 수상했다.

　여러 가지로 조사해 본 결과 진상이 알려지기 시작했다.

　노의 환공이 열화같이 노한 것은 말할 것도 없었다.

　"에잇! 이 개 같은 것! 아니 개보다도 못한 것!"

　이렇게 말하며 아내를 발길로 걷어찼다.

　그러자 겁에 질린 그녀는 오빠에게로 도망을 가서 고했다.

　"오빠, 도와주세요. 제가 곧 살해될 것만 같아요."

　"살해되다니? 그렇다면 이쪽에서 먼저 죽이면 될 게 아니냐?"

　양공은 자제심을 잃고 힘 자랑만 하는 팽생에게 노의 환공을 죽이라고 명했다.

　찰과상 하나 내지 않고 사람 죽이는 방법을 팽생은 배운 바 있었다. 상대의 겨드랑이에 손을 넣어 끌어안듯 하고 늑골을 부러뜨리는 것이다.

　화해를 하고 싶다는 핑계로 영접을 가서 마차 속에서 그는 노의 환공의 늑골 두 개를 부러뜨려 죽여 버렸다.

　이 일은 양공 측근의 지극히 제한된 자들만이 알고 있었다. 노나라 사람들에게는 급한 병으로 죽었다고 통고했던 것이다. 그런데 노의 어느 신하가 주군의 늑골이 부러져 있는 것을 발견했다. 보기만 해서는 모르지만 사체를 면밀히 만지며 조사해 보면 판명이 된다.

　— 우리 주군의 사인은 부러질 이유가 없는 늑골의 골절입니다. 마중을 왔던 공자 팽생은 천하무적의 역사이니, 그 괴완(怪腕)이라

면 늑골 2개나 3개쯤은 문제가 없을 것입니다. 노나라 사람들은 모두가 팽생의 소행이라고 믿고 있습니다. 바라건대 팽생을 처치해서 우리들의 원한을 풀어 주시기 바랍니다.

노에서 이와 같은 요청이 제의 양공에게 왔다.

(발각이 되었는가? 팽생이 불쌍하지만 죄를 그에게 씌울 수밖에 없구나.)

양공은 그렇게 해서 팽생을 죽여 버렸다.

늑골의 골절을 발견한 노의 신하는 세밀한 관찰력을 칭찬받고는 겸연쩍은 듯 대답했다.

"별것 아니오. 조금 주의해 보았을 뿐이오……."

사람들은 그것을 그의 겸양 탓으로 생각했다. 하지만 실제로 그는 자신의 생각으로 사체를 자세히 조사한 것은 아니었다. 전날 낮선 복면의 사나이가 와서 속삭이고는 돌아갔었다.

"환공은 팽생에게 늑골이 부러져서 죽었소. 사체를 잘 조사해 보도록 하시오."

그리고 그 사나이는 엄한 목소리로 말했다.

"딴말은 필요 없소."

(이쪽에서 손을 쓸 필요도 없이 팽생은 처치되었다. 이건 다행이다.)

포숙아는 자기가 섬기는 소백을 위해 팽생의 죽음을 다행으로 여겼다.

(가만 있자…….)

문득 그는 불안해졌다. 과연 팽생이라는 괴완은 자멸한 것일까?

밤중이었지만 그는 친구 관중에게로 급히 달려가 자리에 앉자마자 물었다.

"노나라 사람에게 팽생의 일을 알린 것은 자네 아닌가?"

"역시 알고 있었는가?"

관중은 크게 웃었다.

"내 주인 규와 자네의 주인 소백 이 두 사람 사이에는 이미 벽은 없어졌네."

벽은 무너지고 두 경쟁자는 드디어 대결하기에 이르렀다.

관포지교(管鮑之交)

"그대는 아는가, 모르는가, 관중과 포숙아의 가난하였을 때의 우정을……."

중국의 시인 두보(杜甫)는 이렇게 말했다.

당(唐)나라가 번창하던 시대, 사람들은 경박해지고 우정의 고귀함을 잊고 있었다. 두보는 그것을 한탄하며 춘추시대의 관중과 포숙아의 우정을 사람들에게 상기시키려고 했던 것이다.

소꿉친구인 관중과 포숙아는 함께 장사를 한 일이 있는데, 그 이익금의 대부분은 관중이 가져갔다.

"관중은 가난하니깐 할 수 없다."

포숙아는 그것을 허락했다.

어느 땐가 관중은 포숙아를 위해 일을 했지만 그 때문에 오히려 포숙아가 곤경에 빠진 일이 있었다.

"이것은 운이다. 할수없다."

포숙아는 원망하지 않았으며 관중을 어리석은 자로 여기지도 않았다.

포숙아가 먼저 주인을 모시게 되어 제의 공자 소백의 보좌역이 되었다. 소백의 형 규의 보좌역을 구하게 되었을 때 그는 관중을 천거하였다.

그러나 형제 이상의 친한 사이임에도 불구하고 운명은 이상야릇한 것이어서 그들이 모시는 공자가 서로 다음 군주의 자리를 노리는 경쟁자가 된 것이다.

제의 주인인 양공은 공자 팽생에게 노국의 주인이며 자신의 매부인 환공을 죽이게 한 후 이제는 눈치 볼 것이 없다고 생각했다. 그리고 여동생을 제에 머무르게 하고 불륜의 사랑에 몸을 불태웠던 것이다.

떳떳하지 못한 불륜적 사랑이니 만큼 즐거움이 더했을 것이고 그만큼 사생활이 문란해졌을 것이다. 그와 함께 정치도 혼란을 더해갔다.

언제나 신하들을 속이고 약속은 아무렇지도 않게 깨뜨렸다. 그리고 처벌은 불공평할 뿐만 아니라 마음대로였다. 때문에 측근에 있는 사람들도 전전긍긍하고 있었다. '그놈을 죽여라!' 하는 한마디에 언제 죽을지 모른다.

정치가 가혹하다고 하더라도 일정한 규칙이 있으면 그래도 좋겠지만 양공의 정치에는 '법규' 따위는 없었다. 그날 그날의 기분에 따라 함부로 국사를 처리했다.

"나는 기다리는 작전을 세웠는데 이래서는 안 되겠다. 생각을 바꿔야겠는데……."

소백이 말했다.

"그러합니다. 기다리고 있는 사이에 무슨 재난이 닥쳐올지 모릅니다."

"도망갈까……."

"좋으신 생각입니다. 잠시 난을 피하는 편이 현명하다고 생각합니다."

같은 조건 아래서 같은 일을 생각하고 있으니 그것도 무리는 아니겠지만 보좌역인 포숙아와 소백은 호흡이 일치했다.

"도망간다고 해도 어디로?"

"곧 돌아올 수 있는 곳이어야 합니다."

"거(莒)로 할까?"

"거라면 안심할 수 있는 지역입니다."

소백과 포숙아는 거로 도망갔다.

산동반도의 남쪽, 황해 가까운 곳에 거라고 하는 작은 나라가 있었다. 제가 공작(公爵) 정도의 나라라면 거는 자작(子爵) 정도의 나라에 지나지 않는다. 산동반도 전역을 영유하는 제를 1백만 석이라고 한다면 거는 1만 5천 석 정도였을 것이다. 조그마하기는 하지만 자립하고 있는 나라였기 때문에 망명하기에는 조건이 좋았다.

양공의 포악한 정치는 점점 심해져서 많은 사람들은 군주를 원망했다.

양공을 가장 원망한 사람은 태자 대우가 폐지된 예의 사촌동생

무지였을 것이다.

무지는 불평분자들을 은근히 규합하고 있었다.

양공은 연칭(連稱)과 관지부(管之父) 두 사람을 규구(葵丘)의 수비대장으로 임명했다. 7월에 출발해서 다음해 7월 무렵 교체해 준다는 약속이었다.

규구라는 지방은 제의 수도 임치(臨淄)의 서쪽에 있으며 노와의 국경선에 가까웠다.

양공은 1년 교체의 약속은 했지만 그런 약속에 구속을 받을 사람이 아니었다. 수비대장을 1년이 지나도 교체하지 않았다. 거기서 연칭과 관지부 두 사람은 무지 등 불평분자와 손을 잡고 모반을 계획했다.

연칭의 사촌 누이동생이 후궁에 있었지만, 그녀는 불륜에 빠진 양공에게서 한 번도 사랑을 받아 본 일이 없었다. 그래서 당연히 불만이 많았다.

이 불만이 가득 찬 궁녀를 궁중의 정보원으로 하여 양공의 동정을 살피게 하고 좋은 기회를 노리고 있었던 것이다.

12월, 양공은 사냥을 나갔다.

양공은 연일 여동생과의 주색에 시달리어 일종의 신경쇠약 상태가 되어 있었다. 모반 세력은 그를 좀 더 착란시켜서 쉽게 쓰러뜨릴 수 있는 작전을 세웠다.

사냥을 나갔다가 한 마리의 큰 산돼지가 뛰쳐나왔을 때,

"저것 봐라, 팽생 공자님이다!"

이렇게 소리친 자가 있었다.

힘을 자랑하던 팽생은 몸이 뚱뚱해서 분명히 산돼지를 닮았다.

하지만 양공은 그를 죽인 것을 마음 아파하고 있었기 때문에 팽생이란 이름을 듣는 순간 발칵 성이 났다.

"팽생이 이런 곳에 나타날 게 뭐냐!"

외치며 활을 당겨 화살을 쏘았다. 화살은 돼지의 머리에 꽂혔다.

산돼지는 인간처럼 일어서며 '꽥'하고 울었다. 아니, 양공에게는 그렇게 보였다. 착란의 도가 심해진 것이다.

"악!"

비명을 지르며 마차에서 떨어진 양공은 발에 상처를 입고 신발을 잃어 버렸다. 일어선 양공의 눈은 초점을 잃고 있었다.

(이미 양공은 인간으로서의 판단 능력을 잃었다)

무지 등은 그렇게 판단하고 곧 모반에 들어갔다.

사냥에서 돌아온 양공은 명했다.

"신발을 가져오너라."

"주워오지 않았습니다."

신발 담당인 비(費)란 자가 이렇게 대답하자 양공은 홱 눈길을 돌렸다. 아무튼 정상이 아니었다. 약간이라도 마음에 걸리는 일이 있으면 손을 댈 수 없을 정도로 광폭해졌다.

"회초리를 가져오너라!"

양공은 스스로 회초리를 들어 비를 매질했다.

『춘추좌전』(春秋左傳)에는 피가 나올 때까지 매질을 했다고 했으며, 『사기』에는 매질하기 3백 대라고 했다. 아무튼 비는 반죽음을 당해서 내팽개쳐졌다.

그가 무거운 다리를 끌며 궁전을 나서려고 했을 때 모반군이 밖에서 군세를 갖추고 있었다.

"궁중 사람들에게 들키지 않고 양공의 옆까지 갈 수 있는 길이 있습니다. 제가 안내하지요."

비가 모반군의 대장에게 말했다.

처음에는 아무도 신용하지 않았지만 비가 옷을 벗고 등을 보이자 일동은 크게 머리를 끄덕였다. 비의 등 전체에 마치 지렁이 같은 핏자국이 나 있었다. 지금 막 매를 맞은 듯 생생한 상처였던 것이다.

"좋다. 안내하라."

연칭이 말했다. 이처럼 괴로움을 당했으니 이 사나이는 양공을 미워하고 있을 것이라고 생각했던 것이다.

비는 모반군의 선두에 서서 궁전 안으로 들어갔다. 양공의 거처 가까이에 이르자 그는 혼자 안으로 들어갔다.

"먼저 들어가서 상황을 보고 오겠습니다."

양공은 거기에서 연신 머리를 흔들며 안면을 후들후들 떨고 있었다. 착란이 아직도 걷히지 않고 있는 모양이었다.

비는 다리를 끌며 거처로 들어가 실은 양공에게 급함을 고하고 도망치든가 숨게 하려고 했던 것이다. 신발 담당의 직책을 증조부 때부터 하고 있는 그는 아무리 매를 맞아도 주인을 배반해서는 안 된다고 생각하고 있었다. 아니, 배반할 힘도 없었다.

그러나 양공의 광폭한 눈과 후들후들 떨고 있는 뺨을 보고는 과연 도와주어도 좋을지 갈피를 잡지 못했다. 등의 통증이 증오심을 일으켰다. 소나 말처럼 매를 맞으며 비명을 질렀던 조금 전의 자기 모습이 선명하게 뇌리에 떠올랐다.

그래도 그는 양공을 향해 말했다.

"무지님의 모반이옵니다. 지금 이 앞까지 연칭과 관지부가 군사를 이끌고 난입했사옵니다. 어딘가에 숨으시옵소서."

그런 말이 자연히 튀어나왔던 것이다. 비는 자신의 말에 반은 어처구니가 없었고 반은 납득이 갔다.

"어디로 숨으면 좋겠느냐?"

양공은 몸을 떨며 아기가 어머니를 바라보는 듯한 눈길을 비에게로 향했다.

"빨리 이쪽으로……."

비는 이제야 양공과 대등하게 되었다고 느꼈다. 어지러운 복도의 발자국 소리가 그를 흥분시켰다.

비는 한쪽의 문을 열고 급히 말했다.

"이 속에 잠시 숨어 계시옵소서."

"그래, 그래."

양공은 머리를 끄덕이며 그 속으로 들어갔다.

비는 밖에서 문을 닫았다. 그런데 자세히 보니 그 문은 마루에서 약 10cm 가량 높아 양공의 발이 밖에서 보였다.

방구석에 발판이 있었다. 그것을 벽장 속으로 밀어넣고 양공을 그 위에 서게 하면 밖에서 발은 보이지 않을 것이다. 비는 일단 발판을 손에 잡았지만 '그렇게까지 해줄 필요는 없다'고 생각하고 발판을 제자리에 놓았다.

밖으로 나와 보니 모반군은 기다리다 못해서 돌입하고 있었다.

맹양(孟陽)이란 자가 재빠르게 양공 대신 군주의 자리에 앉아 있다가 곧 목이 잘렸다.

"아니다! 이것은 제아(양공)가 아니다!"

무지는 잘린 머리를 보고 외쳤다. 그리고 비 쪽으로 향하여 말했다.

"네가 알려 주었구나."

"그렇소."

비가 대답했다.

연칭이 달려들어 비의 목을 쳤다. 불쌍한 신발 담당관의 최후의 모습이었다.

문 밖으로 발이 보였기 때문에 양공도 결국 발각되어 살해되고 말았다. 이렇게 해서 모반군은 성공했다. 여자에 빠지면 그것이 불륜이든 아니든 항상 역사가 변해 왔다. 그런데 아직까지도 많은 남자들은 정신을 차리지 못하는 것 같다. 양공도 그러했다.

무지가 나라의 주인이 되었다.

양공의 동생인 규는 이 소동을 틈타 보좌역인 관중 등과 함께 제에서 도망쳤다. 규의 어머니가 노나라 사람이었기 때문에 망명지로서 노를 선택했다.

"제 고집대로 자란 무지는 나라를 보존하지 못할 것입니다. 거로 망명한 소백 공자님의 동정이 더 중요하다고 생각되옵니다."

노로 가는 도중에 관중은 규에게 이렇게 들려 주었다.

관중이 말한 대로 무지의 천하는 수개월도 가지 못했다.

양공의 죽음이 그의 즉위 12년 11월(B.C. 686년)이었고, 무지가 죽은 것은 다음해 봄이라고 기록되어 있다. 물론 자연스러운 죽음이 아니다. 살해된 것이다.

무지도 사촌형인 양공을 닮아 감정에 따라 내키는 대로 이곳저곳에서 여러 사람들을 학대해 왔다. 옹림(雍林)의 모(某)라는 사람이 그중의 한 사람이었다. 무지에게 원한을 품고 있었다. 그래서 무지가 옹림에 왔을 때 깨끗이 죽여 버리고 말았던 것이다.

옹림의 모는 제나라의 후계자 싸움에는 관계가 없는 인물이었다. 다시 말하면 중간에 뛰어든 사람이다. 정세를 보고 있던 규와 소백에게는 예기치 않은 사건이었다. 두 사람은 어떻게 해서 무지를 제거하느냐 하는 것만을 열심히 연구하고 있었다. 그런데 무지는 그렇게 어처구니없이 죽어 버리고 말았다.

자, 그렇다면 우물쭈물하고 있을 때가 아니다. 제의 주인은 누가 될 것인가?

인접국의 큰 나라인 노는 말할 것도 없이 자기 나라에 망명했고 자기 나라의 여자가 낳은 규를 후원할 입장에 있었다. 그리하여 노나라에서는 규와 그 보좌역인 관중에게 군사를 빌려주었고, 그들이 귀국해 즉위하기를 원했다.

거에 망명중인 소백도 이와 같은 정세가 되고 보니 일각이라도 빨리 귀국해서 제의 주인으로 승인받고 싶다고 생각했다.

빠른 자가 승자이다.

제의 수도 임치에 어느 쪽이 빨리 도착하는가가 승부를 결정한다. 장유(長幼)의 순서로 말한다면 소백보다는 규 쪽이 연상이었다.

그러나 그러한 법칙은 여기서는 전혀 통하지 않았다.

규를 제로 귀국시킨 노에서는 동시에 보좌역인 관중에게 경쟁자인 소백의 귀국을 방해하도록 명했다.

관중은 여러 방면의 책을 읽어 아는 것도 많았지만, 더욱이 지리에도 밝았다. 그래서 제로 향하는 사잇길을 누구보다도 잘 알고 있었다. 공자 소백이 귀국할 것으로 예상되는 길목에서 관중은 소백 일행을 기다리고 있었다.

과연 얼마 있으니 소백의 일행이 다가왔다.

관중은 속으로 다짐하였다.

(실수해서는 안 된다.)

이것은 보통의 습격이 아니다. 신중하게 상대를 제거하지 않으면 안 된다. 실수가 없도록 하기 위해 화살에 독을 발라 두었다. 머리칼이 스치는 정도의 상처만 입어도 독은 전신에 퍼져 죽을 것이다.

관중은 자신이 스스로 그 독화살을 당겨 소백을 겨냥했다.

(침착하라. 침착하라…….)

그는 자신에게 그렇게 타이르며 정확히 겨냥을 하여 소백에게 화살을 날렸다.

말에 타고 있던 소백은 '악!'하고 크게 소리를 질렀다.

화살은 소백의 복부에 꽂혀 있었다. 그것을 분명히 보았다. 찰과상이라도 그 독은 사람의 목숨을 빼앗는다. 그런데 화살은 몸에 분명히 꽂힌 것이다.

소백은 말에서 떨어졌다.

신하들이 달려왔다. 울음소리가 들리기 시작하고 통곡하는 소리까지 섞였다.
 관중은 의기양양하게 철수했다.
 (공자 소백이 죽었다. 우리들의 공자 규의 경쟁자가 없어졌다!)
 남달리 신중한 관중은 소백의 유해를 영구차에 싣는 것까지 똑똑히 확인했다.
 노나라에서는 전승 기분이었다.
 "이것으로 제나라도 이제는 우리 노가 마음대로 할 수 있게 됐다."
 크게 기뻐했으며 규의 측근들은 이제부터는 태양을 바라볼 수 있는 곳으로 나갈 수 있다고 들떠 있었다.
 그러나 소백은 죽지 않았다.
 소백의 허리띠 걸쇠 옆에 있는 두꺼운 가죽에 화살이 꽂힌 것이다. 재빠르게 소백은 죽은 척하고 말에서 떨어졌다. 그렇게 하는 것이 최선의 방책이라고 판단한 것이다.
 "여봐라, 곧 영구차를 준비하라!"
 죽은 모양을 한 채 소백은 부하에게 낮은 소리로 그렇게 명하곤 영구차를 타고 고국인 제로 곧장 향한 것이다.
 (틀림없이 쏘아 맞혔다.)
 관중은 그렇게 생각하고 있었기 때문에 규 쪽에서는 긴장이 풀려 있었다. 한가로이 여행을 해서 6일이나 걸려 수도 가까이에 당도했다.
 밤낮을 가리지 않고 달려온 소백 일행이 먼저 도착해 있었던 것은 말할 나위도 없다.

이리하여 규와 소백의 싸움이 시작되고 이 한판 싸움에서 규는 패하고 말았다. 포숙아는 군을 이끌고 노나라까지 규의 일행을 추격했다.

규는 전의를 상실했다.

"강화의 조건을 제시해 주시오."

노나라는 제나라에 요청했다.

"규는 우리 주군의 형제이기 때문에 우리로서는 처치하기 곤란하오. 때문에 도망친 규를 노에서 처형해 주기 바라오. 단 그 보좌역인 관중은 우리에게로 인도해 주어야겠소."

이것이 강화의 조건이었다.

"불쌍하게도…… 인도되면 희롱당하다 죽을 것이오. 차라리 그 전에 혀를 물고 죽음이 어떠하오?"

참견하기 좋아하는 사람이 그렇게 권했지만 관중은 태연하게 웃으며 대답했다.

"희롱당하다 죽든, 어떻게 죽든 운명에 따르겠소."

(나를 죽이려고 했다면 주인 규와 함께 죽였을 것이다. 아무래도 살아서 세상에 나갈 것 같구나. 소백의 측근에 포숙아가 있고 또 그와의 약속도 있고…….)

관중의 그러한 추측은 적중했다. 소백 측에 인도된 관중은 포숙아의 추천으로 등용되었다.

소백, 즉 제의 환공이 춘추 제일의 패자가 될 수 있었던 것은 그에게 참모 관중이 있었기 때문이다. 관중을 추천한 포숙아는 놀랍게도 자기의 지위를 낮추고 관중을 최고의 재상으로 쓸 것을 진언했던 것이다.

이것이 그 유명한 관포지교(管鮑之交)이다.

관중과 포숙아, 패자(霸者)를 만들다.

"어떻게 잘못되신 것이 아닐까요?"

포숙아의 측근들은 이렇게 말하며 그의 처사를 이해하지 못하는 눈치였다.

그의 부인도 남편의 무릎을 흔들며 물었다.

"당신, 제정신 갖고 결정하신 건가요?"

"아, 물론 제정신이고말고, 이렇게 멀쩡한걸······."

포숙아는 대답했다.

그가 섬기는 공자 소백이 후계 계승의 싸움에서 이기고 제의 주인이 되었다. 바로 환공이다. 환공과 주군의 지위를 다투다 패한 형 규는 노에서 죽었지만 그의 신하인 관중은 포숙아의 배려로 목숨을 구했다.

두 사람이 어릴 때부터 둘도 없는 친구였기 때문에 여기까지는 납득이 된다. 하지만 포숙아는 주인인 환공에게 관중을 추천했다.

"군주께서 제의 주인 정도로 만족하신다면 소신만으로도 충분할 것이옵니다. 하지만 천하의 패자가 되실 생각이시라면 소신으로는 부족하옵니다. 어떻게 해서든 관중을 재상으로 삼지 않으면 안 되옵니다. 그는 천하에 다시없는 인물이옵니다."

포숙아가 관중을 제의 환공에게 추천할 때 사람들은 경악을 금치 못했다. 보통 일이 아니다. 가장 놀란 사람은 당사자인 관중이었다.

"올바른 정신으로 한 일인가?"

그는 포숙아에게 물었다.

"올바른 정신이고말고. 너무나도 올바른 정신이지."

포숙아는 즐거이 대답했다.

"나는 자네에게 목숨을 구원받았네."

"그것은 우리가 서로 했던 약속이 아닌가?"

"음, 먼저 성공한 자가 그렇지 못한 사람을 등용해 주자는 약속이었지. 그러나 자네는 자기 자신의 지위를 낮추면서까지 나를 높은 지위에 올려놓았네. 이것은 상식적으로 이해하기 어려운 처사가 아닌가?"

"나는 그렇게 생각하지 않네."

관중이 말했다.

"내가 졌네. 친구의 우정으로 관장방(官房長) 정도나 추천해 주었다고 해도 나는 감격의 눈물을 흘렸을 걸세. 그런데 재상이라니? 다시 말하자면 진 것은 나일세, 내 쪽이야."

"그렇지, 이긴 사람이 유리한 조건을 만들 수 있는 거야."

"그렇지만, 어떻게 그럴 수가!"

포숙아는 자신의 생각을 말했다.

"나로서는 이렇게 하는 것이 좋은 거야. 자, 내 말을 들어 주게. 내 뜻은 재상에 있는 게 아니고 천하에 있지. 그래서……."

관중이 말했다.

"그랬는가? 거기까지는 미처 생각하지 못했네 그려. 알겠네, 알겠어……."

관중은 고개를 끄덕이고 돌아갔으며 재상의 지위에 오를 것을 승낙했다.

정치가로서의 관중은 현실주의자이고, 특히 기회를 잘 이용하는 데 뛰어났다. 반사신경이 예민하고 순간적인 판단이 정확하지 않으면 기회를 잡을 수 없다. 신중한 반면에 여차할 때는 단념하는 것이 빨랐던 모양이다.

관중의 뛰어난 보좌로 제의 환공은 춘추시대의 패자가 될 수 있었던 것이다.

춘추시대의 패자란 무엇인가?

제후들을 소집하여 그 회의의 의장이 되는 사람이 패자였다. 그런데 환공의 경우, 제후들을 소집하여도 진(秦)의 목공(穆公) 등은 영지가 멀다는 이유로 참석하지 않았고, 초의 성왕(成王)은 '나는 남쪽 오랑캐(蠻夷)이므로, 중원이 어딘지 모른다'라고 거절했다.

명목상으로 주왕실이 존재한다고는 하지만 제후들은 '공'(公)이라는 칭호를 사용했는데, 초에서는 일찍부터 당당히 '왕'(王)이라고 칭하였다. 그 구실로는 앞서 말한 대로 '우리들은 오랑캐'를 들고 나왔던 것이다. '하늘 아래 2개의 해가 없고, 땅 위에는 왕이 둘이 있을 수 없다'라는 것이 중원 제국의 원칙이었지만 만이(蠻夷)의 영역에 서는 그러한 원칙이 철저하게 지켜졌던 것은 아니다. 이 사실에서 알 수 있듯이 만이라는 말은 당시 어느 정도 경멸의 대상이었던 것 같다.

초나라 다음으로 왕이라는 칭호를 사용한 것은 오나라였는데, 이도 역시 남방계이고 결국 만이였다. 중원의 제후들이 왕이라는 칭호를 쓰게 된 것은 전국시대 중반 이후부터이다.

패자가 되려면 상당한 실력을 쌓아야만 된다.

제나라는 산동반도 일대를 장악하고 있었지만, 낙양을 중심으로 하는 중원에서 본다면 약간 동쪽으로 치우쳐 있다. 해변가의 나라는 이 당시에는 후진국으로 취급당했다.

그런 불리한 위치에 있던 제를 패자의 나라로 만들 만큼 관중의 수완은 뛰어난 것이었다.

관중에게는 정치에 관한 저서도 있다. 보통 『관자』(管子)라는 저자명으로 불리고 있는데, 그 저서 가운데 그의 좌우명이 씌어 있다.

― 주는 것이 곧 얻는 것, 이것을 아는 것이 정치의 비결이다.

'주고 받는 것'이 아니다. '주는 것'이 곧 '받는 것'이라고 관자는 말했다. 정말 변증법적 사고라 하지 않을 수 없다. 아마 관중은 현실적인 사람이었던 것 같다.

조말(曹沫)의 사건이 그 정치적 견해를 나타내는 실례라 하겠다.

조말은 노나라의 장군이었다.

제의 환공으로 본다면 노(魯)는 자기와 패권을 다투던 규를 원조한 나라이고 더욱이 긴 국경선을 접하고 있는 나라였다. 자연 분쟁이 그치지 않고 발생하여 가끔 무력충돌이 일어나곤 했다. 제는 날마다 하늘을 찌를 듯한 기세로 국력을 신장시키고 있었다. 아무리 해도 노의 힘으로는 상대가 될 수 없었다. 몇 번을 싸워도 지기만

했다. 그 연전연패의 장군이 조말이었다. 제와 3번 싸워 3번 모두 패하였다. 그래도 노나라 장공(莊公)은 그를 해임하지 않았다. 국력으로 보아 패하는 것이 당연한 것이지 결코 장군의 잘못이 아니기 때문이었다.

조말은 패해도 목을 잘리지 않는 것에 대해 자기의 주인에게 감격하고 있었다. 이 관대한 대우에 무엇으로 보답하면 좋을까? 그는 마음 깊이 결심한 바가 있었다.

제의 환공 즉위 5년(B.C. 681년)에도 전쟁이 있었고, 노는 패하여 수(遂)의 땅을 양도할 것을 조건으로 강화를 청했다. 수는 현재의 산동성 영양현 서북으로 당시 노의 수도인 곡부(曲阜)에서 그렇게 멀지 않은 지방이었다. 땅을 잃는다는 것이 노로서는 대단히 가슴 아픈 일이었지만 이 땅을 내놓지 않으면 제군은 노의 전토를 유린할지도 모른다.

노나라 장공은 눈물을 머금고 강화회담에 임했다. 패전한 노국 원수는 제의 땅인 가(柯)라는 곳까지 강화를 위해 떠났다. 장군인 조말도 그 일행을 수행했다.

강화의 맹서는 단(壇)을 쌓고 행해졌다.

그 방법은 소를 잡아 왼쪽 귀를 쟁반에 담고 그 피로 서약의 글을 써 신명에게 고한 다음, 서로가 그 피를 마시고 맹서문을 읽는 것이다.

노의 장공이 바야흐로 단상에서 식을 행하려고 할 때, 조말이 갑자기 단 위로 뛰어올라 장공과 마주 앉아 있던 환공에게 덤벼들었다.

조말은 왼손으로 환공의 소매를 잡았다. 오른손에는 비수가 쥐어져 있었다. 예리한 빛을 발하는 날카로운 칼이 환공의 가슴을 겨냥하고 있었다.

조말은 조용히 말했다.

"제는 강국, 우리 노국은 약소국입니다. 대국의 침략을 받아 노의 수도는 성벽이 무너지고 국경선은 밀려나서 이제는 더 이상 물러설 수 없는 곳까지 이르렀습니다. 제발 다시 한번 생각해 주시어 빼앗은 땅을 돌려주시기 바랍니다."

제의 신하들은 어떻게 할 도리가 없었다. 섣불리 행동했다가는 주인의 목숨이 위험했다.

"그래, 알았다……."

환공은 그렇게 대답하는 수밖에 없었다.

"그럼 그 서약을 이 자리에서 해주시기 바랍니다."

조말이 말했다.

나라의 주인을 인질로 한 협박이었다.

조말은 서약이 끝나자 비수를 던지고 단을 내려와 아무 일도 없었다는 듯 제자리에 앉았다.

사마천은 이 이야기를 『사기』의 자객열전(刺客列傳) 첫머리에 쓰고 있다.

환공은 분했다.

"빼앗은 땅에서 군사를 물리지 말아라. 협박에 의한 서약은 무효다."

군신들에게 명했다.

이때 관중이 앞으로 나와 말했다.

"그렇게 해서는 안 되옵니다."

"왜 안 된다는 것인가?"

"작은 이익을 탐하고 스스로 기뻐해서는 아니되옵니다. 그렇게 하면 제후의 신용을 잃고 천하의 도움도 잃게 되옵니다. 서약대로 실행해야 합니다."

환공은 잠시 생각하더니 명을 내렸다.

"알았다. 군사들을 물려라."

환공이 각지의 제후를 소집하여 견(甄)이라는 곳에서 회맹(會盟)을 연 것은 이로부터 2년 후의 일이다. 협박에 의한 서약까지 지켰기 때문에 제후들은 환공을 믿은 것이다. 이 회맹에 의해 환공은 명실공히 패자로 인정을 받게 되었다.

주는 것은 곧 받는 것이다.

회맹 16년 후, 변방의 이민족인 산융(山戎)이 연(燕)을 공격했다. 연은 제의 북쪽에 접한 나라로 현재의 하북성이다. 북경(北京)을 지금도 연경(燕京)이라 부르는 것은 여기서 유래한다.

당시 연의 군주 장공(莊公)은 제에게 구원을 청했다. 제의 환공은 출병해서 산융을 물리쳤다. 연의 장공은 감사하여 환공이 귀환할 때 국경을 넘어 제의 땅까지 환송했다.

"서로가 예법을 어겼습니다. 그려."

제의 환공이 발길을 멈추고 말했다.

자신의 영지를 넘어서까지 환송하는 것은 상대가 천자인 경우에 한하는 것으로 되어 있었다. 제후간의 경우는 자기 나라의 국경선까지 환송하는 것이 예법이었다. 연의 장공은 감사한 뜻을 표하고 싶은 마음에서 이렇게 멀리까지 환송을 했던 것이다. 환공도 이를 미처 생각지 못했다.

"그럼 이렇게 하십시다."

환공은 가신에게 명해서 자기가 서 있는 곳과 연의 장공 사이에 도랑을 파게 했다.

"이것을 새 국경으로 하십시다. 당신은 당신의 영토에서 밖으로 나오지 않은 것이 되고 이로써 서로가 예법을 지킨 것이 될 것입니다."

이것은 일종의 영토 할양이다.

조말의 사건이 있은 지 18년, 환공도 이제 관중의 방식을 터득하고 있었던 것이다. '주어라, 그것은 받는 것이다.' 이제 서쪽의 진과 남쪽의 초를 제외한 중원의 제후는 대부분 제의 휘하로 들어갔다.

환공은 여자를 좋아했다. 부인이 세 사람, 애첩이 여섯 사람이 있었다. 부인 가운데 채희(蔡姬)라는 여인이 있었는데, 채(蔡)의 무공(繆公)의 누이동생이었다. 채는 초의 북쪽에 있는 나라로, 현재로 말하면 무한(武漢)과 정주(鄭州) 사이에 있는 하천과 호수와 늪이 많은 지방이다.

환공 즉위 29년째 되던 해, 그는 채희와 함께 뱃놀이를 하였는데, 어렸을 때부터 물이 많은 지방에서 자란 부인은 물을 두려워하지 않았다. 채희는 배를 흔들어대면서 장난을 쳤다.

환공은 무서워 견딜 수가 없었다.

"그만! 그만! 무슨 짓이냐. 위험하지 않느냐? 배가 뒤집히면 어쩌려고……? 그만해라!"

천하의 패자가 얼굴빛이 변하여 무서워하는 것을 보자 젊은 채희는 더욱 재미있어 하며 배를 흔들어대었다.

"호호호, 천하를 호령하시는 분이 이런 조그마한 배가 흔들린다고 얼굴색이 변하시니 어떻게 된 일이옵니까?"

영웅의 약점을 발견한다는 것은 약자에게는 대단히 유쾌한 일이다.

채희는 손뼉을 치며 즐거워했다.

기분이 상한 환공은 배에서 내려 그녀에게 말했다.

"너는 이제 채로 돌아가라!"

채희도 고집이 센 여자였다. 때문에 배를 흔들어 천하의 패자를 놀릴 수 있었던 것이다.

"알았사옵니다. 군주 역시 그런 분이셨군요. 고향으로 돌아가겠사옵니다. 기쁘게 돌아가겠사옵니다. 무어라 할까요, 뱃놀이 하나 할 줄 모르는 사람들만 있는 나라라니!"

채희는 자리를 박차듯이 일어나 본국으로 돌아갔다.

환공은 사실 약간 야단만 치려 했던 것이다. 그러나 채희는 환공이 자신을 용서하지 않으리라 생각했다. 채로 돌아가서 그녀는 곧 재혼해 버리고 말았다. 그러나 환공은 채희에게 미련이 있었다. 그녀의 재혼에 질투가 나기 시작했다.

"음, 나는 아직 정식으로 헤어진다고 말하지 않았다. 채는 예법에 어긋나는 짓을 했다. 채는 벌을 받아 마땅하다."

그는 출병을 명했다. 질투가 전쟁을 낳은 것이다.

채는 이 싸움에서 대패했다.

하지만 제에게도 이것은 명예로운 전쟁이라고는 말할 수 없었다. 그러나 이 채나라 출병을 이용해서 관중은 채에 대해 군사적인 시위를 벌였다. 기회를 놓치지 않는 관중의 진면목이 이런 곳에서도 역력하게 나타난다.

패자 환공의 치세는 43년간이나 계속되었다.

관중은 환공이 죽기 2년 전에 죽었다.

둘도 없는 친구인 포숙아가 임종의 자리에 있었는데, 그도 머리가 백발이 되었고 눈은 흐려 있었으며 얼굴은 주름투성이였다.

"후회없는 일생이었네, 덕분에."

빈사 상태의 관중은 이렇게 말했다.

"나야말로 덕분에 하고 싶었던 일을 했네. 생사의 걱정도 하지 않고……."

포숙아는 말했다. 대꾸하는 도중에 이빨 사이에서 '휘― 휘'하는 묘한 소리가 났다.

잠시 후 관중이 말했다.

"제에 빨리 도착하는 자가 이기는 경쟁에서 졌을 때, 나는 이미 죽었을 것이네. 자네의 도움을 받고 나서 40년간은 최선을 다했네. 마음껏 말이네."

"나는 포부는 컸지만 소심해서……, 목숨이 아까웠던 거야. 생명의 위험 없이 큼직한 일을 하고 싶었네. 나는 그 점을 알았던 것이네. 넉살좋은 말이지만 그 경쟁에서 이겼기 때문에 그것을 할 수 있었던 것이네. 고마우이."

"나야말로 감사하네. 나는 죽는 것은 무섭지 않았네. 한번 죽었다 살아난 몸이 아닌가? 역시 천하를 무대로 한 번 일을 해보고 싶었네."

"원망은 말아 주게."

"무슨……, 고마왔네."

두 노인은 이상한 대화를 하고 있었다.

신경질적이고 겁이 많은 포숙아는 굉장한 재능과 포부를 가슴에 품고 있었으나 그것을 마음대로 실행하지 못했다. 진상은 이러했다.

내정, 외교, 군사에 걸쳐 실패하면 군주를 보좌하는 재상이 책임을 지고 깨끗이 목을 바쳐야 하는 시대였다.

(뜻을 펴 보고는 싶지만 목숨이 아깝다.)

그렇게 생각하고 있을 때 사실상 책임을 질 수 있는 사나이, 즉 목숨을 아끼지 않는 사나이가 나타났다. 게다가 친구이다.

포숙아는 관중이라는 사나이를 통해 그 사나이의 책임 하에 자신의 포부를 실현하려고 했다. 즉 관중의 모든 업적은 모두 포숙아와 상의해서 이룩했던 것이다.

조말의 사건 때 할양받았던 땅을 반환한 것도 포숙아가 강하게 주장해서 그 의사를 관중의 입을 통해 환공에게 전했던 것이다.

"자네는 책임을 지지 않아도 되니깐, 꽤나 대담한 일을 나를 통해 하도록 했었지……."

빈사의 관중은 지난날이 그리운 듯 말했다.

"아니야, 나도 자네를 죽이고 싶지 않았기 때문에 무척이나 연구를 하고 생각해서 한 일이네. 자네도 이렇게 침상 위에서 죽을 수 있지 않은가."

"그래, 고맙다고 예라도 올리라는 건가? 하, 하, 하……."

관중은 조용히 눈을 감았다.

복수에 불타는 여인

다시 또 여산(驪山)의 회고담으로 돌아가자.

여산 이름은 여융산(驪戎山)을 줄여 부른 말이다.

여융이란 부족이 이 부근에 살고 있었다.

춘추시대에는 여기서 한 사람의 미녀가 나왔다.

그녀는 그냥 미녀가 아닌 재색(才色)을 겸비한 뛰어난 미녀였다.

그녀의 모국인 여융(驪戎)은 소국이고, 소국에서 살아가려면 여러 가지 지혜가 필요했다. 그녀는 여희(驪姬)라 불리웠는데 그녀 역시 살아가기 위해서는 그녀 나름대로의 지혜가 필요했다.

진(晋)의 헌공(獻公)이 여융을 치고, 여희와 그녀의 동생을 얻은 것은 기원전 672년 일이었다. 소국인 여융은 미녀 자매를 헌상하는 것으로 명맥을 유지하려고 했다.

"잘못했다가는 소백에게 빼앗길 뻔했다. 잘했다, 잘했어."

헌공은 기뻐했다.

여융의 미녀 자매에 대한 소문은 사방에 널리 퍼져 있었다. 여자를 좋아하는 소백, 즉 제의 환공도 이 소문을 들었을 것이다. 이

시대는 제의 환공이 춘추 패자로 군림하던 때였다. 산동에서 여산까지는 약간 멀지만 미녀를 얻기 위해 환공이 군사를 이끌고 달려올지도 모른다. 진의 헌공은 그 전에 자기가 이 미녀들을 손에 넣은 것이 즐거워 견딜 수 없었다. 패자라고 으스대고 있는 제나라 환공의 콧대를 꺾어 주었다는 생각만으로도 기분이 상쾌해졌다.

평판이 자자한 그녀, 그녀의 아름다움은 사람들의 선망으로 더욱 찬란하게 빛났다. 헌공은 여희의 아름다움에 정신이 팔렸다.

여희는 어떠한 여자인가?

당시는 여자라는 존재는 도구에 불과했다. 특히 제후 일족의 여자는 정략의 도구로 사용되었다. 성적 노리개란 표현이 좋을 것 같다. 상식적으로 여자들은 그것을 당연하다고 생각했으며 회의하거나 괴로워하는 일도 없었다. 그렇지만 여희는 보통 여자와 달랐다. 회의하고 괴로워했다.

그뿐 아니라 어떻게 하면 좋을까 열심히 생각했다. 나아가 생각뿐이 아니라 그것을 실행에 옮겼다.

여희는 자신이 태어난 나라를 더없이 사랑했다. 그 국토가 진의 군사들에게 유린당한 것에 누구보다도 심한 분노를 느꼈다. 게다가 헌공이 공격해 온 주된 동기가 자신을 손에 넣으려는 것이었음을 알게 되었다.

여희는 자신에게도 망국의 책임이 있다고 느꼈다.

그것을 보상하지 않으면 안 된다.

(여산 기슭의 아름다운 나라여, 너를 짓밟은 자에게 나는 복수를 하고야 말 것이다.)

그녀는 마음속으로 거듭거듭 다짐했다.

하지만 이 일을 동생에게는 말하지 않았다. 동생 소희(少姬)는 평범한 여자이다. 슬퍼하지 않고 괴로워하지도 않았다.

"아유, 근사하다……."

소희는 진의 수도의 번화함과 궁전의 훌륭함에 정신을 빼앗겨 오히려 이곳에 오게 된 것을 기뻐하는 것 같았다.

진은 현재의 하남성(河南省) 북쪽과 산서성의 대부분을 영유하고 있는 나라였다. 시조는 주의 무왕의 아들이며 성왕의 동생이 되는 숙우(叔虞)였다.

헌공은 패자인 제의 환공과 맞서 보려고 매사에 안간힘을 다 쓰고 있었다. 제의 수도 임치에 갔다 온 일이 있는 자에게 헌공은 곧잘 질문을 하곤 했다.

"어떤가, 이곳보다도 번화한가? 궁전은 어느 쪽이 크던가?"

임치 쪽이 좀 더 화려한 듯하다는 말을 듣자 그에 지지 않을 새로운 수도를 만들려는 생각을 했다. 그것이 바로 강(絳 ; 현재의 산서성 강현)인데 그때까지는 아직 완성하지 못하고 있었다. 하지만 원래의 옛 수도 익(耀 ; 현재의 익성현)도 여융의 시골 거리에 비하면 천양지차가 있었다.

동생은 황홀한 눈으로 궁전의 천정을 바라보았지만 여희는 냉랭하게 말했다.

"나는 오히려 고향이 마음에 들어."

"돌아가고 싶어?"

동생이 물었다.

"지금은 돌아갈 수가 없어……, 그리고 꼭 해야 할 일도 있고……."

"꼭 해야 할 일이 뭐야?"

여희는 동생의 이 물음에는 대답하지 않았지만 마음속 깊이 그것을 새겨 두었다.

(복수, 진을 멸망시키자. 그것만이 고국에 보답하는 길이다. 복수를 위해서라면 목숨도 아깝지 않다. 하물며 몸뚱이쯤은…….)

그녀는 헌공의 품에 안겨 있을 때에도 마음속에 새겨 둔 말을 다시 한 번 되뇌었다. 여자가 한을 품으면 오뉴월에도 서릿발이 선다고 했던가?

진의 헌공은 가(賈)라고 하는 나라에서 본부인을 맞이했지만 그들 사이에는 자식이 없었다. 하지만 헌공은 여자를 밝히는 군주로, 아버지가 죽은 후 아버지의 부인을 빼앗아 아내로 삼아서 그 사이에 남매를 두었다. 그녀는 제나라 환공의 딸 제강(齊姜)으로 본래는 헌공의 어머니 격이었다.

그녀가 낳은 남매 중 사내아이는 신생(申生)이라고 했으며 헌공은 그를 태자로 책봉했다. 헌공은 또한 적족(狄族)의 자매를 맞아들였는데 언니는 중이(重耳)를 낳고 동생은 이오(夷吾)를 낳았다.

그 후에 여희가 총애를 받게 된 것이다. 그녀가 해제(奚齊)라는 아들을 낳은 것은 헌공 12년, 즉 기원전 665년의 일이었다.

그녀는 아기의 얼굴을 바라보며 중얼거렸다.

"사랑스럽다……, 하지만 이 아기의 사랑스러움에 빠져 내 자신이 살아가는 목적을 잊어서는 안 된다."

여희가 살아가는 목적은 복수하는 것뿐이었다. 아름다운 고향을 유린하고 순박한 마을 사람들을 죽이고 체포하여 노예로 삼은 진의 주인 헌공의 자식, 그녀가 팔에 안고 있는 이 아기가 바로 그런 자식인 것이다.

"장래에는 이 아이를 태자로 삼겠소."

헌공은 그녀에게 말했다.

우선 헌공의 마음을 빼앗는 것에서부터 복수는 시작되었다. 헌공은 여희를 기쁘게 해주기 위해서는 어떤 일이든 하려고 했다. 그녀가 낳은 해제가 태자가 되는 것이 그녀에게는 최상의 기쁨이 될 것이 틀림없다고 헌공은 생각했다.

하지만 그녀는 머리를 옆으로 저었다.

"이미 신생(申生)이 태자로 책봉되어 있사옵니다. 제후들도 모두 신생을 진의 태자로 알고 있사온데, 지금 여기서 폐립시켜서는 안 되옵니다."

"음, 그래, 어쩌면 이다지도 마음이 고운 여자가 있을 수 있단 말인가?"

헌공은 감탄하며 더욱 더 그녀의 매력에 사로잡히게 되었다.

또 한 명의 세상 남자가 여자에게 빠지고 있다.

신생의 나이는 알 수 없지만 배다른 동생 중이(후에 패자가 된 진의 문공)는 해제가 태어난 해에 이미 32세였다. 형인 신생은 그보다 연장자였기 때문에 이미 청년기를 넘은 장년이었다.

신생은 성실하고 정직한 태자였다. 그러나 어딘가 어두운 얼굴을 지니고 있었다. 우수(憂愁)의 귀공자라고나 할까. 그의 출생 경위가 그를 우수의 귀공자로 만들었다. 그의 어머니는 원래 할아버지의 부인으로 제에서 시집을 왔다. 그런데 아버지가 할아버지 부인을 자기 부인으로 삼은 것은 유교 이전의 시대에 있어서도 용납할 수 없는 패륜이었다.

새로운 수도인 강(絳)이 축조된 것은 헌공 9년의 일이고 여희가 아기를 낳은 것은 그 3년 후였다. 헌공은 그녀가 만류했음에도 불구하고 태자 신생을 폐하려고 생각하였다.

(태자는 언제나 우울한 얼굴을 하고 있다.)

그것이 마음에 들지 않았다.

이 사랑스러운 아내 여희의 아들 해제(奚齊)에게 어떻게 해서든지 나라를 물려주고 싶었다. 그 어머니도 갸륵하지 않은가. 해제를 군주로 만드는 데 장해가 되는 것은 태자 신생뿐이 아니다. 적(狄) 족 자매의 몸에서 낳은 중이와 이오도 만만찮은 인물인 만큼 적지 않은 방해가 될 것이다.

헌공은 말했다.

"우리 진나라에는 세 곳의 요지가 있다. 첫 번째 장소는 조상의 종묘가 있는 곡옥(曲沃)이고, 두 번째는 진(秦)과의 국경이 가까운 포성(浦城)이며, 세 번째는 적과 경계를 접하고 있는 굴성(屈城)이다. 이 세 요지를 타인에게 맡겨서는 안심할 수 없다. 그래서 아들들을 각기 그곳으로 파견하려고 생각한다. 곡옥에는 신생, 포성에는 중이, 굴성에는 이오가 좋을 것이다."

해제의 경쟁 상대들을 보기좋게 중앙에서 쫓아 버린 것이다.

(내란의 징조가 보인다…….)

여희는 회심의 미소를 지었다.

그녀는 궁중의 내부에 세 공자의 파벌세력이 존재하는 것을 알고 있었다. 세 공자의 추방에 의해 파벌이 해소되지는 않는다. 아니, 그들은 오히려 결속을 굳히고 파벌세력은 점점 강한 힘을 갖게 될 것이다.

최대의 파벌은 말할 것도 없이 태자 신생의 파벌이다. 진나라를 시끄럽게 만드는 데는 우선 태자 신생을 선동하는 것이 상책이다. 몇 년 후 신생이 곡옥에서 인사차 들렸을 때 여희는 태자를 후원으로 초대했다.

그 전날 그녀는 헌공에게 교태를 부리듯 말을 꺼냈다.

"신생님은 농담을 좋아하는 분이지요?"

"농담을 좋아한다구? 설마……? 그놈은 언제나 못마땅한 얼굴을 하고 있어. 그러나 때로는 농담 한마디쯤은 할 수 있을지도 모르지……."

"그래요? 그렇다면 군주님께 대하시는 태도와 소첩에게 대하는 태도가 다른 것 같사옵니다."

"뭐?"

헌공은 믿기 어렵다는 표정이었다.

"오늘도 미묘한 농담을……."

"그래, 신생 그놈이 그대에게 어떤 농담을 했는가?"

헌공은 몸을 앞으로 내밀었다. 그가 볼 때는 신생이 농담하는 것은 아무래도 어울리지 않았다. 그래서 흥미를 느낀 것이다.

"부끄러워서 말씀 올리기가……."
"어떤 일인가? 궁금하구나."
"아이 참……, 할아버지가 돌아가신 다음 내 어머니는 아버지를 모셨다. 아버지도 고령이 되어 돌아가시게 되면 그대는 내 아들을 낳아 줄 수 있는가라고……."
"서, 설마? 그, 그놈이……."
헌공은 얼굴이 붉어졌다.
"그리고 소첩을 후원으로 초대하였사옵니다. 내일 낮에……, 물론 소첩은 응하지 않겠습니다만……."
"믿을 수 없는 일이다."
"믿을 수 없으시다면 내일 낮에 여기서 후원을 지켜보시면 아실 것입니다."
 후원에는 화단이 있었다.
 여러 가지 꽃들이 활짝 피어 있었다.
 아버지의 부인인 여희에게서 초대를 받은 신생은 화단 옆에서 기다리고 있었다.
"제가 정성들여 가꾼 훌륭한 모란을 보여드리겠습니다."
 그녀가 말했던 것이다.
 신생은 꽃을 좋아하는 사람으로 마음이 조금 여렸다. '얼마나 훌륭한 모란일까'하는 기대를 하며 그는 뒷짐을 지고 후원을 왔다갔다 서너 발씩 서성이고 있었다.
 궁전의 누상 기둥 뒤에 서서 헌공은 그를 내려다보고 있었다.
 신생의 모습은 어쩐지 안절부절못하는 것같이 보였다. 실은 약속

시간이 많이 지났던 것이다.

마침내 여희가 나타났다.

"아니, 왜 빈손으로 오십니까?"

신생은 그녀가 빈손이어서 이상하게 생각했다.

"모란 화분은 저쪽에 놓아두었어요."

그녀는 나지막한 목소리로 말하고 화단으로 다가갔다.

누상의 헌공이 볼 때는 두 사람의 움직임은 볼 수 있었지만 말소리까지는 들리지 않았다. 신생 쪽으로 다가간 여희는 '어머나!' 하고 당황한 표정으로 목을 움츠렸다.

서너 마리의 노란 벌이 '붕붕' 소리를 내며 그녀의 머리에 붙은 것이다.

"도와주세요. 벌을 쫓아 주세요."

그렇게 말하며 그녀는 신생에게 등을 돌렸다.

신생은 다가가서 그녀의 머리 부근을 털어 주려고 했다. 그러자 그녀는 두 손으로 얼굴을 감싸고 뛰었다. 그래도 벌은 집요하게 따라갔다. 신생은 그 벌들을 쫓기 위해 손을 내밀었다. 그래도 그녀는 뛰었다.

"가만히 계십시오. 무서워하지 않아도 됩니다. 제가 벌들을 쫓아 드릴 테니까요."

신생이 말했다.

그녀가 무서워하고 있는 것으로 그는 생각했다.

그런데 그녀는 가만히 있지 않고 그대로 궁전 안으로 뛰어 들어갔다. 대궐의 깊은 곳이기 때문에 신생도 그곳은 들어갈 수가 없었다. 그래서 따라가는 것을 단념했다.

 이것이 후원에서 일어났던 일의 전부였다. 그렇지만 누상에 있던 늙은 헌공의 눈으로는 별도 볼 수 없었고 두 사람이 주고받는 이야기도 들을 수가 없었다.

 그는 거부하는 여희를 아들 신생이 따라가는 것으로 판단할 수밖에 없었다. 그녀의 얼굴은 눈물로 범벅이 되어 있었다. 옆의 기둥을 껴안듯이 기대고 그녀는 어깨를 들썩이며 흐느꼈다.

 "신생 이놈! 나를 속이다니……, 이런 놈이라곤 생각하지 못했다. 당장에 처치해 버릴 테다!"

 헌공은 격앙해서 외쳤다.

 "참으십시오!"

 여희는 헐떡이며 말했다.

 "지금 신생님에게 손을 대신다면 이 나라는 산산조각이 날 것이옵니다……. 신생님을 따르는 자들이 많기 때문에 대책 없이 그러한 일을 한다는 것은 현명치 못하옵니다. 제발 지금은 참아 주시옵소서. 오늘 일은 못 보신 것으로 하시고……, 신생님에게는 예전처럼 자연스럽게 대해 주셔요……, 소첩이 목숨을 걸고 부탁드리옵니다."

 "음!"

 헌공은 두 주먹을 부들부들 떨고 있었지만 그녀의 눈물어린 애원을 들어 주지 않을 수 없었다. 그러나 그는 마음속으로는 신생의 태자 자리를 박탈할 결심을 굳히고 있었다.

 "소원을 들어 주신다니 감사하옵니다. 소첩은 얼굴을 씻고 오겠사오니 잠시 동안만……."

속삭이곤 여희는 물러났다.

별실에서 그녀는 얼굴을 씻기 전에 우선 머리에 꽂았던 비녀를 씻었다. 비녀에 벌을 모이게 하기 위해 꿀을 발랐던 것이다.

형제 도망가다

꿀을 바른 비녀로 벌을 유도한 것은 여희가 벌인 복수의 시작에 불과했다.

태자인 신생(申生)과 중이(重耳), 이오(夷吾), 3인의 유력한 후계자를 차례대로 멀리 떨어진 땅에 유치하고 5년째 헌공은 동산(東山)을 토벌하였다.

동산이란 적족(狄族)의 또 다른 파이다.

토벌군의 총사령에는 태자인 신생이 임명되었다.

대신 이극(里克)이 헌공에게 간청했다.

"태자에게는 선조의 제사를 지내게 해야 합니다. 더구나 태자를 장군으로 임명하는 것은 전례가 없었습니다. 부디 이 임명을 거두어 주시길 간절히 말씀드립니다."

하지만 헌공은 받아들이지 않았다.

"나에게는 아들이 많다. 아직 후계자를 누구로 할 것인가를 결정하지 않았다."

출진하기 전에 아버지 헌공은 태자에게 편의(偏衣)와 금결(金玦)을 보내 그것을 입으라는 명을 내렸다.

"아아! 나는 이제 태자의 자리를 빼앗기는구나."

신생은 길게 탄식했다.

편의란 좌우의 색깔이 다른 옷이다. 그 한쪽은 공복(公服 ; 군주의 옷)과 비슷한 색깔을 사용한다. 반은 군주라고 해서 그 후계자에게 어울리는 옷 같지만 실은 그렇지 않았다. 색깔이 분명하게 좌우로 갈라진 것은 '군주와 단절되어 있다'는 상태를 나타낸 것이다. 금결은 일종의 장신구이다. 이것은 환(環)과 같은 것이지만 환처럼 전부 둥글게 이어져 있지는 않는다. 황금막대를 원형으로 구부려서 그 양쪽 끝을 약간 떼어 놓은 것이다. 이것도 '연결되어 있지는 않다'라고 하는 무언의 암시였다.

제후의 친정(親征)에 태자가 수행하는 일은 있었지만 태자가 스스로 군을 이끌고 외정(外征)하는 것은 이례적인 일이었다.

전쟁에서는 어떤 국면이 전개될지 예측할 수 없다. 장군은 현장에서 결단을 내려야 한다. 그것이 잘못되어 패전하면 책임을 지고 참형을 당하게 된다.

이극이 말한 바와 같이 태자는 제사를 지내는 일은 그렇다 치더라도 목을 칠 수 없는 존재이기 때문에 외정의 장군으로 임명되지 않는 것이 관습으로 되어 있었다.

"나는 관습을 깬 것이 아니다."

헌공은 분명히 말했다. 신생을 장군에 임명한 것은 그를 태자로서 인정하지 않는다는 뜻이었다.

이것만 보아도 헌공의 저의를 짐작할 수 있는데 더군다나 편의와 금결까지 준 것이다. 폐적(廢嫡)의 의사가 있다는 것은 아무리 머리가 둔한 자라도 분명히 알 수 있었다.

다행히 신생은 동산 토벌에서 승리했다. 만일 실패했다면 보통 장군들처럼 패전의 책임을 지고 최악의 경우 처형을 당했을지도 모른다.

한편 노나라에서는 이 해 정변이 있었다. 한 해 전에 장공의 죽음에 따라 위를 계승한 민공(閔公)이 숙부인 경부(慶父)에게 살해되었다. 경부의 동생이 되는 계우(季友)가 민공의 동생인 신(申)을 옹립해서 위를 계승케 하고, 모반을 일으킨 경부를 죽임으로써 겨우 집안 소동은 해결되었다. 위를 계승한 신(申)이 바로 희공(僖公)이다.

신생이 동산을 쳤던 같은 해 위(衛)의 군주인 의공(懿公)은 적족(狄族)의 침략군과 싸우다가 전사했다.

이 의공은 동물을 좋아했는데 그 중에서 특히 학을 사랑했다.

마음에 드는 학을 군신들이 타는 '헌'(軒)이라는 마차에 태워서 운반하기도 했다.

사람들은 '학 군주님'이라고 불렀다.

학의 먹이가 군사들의 식사보다도 훨씬 사치스러웠기 때문에 군사들의 불평을 사는 것은 당연했다.

적군이 국경을 넘어 쳐들어오자 의공이 공격명령을 내렸지만 군사들은 움직이려고 하지 않았다.

"학을 사용하십시오."

병사들은 못마땅한 얼굴로 말했다.

"저 학들은 봉록과 벼슬을 받고 있지만 우리들에게는 그런 것도 없다. 어떻게 싸울 수 있겠는가?"

이렇게 해서 적군(狄軍)은 위를 유린하고 의공은 난전 속에서 전사하였다.

당시의 패자(霸者) 제나라 환공은 제후들의 군사를 이끌고 위를 위해 적을 토벌했다.

이것이 패자의 책임이다.

천하의 정세가 이상과 같았지만 동산 토벌에서 개선한 진의 태자 신생은 임지인 곡옥에 있으면서 때때로 수도인 강(絳)으로 나가 예궐하는 평소의 생활을 계속했다.

"너무하십니다. 이 나라의 태자이신 분에게 이게 무슨 처사입니까? 당치 않은 처사입니다……."

궁중 배우(俳優)인 시(施)라고 하는 자가 곡옥으로 와서 신생에게 이렇게 말했다. 그러나 신생은 맞장구를 치지 않고 웃으며 말했다.

"자식으로서 아버지를 나무랄 수는 없네."

신생은 이 자가 여희의 심복이라는 것을 눈치채고 있었다.

자칫 동조해서 불평이라도 한다면 그것이 몇 배로 불어나서 아버지의 귀에 들어갈 것이다.

(그러나 이처럼 신중하게 근신한다 해서 무슨 보람이 있겠는가?)

교육을 옳게 받고 자랐으나 신생은 적극성이 없는 귀공자였다. 너무나도 체념이 빠르고 또 지나치게 소심했다.

여희의 목적은 자기 아들인 해제를 후계자로 하는 것이 아니었다. 자기 고향을 잔인하게 짓밟은 이 진나라를 병력을 사용하지 않고 혼란에 빠뜨리는 데 목적이 있었다.

그러나 그녀는 결코 초조해 하지 않았다.

그녀는 동산 토벌 4년 후, 즉 헌공 2년(B.C. 656년)이 되었을 때 드디어 최후의 단계에 착수했다.

그녀가 그리운 여산의 고향에서 이 진으로 끌려온 지 이미 16년이나 흘렀다. 참을성 있게 헌공이 나이를 먹고 기력이 떨어지기를 기다렸던 것이다. 제방은 기초 부분을 조금씩 끈기 있게 허물어서 나중에 크게 한 번 흔들면 몽땅 붕괴해 버리게 되어 있다. 사람들도 마음속으로는 진왕조를 불신하게 되었다.

좋은 옷이라도
오래되면 누더기
나라도 산산조각
이쪽에도 우두머리 저쪽에도 우두머리
어느 쪽으로 가야 할까

이런 노래가 유행하고 있었다.

어느 날 여희는 인사차 입궐한 신생에게 말했다.

"헌공께서 태자의 어머님 꿈을 꾸셨다고 했습니다. 빨리 곡옥의 묘에서 제사드리고, 아버님께 그 공물을 올리도록 하십시오."

신생의 어머니는 제의 환공의 딸로 이름이 제강(齊姜)이라고 했다. 그녀의 산소는 곡옥에 있었다. 조상의 제사에서 서민은 육류를 제물로 올리는 것이 금지되어 보리나 쌀 같은 곡류를 가지고 했지만, 신생의 어머니는 공족(公族)이었기 때문에 소, 돼지, 양 등을 사용할 수 있었다. 이러한 제물들은 복(福)이라 칭해지고 있었고 혈연의 사람들에게 보내어졌다.

신생은 제사를 지낸 후 공물을 가지고 수도로 와서 아버님께 올리려 했다. 때마침 헌종은 사냥을 나가 궁중에 없었기 때문에 그는 그것을 궁중에 맡겨 두었다.

여희는 그 사이 음식에 독을 발랐다.

사냥에서 헌공이 돌아왔을 때 재인(宰人 ; 식사담당 관리)은 신생이 올린 제물을 내놓았다. 그것을 헌공은 집어 먹으려 했다. 당시에는 아직 젓가락이 사용되지 않았으므로 손으로 음식을 먹었다.

『예기』(禮記)라는 고대의 예법서에는 밥을 먹기 전에 손을 비벼 땀을 내서는 안 되며, 손가락에 묻은 밥알을 떨어뜨려서도 안 되고 밥을 뭉쳐서도 안 된다는 등의 예법이 기록되어 있다.

"잠깐 기다리시옵소서."

여희가 옆에서 말했다.

"곡옥은 꽤 먼 거리이기 때문에 그동안에 변했을지도 모르오니 시험을 해보심이 좋을 듯하옵니다."

오늘날의 지도로 직선거리를 재면 산서성 강현에서 곡옥현까지는 약 20km이다. 진의 수도인 강은 현재의 임분(臨汾)이란 설도 있지만 그렇더라도 60km 정도이다. 오늘날 같으면 아무것도 아닌 거리이지만 당시에는 꽤나 시간이 걸렸을 것이다. 부패를 염려한다는 것은 당연하다.

"그도 그렇겠군."

헌공은 술을 땅에 부었다. 그러자 땅이 부글부글 끓어올랐다. 독 때문인 것 같았다.

개를 데리고 와 고기를 먹였더니 '깽'하는 외마디 비명을 지르고는 그 자리에서 비틀거리다가 푹 쓰러져 죽어 버렸다. 한 번 더 확인하기 위해 노예를 데려다 술을 먹게 했더니 그 노예도 즉사하고 말았다.

"음! 위험할 뻔했다. 신생 이놈!"

헌공은 노했다. 하마터면 독살될 뻔했다고 생각한 것이다.

여희는 그 자리에 쓰러져 눈물을 흘리며 말했다.

"아아! 어쩜 이럴 수가 있단 말이옵니까……? 친아버지를 죽이려 하다니요! 그러니 다른 사람의 목숨 같은 것은 그 사람의 안중에도 없을 것이옵니다. 이처럼 폐하를 해하려는 것도 그 근본을 말씀드리오면 소첩이 군주의 총애를 받고 있기 때문이옵니다. 제발 우리 모자를 도망가게 해주시옵소서. 다른 나라로 가면 그 신생의 독수는 미치지 못할 것입니다. 만일 허락을 해주시지 않는다면 저는 차라리 자살을 하겠습니다. 그 신생에게 창피를 당하고 죽느니보다는 훨씬 나을 것입니다."

이것이 그녀가 계획한 첫 번째의 음모였다.

이것은 『사기』의 기술에 의한다.

그런데 『춘추좌전』(春秋左傳)에 의하면 여희는 눈물을 흘리면서 신생을 변명한 것으로 되어 있다.

"그 사람은 이런 일을 했을 리가 없습니다. 나쁜 사람들이 그 사람을 이용해서 이런 일을 했을 것이옵니다."

 늙은 헌공으로 보면, 이런 심한 일을 당했는데도 오히려 신생을 감싸 주는 그녀가 갸륵하고 한편 신생에 대해서는 치밀어 오르는 분노를 느꼈을 것이다. 그것을 계산한 발언임에 틀림없다.

 『춘추좌전』 쪽의 이야기는 재미는 있지만 지나친 감이 없지 않다.

 그 자리에 있던 사람 하나가 수도의 숙사(宿舍)에 머물러 있던 신생에게 이 사실을 급히 전했다. 신생은 무슨 말을 해도 자기의 무고함을 입증할 수 없다고 생각하고 곡옥으로 도망쳤다.

 그러나 헌공은 신생의 교육을 담당했던 두원관(杜原款)이란 자를 죽였다. 교육을 잘못 시켰기 때문에 이런 일이 생겼다는 죄목이었다.

 측근의 사람들은 신생에게 말했다.

 "이 일은 여희가 꾸민 일이 분명한 것 같습니다. 당당히 변명해서 흑백을 가리도록 하옵소서."

 긴히 권했지만 신생은 머리를 가로저으며 말했다.

 "아버지께서는 이제 늙으셨다. 여희가 없어선 무슨 일을 하든 안 된다. 잠을 잘 때도 음식을 먹을 때도……, 만일 여희의 죄가 탄로나더라도 아버지에게서 그녀를 빼앗는 것이 된다. 그렇게 되면 아버지는 여생을 어떻게 보내시겠나? 안 된다. 여기서 여희와 싸워서는 안 된다……."

 정말 착한 아들이다.

 "오명을 쓰고 망명을 한다고 해서 누가 나를 상대해 줄 것인가? 나는 출생부터가 부도덕하여 죽을 수밖에 없다."

 망명을 권해도 신생은 이렇게 대답했다.

생각이 빠른 신생은 그 해 12월에 곡옥에서 자살하고 말았다.

이것은 여희에게는 약간 기대 밖의 일이었다.

헌공, 신생, 중이, 이오 네 사람을 여기저기 얽히고설키게 해서 진나라 전체를 수습할 수 없는 상태로 만들어 놓는 것이 그녀가 바라는 것이었다.

(한 사람은 제거됐다……. 그렇다면 세 파가 된다.)

주인을 잃고 나자 태자 신생의 파벌은 다른 세 파 속으로 끼어 들든가 혹은 외국으로 도망쳤다.

"폐하를 신생이 독살하려고 했던 사건에는 중이와 이오 두 공자도 관련되어 있는 듯하옵니다. 공모인 듯하옵니다."

여희는 헌공에게 그렇게 아뢰었다.

"돼먹지 못한 놈들, 체포해라!"

늙어서 화를 잘 내는 헌공은 핏대를 올리며 외쳤다. 물론 헌공의 측근 중에도 두 공자와 친한 자가 있었다. 이 일은 곧 두 공자에게 알려졌다. 두 공자는 제각기 자기 성으로 도망쳤다. 중이는 포(蒲)로, 이오는 굴(屈)로.

헌공은 두 공자가 도망친 것을 알고 토벌령을 내렸다.

"잠자코 자기들 성으로 돌아갔다는 것은 역시 모반에 동조하고 있었다는 증거다. 군사를 보내어 토벌하라!"

하지만 두 사람이 취한 태도는 서로 정반대였다.

이오는 성안에서 철저하게 항전할 것을 각오했으나 중이는 다른 일은 어떻든 간에 포성에서 도망칠 것을 생각하고 있었다. 헌공이 파견한 토벌군으로부터 환관인 발제(勃鞮)가 포성에 사자로 파견되어 왔다.

　발제는 보검을 중이 앞에 놓고 자결을 강요했다.

　"이미 도망칠 수는 없습니다. 태자 신생을 본받아 이 칼로 깨끗이 자결해 주십시오."

　"음, 그렇게 하는 수밖에는 없지……."

　중이는 어깨를 떨구고 머리를 숙였다. 심신이 피로한 듯 보였다. 그러나 그렇게 보였을 뿐 중이는 신중히 상대의 동작을 엿보고 있었다.

　"억울하시겠지만 군명입니다."

　발제도 음울한 목소리로 말했다. 그도 이런 사자 역할은 싫었다. 중이의 얼굴을 똑바로 쳐다볼 수가 없었다. 그는 얼굴을 돌렸다.

　(이때다!)

　그렇게 판단한 중이는 갑자기 일어서서 곁눈질도 하지 않고 뛰기 시작했다.

　"아차, 큰일났구나!"

　발제는 눈앞에 놓았던 보검을 잡고서 곧 중이의 뒤를 추격했다.

　맨발로 뜰을 가로질러 도망치는 중이를 발제는 보검을 휘두르며 추격했다. 이때 중이의 나이는 이미 43세였다. 젊은 발제에게 곧 잡힐 것 같았다.

　그는 담장을 뛰어넘었다.

　"얏!"

　두 사람이 동시에 외쳤다.

　중이는 그 외침소리와 함께 담을 뛰어넘었고, 발제는 칼을 내려친 것이다. 허나 칼날은 중이의 옷깃을 잘랐을 뿐이다.

이렇게 하여 중이는 일단 탈주에 성공했다.

한편, 이오는 굴성에서 아버지의 군사와 1년여 동안 싸우기에 이르렀다. 하지만 형 중이가 싸우지 않고 도망쳤기 때문에 진나라의 전병력을 이오에게로 돌렸다. 이오는 굴성을 죽어라 사수했고, 진군은 좀처럼 성을 함락하지 못했다.

해가 바뀌어 헌공 23년, 대부(大夫)인 가화(賈華)를 장군으로 해서 다시 대병을 이오의 굴성으로 향하게 했다. 이오는 최후까지 싸울 각오였지만, 굴의 주민들이 이 싸움에 말려드는 것을 싫어하고 도망치기 시작했다. 주민이 없이는 싸울 수가 없었다.

이오도 성을 버리고 망명하기로 했다.

여희의 복수

중이와 이오는 어머니가 다른 이복형제이지만 그들 어머니는 자매 관계였다. 어머니들은 적(狄)의 호씨(狐氏) 여자였다. 먼저 도망친 중이가 어머니 고향인 적으로 갔기 때문에 저항하던 이오가 도망칠 때는 다른 지방을 선택해야 했다.

형제는 국외로 망명한 뒤에도 경쟁의식이 계속됐다.

말할 것도 없이 그들의 측근들은 복귀를 생각하고 있었다. 복귀란 군주가 되는 것이다. 한 나라에 두 사람의 주인이 있을 수는 없다. 어느 쪽이든 한쪽만 복귀할 수 있다.

고국의 정계에서도 헌공이 죽은 뒤를 대비하여 중이파와 이오파가 있어서 여희파와 세 파로 나뉘어 암투를 벌이고 있었다.

　이오가 선택한 망명지는 양(梁 ; 현재의 산서성)나라였다. 그곳을 선택한 까닭은 강국 진(秦)에 가깝고 진의 원조를 받을 가능성이 있었기 때문이다. 그러나 이상하게도 세 사람의 후계자 후보 중에서 가장 약한 것은 오히려 정식으로 태자가 된 여희의 아들 해제(奚齊)였다.

　(해제는 군자가 죽으면 별 볼일 없다.)

　누구나가 그렇게 생각하고 있었다. 때문에 해제에게는 사람이 모이지 않았다. 헌공이 죽게 되면 중이파와 이오파가 모반을 일으켜 해제는 즉위할 수 없을 것이다. 아마 해제파 사람들도 숙청될 것이 틀림없다. 목숨이 있고서 정승이고 판서이다. 궁중에서의 법도대로 일은 하지만 누구나 태자 해제에게 가까이 하지 않았다.

　이오가 양으로 도망친 2년 후, 여희와 함께 끌려왔던 동생 소희가 헌공의 아이를 낳았다. 이 아이가 도자(悼子)이다. 그러나 도자 탄생 다음해, 헌공은 병에 걸렸다. 이미 70세가 넘어 병에 대한 저항력도 쇠퇴했다. 이제 죽음의 그림자가 찾아들었다. 동시에 지금까지 보이지 않던 주위의 가신들의 마음속도 들여다보이게 되었다.

　(모두가 겉뿐이다. 그런데 내가 병을 앓게 되고서부터 어쩐지 모두가 안절부절못하는 것 같다……)

　이것은 당연하다. 어느 파에 들어가야 유리한가를 깊이 판단하지 않으면 안 되었다.

　병상의 헌공은 불안해졌다.

　특히 귀여운 해제의 앞날이 몹시 불안했다.

헌공이 죽은 다음 해제를 옹립할 실력자는 없다. 해제파라고 해도 실은 헌공파이다. 여러 가지 생각한 끝에 군신들 중에서 가장 인간적으로 신뢰할 수 있는 자에게 해제를 부탁하기로 했다.

헌공이 선택한 사람은 순식(筍息)이었다.

"그대는 내가 죽은 다음에도 후원자가 되어 해제를 세울 수가 있겠는가?"

순식을 불러 헌공은 이렇게 물었다.

"할 수 있습니다."

"그렇다면 어떤 계획이라도 있는가?"

"어떠한 일이 있더라도 해제님을 지키겠습니다. 아무 걱정 마시옵소서."

순식은 정중히 대답했다.

그러면 이때 여희는 무엇을 하고 있었나? 끊임없이 적(狄)으로 밀사를 보내고 있었다.

중이가 적에 망명하고 있었다. 중이는 진을 떠날 때 다섯 사람의 현자(賢者)를 데리고 갔다. 조쇠(趙衰), 호언(狐偃), 가타(賈佗), 선진(先軫), 위무자(魏武子) 등 다섯 사람으로 중이는 그들의 말을 따랐다.

여희는 밀서에 그녀의 이름을 사용하지 않았다. 진의 신하나 유력자의 이름을 마음대로 사용했던 것이다.

어떤 밀서에는 이렇게 썼다.

"태자인 해제는 아직 어리고 여러 신하들은 복종하지 않습니다. 헌공의 생명은 앞으로 얼마 남지 않았습니다. 당신을 맞아 옹립하려고 생각하고 있습니다. 제발 서둘러 귀국할 준비를 해주십시오."

그리고 또 어떤 밀사에게는

"양에 망명중인 이오가 당신의 귀국을 지키고 있다가 암살하려 하고 있다고 하니 주의하십시오."

라는 밀서를 가져가게 했지만, 또 어떤 밀사에게는

"전에 당신을 치려다 놓친 발제가 자객을 고용해 은밀히 명예회복을 꾀하고 있습니다."

라고 밀고하게 했다.

그와 같은 술수를 부리며 여희는 조용히 헌공의 죽음을 기다렸다.

지금이야말로 복수의 기회는 왔다.

(이제 진나라를 대혼란 속으로 몰아넣으려는 나의 계획은 곧 달성될 것이다.)

여희는 헌공의 병이 중해지자 해제파를 보강하는 데 열중했다. 아끼지 않고 돈을 뿌렸으며 땅을 준다는 약속도 남발했다. 그때문에 가장 약하다고 보였던 이 파벌도 어느 정도 세력을 형성하기에 이르렀다.

그녀는 헌공의 목숨이 앞으로 며칠밖에 남지 않았다는 말을 듣게 되었을 때 순식을 불러 부탁했다.

"해제를 국외로 도망가게 해주세요. 부탁해요. 아무래도 희망이 없는 듯 생각되어서……."

순식은 잠시 생각하고 나서 말했다.

"알겠습니다. 해제님과 도자님을 국외로 나가시게 하겠습니다."

"그 말을 들으니 안심이 돼요. 이 일은 우리 당파 사람들에게도 비밀로 해주세요."

"알았습니다."

순식은 머리를 깊숙이 숙였다.

그러나 헌공이 죽었을 때 여희는 '앗' 하고 놀랐다.

며칠 전에 무사히 국외로 도망쳤다는 보고가 있었던 아들 해제와 동생의 아들 도자가 둘 다 궁중에 있었던 것이다.

"이것이 어떻게 된 일입니까? 순식님!"

얼굴이 창백해진 그녀는 순식에게 힐문했다.

"묻고 싶은 것은 이쪽에서 더 많습니다. 희망이 없다는 것을 잘 아시면서 어째서 그처럼 우리 당파를 위해 애쓰셨는지요?"

순식은 오히려 되물었다.

여희는 입을 다물었다.

"대답하시지 않더라도 어느 정도는 짐작할 수 있습니다. 두 파보다는 세 파 쪽이 나라를 더욱 혼란케 할 테니까요……."

적중한 것이다.

해제파가 소멸하면 세 파벌 상태가 해소되고 두 파 대립이 된다. 두 파는 아무래도 균형을 잡기가 쉽다. 세 파가 대립하면 조건이 복잡해지기 때문에 혼란해질 가능성이 보다 농후해지는 것이다. 때문에 소멸해 있던 해제파를 다시 세우려고 광분했던 것이다.

"솥(鼎)의 다리 가운데 갑자기 한 다리를 뽑아 버린다는 생각이었군요?"

순식이 말했다. 묻는다기보다는 생각을 확인하는 느낌이었다.

그가 말한 대로였다.

처음부터 두 발이라면 어떻게든 균형이 잡혀 설 수가 있을 것이다. 하지만 솥과 같이 세 발 중에서 갑자기 한 발을 뽑아내면 쓰러지지 않을 수 없을 것이다. 이것이 바로 그녀가 노렸던 점이다.

"그런데 당신의 생각은 조금 빗나간 것 같습니다."

순식은 계속 말을 했다.

"우리 해제파가 꺼지려다 되살아난 등불처럼 힘을 얻었기 때문에 중이·이오의 양파가 연합을 했습니다."

"이 나라가 연합을 하면 안정될까요? 나라의 주인은 한 사람일 텐데요?"

여희가 간신히 입을 열었다.

"안정될 것입니다. 안정되고말고요."

순식은 힘주어 말했다.

그는 덧붙였다.

"중이님이 돌아오시게 되면……."

"그러나 중이는 돌아오지 않아요. 호, 호, 호……."

여희는 신경질적으로 웃었다.

"그러면 당신은 거기까지?"

"그래요. 손을 썼지요."

다른 사람의 말에 중이는 곧잘 귀를 기울이는 성격이었다. 그러나 이에 비해 이오는 독선적이었다. 굴성에서 철저하게 항전을 시도한 것으로 보아도 알 수 있듯이 성품이 과격하고 혹독하며 박정한 데가 있었다.

중이라면 진나라를 다스릴 것이다.

그런 인망이 있는 중이를 국외에 두고 이오가 진의 주인이 된다면 나라는 끊임없이 불안한 상태가 계속될 것이다. 그녀는 중이에게 끊임없이 밀사를 보내 귀국의 불리함을 알렸다. 모략이란 것을 숨기기 위해 경우에 따라서는 귀국 재촉의 요청도 하였다.

순식이 말했다.

"손을 거기까지 썼다면 할수없군요."

여희가 대답했다.

"이것은 여융국을 유린한 보복입니다."

"아무리 그렇다고 해도 처음에는 해제님을 희생시킬 생각까지 하셨으면서……."

"그래요."

여희는 머리를 끄덕이고 나서 말했다.

"그렇지만 진의 태자인 동시에 내 아들이기도 하지요."

"그렇다면 해제님에게는 진의 태자로서의 운명을 택하도록 해야겠습니다."

순식은 분명히 잘라 말했다. 여희는 돌아서서 가려고 했다.

그녀의 등을 향해 순식이 말했다.

"진의 태자의 운명 같은 건 보고 싶지 않겠지요?"

이 말은 그녀의 자결을 권유하는 말이었다.

그녀는 후원으로 나가 다리에서 연못에 몸을 던졌다.

중이·이오의 연합군 총수는 이극이었다.

이극은 해제를 죽였다.

헌공의 장례식은 아직 끝나지 않고 있었다.

대신인 순식은 해제의 동생으로 아직 어린아이였던 도자를 세워 헌공의 장례식을 끝냈다.

이 시대에는 아버지의 장례식에 상주가 되었던 아들이 그 후계자가 되었던 것이다.

유력한 공자 두 사람이 다 국외에 있었기 때문에 장례식에 시간이 걸렸다. 하지만 지금의 진의 전토는 중이·이오 연합군 일색이었다. 상주가 되는 것은 도자의 역할이었을 뿐 그 도자를 곧 처치하지 않으면 국외에 있는 공자가 귀환하기 어려웠다.

이극은 도자를 죽였다.

순식은 이때 순사(殉死)하였다.

연합군은 먼저 중이에게 귀국을 요청했다.

그렇지만 중이는 움직이지 않았다.

"장례식에 참석하지 못한 나에게는 자격이 없소"

이런 이유를 들었으나 사실 중이의 휘하에 있는 5명의 가신단과 신중하게 검토한 결과였다.

여희의 밀사공작은 중이로 하여금 귀국이 위험하다고 생각하도록 하는 것이었다. 그것은 그녀의 모략이었으나 사실 진실을 말해 주고 있었다. 귀국은 확실히 위험했다.

"공연히 지금 고생해 가며 귀국할 필요는 없습니다. 그것은 이오에게 시키도록 하십시오."

조쇠가 말했다.

"곪아터질 때까지 기다리는 것에는 찬성이지만 그렇다면 이오가 계속 눌러앉을 것이 아닌가?"

선진이 염려를 했다.

"이오는 자멸합니다. 틀림없이……."

가타는 자신만만하게 단언했다.

"왜?"

중이가 물었다.

"이오는 좋아하는 것과 싫어하는 것이 너무 극단적이고, 의심이 많고 게다가 인색합니다. 나라를 오래 보존할 수 없습니다."

호언이 대답했다.

"어느 정도 기다려야 하겠는가?"

중이는 다시 물었다.

"10년, 혹은 좀 더……."

호언이 대답했다.

중이는 손가락을 꼽으며 웃었다.

"그때는 내 나이 이미 60이 아닌가?"

헌공이 죽은 해에 중이는 47세였다.

"무리를 할 필요는 없겠지."

중이는 결단을 짓듯 말했다.

이에 반해서 이오는 적극적으로 복귀 공작을 했다.

연합군의 총수 이극은 애당초 중이파였지만 중이가 귀국을 거절했기 때문에 이번에는 이오에게 영접 사자를 보냈다.

"맨손으로 돌아가서는 절대 안 됩니다. 병사를 이끌고 귀환해서야만 주인의 지위가 튼튼해집니다."

가신인 여성(呂省)이 말했다.

"그러나 내 손에는 군사가 없다."
"진(秦)에게 빌리면 됩니다."
"그냥은 빌려주지 않겠지?"
"진(晉)의 하서(河西 ; 황하 서쪽) 땅을 진(秦)나라에 주십시다. 후에 진나라가 전부를 손에 넣으면 하서의 땅 같은 건 아까워할 게 없습니다."
"진(晉)의 국내 상황은 어떤가?"
"이극이 지배하고 있는 것 같습니다. 그를 우리 편으로 끌어들인다면 혼란은 없습니다."
"그의 협력을 어떻게 하면 얻을 수 있겠는가?"
"분양(汾陽 ; 분수의 북쪽)을 영지로 주겠다는 약속을 하십시오."
"좋다!"

이오는 이렇게 해서 진(秦)의 병사를 이끌고 진(晉)으로 귀환해서 군주의 자리에 앉았다. 이 사람이 곧 진의 혜공(惠公)이다.

혜공은 일단 즉위하자 진에 준다고 약속했던 하서의 땅이 아깝다는 생각이 들었다.

그는 사자를 보내어 사죄했다.

"영토는 선군(先君)의 것이므로 망명자였던 내가 이것을 마음대로 남에게 줄 수 없다고 여러 군신들이 강력하게 반대하고 있습니다. 나도 많은 논쟁을 했지만 가신들의 반대를 누를 수가 없었습니다. 그래서 대단히 죄송하지만 앞서의 하서의 땅을 할양한다는 이야기는 없었던 것으로 했으면 고맙겠습니다."

말이 사죄이지 이것은 진(秦)을 우롱한 말이었다.

진(秦)은 진(晉)을 증오했다.

혜공은 동시에 이극을 불러 말했다.

"그대가 영접을 했기 때문에 내가 즉위할 수 있었다. 그러나 그대는 두 사람의 주인 '해제와 도자'와 한 사람의 신하 '순식'을 죽였다. 나로서는 그대의 주인이 되기는 어려운 일이다."

자결을 하라는 것이다.

이극은 분함을 못 이겨 치를 떨면서 자결했다.

즉위운동의 최대의 공로자를 죽인 것으로 해서 진나라 사람들은 혜공을 믿지 않게 되었다. 그러나 일찍이 이극은 중이파였다. 다시 그가 중이와 연락을 취하는 것이 두려워서 자결을 명했던 것이다.

혜공 즉위 4년(B.C. 647년) 진(晉)에 기근이 들어 인근 제후들에게 원조를 요청했다. 이때 진(秦)은 많은 식량을 보내왔다. 다음 해 진(秦)이 흉작으로 진(晉)에 식량구입 교섭을 신청해 왔다. 이에 대해서 진(晉)은 절호의 기회라고 생각하고 식량 대신에 군사를 보내어 토벌하기 시작했다.

진(秦)의 무공(繆公)은 격노했다. 기근중이기는 하지만 동원령을 내려 오히려 진(晉)의 영토 깊숙이 쳐들어가 혜공을 포로로 잡았다. 너무나도 화가 난 무공은 혜공을 베려고 했지만 부인이 울며 말렸기 때문에 석방하기로 했다. 무공 부인은 혜공의 누님이었던 것이다. 석방된 혜공은 태자인 어(圉)를 진에 인질로 보내지 않으면 안 되었다. 인색함으로 인해서 혜공은 밖으로 진의 미움을 사고, 시기심으로 이극을 죽였으므로 안으로는 백성들의 불신을 초래했다.

혜공 치세 13년간 진의 정국은 끊임없이 유동하고 민심은 불안했다. 국내에 있는 여러 공자를 옹립하려고 하는 집단과 국외에 인질로 있는 태자를 세우려는 파벌 간에 암투가 계속됐다. 여희의 원한이 진에 깊이 서려 있었기 때문이다.

은혜와 복수

  진(晋)의 혜공(惠公 ; 이오)이 병상에 있다는 것을 알자 진(秦)에 인질로 있던 태자 어(圉)는 은밀하게 탈출해서 귀국했다.
  태자가 왕위를 계승한다고는 단정할 수 없었다.
  태자인 신생도 여희의 음모에 걸려들어 자살하지 않았는가? 신생의 죽음으로 여희가 낳은 해제가 태자가 되었지만 이 역시 헌공이 죽자 살해되었다.
  혜공에게는 태자 외에도 몇 명의 아들이 있었다. 군주가 죽었을 때 국내에 없는 태자는 즉위하기에 지극히 불리하고 어려운 조건이었다.
  게다가 어의 어머니는 양(梁)의 공녀(公女)였다. 양은 백작의 나라였지만 군주가 토목공사를 좋아해서 백성들은 그치지 않는 노역 때문에 피폐해졌다. 그리하여 진이 침공해 왔을 때 이를 방어하지 못하고 멸망하고 말았다. 그런 까닭으로 어는 어머니 친가의 힘을 얻을 수가 없게 된 것이다. 즉위하려면 그가 최소한 아버지가 죽을 때 국내에 있다는 조건을 갖추지 않으면 안 된다.
  이리하여 태자는 아버지의 임종에 참석했으며 희망대로 즉위할 수가 있었다. 이 사람이 진(晋)의 회공(懷公)이다.

그러나 그의 치정은 불안했다. 뿐만 아니라 인질의 무단 탈출은 당연히 진(秦)나라 무공의 노여움을 초래하기에 이르렀다.

회공의 아버지는 재위 13년간 끊임없이 국외에 있는 중이의 존재 때문에 괴로움을 받았다. 그래서 중이와 관계있는 사람은 몽땅 숙청해 버리고 말았다. 회공 역시 마찬가지였다. 그도 같은 괴로움을 전가 받은 것이다.

"고약한 놈!"

인질이 도망쳐 왕이 되었다는 소식을 들은 진나라의 무공은 불같이 화를 냈다. 이 괘씸한 놈에게 따끔한 맛을 보여 줄 방법을 무공은 알고 있었다. 난세의 제후들은 여러 가지 음모를 도모한다. 그러나 그 모든 것을 알기엔 회공은 아직 젊고 생각하는 것이 어렸다.

망명중인 중이에게 진나라의 무공은 군사를 빌려주겠다고 자청했다.

진(秦)의 후원을 얻은 중이는 19년 만에 귀국해서 회공을 내쫓고 즉위했다. 이 사람이 두 번째 패자(覇者)인 진(晋)의 문공(文公)이다.

젊은 회공은 고량(高粱)으로 도망쳤으나 그곳에서 살해되었다고 전해진다. 여희가 죽은 지 15년이 지났는데도 아직 그녀의 앙갚음이 그치지 않았던 것이다.

최후의 승리의 관은 '도망친 중이' 앞으로 돌아갔다.

그가 자객 발제의 칼날을 간신히 피해서 어머니의 나라 적으로 도망친 것은 19년 전의 일로, 그가 43세 때였다.

도망친 중이는 또한 욕심이 없기도 했다. 그리고 신하들의 말을 경청했다.

　아버지인 헌공이 죽고 해제와 도자 등 여희 파벌이 일소된 뒤 이극이 중이를 맞으려고 왔을 때도 그는 가신들의 권유로 귀국을 포기했었다.

　중이는 동생인 이오가 즉위해도 별로 질투를 느끼지 않았다.

　이오는 형님의 존재가 마음에 걸려 견딜 수가 없었다. 즉위 7년에 그는 다시금 발제와 자객을 보내 중이를 암살하려 했다.

　중이는 그 일을 알게 되자 조용히 적에서 도망쳤다.

　"부탁이다. 한 25년 정도만 기다려다오. 25년이 지나도 돌아오지 않으면 재혼해도 좋다."

　그는 도망치기 전에 적에서 맞이한 아내에게 그렇게 말했다.

　"25년……."

　슬픈 얼굴로 그의 아내는 남편을 바라보았다. 그리고 잠시 후에 단호하게 말했다.

　"예, 예, 그때는 제 무덤의 잣나무들도 크게 자라 있을 것이옵니다……, 하지만 기다리겠습니다."

　중국에서는 무덤 주변에 소나무나 잣나무를 심는다. 상록수이다. 썩는 유해 옆에 변하지 않는 수목을 심었던 것이다. 일종의 소나무와 같은 나무이다. 하여간 25년을 기다리라는 것은 대단히 멍청한 말이었다. 그러나 중이가 얼빠졌거나 인덕이 모자라서 그런 것은 아니다.

　중이는 자객을 피해서 처음에는 어머니의 나라 적으로 갔으나 이번에는 제(齊)나라로 갔다.

천하의 패자 제의 환공도 이미 늙었고 그 유명한 관중이 병사한 직후의 일이었다.

"제의 환공도 관중이 없으면 불편할 것이다. 내가 가서 보좌해 주어야겠다."

적에는 12년간이나 머물러 있었다. 그는 이미 55세였다.

제로 가는 도중 위(衛)를 지났지만 주인인 문공은 중이 일행을 냉대했다. 오록(五鹿)이란 지방까지 왔을 때 식량이 떨어져 일행은 굶주림에 시달렸다.

그곳의 농부에게 먹을 것을 구하자 농부는 웃으며 말했다.

"알았소, 알았소. 기다리시오."

그리고 그릇을 내놓으라고 했다.

가져온 그릇의 뚜껑을 열어 보니 속에는 흙이 들어 있었다.

온순한 중이도 이때만은 화가 머리끝까지 솟았다.

하지만 측근인 조쇠가 옆에서 말했다.

"흙을 받는 것은 영지를 받는다는 것입니다. 재수가 좋습니다. 고맙게 받으십시오."

중이는 그 말대로 했다.

제에 도착하자 과연 천하의 패자 환공은 그들 일행을 따뜻하게 대접했다. 중이는 제의 공족의 여자를 아내로 맞이하고 20승(乘)의 말도 받았다.

4두 마차를 '승'(乘)이라고 한다. 전차(戰車)의 경우는 여기에 세 사람의 무장병이 타고 뒤에 보병 72명이 따른다. 합해서 75명이다.

따라서 중이는 말 80필을 받고 1천5백 명의 부하를 거느리는 손님의 대우를 받았다.

　천자를 가리켜 '만승(萬乘)의 군'(君)이라 부르는 것은 4만 필의 말과 75만의 군세를 이끄는 왕자라는 뜻이다.

　만승의 천자에는 못 미치지만 20승의 손님 대우도 기분좋은 일이었다. 아무튼 헐벗고 굶주리던 방랑생활도 경험했다. 가는 곳마다 '거지 공자님'이라는 조소를 받았고 오록에서는 식기를 흙을 담아 내놓는 심한 희롱을 당하기도 했던 그였다.

　그것에 비하면 제는 20승의 빈객(賓客) 대접을 하는 극락 같은 곳이 아닌가.

　중이가 제로 와서 2년째 되던 해에 패자 환공이 죽었다. 그 후에도 그는 계속 제에 머물러 있었다. 아무튼 살기 좋은 곳이었다. 진(晋)의 주인이 되겠다는 야심도 없이 현재의 처지에 만족하고 있었다. 가신들은 욕심이 없는 주인 때문에 안절부절 못하고 있었다.

　그러나 중이는 입버릇처럼 이렇게 말하는 것이었다.

　"인생은 안락이 제일! 지금의 이것이 안락이니 다른 곳으로 갈 필요는 없다. 나는 여기서 죽겠다."

　그렇지만 가신들은 꿈을 가지고 있었다. 괴로운 망명생활을 참아 온 것도 그 꿈을 기대하고 있었기 때문이다.

　(우리 군君을 진의 주인으로…….)

　이것이 그들의 소망이었다. 그런데 주인은 태평하게 지금의 상태에 안주해 있다니…….

　가신들은 이마를 맞대고 의논을 하기 시작했다. 어떻게 해서든 우리 주인이 분기하도록 하지 않으면 안 된다. 하지만 지금의 상태로는 20승의 대우를 만족스럽게 여기고 제에서 얻은 아내의 무릎 베개에서 좀처럼 머리를 들려고 하지 않는다.

"비상수단을 쓸 수밖에 없다."

호언이 말했다.

"비상수단이라니?"

조쇠가 물었다.

"우리 주인을 취하게 해가지고 마차에 실어서 이 곳 제를 떠나는 것이네. 여기 있는 한 우리 주인은 안주해 버릴 걸세."

"술이 깨시면 화를 낼 게 아닌가?"

"주인의 화는 이 호언이 혼자 책임지겠네."

호언은 중이의 외삼촌이다.

당시 가신들만이 중이의 태도를 초조하게 생각하고 있었던 것은 아니었다.

"당신이 남자라면 여기서 한번 기운을 내셔서 일족을 이끌고 본국으로 돌아가는 일을 생각해 보시면 좋으실 텐데요. 소첩은 이런 사소한 안락으로 만족하시는 것을 보니 부끄럽습니다."

아내인 제의 공녀도 이렇게 말하며 안타까워했다.

때문에 가신들과 중이의 아내는 공동작전을 펼 수가 있었다. 중이의 아내는 남편을 취하게 해서 가신에게 맡겼다. 취한 중이를 가신들은 정신없이 마차에 태우고 말에 채찍을 가하여 제를 떠났던 것이다. 중이가 정신이 들었을 때는 이미 국경선을 훨씬 넘어 있었다. 아직 취기가 약간 남아 있던 중이는 화를 내면서 창을 잡고 외쳤다.

"이런 일을 기도한 놈은 죽여 버리겠다! 누구냐?"
"저올시다."
앞으로 나선 것은 호언이었다.
"음, 내가 그대를 죽이지 못할 것으로 생각하는가?"
"저는 우리 주인을 대장부로 만들 수만 있다면 죽는 것으로 만족하겠습니다."
"음, 좋습니다."
중이는 조금 취기가 가셨다.
호언은 말했다.
"일이 성사되지 못하면 이 외삼촌의 살을 씹어 주십시오."
일이 실패하면 제일 먼저 죽겠다는 각오를 말한 것이다. 중이는 현명한 인간이었다. 호언의 말뜻을 알아차리고 가신들에게 몸을 맡기기로 했다.

중이의 일행은 제에서 조(曹)나라로 들어갔다. 현재 산동성에 조현(曹縣)이란 곳이 있는데 그 부근일 것이다.
조의 공공(共公)은 경박한 인물이었다.
"중이란 놈은 병협(騈脇)이라는 소문이던데 그 소문이 사실인지 좀 알아볼까"
하고 말했다.
병협이란 말은 갈비뼈가 나누어져 있지 않고 하나로 되어 있어서 힘이 비할 바 없이 센 골상을 말하는 것이다. 좀처럼 볼 수 없는 드문 체격이다.
덜렁거리며 경박했던 조의 공공은 중이가 목욕하는 것을 엿보았다.

― 조의 공공은 무례하게 중이의 병협을 보려고 했다.

『사기』에는 이렇게 쓰고 있으나, 『춘추좌전』에는 공공이 변태적인 행위가 있어 목욕탕을 들여다보았다라고 기록하고 있다. 『여람』(呂覽)에는 공공이 중이의 상반신을 벗기고 물고기를 잡으라고 명한 다음 그 하나로 된 갈비대를 본 것으로 되어 있다.

아무튼 무례한 짓이었다. 실수천만이었던 것이다. 어느 남자라도 다른 사람에게 벌거벗은 몸을 보이는 것은 싫은 것이다. 공공의 신하인 이부기(釐負羈)는 음식을 가지고 와서 주인의 무례를 사과했다. 식기에는 몰래 보석을 넣었다. 중이는 음식만을 받고 보석은 돌려보냈다.

이부기가 말했다.

"보석은 역시 받아주지 않으시는군요."

그 신하는 한숨을 쉬었다.

중이 일행은 모욕을 받은 조나라를 떠나 송(宋)나라로 갔다.

현재의 하남성(河南省) 상구시(商丘市) 부근이다. 주에게 멸망된 은의 유민들이 사는 나라였다.

이 시대 송의 주인인 양공(襄公)은 춘추시대에 보기 드문 훌륭한 인물이었다. 이 '훌륭하다'는 형용사는 여러 가지 의미를 내포한다.

중이가 송으로 들어가기 직전, 송은 초(楚)와 홍수(泓水)에서 싸워 패했다. 초가 군세도 정비하지 않고 강을 건너기 시작했을 때 송의 군사(軍師)가 진언했다.

"적은 대군, 우리는 수적으로 열세입니다. 지금이야말로 공격할 절호의 기회라 생각합니다."

이에 양공이 대답했다.

"상대는 아직 군을 정비하지 않고 있다. 이를 공격함은 비겁한 짓이다. 안 된다."

그는 군사를 뒤로 물렸다.

그리하여 초군이 군을 정비해서 완전히 강을 건넌 다음 싸웠으며 그렇게 됨으로써 송군은 대패했던 것이다.

이것을 '송양(宋襄)의 인(仁)'이라고 한다. 불필요한 인이라는 뜻이다. 전쟁에 인의(仁義) 같은 것은 있을 수 없다. 그러한 순수한 생각으로 세상을 살아가는 양공의 태도를 세상은 조소했던 것이다. 그리고 지금까지 조소당하고 있다.

그렇지만 송의 양공은 불리함을 알면서도 양심에 어긋나는 일은 할 수가 없었다. 왜냐하면 그는 망국(亡國)의 후예였기 때문이다. 왕조를 멸망시켜도 고대에는 그 유민들에게 나라를 주어 조상의 제사를 올리도록 했다. 제사를 받지 못하는 원령들이 앙갚음을 한다고 생각하고 있었기 때문이다. 송은 그러한 관례로 은(殷)의 유민에게 동정으로 주어진 나라였다. 그렇기 때문에 '인의'를 의식한 것이다.

송은 중이에 대해서도 실로 정중했다. 허나 어이하랴! 홍수의 싸움으로 피폐해져 중이를 후원하는 일에는 별 도움이 되지 못했다. 이리하여 중이 일행은 다음에 정(鄭)으로 갔지만 여기서는 냉대를 받았다. 그래서 그 다음에는 초(楚)나라로 갔다.

그곳에서는 우대를 받았다.

"당신이 만일 귀국하게 된다면 내게도 무엇인가 은혜를 갚아 주었으면 좋겠소."

농담 반 진담 반으로 초의 성왕(成王)이 말했다.

중이는 잠시 생각하고 나서 대답했다.

"당신은 어떤 보물이라도 다 가지고 계십니다. 무엇을 드렸으면 좋을지 망설이게 됩니다……, 그렇습니다. 앞으로 평원에서 당신의 군사와 싸우지 않으면 안 되게 되었을 때 저는 이번의 은혜를 갚는 뜻에서 3사(三舍)를 후퇴시키겠습니다."

사(舍)란 군대의 하루 행군 거리로 3사는 약 60km에 해당한다.

'3사를 물러선다'고 했다. 은혜를 알맞게 꼭 갚겠다는 뜻이었다.

그러던 중이 일행은 초에서 진(秦)으로 가서야 비로소 바라던 귀국을 하게 되었다. 그것은 회공의 무공에 대한 무뢰함 때문이기도 했지만 중이의 인간미와 인내가 준 영광이었을 것이다.

19년은 길었다. 나의 집이라는 생각으로 있었지만 망명생활은 역시 괴로운 것이었다. 특히 방랑시대의 고통은 잊을 수가 없었다. 중이는 즉위해서 진(晋)의 문공(文公)이라 불리었지만 그때의 나이 이미 60세를 넘어 재위 기간도 10년을 채우지 못하였다. 그래도 제의 환공이 죽은 다음 제2의 패자로 인정을 받았다. 주의 천자를 앞세우고 천하를 호령했으니 망명시절의 온갖 고초의 결실을 보았다고 할 것이다.

중이는 망명시절에 받은 굴욕을 설욕했다. 그를 냉대했던 위(衛)의 문공은 이미 죽었지만 그 아들 성공(成公)은 진군의 토벌을 받았고 결국 위나라는 성공을 추방하고 항복했다. 이때 흙덩이를 주고 희롱했던 오록지방은 형편없이 유린되고 말았다.

　목욕탕을 엿보았던 조의 공공은 진의 대군을 맞아 포로 신세가 되었다.

　중이는 은혜를 받은 송을 원조했다.

　송의 양공은 홍수의 패전 때 입은 부상이 원인이 되어 죽고 그 아들 성공의 시대가 되어 있었다. 그리고 운명이라고 할 수 있는 이웃나라 초와의 대결로 피로해 있었다. 중이는 위와 조에게서 빼앗은 영토의 일부를 송에 주고 송을 위해 초와 싸워 주었다.

　실은 초에게서도 은혜를 입었다. 중이는 초와의 싸움에서 약속대로 군사를 3사 후퇴시킨 상황에서 상대를 깨뜨렸다.

　더욱이 중이가 조를 점령했을 때는 앞서 음식을 가지고 와서 주인의 무례를 사과했던 이부기의 일가를 보호해 주었다.

　당시 식기에 넣었던 보석을 돌려 준 까닭은 그대의 주인은 용서할 수 없다는 뜻을 표시한 것이며, 음식을 받은 것은 그대는 용서해 주겠다는 뜻이었다. 이부기의 한숨은 그 뜻을 깨달았기 때문이다.

오자서(伍子胥)의 등장

　제의 환공이나 진의 문공 등 패자에 의해 화려하게 장식되었던 춘추시대는 유명한 월(越)·오(吳)의 항쟁으로 막을 내렸다.

　춘추시대의 종말을 이야기하겠지만, 이제부터 그 중심인물은 오나라와 월나라의 왕이 아니라 두 나라의 유명한 신하의 이야기이다. 월나라의 명신은 범려(范蠡 ; B.C. 517년~?)이고 오나라의 명신은 오자서(伍子胥 ; ?~B.C. 484년)이다.

우수한 재능을 지닌 이 두 인물이 걸어온 길은 너무나도 정반대였다. 단지 흥미있는 대비라고 말하기에는 너무나도 심각한 인생의 단면을 내포하고 있다. 오·월의 이야기는 재미있다. 그러나 웃으면서 이야기해 가는 도중에 문득 무서운 심연(深淵)을 들여다보는 기분이 들어 생각지도 않게 말이 끊겨 버린다.

원한을 품고 죽어서 원령이 되었다고 전해지는 오자서는 살아 있을 때에도 원한의 덩어리와 같은 인물이었다. 그와 같은 입장에 놓인다면 누구나 원한의 덩어리가 될 것이다.

그 사정을 기술하겠다.

오씨 가문은 초에서도 이름이 알려진 명문이었다.

오자서의 아버지는 오사(伍奢)라고 했다.

그때의 초의 주인은 평왕(平王)이었다.

평왕의 태자는 건(建)이고 오자서의 아버지 오사는 그 태부(太傅)의 직을 맡고 있었다. 태부란 태자의 교육을 책임 맡는 중요한 자리이다. 그 차관직이 소부(小傅)였다. 건의 소부의 직에는 비무기(費無忌)라는 과히 소행이 좋지 않은 사나이가 임명되었다.

태자 건이 결혼할 나이가 되었기 때문에 북쪽에 있는 진(秦)나라에서 신부를 맞이하려고 소부인 비무기를 파견하게 되었다. 비무기는 진으로 가서 신부 후보인 왕녀(王女)를 만났다. 그런데 그녀가 또한 절세미인이라는 것을 알았다.

더욱이 그녀는 평왕이 좋아하는 형의 미녀였다.

이 이야기는 평왕 즉위 다음해의 사건이다.

즉, 평왕의 치세는 막 시작되었고 이제부터 몇십 년 계속될지 모른다. 태자 건의 천하가 되기까지는 아득한 세월이었다.

(태자를 섬기는 것보다는 왕의 측근이 되면 더욱 큰 영광과 번영을 누릴 수 있으리라!)

이렇게 비무기는 생각하고 있었다.

이것은 절호의 기회였다.

그는 급히 귀국해서 평왕에게 다음과 같이 고했다.

"참으로 놀랄 만한 미녀이옵니다. 전하께서 이 여자를 차지하시옵고 태자를 위해서는 다른 낭자를 맞이하심이 좋을까 하옵니다……."

평왕은 원래 여색에 있어서는 남에게 뒤지지 않는 위인이었다. 놀랄 만한 미녀라는 말에 평왕은 곧 눈이 휘둥그레졌다. 이런 까닭으로 진의 왕녀는 태자비가 아니고 부왕의 후궁으로 들어가게 되었다. 그리고 비무기는 공으로 태자의 소부직에서 숙원이었던 평왕 측근의 자리로 옮겨 앉았다. 그렇지만 마음속은 불안했다. 즉위한 지 얼마 안 된다고는 하지만 평왕에겐 신부를 맞이할 정도의 큰 아들이 있었다. 결코 어린 나이라고만은 할 수 없다. 만약에 평왕에게 무슨 일이 일어난다면 당연히 태자 건이 초의 주인이 된다.

태자 건은 진의 왕녀 사건을 알고 있었다. 비무기를 마음속으로 미워하고 있을 것이 틀림없다. 그렇다면 건이 초의 왕이 되는 날이 바로 비무기의 목숨이 떨어지는 날이 된다.

(태자를 없애지 않으면 편안히 잠을 잘 수가 없다.)

뛰어난 언변으로 비무기는 평왕의 마음에다 불을 질렀다.

"태자께선 진의 왕녀 사건으로 원한을 품고 은밀히 제후들과 연락을 취하면서 언젠가 모반하려고 기회를 노리고 있습니다."

평왕도 대단한 인물은 아니었다. 더욱이 그는 진의 새로운 왕녀에게서 태어난 진(軫)이라는 아이를 굉장히 귀여워하며 은근히 후계자로 삼고 싶다는 생각을 하고 있었던 것이다. 때문에 비무기의 참언을 그대로 믿었다.

평왕은 태자의 태부 오사를 수도로 불러들여 힐문했다. 물론 오사는 태자에게 모반의 의사가 없음을 강조했다.

"어찌하여 군주께선 쓸모없는 소인배의 말을 믿으시고 골육인 아드님을 멀리하려 하시옵니까?"

그렇지만 비무기는 사전에 방비책을 강구해 두고 있었다.

"태자가 모반할 때는 오사(伍奢) 부자(父子)가 가장 유력한 지주(支柱)가 될 것이옵니다."

평왕은 그런 말을 듣고 있었기 때문에 오사를 체포함과 동시에 분양(奮攘)이란 자를 파견해서 태자를 주살하도록 했다. 다행히 분양은 의협심을 지닌 호협한 기개가 있는 인물이었기 때문에 사자(使者)를 보내 태자에게 급한 사정을 알렸다.

태자는 송(宋)으로 망명했다.

오사에게는 오자서 외에 형인 오상(伍尙)이라는 훌륭한 아들이 있었다.

이 형제에게 왕으로부터 사자가 와서 전했다.

"그대들 두 형제가 수도로 오면 아버지의 목숨을 살려 줄 것이다. 그렇지 않으면 아버지의 목숨은 다한 줄 알라."
"내가 가기로 하겠다."
형인 오상이 단호하게 말했다.

오자서의 도망

"형님, 그것은 아니됩니다!"
오자서는 얼굴이 벌겋게 되어 반대했다.
오자서는 왕의 사자가 말한 대로 형 오상이 순순히 수도로 간다 해도 아버지의 목숨은 구할 수가 없으며, 그것보다는 타국으로 망명해서 아버지의 원수를 갚아야 된다고 생각했다.
"그것은 나도 알고 있어."
형 오상의 대답이었다.
알고는 있지만 오상은 가지 않을 수가 없었다.
아들이 가면 아버지를 구할 수 있을지도 모르는데 가지 않았다고 한다면 훗날에 세상의 웃음거리가 된다.
"하지만 너는 도망쳐라!"
오상은 조용히 말했다. 그것도 웃음거리가 되지 않기 위해서라고 그는 동생을 설득했다. 아버지가 살해되었는데 복수도 하지 못하고 형제가 바보스럽게 죽었다면 치욕인 것이다. 남의 비웃음을 살 것이다.
"아버님에게는 우리 둘이 있어서 참 다행이다."
그렇게 말하고 오상은 웃었다.

오자서는 이를 악물었다. 눈물을 참고 있었다. 격렬한 분노가 타올랐다. 그는 분노를 행동의 에너지로 변용시킬 수 있는 인물이었다. 격렬한 분노는 곧 격렬한 행동을 낳는 것이다.

초의 수도는 영(郢)이다. 현재의 호북성 강릉현에 해당한다.

오자서는 도망치고, 형인 오상은 초의 수도로 갔다. 그러나 예상했던 대로 초의 평왕은 약속을 어기고 두 부자를 죽이고 말았다.

아버지인 오사는 오자서가 도망했다는 말을 듣고 말했다.

"아, 이제부터 초나라의 군신들은 병화(兵火)에 시달림을 받겠구나."

그는 아들 오자서의 무서운 분노와 격렬한 행동력을 알고 있었던 것이다. 아버지와 형이 살해되었는데 오자서가 온순하게 있을 턱이 없었다. 복수의 화신이 될 것이 틀림없었다.

도망칠 때 오자서는 친구인 신포서(申包胥)에게 말했다.

"나는 이 다음에 반드시 초나라를 뒤엎고 말겠다."

신포서는 이에 대하여 이렇게 대답했다.

"그래, 잘해 보게. 자네가 뒤엎으면 나는 일으켜 보일 테니까."

오자서가 도망친 곳은 아버지가 보좌를 맡았던 태자 건의 망명지인 송(宋)나라였다. 송은 은의 유민들이 세운 나라로 양공(襄公) 때는 국력이 강해 그를 패자의 한 사람으로 꼽는 학자도 있다. 그보다도 송은 '송양의 인'(仁)이란 말로 더욱 알려져 있다.

하지만 오자서가 이 나라로 도망친 때는 기원전 522년의 일이며 송의 군주는 원공(元公)이고, 그 영광의 인군(仁君) 양공이 죽은 지 이미 1백 15년이나 지나 있었다. 송의 국력도 기울고 원공의 정치도 불공평하여 그때문에 중신인 화향(華向)이 모반을 일으켰다.

오자서는 건과 함께 인근의 정(鄭)나라로 도망쳤다.

오자서는 자신의 안정을 위한 망명지만을 구하지는 않았다. 망명한 나라의 힘을 빌려 아버지와 형을 죽인 초에 복수하는 것이 염원이었다.

반란이 일어나는 나라에서는 아무래도 초를 칠 만한 여력이 없을 것이다.

당시 정나라는 정공(定公)이 다스리고 있었으며 특히 망명자에게 대단히 친절했다.

"무척 살기 좋은 나라로군."

망명자 태자 건은 살기 좋은 나라이기 때문에 그대로 주저앉아 살고 싶었다.

"정나라는 작은 나라이기 때문에 안 되옵니다."

오자서는 건을 설득하여 이번에는 진(晋)나라로 들어갔다.

진은 패자 문공(文公 ; 중이)을 탄생시킨 큰 나라로서 그로부터 1백 년이 지난 지금도 의연하게 중원에서 힘을 과시하고 있었으며 주인인 경공(頃公)도 대단한 야심가였다.

그 경공이 건을 불러 불쑥 말했다.

"그대를 정(鄭)의 주인으로 만들어 주고 싶소."

"옛?"

무슨 뜻인지 건은 알 수 없었다. 정나라 주인 정공은 그에게 친절했던 사람이다.

"당신은 대국인 초를 계승할 분이면서도 악당들의 간계에 걸려 이처럼 방랑하고 있소. 참 딱한 일이오. 그래서 소국이기는 하지만 이 나라의 주인으로 만들어 드리고 싶소……, 정나라의……."

경공은 건의 얼굴을 찬찬히 들여다보듯 하며 말했다.

"그러나 정에는 정공이라는 주인이 건재하신데……."

"정공은 들은 바에 의하면 그대에게 대단히 친절했던 것 같더군요. 그대를 믿고 있었다는 소문이었지만……, 어떻소, 한 번 정으로 가보지 않겠소? 나는 밖에서 정의 성을 공격하겠소. 그대가 정의 성안에서 호응해 준다면……, 아마도 그대에게 중요한 지위가 주어질 테니, 내응하면 틀림없이 정나라는 기울 것이오. 뒤에는 그대가 나라를 차지하면 좋을 것이오. 나로서는 남쪽에 우리와 가까운 정국이 생기면 그것으로 만족할 거요."

건은 망명생활에 싫증을 느끼고 있었다. 어떻게 해서든 안정된 지위를 갖고 싶었다. 친절하게 대해 주었던 정의 정공을 배신한다는 것은 배은망덕한 행위이긴 하지만 자기 몸이 더 소중했다. 그는 결국 이렇게 대답을 했던 것이다.

"한번 해보지요."

건은 망명생활에 신경이 매우 날카로워졌다. 정을 치려는 것을 행동으로 옮기고부터는 별 문제도 아닌 일에 곧잘 화를 내곤 했다.

건은 나라를 떠날 때부터 한 사람의 종자(從者)를 데리고 있었는데 이 종자는 노예였다. 서양의 귀부인들은 남자노예들 앞에서 아무렇지도 않게 발가벗고 옷을 갈아입는다고 한다. 상대를 인간으로 생각하지 않기 때문이다. 이와 같이 건도 정의 불평분자와 모반 밀의를 할 때 종자의 존재를 마음에 두지 않았다. 그래서 종자도 건의 모반 계략을 자연스럽게 알게 되었다.

그때 종자는 등에 종기가 생겨 고생하고 있었다. 그러던 어느 날 주인의 뒤를 따라 걸어가다가 길가의 돌에 걸리면서 앞으로 쓰러지는 순간 주인의 몸을 조금 건드렸다.

건은 앞으로 떠밀리면서 회초리를 휘둘렀다.

"이놈이 나를 밀다니!"

종자는 잘못을 저질렀을 때면 무릎을 꿇고 회초리를 맞았다. 하지만 이때 종자는 등에 생긴 종기 생각이 떠올랐다. 그냥 있어도 아픈데 하물며 종기를 회초리로 맞으면 견딜 수가 없을 것이다. 그것을 상상하니 몸이 바들바들 떨렸다. 그래서 그는 무의식적으로 두세 발자국 물러섰다.

"왜 무릎을 꿇지 않느냐?"

건은 외쳤다. 눈썹이 치켜올라가고 무서운 형상으로 변했다.

(죽이려는구나!)

주인의 얼굴에서 살의를 느끼고 종자는 등을 돌리자마자 도망쳐 달아났다. 회초리를 버리고 건은 칼을 뽑아들며 종자의 뒤를 쫓아갔다. 그러나 종자가 훨씬 빨랐다. 생명의 위협을 느낀 종자는 필사적으로 뛰었던 것이다.

건이 큰소리로 외쳤다.

"이놈! 후에 잡히면 찢어 죽여 버릴 것이다."

종자의 등에다 대고 건은 그런 악담을 퍼붓고는 일단 추격을 단념했다. 당시 노예의 경우는 물건과 같아 소유자가 있었다. 만일 이 종자를 누군가가 얻게 되면, 그는 도적이 되는 것이다. 따라서

이 종자에게는 아무도 손을 대지 못한다. 옛날의 소유자에게로 돌아가지 않으면 안 된다. 건도 종자가 어차피 돌아올 것이라고 안심하고 있었다. 그러나 종자는 자기가 되돌아가면 죽으리라 생각하고 이것저것 살아날 방법을 생각했다.

주인이 죄를 범하고 죽게 되면 그 재산은 관에 몰수당한다. 노예도 재산이다. 아무리 생각해도 주인이 죽지 않으면 자기는 살아날 수가 없었다.

망명 후에 주인의 성질은 사나워져 별일이 아닌 일에도 곧잘 회초리를 휘둘렀다. 발길로 차고 몽둥이로 때리고 얼굴을 밟아 뭉개었다. 사실 그런 주인에게 의리를 지킬 필요는 없었다. 이때 종자는 주인의 모반 계획이 생각났다.

종자는 그 길로 정나라 관청으로 가서 밀고를 하였다.

"저의 주인 건이 모반을 계획하고 있습니다."

당시 정(鄭)에는 공손교(公孫僑)라고 하는 재상이 있었다. 정의 공족(公族)으로 40년이나 긴 세월에 걸쳐서 국정을 보살피고 있었다. 자(字)는 자산(子産)으로 널리 알려진 인물이었다.

"어떻게 할까, 자산?"

정의 정공이 재상에게 상의했다.

"망설일 것이 없사옵니다. 모반의 죄를 용서하면 나라의 기조가 위태로워집니다. 일각이라도 빨리 죽이는 것이 좋을 것이옵니다."

공손교는 단호히 대답했다.

"그렇겠군……, 그 자는 내 호의를 저버렸어."

정공 역시 배신당한 분함을 참지 못하고 곧 건을 체포해서 그의 목을 치고 말았다. 낮말은 새가 듣고 밤말은 쥐가 듣는다. 중요한 말일수록 누구나 조심해야 한다. 특히 목숨이 위험하지 않은가?

이때 오자서는 건의 아들인 승(勝)을 데리고 정나라를 탈출했다. 이제 가는 곳은 오나라였다.

정에서 동남 방향으로 도망쳤지만 그 지역은 초·정·오 세 나라의 경계선이 뒤섞여 있는 곳이었다. 때문에 이곳 저곳에 관문이 여럿 있었다. 도둑고양이처럼 수많은 관문을 피해 갔다. 종자도 없고 오자서와 어린 승 두 사람뿐이었다. 그들은 이제 정과 초 두 나라의 지명수배자였다. 정의 추격을 피하고 나면 곧 초의 수색대를 피해야만 했다.

오자서가 정나라에서 음모사건이 발생하여 도망중이라는 것이 이미 초에도 전해져 있었다.

"오자서를 체포할 좋은 기회다."

초의 평왕은 독려했다. 오자서를 체포한 자에게는 막대한 상이 주어지게 되었다.

— 속(粟) 5만 석.

— 집규(執珪)의 작(爵).

이것은 당시로서는 대단한 현상금이었다. 속이란 좁쌀을 말하는 것이 아니라 껍질을 벗겨내지 않은 나락(벼)을 말하는 것으로 곧 봉록(俸祿)의 의미로 사용된다.

백이와 숙제가 수양산에 숨어서

— 주(周)의 속(粟)은 먹지 않는다.

라고 말하고 아사(餓死)하였지만 그것은 주나라의 곡물을 먹지 않는다는 뜻이 아니라 주의 왕실을 섬기지 않는다는 뜻이었다.

집규의 작이란 군주로부터 영지권(領地權)의 상징으로 받는 옥기(玉器) '규'(珪)를 소지하는 작위를 뜻하는 것이다.

오자서의 머리에는 5만 석의 봉록과 화족(華族)의 지위가 걸려 있었던 것이다.

오자서는 계속 도망하여 양자강 기슭에 당도했다. 저녁 무렵이라 주위는 어두웠다. 그곳에는 어선 한 척이 머물러 있었는데, 배 안에는 늙은 어부가 타고 있었다.

"배를 좀 태워 주십시오."

오자서가 소리쳤다.

"그러시구려."

주름이 깊게 패인 늙은 어부는 무표정하게 대답하고 노를 잡았다. 추격당하고 있는 사람이라는 것을 알게 되면 어부의 태도가 변할지도 모른다. 오자서는 일부러 침착한 표정으로 승과 함께 배에 올랐다. 그리고 아무렇지도 않게 뒤를 돌아다보았다. 해안 모래밭에 있는 소나무 숲에서 몇 사람의 그림자가 재빠르게 움직이는 것이 보였다.

그들은 손을 흔들며 소리쳤다.

"돌려라, 배를 돌려라! 그놈은 오자서다!"

멀리 떨어져 있었기 때문에 일부러 들으려 하지 않고는 알아들을 수 없는 목소리였다.

오자서는 어부의 표정을 살폈지만 그 목소리를 알아들은 것 같지는 않았다. 초저녁 어둠 때문에 약간은 알려져 있는 오자서의 얼굴도 분명히는 보이지 않는 듯했다.
(나이가 들어서 다행이다…….)
오자서는 상대의 눈과 귀의 기능이 쇠퇴해진 것에 감사하고 싶은 기분이었다. 건너편 기슭에 이르렀지만 오자서는 무일푼이라 뱃삯을 지불할 수가 없었다. 그는 허리에 차고 있던 검을 끌러서 내밀었다.
"이 칼은 1백금의 가치는 되는 것이오. 뱃삯으로 받아 주기 바라오."
"필요없소."
늙은 어부는 자기 코끝을 손으로 한 번 문지르고 나서 히죽 웃고는 말했다.
"1백금이건 얼마건 돈이 탐나서 강을 건네준 것이 아니오. 5만 석의 봉록도 집규의 작위도 내게는 다 필요없는 것이오."
"그렇습니까? 미안합니다……."
오자서는 머리를 숙였다.
모든 재물을 물리치고, 이 늙은 어부는 상대가 오자서라는 것을 알고도 도와준 것이다.
노력하는 자에게는 길이 있는 법이다.
오자서는 거기서 오(吳)로 갔다.
편안하게 갈 수 있었던 것은 아니다.
― 아직도 오(吳)에 이르지 못하고 병들다. 도중에서 머물러 걸식하다.

『사기』에 이렇게 기록되어 있다.

병에 걸리고 걸식을 했다 하니 고생스럽고 참담한 여행이었음이 틀림없다. 양자강이나 그 지류는 호수와 늪 등 물이 많은 지역이었기 때문에 망명길은 배를 이용하는 경우가 많았다.

중화(中華)의 문명은 황하(黃河) 중류의 유역, 즉 '중원'(中原)에서 일어났다. 하·은·주 모두 중원문화(中原文化)의 왕조이다. 춘추의 초기에는 아직 양자강 유역은 역사의 무대에 등장하지 않는다. 후진 지역이었다.

그러나 춘추 말기가 되면서 양자강 유역은 갑자기 각광을 받게 되었다. 중원문화의 물결이 서서히 이 지방에도 미치게 되었던 것이다.

양자강 중류는 비교적 중원에서 가깝기 때문에 일찍이 발달하여 초라는 나라는 부강을 자랑했다.

춘추 5패(春秋五霸)란 여러 가지로 꼽는 방식이 있지만 가장 일반적인 것은 아래와 같다.

제(齊)의 환공(桓公).
진(晋)의 문공(文公).
초(楚)의 장왕(莊王).
오왕(吳王) 부차(夫差).
월왕(越王) 구천(句踐).

제와 진은 우선 중원의 나라라고 말할 수 있다. 하지만 초·오·

월의 세 나라는 일찍이 오랑캐의 땅이라고 불렸던 양자강의 제국들이다.

기원전 5~6세기에는 중원의 문명이 남쪽으로 눈사태처럼 밀려들었다.

춘추전국 시대의 5백여 년 동안 중국이 3대(三代 ; 하·은·주)와 같이 통일되지 못했던 것은 영걸이 출현하지 않았기 때문이 아니다. 앞에서 기술한 춘추오패 등은 모두 뛰어난 영걸들이었다. 그리고 당시 중국의 민심은 통일을 원하고 있었는데 진(秦)의 시황제가 등장하기까지 오랫동안 통일이 실현되지 않았던 것은 무엇 때문인가?

중국의 통일이 당면 과제였다.

그런데 그 중국은 점점 더 넓어져 갔던 것이다.

처음에는 황하 중류만이 중국이었다. 그러나 그 지역이 남쪽으로 넓어지면서 영걸들도 그 넓은 지역을 장악할 수가 없었다.

오자서나 범려를 주인공으로 해서 이제부터 이야기하려는 오·월의 쟁패는 일반적인 전쟁 이야기와는 다르다. 중국문명의 확대에 따라 오·월의 투쟁이 일어난 것이고, 오·월의 전쟁에 의해 중국 그 자체가 다시금 확대되었다는 관점에 주목하지 않으면 안 된다. 땅만 넓어진 것이 아니라 시야도 넓어진 만큼 통치방법이나 문화도 달라졌을 것이다.

왕위전전(王位轉轉)

병을 앓고 난 오자서가 한 손에는 승의 손을 잡고 다른 한 손에는 지팡이를 짚고 비틀거리면서 오나라로 들어간 이야기를 하자.

지금의 상해나 소주 근처가 당시의 오나라였다. 양자강 하류의 남쪽, 이른바 강남땅이다. 수도는 태호(太湖)의 동쪽에 있었다.

중원의 여러 나라나 초의 수도와는 달리 오나라의 수도는 성벽에 둘러싸여 있지 않았다.

강남은 강이 많다. 지금도 가는 곳마다 강 내에 조수가 흐르고 있다. 후년의 오의 수도 소주(蘇州)도 '물의 도시'로 불리웠을 정도다. 거리 가운데 강도 많고 다리(橋)도 많다. 후대의 시인 백거이(白居易)도 '홍난 3백 90교'(紅爛三百九十橋)라고 노래하고 있다.

걸인생활까지 했던 오자서였기 때문에 비참한 모습을 하고 있었던 것은 말할 것도 없다. 그는 다리 옆에서 두 다리를 뻗고 있었다. 옛날부터 걸인은 다리 근처에서 살았다. 비가 오면 곧 다리 밑으로 가서 비를 피할 수 있기 때문이다.

그러나 오자서가 앉아 있는 곳은 궁전에서 가장 가까운 다리 옆이었다. 또한 멍청하게 앉아 있는 것이 아니었다. 어떤 속셈이 있었던 것이다.

그곳은 궁정에서 나와 마차를 타는 장소였다. 마차가 마굿간에서 나올 때까지 조정의 신하들은 그곳에서 잠시 기다리고 있었다. 소상하게 이야기를 하기에는 기다리는 시간이 너무 짧다. 마음을 늦추고 기다리고 있을 수밖에 없었다.

오자서는 그곳에 열흘 정도 계속 앉아서 오왕의 궁전에 출입하는 사람들의 인물됨을 자세히 관찰하고 있었던 것이다. 수행하는 부하들이 소리를 내어 부르기 때문에 그가 누구인지는 대충 짐작할 수 있었다. 오자서도 선조 대대로 초의 궁전에서 생활했기 때문에 궁전의 분위기엔 대체로 익숙해 있었다. 그는 날카로운 눈으로 궁전을 출입하는 자들을 관찰하였다.

(역시 공자公子인 광光은 소문대로 큰 인물이구나.)

그는 이렇게 결론을 내렸다.

공자라 함은 태자 이외의 황족 남자를 일컫는 명칭이다. 반드시 왕의 아들에 한정되는 것은 아니다. 이 광이란 사람도 현재인 왕인 료(僚)의 사촌 동생이 된다.

광은 주로 오나라의 군사를 담당하고 있었다.

오자서는 매일 출사하는 광이 이전의 태도와는 달리 초조해 할 때면 들으라는 듯이 중얼거렸다.

"아아, 오라는 나라는 참으로 사람들이 남아돌아가고 있군."

마차를 기다리면서 귀족이나 궁전의 신하들은 대부분 쓸데없는 한탄을 늘어놓았다. 국방상에 해당하는 광은 언제나 요구한 군사들의 숫자를 요구대로 받지 못하고 있는 것을 '우리나라는 인구가 적기 때문에 할수없다'라고 가신들에게 이야기하고 있었다. 때문에 사람들이 남아돌아가고 있다는 말은 걸인의 입에서 나왔다고는 해도 그대로 흘려버릴 수 없었다.

광이 뚜벅뚜벅 걸어와서 물었다.

"이봐, 걸인, 지금 뭐라고 말했나?"

"예, 이 나라에 와서 보니 사람이 여기저기 넘쳐서 정말로 병사들 투성이라고요."

오자서가 대답했다.

"너는 소경이냐? 어디에 병사가 있느냐?"

"여기서는 보이지 않습니다만 틀림없이 많을 것이라는 생각이 듭니다."

"어째서 그런 생각을 하느냐?"

"수도에 성곽이 없습니다. 적의 공격을 받으면 꽤 많은 군사가 지켜야 할 것이 아니옵니까?"

"우리나라는 공격 같은 것은 받지 않는다."

"그럼 공격하는 쪽입니까?"

"그렇다."

"그렇다고는 하지만 다른 나라를 공격할 때라도 수도를 지키는 수비군을 많이 남겨두셔야 할 것 아닙니까? 그러니 정말로 사람이 많은 것이지요."

오자서는 그렇게 말하고 곁눈길로 공자인 광의 얼굴을 보았다.

생각은 빗나가지 않았다.

광이 해야 할 일은 외정(外征)만이 아니었다. 국내 순찰도 많았다. 그런데 이끌고 가는 군사의 수는 한도가 있었다. 수도에 많은 수비군을 남겨두지 않으면 안 되었기 때문이다.

지금까지 오는 서쪽의 초를 공격하기도 하고 초의 공격을 받기도 했다. 오로지 초와의 교전에만 열중했던 것이다. 그런데 남쪽에 신흥세력이 나타났다.

지금의 절강성(浙江省), 『아큐정전』(阿Q正傳)의 저자 문호 노신(魯迅)이 태어난 소흥(紹興) 부근을 회계(會稽)라고 하며, 그곳에 수도를 둔 월(越)이란 나라가 있었다. 하나라의 후손이라 주장하고 있지만 황무지를 개척하고 항주만(杭州灣)에서 어업을 생업으로 하는 나라로 당시에는 이름도 없던 국가였다. 그런데 주인인 윤상(允常)의 대에 이르러 갑자기 힘을 얻기 시작한 것이다.

범려라는 명신이 있어 부국강병에 힘썼기 때문이었다.

배후에 이런 세력이 출현했으니 오나라로서는 당혹하지 않을 수 없었다. 숙적인 초와 전쟁을 하는 데 있어 뒤쪽의 염려가 있었다. 병력이 많지 않은 수도는 언제 월병(越兵)에게 기습당할지 모른다. 따라서 수비부대의 수를 늘리지 않으면 안 되었다.

국방상인 광이 초조해 하고 있던 것은 이것이 하나의 원인이기도 했다.

(그렇다. 성을 구축하면 수비군의 수를 줄일 수가 있다.)

광은 조용히 걸인을 바라보며 물었다.

"너는 어디서 왔는가?"

"초에서 왔습니다."

"보통 걸인은 아닌 것 같은데?"

"글쎄요, 별말씀을 다 하십니다."

오자서는 빙긋 웃었다.

그날 공자 광은 그대로 돌아갔다.

수일 후, 광은 월에 보냈던 첩자로부터 중요한 정보를 받았다.

― 월왕 윤상, 회계에 성을 쌓고 있음.

광은 중얼거렸다.

"겁쟁이 같은 놈! 초도 월도 그렇게 나를 두려워하는가?"

초도 얼마 전 수도를 성곽으로 둘러쌓았다고 한다. 광은 부하들 앞에서 마음 편하게 그렇게 말했지만 며칠 전 다리 옆 걸인이 했던 말이 문득 머리를 스치고 지나갔다. 그리고 다음 첩자의 보고를 듣고는 얼굴색이 변했다.

— 월의 수도 축성은 범려의 의견에 따라 범려의 지휘로 행해지고 있음.

이러한 사실이 판명되었다. 범려는 천하 최고의 인재라는 평을 받고 있다. 그런 사나이가 축성의 필요를 인정했다면 광도 생각을 달리하지 않을 수 없었다.

"성……."

광은 중얼거렸다.

걸인이 떠올렸던 말이 이제 광의 머리 전체를 차지하게 되었던 것이다.

"초에서 왔다고?"

광은 갑자기 좌우에 있는 자들에게 물었다.

그러나 무슨 말인지 아무도 알아듣지 못했다.

"어느 자 말씀이옵니까?"

한 늙은 가신이 물었다.

"다리 옆에 있던 그 거지 말이네."

"아, 아……. 그렇습니다. 분명히 초에서 왔다고 들었습니다."

"아이를 데리고 있었지?"

"예 예, 말씀대로입니다."

"알았다!"

이때 광은 다리 옆에서 아이를 데리고 있던 걸인의 신분이 머리에 떠올랐다.

태자 건의 아들을 데리고 초의 오자서가 정에서 도망쳤다는 것과 이제 오자서는 초나라에는 다시 돌아갈 수 없다는 것 등을 광은 잘 알고 있었다. 그는 월뿐만이 아니고 다른 중요한 지방에도 첩자를 투입해서 가능한 한 많은 정보를 수집하고 있었다.

광에게는 대망이 있었다.

그래서 그는 보통 사람에게는 없는 특수한 육감을 가지고 있었다. 지금 그 육감으로 다리 옆에 있던 그 거지가 오자서일 것이라고 단정한 것이다.

부하들은 이상한 표정을 지으며 물었다.

"무엇을 아셨다는 것입니까?"

광은 그 물음에는 대답도 하지 않고 급히 명했다.

"다리 옆에 있던 걸인을 데려오너라. 단 정중하게 대해야 한다. 경솔함이 있어서는 안 된다."

"옛."

대답하고 광의 가신은 다리 있는 곳으로 달려갔다. 명을 받은 대로 정중하게 말을 걸었다.

"아무쪼록 동행을 해주시면 고맙겠습니다."

그러자 그 걸인은

"호! 공자 광의 부르심입니까?"

하며 몸을 일으켰다.

이날부터 오자서는 공자 광을 섬기게 되었다.

초의 오자서라면 이미 이름이 널리 알려져 있었다.

공자 광의 심복으로서 그도 승전(昇殿)을 허락받고 국정에 참여할 수 있게 되었다.

(아버지와 형의 원수를 갚는다.)

그는 마음속으로 굳게 그것을 맹세하고 있었고 굳이 타인에게 숨기려 하지도 않았다. 그의 아버지와 형이 살해된 경위는 천하가 다 아는 사실이었다.

사나이의 복수인 것이다. 여희와 같이 간사하고 번거로운 책략을 사용할 필요는 없다.

"초를 공격하십시다. 초의 일이라면 저는 어떤 것이든 다 알고 있사옵니다."

오자서는 오왕 료(僚)에게 그렇게 진언했다.

하지만 초를 공격하자는 말을 오왕이 받아들이지 않았다.

"내가 반대 했네……."

공자 광이 오자서에게 말했다.

"초를 쳐도 우리 오에게 이익이 있을지 의문인지라 말씀드린 것이네. 일신상의 원한을 위해 오자서는 초를 치고 싶어 하지만 거기에 말려들어서는 안 된다고 하였네. 하, 하, 하."

"그렇습니까?"

오자서는 머리를 숙였다.

광의 말 속에는 무엇인가가 숨겨져 있는 것 같았다. 마음에 짚이는 바가 없는 것은 아니었지만 확인은 되지 않았다.

광은 어느 날 갑자기 생각난 듯이 말을 꺼냈다.

"자서, 자네에게 성을 쌓는 것을 부탁하고 싶네."

자기를 맞아들인 것은 성을 쌓게 하기 위함이었을 것이다. 오자서는 그렇게 믿고 있었는데 광이 한참동안 그 말을 꺼내지 않았기 때문에 이상하게 생각하고 있었다.

일찍부터 황하 중류의 이른바 중원의 성곽 도시국가와 교섭을 가지고 있던 초나라는 남쪽의 여러 나라들 중에서 가장 빠르게 성 쌓는 기술을 익히고 있었다.

오자서는 당시 축성의 명인으로서도 알려져 있었다. 그가 공자 광을 낚을 때도 '성'이라는 미끼를 사용한 것이다.

"그 말씀을 기다리고 있었습니다."

오자서가 대답했다.

"작은 성도 좋다."

광이 말했다.

"옛?"

오자서는 물끄러미 광의 얼굴을 바라보았다.

광은 호방한 인물이다. 무엇을 하든 좀스러운 것은 질색이었다. 그는 사람들을 깜짝 놀라게 하는 방대한 일을 하는 것을 좋아했다. 그런데 작은 성이면 되겠다는 것은 어떤 의미일까?

오자서는 주인 광의 표정에서 해답을 얻으려고 했다.

그런데 광은 자기 입으로 이렇게 말했다.

"큰 성은 어차피 다음에 만들게 될 것이 아닌가!"

(아, 이것으로 확실해졌다…….)

광의 의중을 확인하자 오자서는 마음속의 안개가 걷히는 느낌이었다. 공자 광의 마음속을 엿보기 전에 먼저 오나라가 이룩된 과정을 이야기해 보겠다. 오나라가 이룩된 현상은 건국 설화와 중복되는 점이 있으며 숙명 같은 이야기이다.

사마천은 『사기』에서 오나라를 제후들의 제일 앞에 놓았다. 왜냐하면 오야말로 주왕실의 정통이라고 볼 수 있었기 때문이다.

주(周)의 원조(遠祖) 고공단부(古公亶父)에게는 3명의 아들이 있었다. 장남은 태백(泰伯), 차남은 중옹(仲雍), 삼남은 계력(季歷)이었다. 계력의 아들이 창(昌)인데 창에게는 성자(聖子)의 표적이 있었다고 한다. 때문에 고공단부는 손자인 창에게 위를 물려주려고 했다. 그러나 그렇게 하기 위해서는 창의 아버지인 계력에게 먼저 위를 물려주어야만 했다. 그런데 창의 아버지 계력은 셋째아들이었다.

이 일로 해서 고공단부는 머리를 썩히고 있었다.

그것을 알게 된 장남 태백과 차남 중옹은

"우리 두 형제가 이 나라를 떠나면 아버님의 희망대로 일을 하실 수 있다."

서로 손을 잡고 나라를 떠나 남하해서 양자강 하류에 나라를 세웠다. 이것이 오의 건국 전설이다.

표로 표시해 보면 다음과 같다.

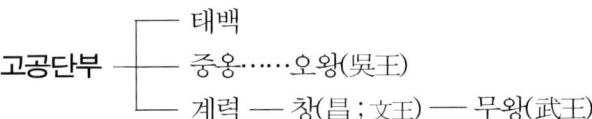

태백에게는 자식이 없었기 때문에 동생 중옹이 왕위를 계승했고 이것이 오왕의 계통이 되었다.

주(周)가 은(殷)을 멸망시키고 왕조를 세운 것은 창의 아들인 무왕 때였다. 그러나 장자 상속의 '가통'으로 본다면 오나라가 정통인 것이다.

태백으로부터 꼽아 19대째가 오왕 수몽(壽夢)이 된다. 수몽에게는 네 아들이 있었는데 그 중에서 막내인 계찰(季札)이 가장 뛰어났다. 왕도 백성들도 계찰의 즉위를 희망했다.

이렇게 말하면 주의 건국신화와 유사하다고 하겠지만 꼭 같다고는 할 수 없다.

막내인 계찰이 위를 계승하는 것을 사퇴한 것이다.

여기서 장남인 제번(諸樊)이 뒤를 이었다.

그러나 제번은 아버지의 희망을 알고 있었기 때문에 어떻게 해서든지 계찰에게 왕위를 물려주려고 마음먹었다. 그리고 그 방법을 생각해 내었다.

― 형제가 차례로 왕위를 계승한다.

이런 규칙을 만들었던 것이다.

그렇게 하면 언젠가는 계찰에게 왕위가 돌아갈 것이라고 생각했던 것이다.

오자서가 섬기는 공자인 광은 다름 아닌 제번의 장자였다. 하지만 아버지가 그와 같은 규칙을 만들었기 때문에 왕위는 옆으로 제번의 동생인 여제(余祭)에게로 돌아갔다 여제는 재위 17년에 죽고, 규칙에 의해 그 동생인 여매(余昧)가 왕위를 계승했다. 여매는 재위 4년에 죽고 마침내 계찰이 즉위했다. 그런데 계찰은 도대체 즉위하려고 하지 않았다. 그는 드디어 숨어 버리고 말았다.

어떻게 하면 좋은가.

몸에 병이 있는 여매는 재위 4년간 아들인 료의 보좌를 받고 있었다. 사실상 료가 국정을 보고 있었기 때문에 그대로 그에게 왕위가 계승되어도 좋지 않겠는가? 백성들은 그렇게 생각했다. 아니, 모름지기 료가 그렇게 되도록 공작한 것이 틀림없었다.

다음의 표를 참고해 보기 바란다.

왕위는 화살표 선으로 이어졌다.

광이 불만을 품고 있는 것은 당연하다. 화살표는 옆으로 이어져야만 한다. 그것이 할아버지 수몽의 소원이었던 것이다.

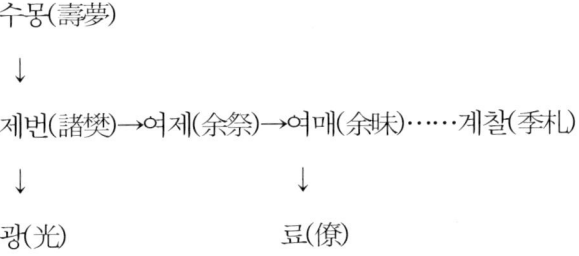

만일 왕위가 점선에 따라 계찰에게로 연결이 되었다면 광으로서는 불만이 없었을 것이다.

(왜 화살표는 세로로 구부러져 버렸는가? 계찰이 도망갔기 때문에 어쩔 수 없이 내려가야만 했다면 장남의 장자인 내게로 화살표가 와야 할 것이 아닌가?)

마음속으로 광은 그렇게 생각하면서 사촌 형제인 료 앞에 신하로서 무릎을 꿇고 있었다.

(다시 빼앗아야 한다. 애당초 왕위는 내 것이다.)

무릎을 꿇을 때마다 그는 마음속으로 그렇게 다짐하곤 했다.

"큰 성은 얼마 후에 만들 수 있을 것이다."

광이 오자서에게 이렇게 말한 것은 언젠가 왕위를 빼앗아 보겠다는 암시였던 것이다. 빼앗아 보겠다고 표현했지만 그 자신 스스로 하려고 하는 의지가 있어야만 한다. 누가 추대했다가는 허수아비에 불과하다.

해는 저물고 길은 멀어

"성 쌓는 일로 약간 무리한 탓인지 몸이 쇠약해졌습니다. 잠시 쉬게 해주시면 고맙겠습니다."

오자서는 작은 성을 쌓은 후 주인인 광에게 청했다.

"그래? 나로부터 떠나겠다는 말인가?"

광이 쏘아보며 물었다.

"아닙니다. 절대 그렇지는 않습니다. 소인 대신에 지금 공자님께 꼭 필요한 인물을 추천하려고 하오니 그 자를 꼭 등용해 주십시오."

"어떤 자인가?"

"검의 명수인 전제(專諸)라는 자입니다. 그러나 제가 감탄하고 있는 것은 칼솜씨보다는 그의 담력입니다. 그 자만큼 목숨을 가볍게 보는 인물을 저는 지금까지 본 적이 없습니다."

"그래?"

광은 잠시 생각하고 나서 덧붙였다.

"좋아, 다음에 내가 큰 성을 쌓을 때까지 큰 인물을 충분히 길러 두게."

오자서는 주인의 허락을 받고 시골에 묻혀서 청경우독(晴耕雨讀)의 나날을 보냈다.

(아직은 내가 나설 때가 아니다.)

그는 그렇게 생각했던 것이다.

초의 평왕에 대한 복수!

(이것은 광이 오왕이 된 후에야 비로소 손을 댈 수가 있을 것이다.)

지금 해야 할 일은 광의 사촌형제인 료를 어떻게 해서 쓰러뜨릴 것인가, 그것이 선결 문제인 것이다. 정권탈취에 대해서 오자서는 별로 도움이 못 되었다. 타국 사람이고, 또한 오나라의 인맥관계에 대해서 별로 아는 바도 없었다. 더욱이 모반의 방아쇠가 될 만한 무예나 배짱도 없었다. 공자인 광이 필요한 것은 당장 모반의 무기가 될 만한 인물이었다.

오자서는 그 인물을 추천한 것이다.

그의 이름은 전제였다. 오의 당읍(當邑 ; 현재의 남경시 북쪽의 육합현) 출신이라고 한다.

오왕 료의 11년(B.C. 516년)에 초의 평왕이 죽었다.

"음!"

오자서는 신음했다.

아버지와 형을 죽인 평왕에 대한 복수야말로 그의 삶의 목적이었다. 그런데 그 목적을 이루기도 전에 상대는 죽고 말았다.
― 오자서는 허탈감과 싸웠다.
(초나라 자체가 나의 적수다. 평왕이 죽었다고 해도 초는 건재하다. 나는 초를 칠 것이다!)
그는 자신에게 그렇게 다짐했다.
복수심만으로 살아온 사람은 복수할 상대를 잃게 되면 살아갈 수가 없다. 오자서는 복수심을 점차로 권세욕으로 바꾸려고 했다.
(나는 어느 정도의 일을 할 수 있을까?)
그것을 시험해 보고 싶었다.
초를 치는 일, 그것이 당면한 목표였다.
그리고 그 다음은?
평왕의 죽음으로 이런 일을 생각하게 되었지만 빨리 깨달은 것이 다행이다. 앞으로, 앞으로의 일을 계획해야 한다.
어느 정도의 일을 할 수 있을까? 앞으로 오자서가 할일이란 천하 권세 쟁패인 것이다. 주인인 광으로 하여금 어느 정도의 패업을 이룩하게 할 수 있겠는가? 그것이 눈금이 되리라.
오자서는 초나라 평왕의 죽음으로 한동안 기력을 잃었지만 다시 마음을 돌렸다.
이때 오왕인 료는 평왕의 죽음을 이용하려고 했다.
초는 평왕을 잃고 태자인 진(軫)을 계승시켰다. 앞서 태자 건을 위해 진나라로부터 맞이한 공녀(公女)가 너무도 아름다워 평왕이 자기의 비로 맞은 것은 이미 이야기했다. 그 진의 공녀가 낳은 아들이 진이다.

　진은 초의 소왕(昭王)이 되었다. 하지만 아직 어렸다.

　초의 인심이 동요되었고, 그것을 진정시키기 위해서 백성들의 미움의 표적이었던 비무기를 죽이지 않으면 안 되었다. 그가 평왕에게 진의 공녀를 차지하도록 권했다는 것이 그 이유였다.

　"이것은 하늘이 준 기회다!"

　오왕 료는 초로 출병했다.

　초는 오나라 군을 맞아 싸우는 체했지만 실은 주력을 우회시켜서 오의 퇴로를 끊었다. 초에 침공한 오군은 패하지는 않았지만 움직일 수 없는 상태가 되고 말았다.

　(이거야말로 하늘이 내리신 기회다!)

　이렇게 판단한 것은 공자 광이었다.

　왕위를 탈취한다. 아니, 당연히 자기가 계승해야 했던 왕위를 되돌려 받는다. 수도에는 병력이 적어졌고 대군은 밖에 있으며 급하게 되돌아오기는 불가능하다. 왕을 죽이고 내가 대신 왕위에 앉은 다음에는 모든 일을 처리하기가 쉬울 것이 아닌가?

　어떤 식으로 모반을 일으킬 것인가?

　먼저 그날을 위해서 오자서는 전제를 추천했던 것이다.

　공자 광은 전제를 불러 수수께끼를 냈다.

　"구하지 않으면 아무것도 얻을 수 없다."

　"왕을 죽일 때입니다. 왕의 어머니는 늙고 왕의 아들은 어리며 왕의 두 동생은 군사를 이끌고 초에 있습니다."

　수수께끼에 답하는 전제의 말이었다.

전제에 대해서는 사마천이 『사기』의 자객열전에 기록하고 있다.
"내 몸은 자네의 몸이네."
공자 광에게서 이런 말을 듣고 그는 자기를 알아주는 사람을 위해 목숨을 버릴 것을 결심했다. 사나이는 자기를 알아주는 사람을 위해 목숨을 걸고, 여자는 자기를 사랑하는 사람을 위해 목숨을 바친다고 했던가.

광은 무장한 병사를 지하실에 숨기고 왕을 자기 집으로 초대했다. 물론 오왕도 항상 경계하고 있었다. 연도에 경비병을 세우고 광의 집으로 들어갈 때에도 문에서 건물의 계단에 이르기까지 친척이나 심복 부하들의 보호를 받았다. 근위병들이 칼과 창을 들고 왕의 좌우에 대기하고 있는 것은 말할 것도 없다.

전제는 구운 생선을 쟁반에 받쳐 들고 왕의 앞으로 나아갔다.

이 시대에는 왕의 앞에 나가는 자는 몸에 쇠로 된 것은 바늘 하나라도 지니는 것이 허용되지 않았다. 가장 신임이 두터운 근위장교만이 예외였다. 이것이 2백여 년 후의 진(秦)나라 궁전에서는 무기를 가지는 것은 왕뿐이고, 무장한 근위병은 훨씬 먼 거리의 계단 아래에 대기하는 관습으로 바뀌었다. 때문에 시황제가 형가라는 자객의 습격을 받았을 때 시의(侍醫)가 약상자를 던져서 막았던 것이다.

자객이란 자는 어떻게 하면 왕의 앞까지 무기를 지니고 갈 수 있는가, 우선 그 방법을 생각하지 않으면 안 된다. 전제는 구운 생선의 뱃속에 비수를 숨겨 가지고 왕의 앞으로 나아갔던 것이다.

구운 생선을 올리는 체하면서 생선 뱃속에 들어 있던 비수를 꺼내어 곧바로 왕의 가슴을 찔렀다. 오왕 료는 즉사하였다.

이렇게 말하면 간단한 것 같지만 구운 생선을 권할 때 조금이라도 떨거나 주저하면 의심을 받을 염려가 있다. 어지간히 담이 센 인물이 아니고는 이 연극을 태연히 연출할 수 없는 것이다. 또한 비수를 잡고 상대를 찌르는 데 있어서도 정확하지 않으면 안 된다. 단 한 번의 실수도 용납되지 않는다. 단칼에 끝장을 내야 한다. 무예의 호흡법에 숙달되어 있지 않으면 수행하기 어려웠다.

오자서는 그런 면에서는 전제를 따를 자가 없다고 단정했던 것이다. 전제는 기대에 어긋나지 않았다. 물론 그는 죽음을 각오했다. 왕을 찌른 다음 순간, 좌우 근위병들의 칼날이 그의 몸을 에워쌌다. 그 역시 즉사했다.

공자 광이 이때 틈을 주지 않고 지하실의 군사들에게 돌격 명령을 내려 왕의 측근들을 전멸시켰다. 왕을 잃은 가신들은 이미 반 정도는 전의를 상실하고 있었을 것이다.

광은 드디어 즉위했다. 이 사람이 오왕 합려(闔閭)이다.

신왕이 즉위하여 제일 먼저 한 것은 전제의 아들을 상경(上卿 ; 대신)으로 등용한 것이다.

(드디어 내가 나갈 차례가 왔군……)

오자서는 농기구인 괭이와 쟁기 등을 헛간에 챙겨 넣었다. 신왕의 사자가 그를 맞이하려고 찾아온 것은 모반 다음날이었다.

오왕 합려는 오자서를 행인(行人)에 임명했다.

행인은 외무부장관에 해당하지만 실제로는 보다 더 요직이었다. 주나라의 제도에서는 행인이 제후들을 접대, 관리한다고 되어 있다. 천자가 하는 일은 천하의 제후들을 통솔하는 것이기 때문에 행인은 천자의 가장 중요한 정사를 보좌하는 것이다. 오는 제후의 나라이지만 제도는 주왕조의 제도를 따르고 있었다. 행인은 외무부장관이라기보다는 재상이라고 하는 것이 옳을 것이다.

이때 합려의 아버지 제번의 막내 동생인 계찰은 전왕(前王)의 사절로서 진(晉)에 파견되어 있었다.

계찰은 현인으로서 명성이 높았다. 합려의 할아버지 수몽이 막내 아들인 계찰에게 왕위를 물려주려고 생각하였지만 본인이 받지 않았기 때문에 조카 료에게 주어졌던 것은 앞에서 이야기했다.

계찰이 진에서 돌아오자 사람들은 그가 무슨 말을 할 것인지 조심스럽게 기다리고 있었다.

계찰은 오의 왕이 되어야 할 인물이었다. 그것을 사양하다가 받지 않으면 안 되게 되었을 때 도망치고 말았다. 때문에 어느 왕이라도 그를 왕의 다음 자리에 앉혔다. 누가 왕이 되어도 그는 항상 두 번째였다.

그러한 그가 이번의 모반에 대해서 과연 어떤 말을 할 것인가?

계찰은 말했다.

"조상들의 대를 끊지 않고, 백성들이 주인을 버리고 않고 사직(社稷 ; 나라의 수호신)을 받들 수만 있다면, 그것은 나의 군주이다. 나는 누구도 원망하지 않는다. 죽은 료를 애도하고 살아 있는 합려를 섬기며 천명을 기다리자."

보신(保身)이라면 보신이다. 아니 기회주의자인지도 모른다. 이처럼 앞서지 않고 그것도 언제나 선두의 다음에 있는 인물이 사람들의 호감을 사는 것이다. 그런데 이때 만일 그가 합려를 비난했다면 오나라는 다시금 혼란에 빠졌을지 모른다. 이렇게 볼 때는 기회주의적 보신은 한편으론 보국(保國)이라고 해석해도 좋을 것인가?

계찰의 말을 듣고 합려는 안도의 숨을 내쉬었다.

초로 출정해서 퇴로를 차단당하고 있던 료의 두 형제, 촉용(燭庸)과 개여(蓋余)는 형인 료가 살해되고 광이 오왕 합려가 되었다는 소식을 듣고 전군을 이끌고 초에 투항해 버렸다.

초는 이 두 사람을 후하게 맞이하고 영지를 주었다.

초에서는 신왕 아래 새로운 체제를 세우기 위해 구정권의 권력자들을 차례차례로 숙청해 나갔다. 오자서가 평왕 다음으로 노렸던 원수 비무기가 죽고 명문의 백주이(伯州犁)도 숙청되고, 그 손자인 백비(伯嚭)가 오로 망명해 왔다.

"피차간에 초왕에겐 원한이 깊습니다."

백비는 오자서에게 말했다.

"내 원한보다도 그대의 원한이 더 깊은가?"

오자서는 그렇게 말하고 입을 꽉 다물었다.

"그렇고말고요. 내 쪽이 훨씬 깊지요. 나 같으면 초왕의 핏줄 따위는 기르지 않겠소."

백비는 어깨를 한 번 치켜올리고는 돌아갔다.

오자서는 초의 태자 건과 함께 망명해서 건이 정(鄭)에서 살해되고부터는 그 아들 승을 데리고 오로 찾아온 것이다. 도중에 걸식을 하면서도 초왕의 혈통인 승을 버리지 않았다.

"과연 그렇게 생각할 수도 있는가……?"

오자서는 백비가 돌아간 후 혼자 중얼거렸다.

인기척에 문득 뒤를 돌아보니 승이 거기에 서 있었다.
"지금 그대는 이야기를 들었는가?"
"예."
소년은 고개를 끄덕였다.
"그대의 할아버지는 이미 돌아가셨지만 나의 원수였다. 사람은 죽었어도 나의 원한은 사라지지 않았다. 나는 원수의 핏줄인 그대에게 왜 마음을 주며 오늘까지 그대를 보살펴 왔는지 알고 있는가?"
왜냐? 실은 오자서 자신도 잘 모른다. 백비의 말을 듣고, 그것을 생각해 보는 중이다. 무엇보다도 지금은 승을 안심시켜 줘야 한다. 은혜와 원수는 연결되는 것이다. 태어난 고향을 사랑하기 때문에 초왕을 미워하는 것이다. 그와 같은 이유를 붙여서 소년을 속이려고 생각했다.
그러나 소년은 딱 잘라 대답했다.
"알고 있습니다. 당신의 아버님과 형님은 살해되었습니다. 저의 아버님도 정에서 살해당했습니다. 다 같이 원수를 가지고 있는 몸이기 때문입니다."
승의 아버지 태자 건은 진의 경왕의 꼬임에 빠져 정을 빼앗으려 했으나 종자가 그것을 밀고해서 살해당한 것이다.
오자서는 섬뜩했다. 그는 승에게 '너의 아버지는 정에서 죽었다. 정을 미워하라!'고 가르친 일은 없었다.
그러나 승은 오자서에게 그 복수심을 어느 사이엔가 배우고 있었던 것이다. 이외에 오자서에게서 본받을 만한 것이 또 무엇이 있겠는가.

오왕 합려가 오자서와 백비에게 군사를 주어 초를 치게 한 것은 즉위 4년이 되는 해였다.

그러나 이 해는 서(舒)만을 함락하고 철수했다. 선왕의 동생으로 초를 토벌하러 나간 사령관이면서 초를 투항했던 촉용과 개여는 서의 영주가 되어 있었다. 오군은 이 두 사람을 생포해서 다시금 초의 수도로 진격하려 했으나 참모총장인 손무(孫武)가 진언하여 군사를 철수시킨 것이다.

"백성들의 고생이 많소. 아직은 불가합니다. 잠시만 기다리지요."

손무는 손자(孫子)라고 불리었던 병법의 대가였지만 민중들의 노고를 생각해서 시기상조라고 판단을 내린 것을 보면 예사로운 군인은 아니었다.

백년 후에 손무의 자손인 손빈(孫臏)이란 자가 제(齊)를 섬기며 병법으로 이름을 날렸고, 그도 손자(孫子)라고 불렸다.

병법서 『손자』(孫子)의 저자가 오의 손무인지 제의 손빈인지 혹은 후인들의 가탁(假托)에 의한 것인지 알 수 없었으나, 얼마 전 손빈의 저서임이 밝혀졌다.

(시기가 왔다. 초를 쳐야 한다!)

손무가 판단을 내린 것은 제1회 토벌전에서 5년이 지났을 때였다.

초군은 노도와 같이 밀려드는 오군을 막아내지 못하고 패주에 패주를 거듭해서 초왕은 수도가 함락되기도 전에 도망쳤다.

오자서는 초의 수도 영(郢)에 들어와서 가장 먼저 무엇을 했을까?

10년 전에 죽은 평왕의 묘를 파헤치고 관을 끌어냈던 것이다.

이 시대의 왕공의 관은 몇 겹으로 싸서 방습 물자를 풍부하게 사용했다. 최근에 출토된 2천 년 전의 대후묘(軚侯墓)에서 부인이 아직도 그 피부에 탄력이 있었던 기억이 새롭다.

10년 전에 매장된 평왕이 관 속에서 살아 있는 것 같은 모습을 하고 있었던 것은 말할 것도 없다. 관 속에서 끄집어낸 평왕의 시체가 땅 위에 뒹굴었다.

복수의 화신 오자서는 손에 회초리를 거머쥐고 있었다. 그 손이 후들후들 떨렸다. 복수의 때가 온 것이다.

아버지와 형이 살해된 지 16년이 지났다.

'철썩! 철썩!'

오자서는 혼신의 힘을 손끝에 모아 회초리를 휘둘러 시체를 매질했다. 치고 또 치고 끝없이 반복했다. 갑자기 공기가 닿은 시체는 탄력을 잃어 피부는 찢겨지고 회색 살덩어리가 지천에 뿌려졌다.

무자비하여 바라볼 수가 없었다.

— 회초리로 3백 대를 매질한 후에야 멈추다.

『사기』의 오자서전은 이렇게 기록하고 있다.

오자서의 친구 신포서(申包胥)는 오군의 침공으로 산속에 피신해 있었으나 평왕의 시체에 회초리로 매질했다는 소식을 듣고 사람을 보내어 오자서에게 이렇게 전하게 했다.

"천도(天道)는 일시적으로 사람들의 기세에 지는 수가 있지만 언젠가는 반격을 가하는 것이다. 천도가 안정되었을 때 자네의 이번의 비도(非道)는 반드시 벌을 받을 것이다."

그 사람에게 오자서는 말했다.

"돌아가서 신포서에게 전하라. 해는 저물고 갈 길은 멀다고……."

나는 이미 나이를 먹었다. 천도에 따라 침착하게 자중하고 있을 시간이 없다. 하고 싶은 일은 많은데 남아 있는 시간은 짧다. 복수도 이처럼 일격에 하는 수밖에 없다. 늙음을 자각한 오자서는 자신의 지나치게 과격한 행위를 나이 탓으로 돌리려고 했다.

죄수부대는 가다

"나는 반드시 초(楚)를 멸망시켜 보이겠다."

일찍이 복수의 화신 오자서(伍子胥)가 그렇게 말했을 때 그의 친구인 신포서(申包胥)는 이렇게 대답한 적이 있다.

"그렇다면 나는 반드시 초를 흥하게 하여 보이겠다."

오자서의 복수는, 해는 저물고 길은 멀어 지극히 서둘렀지만, 신포서가 초의 멸망을 막으려는 노력 역시 재빨랐다.

양극의 두 사람은 다 같이 멋진 무사들이었던 것이다.

신포서는 진(秦)으로 가서 원군을 요청하였다.

하지만 진은 매정하게 거절했다.

신포서는 진의 궁전 앞 광장에 서서 7일 동안 밤낮을 가리지 않고 통곡을 계속하였다.

― 식음을 전폐하기 7일.

이라고 하였으니 마시지도 않고 통곡을 계속한 것이다.

진의 애공(哀公)은 마침내 감동했다.

애공은 큰소리로 '무의'(無衣)의 시를 읊었다.

그대는 옷이야 없지 않겠지만
그대와 옷을 나누어 입으려 하네.
자, 왕이 병사를 일으킬 때
우리 창을 갈고 닦아
그대와 함께 적을 맞아 싸우세.

이것은 진의 가요로 『시경』(詩經)에 수록되어 현재에 이르고 있다.

'그대와 함께 적을 맞아 싸우세'란 원군을 보낸다는 의사를 나타낸 것이다.

궁전의 담 너머로 이 '무의'의 시를 듣자 신포서는 미칠듯이 기뻐하며 9번이나 머리를 땅에 조아려 절하는 예를 올렸다.

진은 초를 구하기 위해 5백 승(乘)의 전차(戰車)를 동원했다.

1승은 말 4두, 무사 3명, 병졸 72명, 치중(輜重 ; 군수품) 25명이니 5백 승의 원군은 말 2천두, 사졸(士卒) 3만 7천 5백 명, 치중병 1만 2천 5백 명이라는 병력이었다.

신포서는 이 진의 원군과 함께 오군(吳軍)과 싸워 직(稷 ; 하남성)이라는 곳에서 오군을 격파하였다.

직의 싸움은 국지전(局地戰)이었지만 이것은 대국(大局)에 큰 영향을 미쳤다. 이때까지 오는 초와 다섯 번 싸워 다섯 번 승리하였다. 그런데 여기에서 처음으로 패배했던 것이다.

오의 본국에서는 월(越)이 배후를 위협하고 있었지만 오의 출정군이 초에 승기를 잡고 있는 동안은 그다지 고통스럽지 않았다. 그러나 일단 패전이 되고 보니 월의 존재가 생각 밖으로 영향을 주게 되었다.

오왕 합려의 동생인 부개(夫槪)가 이 상황에 주목하였다.

(좋은 기회다.)

라고 부개는 판단했다.

그는 형인 왕을 따라 초에 출정 중이었다.

원래부터 대초전(對楚戰)의 서전에서 연전연승하였던 것은 부개의 용전 덕분이었다.

합려는 이 용맹한 동생을 내심 크게 두려워하여 경계하고 있었다.

한수(漢水)를 사이에 두고 초의 대군과 대치하였을 당시 부개는 돌격대장으로서 초군 속으로 뛰어들어가겠노라고 스스로 지원했다.

그러나 형인 합려는 허락하지 않았다.

하지만 부개는 독단전행(獨斷專行)하여 5천의 병사를 이끌고 초의 본진으로 쳐들어가 초의 명장 자상(子常)을 패주시켰다.

이것이 연승의 계기가 되었던 것이다.

"장한 일이옵니다. 아우님의 분전에 의해 초는 패주에 패주를 거듭하고 있습니다."

그런 말을 듣자 합려는 불끈 화난 표정이 되었다.

"승리했으니 괜찮기는 하나 그것은 명령위반이다. 자칫 잘못하였으면 대패의 원인이 되었을지도 모른다. 그 녀석은 전쟁을 도박 정도로 생각하고 있단 말인가. 승산 없이 움직인 것은 도박에 이긴 것에 지나지 않으며 공로라 평가할 수 없다."

합려는 내뱉듯이 그렇게 말했다.

"군령위반으로 마땅히 처분해야 하나 이번만은 용서해 주겠다."

이 말은 부개의 귀에도 들어갔다.

당연히 부개는 재미가 없었다.

(내가 형의 마음에 들지 않고 경계받고 있는 것을 분명하게 알았다. 형이 그렇게 나온다면 나에게도 생각이 있다…….)

부개는 기회를 엿보고 있었다.

(왕위를 빼앗자.)

부개는 야전(野戰)에서 승리를 할 때마다 자신을 얻어 드디어 그런 생각을 굳히게 되었다.

이때 직의 패전은 부개로 하여금 결단을 내리게 하였다.

부개는 은밀히 전선을 이탈하여 오의 본국으로 돌아가 자립하였다.

'부개, 귀국하여 왕이라 칭함'이라는 통지를 받자 합려는 열화같이 노했다.

"불난 집의 도둑놈!"

그리고 즉각 전군을 이끌고 귀국을 단행하였다.

부개는 자신만만하였다. 대국 '오'의 군사력을 배경으로 하여 이제까지 승리하여 왔던 것을 모두 자기 혼자의 힘에 의한 것으로 과신하고 있었던 것이다. 하지만 '오'의 힘을 업은 형의 군사에게 공격을 받자 여지없이 패하여 간신히 목숨만을 부지한 채 도망쳤다.

부개의 망명지는 얄궂게도 그가 지금까지 싸운 상대였던 초나라였다. 초는 그를 받아들이고 당계(堂谿)란 지역을 영지로 주었다.

　합려는 본국으로 돌아온 후 다시금 초에 출병하였지만 이 일에 넌더리가 났던지 왕 스스로는 출진하지 않고 태자인 부차(夫差)로 하여금 대신 출전토록 하였다.

　강물 속, 그것도 지극히 급류인 곳에서 배를 바꾸어 타는 것은 쉬운 일이 아니다. 대개는 크게 흔들린다. 얼마간 흔들린다 하여도 배가 전복한다든지 사람이 물속에 떨어지는 것보다 나을 것이다. 즉 어떤 작전이나 계획을 갑자기 바꾸려 하는 것보다도 미리미리 준비를 해두는 편이 좋을 것이다.

　복수의 화신 오자서는 평왕(平王)의 시체를 채찍질하고 초의 국토를 유린하여 그 복수를 한 것이다. 목적이 강렬하면 할수록 그것을 달성한 후의 허탈은 그것에 비례할 것이다. 그렇지만 오자서는 이미 마음가짐을 굳게 하고 있었다.

　복수라는 이름의 배로부터 권세욕이라는 다른 배로 훌쩍 옮겨 탔던 것이다. 배를 옮겨 탔지만 그는 이제까지와 같이 '집념'을 불태울 수 있을 것이다. 타는 심지는 변하지 않는다.

　이 무렵부터 오가 당면한 적은 초가 아니라 월(越)이었다.

　오왕 합려는 일찍이 자신이 초에 출진했을 때 빈 둥지[空巢]를 노리는 데 참견하였던 월을 결코 용서하려 하지 않았다.

　"월과 같은 놈들은……."

　합려는 입술을 깨물었다.

　분명히 월은 바닷가의 후진국이었다. 그러나 오늘의 월은 어제의 월이 아니다. 명신(名臣) 범려의 노력에 의해 인접한 강국인 오와 호각지세의 싸움을 할 정도로 성장해 있었던 것이다. 국경분쟁 정도의 국지전은 항상 있는 일이었지만 오로서도 월에 대하여 대작전을 감행할 용기는 없었다.

합려 즉위 19년(B.C. 496년)에 오나라는 간신히 월나라를 칠 기회를 잡았다. 월왕 윤상(允常)이 죽고 그의 아들 구천(句踐)이 왕위를 계승한 것이다.

"윤상의 아들은 구천만이 아니며 이 왕위 계승도 순조롭게 행해진 것은 아니다. 지금 월은 동요하고 있다. 공격할 호기이다."

합려는 그렇게 판단하여 군대를 동원했다.

"범려가 건재하다는 것을 잊지 마십시오."

오자서가 말했다.

벅찬 상대임을 알고 있으면서도 역시 마음 한 구석 어딘가에 경멸하는 기분이 남아 있었다.

(문신을 한 뱃놈[漁師]의 군대를 가진 후진국에 지나지 않아.)

무의식적 멸시는 생각지 않은 부주의를 유도하는 것이다. 오자서는 그것을 염려해서 경고한 것이다.

"알고 있다."

합려는 대답했지만 오나라 병사(兵士) 전체로부터 월나라 멸시의 잠재의식을 일소하는 것은 가능하지 않았다.

이때의 오·월의 전장(戰場)은 추리라는 곳이었다.

양군은 대치하였고 승패는 쉽게 결정나지 않았다.

"이럴 리가 없는데……"

오의 진영에서는 참모들이 머리를 갸웃거렸다.

월의 도읍지 회계(會稽)까지 단숨에 공격해 가려고 생각하고 있었는데 도중에 월나라 군사와 마주친 사실 자체가 의외였다. 게다가 월나라 군사의 강함도 예상을 훨씬 넘고 있었다.

"초와의 공방전을 통해 병사들이 단련되어 있는데……"

이렇게 의아해 하는 장군도 있었다.

그러나 초와의 전쟁에서 병사의 실전훈련은 늘었다 할지라도 그것으로 인해 전병력의 전력이 상당히 감퇴되어 있었던 것은 모르고 있었던 것이다.

오·월 양군의 병력은 백중했고, 사기 역시 거의 차이가 없었다. 다만 오군은 월군에 비하여 겸허함이 부족했다.

머리를 갸웃거리는 것이 그 증거이다.

(어째서 이기지 못하는 것인가?)

월군 쪽에서 보자면 오는 예로부터 전방에 우뚝 솟은 거대한 벽이었고 좀처럼 이길 수 없는 상대였다. 그리하여 '사수해서라도 승리해야한다'라는 마음가짐으로 전쟁에 임하고 있었던 것이다. 바로 정신력에서 오나라를 압도하고 있었던 것이다.

물자 보급로는 월 쪽이 약간 길었다. 도읍지인 회계로부터 항주만을 우회하지 않으면 안 된다. 오나라는 도읍지 고소(姑蘇)의 바로 남쪽 수로를 이용할 수 있었다.

"길게 끌면 아군에게 불리해집니다."

"길어질 것 같군."

월나라 왕 구천은 눈썹을 찌푸렸다.

"병사를 물리든가 기책(奇策)을 쓰시든가, 어느 한 쪽을 선택해야만 할 때입니다."

"병사를 물리면 상대는 기세를 올려 추격한다."

"기책이 성공한다고는 장담할 수 없습니다."

"여기에서는 도박을 걸어봐야 할 때인 것 같군."

구천은 각오하고 결정했다.

"범려님의 기책을 기대합니다. 힘으로 하는 일[力技]이라면 우리들이 얼마든지 해낼 테니까."

옆에서 대부(大夫)인 영고부(靈姑浮)가 무릎을 흔들며 말했다. 그는 월나라 전체에 널리 알려진 호걸이었지만 빨리 승부를 내고 싶어서 초조해 있었다. 기책이라면 자신의 머리로는 어찌하여도 되지 않으므로 범려를 재촉하였던 것이다.

"종군한 중죄인부(重罪人夫)는 60명이지요."

범려는 하늘을 우러러봤다.

당시 죄인을 군용으로 사역(使役)하는 것은 어느 나라에서도 행해지고 있었다. 이번의 영격작전(迎擊作戰)에도 죄인부대를 데리고 왔다. 그 가운데서도 특히 죄가 가장 무거운 60여 명은 위험한 일을 하게 되었던 것이다.

"죄인을 어떻게 할 거요?"

영고부가 초조한 듯이 물었다.

"그들의 죽음을 통해 월을 위한 길을 열려 하오."

범려는 그렇게 답했다.

"어차피 그들도 살아서 고향에 돌아가리라고는 생각하지 않겠지만……."

"같은 죽음이라면 가장 보람 있는 죽음의 길을 택하려 할 것이오."

범려는 팔짱을 끼고 생각에 잠겼다.

(60여 명의 죄수의 목숨을 어떠한 기책에 사용할 것인가?)

그는 그 60여 명을 모아 놓고 말했다.

"여러분들의 목숨을 빌리고 싶다. 그 대신 여러분들의 가족에게 큰 은상(恩賞)을 내릴 것을 이 자리에서 구체적으로 약속하고 문서에도 기록하여 두고자 한다. 제군들의 목숨으로 월나라를 구하고 제군들의 부모와 자식들을 부귀하게 할 수 있는 것이다. 목숨은 오직 하나, 버릴 장소를 생각해 보라!"

60여 명의 죄수는 모두가 사형판결을 받은 자들뿐이었다. 형이 가벼운 다른 죄인들에 비교하면, 이 자들은 거친 면이 있었다. 상관 앞에서도 명령을 듣지 않고 큰소리치는 형편이었다.

"불만이 있으면 빨리 죽여라!"

범려는 그들에게 기책을 일러 주었다.

20명을 1대(隊)로 하여, 이들 죄수는 3대로 나뉘고 사람마다 예리한 칼이 주어졌다.

월군의 진지에서 갑자기 음악이 소리 높이 울려 퍼졌다. 웅장한 행진곡이었다. 종군 군악대가 총동원된 듯싶었다.

"뭐야, 저게 뭐야……."

오나라의 진지에서 사병들이 떠들어댔다.

"보통 음악이다. 아무것도 이상한 것이 없다. 각자 자기 부서를 떠나지 말라!"

오자서는 각 부대에 엄중히 명령했다.

오자서는 월군이 이쪽의 틈을 노려 일보 전진하려고 하고 있다는 것을 알고 있었다.

(악대의 자포자기한 연주로 우리 군의 주의를 끌어 틈을 만들려 하는 것인가? 그런 수단에는 넘어가지 않는다. 범려만한 자가 이 정도의 기책밖에 생각 못한단 말인가……?)

오자서는 마음속으로 그렇게 생각하고 있었다. 그러나 음악만이 아니었다. 곧 그 행진곡에 맞춰서 20명의 병사가 횡대를 지어 오나라의 진지를 향해 행진을 시작했던 것이다.

"저건 또 뭐야……?"

오나라 진영은 다시금 술렁거렸다.

"화살을 쏠까요?"

장군이 물었다.

"음……."

오자서는 생각에 잠겼다.

여기서 일제히 화살을 쏜다면 전신을 노출시키고 횡대로 늘어서 있는 병사를 한 명도 남김없이 죽이는 것이 가능할 것이다. 그러나 적도 그것을 알고 있을 터인즉 무언가 다른 술수가 있을지도 모른다.

오자서는 적(敵), 즉 범려의 다음 수를 읽지 못하여 약간 망설였다.

"잠깐 상황을 보자."

이것은 오왕 합려의 명령이었다.

20명의 횡대는 월의 죄수부대 중 제1대였던 것이다.

그들은 점점 오의 진지로 접근하여 갔다.

수만의 오나라 군사에 대하여 20명으로는 당랑지부(螳螂之斧 ; 자기 힘으로는 도저히 당할 수 없는 적과 맞서거나 또는 맞서기를 기도하는 일)에 불과했다. 오의 진영에서는 경계보다는 호기심이 일어났다.

악대의 풍악이 그치자 20명은 갑자기 멈추었다. 오나라의 진지 바로 앞이다. 소리를 지르면 충분히 들릴 정도의 거리였다.

멈추어 선 20명은 큰 몸짓으로 오군을 향하여 경례를 했다. 그리고 소리 맞추어 외쳤다.

"우리는 중죄를 지어 어쨌든 죽음을 면할 수 없다! 그래서 이곳에서 죽어 보이겠다!"

이렇게 소리치고는 그 말이 끝나자 일제히 칼을 빼어 칼날을 목에 대고 자신의 목을 잘라 보였다.

"아, 아니 저건 무슨 짓이야……."

오의 전군은 어안이 벙벙하였다.

모두가 아직 의아해 하고 있을 때 다시 월나라의 진지로부터 20명의 군인이 횡대로 발걸음을 맞추어 행진하기 시작했다.

"이봐, 또 보내고 있어!"

이번에는 과히 예상할 수 있었다. 보초 등의 직무를 수행하다 제1대의 집단자살을 목격하지 못했던 자들은 이번에는 놓치지 않으려는 듯 눈길들을 모았다. 평생 동안 이런 터무니없는 광경은 두 번 다시 볼 수 없을 것이다. 이런 때에 보초 같은 것을 서고 있을 수 없었다.

제2대도 똑같은 식으로 목을 잘랐다.

계속해서 제3대의 행진이 시작되었다.

"알았다! 끝났다!"

오자서는 가까스로 범려의 수를 읽었다.

오의 전군의 눈을 이 기묘한 광경에 못박아 놓고 그 틈에 살그머니 공격태세를 갖추려는 것이다.

악대에 맞춰 천천히 행진하며 충분히 시간을 끌게 한 것은 시간을 벌려는 속셈이리라. 제3대가 칼을 뺐었을 때 눈치챘지만 오자서는 이미 늦었다고 생각했다.

과연 제3대의 전원이 자신의 목을 자른 직후 오의 진지 좌우에서 함성이 올랐다.

"적이 습격했다!"

오병의 비명에 가까운 소리가 이곳저곳에서 들렸다.

와신상담(臥薪嘗膽)

"졌다!"

오자서는 불현듯 외쳤다.

(얼마나 멋진 작전인가? 기책 중의 기책이다. 범려 이외에 누가 이런 기발한 작전을 생각해낼 것인가?)

오자서는 도피하면서 그렇게 생각했다.

월나라 군사는 눈사태처럼 오나라의 본진을 습격해 왔다.

월의 용장 영고부는 창을 바짝 겨눠들고 오왕 합려에게 달려들었다. 간발의 차로 오왕은 몸을 '휙' 돌려 피했으나 영고부의 창은 오왕의 엄지발가락에 꽂혔다.

오왕은 순간적으로 신발을 벗어던지고 비틀거리면서 도망쳤다.

이것이 잘못되었으리라. 엄지발가락은 밑부분의 뼈가 창날에 부서지고 살껍데기만 남은 상태가 되었다. 피가 흐르기 시작했다. 하지만 우물쭈물하고 있으면 목숨이 위험하다. 아픔 같은 것을 생각할 틈이 없다. 왕은 영고부의 제2, 제3의 창을 우로 좌로 피하였고 가신(家臣)이 차례차례로 그 사이에 끼어들어 대신 찔려 죽는 동안에 간신히 위험한 지역을 탈출했다.

그러나 자기 영지 내의 형(陘)이라는 곳까지 다다랐을 때 발가락의 상처가 원인이 되어 오왕 합려는 마침내 죽고 말았다. 합려의 최후는 너무나도 어이없게 끝났다. 상처가 발가락이었다는 것도 어쩐지 맥빠지는 느낌이 든다. 출혈이 많았던 것인가, 그렇지 않으면 상처로 독이 들어간 것이었을까?

형은 전장인 추리로부터 3km 정도밖에 떨어져 있지 않다. 부상으로부터 죽을 때까지 시간적으로도 극히 짧다. 영고부는 월의 간부이므로 그는 특수한 창을 가지고 있었는지도 모른다. 창날에 바곳과 같은 독약을 발라 놓았다면 오왕 합려의 최후도 당연할 것이다.

자객을 시켜 전왕(前王) 료(僚)를 살해한 지 19년, 합려도 이미 늙어 저항력이 없어졌는지도 모른다. 아들인 부차(夫差)는 이미 자기 구실을 할 정도로 성장해 있었다.

"부차야, 너는 월왕 구천이 너의 아비를 죽인 것을 잊어서는 안 된다."

합려는 아들을 머리맡에 불러 이렇게 말하고는 숨이 끊어졌다.

"결코 잊지 않을 것이옵니다."

입술을 깨물고 부차는 비통함을 참으며 간신히 대답했다. 피를 토하는 듯한 부차의 이 말이 부왕(父王)의 희미해져 가는 의식에 전해졌는지는 알 수 없다.

"3년 이내에 월왕에게 복수하겠사옵니다."

부차는 아버지의 임종시에 이렇게 약속한 것으로 되어 있다.

새로이 즉위한 부차는 궁전의 정원에 가신을 세워 놓고, 자신이 출입할 때마다 큰소리로 외치게 하였다.

"부차야! 월왕 구천이 너의 아버지를 죽인 것을 벌써 잊었느냐?"

그러한 뜻에서 새 오왕 부차는 궁전에 출입할 때마다 월군에 쫓기었던 때의 치욕을 상기하며 대답하는 것이었다.

"아니요, 결코 잊지 않았습니다."

뜰에서 외치는 가신의 말을 아버지의 영혼의 외침으로 그는 듣고 있었던 것이다.

(시간은 애증을 희미하게 한다.)

부차는 잘못하다가는 아버지를 살해당한 원한을 잊어버리게 될 것만 같았다. 그렇게 생각했기 때문에 가신에게 아버지 영혼의 대역을 명했던 것이다.

부차는 궁전으로 들어갈 때 오자서가 곁에 있으면 몸이 움츠러드는 느낌이었다. 뜰에 대기하고 있던 가신이 가르쳐 준 대로 외친다. 그것을 듣는 오자서의 입술에 냉소라고 생각할 수밖에 없는 웃음이 떠오르는 것이었다.

　오자서의 초의 평왕에 대한 원한은 참으로 격심한 데가 있었다. 16년이 지났어도 원한이 사라지지 않고 그는 평왕의 시체를 마구 때렸던 것이다.

　그러나 강남의 문화인인 부차는 그렇게 철저한 마음을 가지지 못했다. 그는 가신인 오자서의 복수에 대한 집념을 '너무 지나치다'고 불쾌하게 생각할 때도 있었다.

　『사기』나 『춘추좌전』(春秋左傳)에는 기록되어 있지 않지만 『십팔사략』(十八史略)에는 부차가 아버지의 원한을 잊지 않기 위해 부드러운 침대에서 자지 않고 딱딱한 장작 위에서 잤다고 기록되어 있다.

　이것이 유명한 '와신'(臥薪 ; 장작 위에 몸을 눕히고 잔다.)이다.

　이것은 일견 복수심의 강함을 나타내는 것 같지만 실은 그렇지 않다. 장작 위에서 자는 것과 같은 무리를 하지 않으면 원한을 잊게 된다. 집념의 약함을 이야기하는 일화로도 해석될 수 있다.

　오자서는 그러한 방법을 사용하지 않아도 복수심이 약해지는 일은 없었다.

　여기에 오왕 부차와 그 가신 오자서의 차이가 있고, 그들의 차이점이 두 사람을 비극으로 인도한 것이다.

　부차는 태어날 때부터 왕의 아들이었다. 더구나 왕의 후계자로서 사람들에게 인정을 받고 있었다. 아버지 합려와 같이 '왕위를 빼앗고 말겠다'고 오랫동안 격렬한 투지를 불사른 일도 없었다. 좋은 환경에서 경쟁심이 없이 자랐던 것이다.

때문에 부차는 이제까지 음산한 원념(怨念)의 덩어리 같은 오자서를 마음속으로 혐오하고 있었다. 그렇지만 아버지의 최후의 말에 의해 그도 원념의 사람이 되어야만 했다.

오왕 부차와 오자서의 관계가 가장 잘 유지되었던 것은 부차가 월에 대한 복수의 집념을 불태우던 3년간이라고 말해도 좋다. 부차는 약속대로 3년 만에 월나라를 파괴했다.

내정을 정비하고 군비를 증강하며 오로지 복수를 꾀했다. 초로부터 망명했던 오자서와 백비라는 복수의 화신이 낸 헌책(獻策)을 잘 이용하였기 때문에 국력이 한층 충실해졌던 것이다. 하지만 복수의 성공은 오왕 부차 측의 노력에 의해서만은 아니었다.

상대인 월의 실책도 있었다.

오가 착착 부국강병을 도모하고 있다는 정보에 월왕 구천은 초조했던 것이다.

(기선을 제압하지 않으면, 오군이 어느 정도 강하게 될지 헤아릴 수 없다.)

이렇게 생각하고 선제공격을 결심했다.

그러나 나라 전체가 긴장하고 있었던 오나라는 빈틈이 없었다. 특히 국경선은 더욱 그러하였다.

범려는 맹렬히 반대했다. 선제공격의 불리함을 일일이 열거하여 설명했지만 구천은 대답했다.

"이것은 이미 결정한 일이다."

그리고 그 계획을 강행했다.

과연 범려가 염려하고 있던 그대로 되었다.

월군은 처음에는 간단히 오의 국경선을 돌파했다. 그러나 그것은 오의 국경 경비대가 방심하고 있었다든가 약체였기 때문은 아니었다.

― 내 품속 깊숙이 적을 유인한다.

하는 작전에 따라 병사를 뒤로 물린 것에 불과했다.

그것을 월왕 구천은 '오병은 약하다'라고 오해했다.

적을 얕잡아보는 군대는 교만해지기 마련이다. 복수의 집념에 불타는 오군과 비교하면 사기 면에서 큰 차이가 벌어졌다. 이제 정신력은 오나라가 더 강했다.

태호(太湖)의 부초산(夫椒山)으로 유인된 월나라 군사는 만반의 준비를 했던 오군의 정예군으로부터 공격을 당해 궤멸적인 패배를 당했다.

월왕 구천은 잔병을 정리하여 퇴각하였지만 오군은 끝까지 추격하여 왔다.

월의 패잔병 5천은 고향인 회계산(會稽山)으로 쫓기었다. 운하(雲霞) 같은 오의 대군이 산을 10중 20중으로 포위하고 있었다.

절대절명의 위기였다.

"범려여, 그대의 말에 따르지 않았기 때문에 이러한 곤경에 빠지게 되었다. 미안하다……. 이제 도대체 어떻게 하면 좋단 말인가?"

지푸라기라도 붙잡고 싶어지는 것은 물에 빠진 자의 심리이다. 구천은 범려 앞에서 고개를 숙였다.

범려는 대답했다.

"이렇게 된 이상 방법이 없습니다. 굴욕을 참고 강화를 구걸하는 외에는 별 도리가 없습니다. 우리나라의 국보를 모두 오왕에게 바치고 군주 스스로가 오왕을 섬기십시오."

구천이 다시 중얼거리듯 물었다.

"내가 부차의 노예로?"

범려가 말했다.

"노예라도 된다면 그래도 다행한 일입니다. 목숨마저 잃는다면 오늘의 치욕을 설욕할 날도 없을 것이기 때문입니다."

구천이 머뭇거리며 범려의 말에 되묻듯이 말했다.

"그런가……? 그것으로 부차가 나를 용서해 줄까?"

범려가 말했다.

"오자서가 곁에서 용서해서는 안 된다고 진언할 것입니다."

구천은 놀라며 물었다.

"그렇다면 나의 목숨은 남아나지 못하지 않는가?"

범려가 신중한 태도로 말했다.

"오왕 부차가 반드시 오자서의 진언을 받아들인다고는 단정할 수 없습니다."

구천이 묻듯이 말했다.

"그럴까? 부차가 오자서의 말을 듣기를 아버지를 대하는 것처럼 한다고 사람들은 말하고 있는데?"

"오의 중신은 오자서 한 사람만이 아닙니다. 재상인 백비도 어느 정도의 실권을 가지고 있사옵니다. 그리고 그 자는 재물에는 약한 편이지요."

"매수하란 것인가?"

"그렇습니다."

"그 임무라면 종(種)이 적임이겠군. 속히 그를 보내도록 하지……. 하지만 그것만으로 충분할까?"

"오왕 부차가 오자서의 의견을 어디까지 물리칠 수 있는지가 문제입니다. 1대1로는 부차는 오자서의 의견에 굴할 것입니다. 그러므로 백비로 하여금 부차를 응원하게 하는 것입니다."

"오자서의 강한 발언을 백비의 응원만으로 이길 수 있을까?"

"또 달리 손을 써놓았습니다."

"어떠한 방법인가?"

범려가 상세하게 말했다.

"서호(西湖) 부근에 오로부터 한 명의 첩자가 잠입하여 수년 전부터 거주하고 있습니다. 그 자를 일찍부터 매수해 놓았습니다."

"무슨 쓸모가 있는가? 그 자가 오왕 부차에게 무슨 영향력이 있겠는가?"

"아닙니다. 그는 그러한 힘이 없습니다만……."

범려는 머리를 가로저으며 말했다.

"단지 그 자의 가까이에 한 명의 여인을 두었습니다. 그 자가 오왕에게 그녀를 바칠 것입니다. 오왕에의 영향력은 그녀에게 주어져 있습니다."

"그 여인이란?"

"절세의 미녀입니다. 어릴 적부터 저의 수하에 있었는데 수년 동안 오왕 부차의 성격을 연구하여 그가 만족할 만한 여인으로 길러

놓았습니다."

"자, 자네는……."

구천은 말을 잇지 못했다. 그의 표정은 단순한 경탄이 아니다. 희미한 책망의 빛도 섞여 있었다.

(거기까지 준비했단 말인가……?)

그는 감사하고 싶었다. 그러나 그 준비는 월국의 패전을 예상하고서 한 일이다. 즉 범려는 구천이 오나라와 전쟁서 승리하리라는 것을 믿지 않았던 것이다. 이미 자기가 모시고 있는 국왕이 잘못된 전쟁을 수행하는 것을 알고 있었으나 그걸 막을 힘이 없었거나 자신의 능력을 보여 주기 위해서였는지도 모른다.

미녀 서시(西施)

범려의 손에 의해 오왕 부차가 좋아할 만한 여인으로 길러진 여인, 그녀의 이름은 서시(西施)라 한다.

구천의 희미한 비난의 표정을 읽고서, 범려가 말했다.

"이것은 고법(古法)입니다. 저 달기(妲己)도 은(殷)나라 시대의 주왕(紂王)을 포악으로 유혹하여 은을 멸망시키기 위해 만들어진 여인이었습니다."

"그랬던가……? 아무튼 그 여인이 어느 정도의 일을 할 수 있을지 모르지만 지금은 그녀에게 기대하는 수밖에 없군."

구천은 실망한 얼굴로 중얼거렸다.

구천은 그다지 기대를 걸지 않았지만, 서시는 오왕 부차를 움직이게 되었다.

 부차는 복수를 맹서했었다. 하지만 그의 마음의 근본은 오자서와 같은 복수의 화신이 되지 못하였다. 강남인답게 마음의 근본은 온순하였다. 강남이란 현재 강소성, 절강성 일대를 가리키며 이 무렵의 오·월에 해당된다. 그곳 주민은 예로부터 예술이나 학문에 뛰어났다. 『녹정기』 등의 저자 김용(金庸)이라는 현대 최고의 문필가도 절강성 사람이다. 이처럼 이곳 사람들은 감수성이 좋아 미의식 방면으로 출중했다.

 서시의 역할은 따라서 결코 어려운 것은 아니었다. 장작 위에서 자며 무리하게 원념(怨念)의 불씨를 불사르고 있던 부차를 그의 본성으로 되돌릴 뿐이었다.

 부차 자신도 언제까지나 원념의 껍질을 뒤집어쓰는 것이 불편하여 참을 수 없었다.

 (오자서처럼은 되고 싶지 않다. 재간은 있지만, 그래서는 인간으로서 아름답지 않다.)

 마음의 근저에서는 그렇게 생각하고 있었다.

 원수를 가진 몸이어서 할수없이 귀면(鬼面)을 쓰고 있었지만 하루라도 빨리 본래의 '온화한 인간'으로 되고 싶었던 것이다.

 지금 회계산을 포위하여 아버지의 원수는 이미 독 안에 든 쥐다. 복수는 이미 한 것이나 다름없다.

 부차는 한숨을 쉬었다.

 월에 잠입시켜 두었던 첩자가 모습을 나타내어 굉장한 미소녀를 데리고 왔다. 부차는 그 소녀를 사랑했다. 서시라는 이름의 그 소녀는 '요조'(窈窕)숙녀라는 형용에 꼭 맞았다. 이 세상의 더러움을 알지 못하는 처녀 같았다.

더구나 서시는 말수가 적었지만 말하는 것은 도리에 맞았다. 부차는 어떠한 미인이라도 도리를 모르고 우매한 여자는 싫어했다. 단아하고 얌전한 현녀(賢女), 이것이 부차의 이상적 여성상이었다.

부차는 태어나서 처음으로 이상적인 여성을 얻었다고 생각했다. 이러니 기뻐하지 않고 견딜 수 있겠는가! 그는 서시에게 열중하였다. 또 한 사나이가 여인에게 넘어가고 있는 것이다. 가련하고 심약한 남자들이다.

"몰아치면 원한이 남사옵니다. 원한의 길은 사람 사는 세상이 아니옵니다."

서시에게 이런 말을 듣고 부차도 그렇다고 수긍했다. 원한의 삶을 3년 동안 살아온 그는 그것이 사람 사는 세상이 아니라는 것을 확실히 실감할 수 있었다.

"우리들이 초나라 사람은 아니옵니다."

서시가 은근히 말했다.

"그래! 초나라 사람은 지나치게 격해! 그래선 곤란하겠지. 우리들은 다르지."

부차가 대답했다.

이때 초나라 출신인 오자서의 일이 뇌리를 스친 것은 말할 것도 없다.

초는 현재의 호남(湖南), 호북(湖北) 두 지역을 가리킨다. 이곳은 정열가의 산지로서 고대로부터 많은 열정적인 인물들을 배출했다.

임협(任俠)의 사(士), 혁명가가 초에서 배출되었다. 중국 공산당의 주석이었던 모택동은 호남 출신이고, 실각했다가 복권한 유소기도 호남 출신이다. 임표와 당의 장로 황필무 역시 호북 출신인 것이다.

그 초나라 사람인 오자서는 부차에게 권했다.

"하늘이 월나라를 오에게 주셨습니다. 이번 기회에 일거에 월을 괴멸하십시오."

그러나 부차는 머리를 가로저었다.

"복수는 이미 끝났다. 맹세는 성취되었다. 월은 멸망한 것이나 마찬가지이다. 나는 시체를 채찍질하는 일은 하지 않겠다."

마지막 말에 오자서에 대한 비판이 포함되어 있다는 것은 말할 것도 없다.

중신 백비는 매수되어 있었기에 월왕을 용서하는 일에 찬성했다.

무엇보다도 부차 자신이 서시의 말에 기울어져 있었다. 오자서는 이를 갈며 말했다.

"뒤에 가서 후회할 것이옵니다."

한편 월왕 구천은 항복을 하고 용서를 받았다. 하지만 회계산에서 포위당해 오에 항복했던 굴욕은 뼈에 사무쳤다. 그는 방안에 쓸개를 매달아 놓고 누울 때마다 반드시 그것을 핥았다.

그리고 자신을 질책했다.

"그대, 회계의 치욕을 잊었는가!"

쓸개는 쓰다. 그 쓴맛이 회계의 치욕을 생각나게 하였던 것이다.

이것이 그 유명한 '상담'(嘗膽 ; 쓸개를 맛본다는 뜻)이다.

오궁(吳宮)의 나비

"무슨 일인가, 마치 마지막 이별처럼……."

월나라 왕 구천은 미간을 찌푸렸다.

범려가 앞으로의 내정이나 군사에 대하여 자세하게 진언했기 때문이다.

(나중에 천천히 말해 주어도 좋을 것이 아닌가……?)

구천은 그렇게 생각했다. 그러나 범려는 평소와는 달리 시간을 아까워하듯이 빠른 어조로 말하는 것이다.

"마지막 이별은 아니옵니다만 잠시 동안 이별이 될 것입니다."

오왕 부차는 오자서의 반대를 물리치고 월왕 구천을 용서했다. 오자서도 주인의 조치를 결국 인정할 수밖에 없었지만 한 가지 조건을 달았다.

"이것만은 양보할 수 없습니다."

그것은 월의 명신(名臣) 범려를 월나라 왕으로부터 떼어놓는 일이었다.

범려가 없는 월은 그렇게까지 두려운 존재는 아니다.

범려는 오나라에 인질로 보내졌다.

(그렇게 되리라고 생각했다.)

그는 이것을 예견하고 있었기에 자기가 없는 동안 해야 할 일, 그것에 대한 주의사항을 월왕 구천에게 급히 설명한 것이다.

문명은 북쪽에서 남쪽으로 전해졌다.

남방인은 북에 대하여 열등의식을 가지고 있다. 열등감을 뒤집어 놓으면 뻗내고 재는 자세가 된다. 일본 역시 항상 열등의식으로 한반도를 바라보았다. 오왕 부차 역시 북방의 중원에 대하여 '우리도 중원에서 패권을 다투자'라며 발돋움했다.

반면 오나라보다 남쪽에 있는 월은 멸시했다.

아버지 합려는 방심했다가 실패했지만 그 설욕은 이미 끝났다.

"언제까지나 월과 같은 후진국에 신경을 쓰고 있을 수 없다. 나의 바람은 중원에 있는 것이다."

부차는 이렇게 큰소리쳤다.

월의 항복 후 5년, 오는 제(齊)로 출병했다.

60년 가까이 다스려 온 제의 경공(景公)이 죽자 그 후 나라는 혼란해졌다.

(출병의 좋은 기회이다.)

이렇게 부차는 판단했다.

오자서는 간하여 말했다.

"배후에 월이 있다는 것을 잊어서는 안 됩니다. 월왕 구천은 자신이 먹는 것을 줄여 가며 백성 중에 죽은 자가 있으면 먼 곳이라 할지라도 방문하여 조문(弔問)하고 병자가 있으면 가서 위문하고 있습니다. 물론 장래를 대비해서입니다. 제발 눈을 북쪽보다는 남쪽으로 돌려 주시기 바랍니다."

"괜찮아, 월에게 무엇이 가능하겠는가."

월을 멸시하는 것은 오왕의 어쩔 수 없는 편견에서 유래한다. 그는 괘념치 않고 북벌(北伐)의 군사를 일으켜 제의 군대를 애릉(艾陵)이란 곳에서 격파했다.

(그것 봐라. 당장이라도 월이 빈 집을 노릴 것처럼 말했지만 전혀 그 비슷한 움직임도 없었다. 구천이 그러한 큰일을 할 것인가……. 겨우 남방의 후진국 주제에 무엇을 할 수 있단 말인가. 오자서도 나이가 드니 터무니없는 일에 고집을 부리는구나. 이제는 상대도 되지 않는다…….)

부차는 그렇게 생각했다.

자신도 남방의 후진국 처지라는 사실을 잊고 있었다. 겸허함을 결여하였던 것이다.

구천은 어디까지나 공손한 것처럼 위장했다.

아내와 함께 오나라에 가서 오왕을 섬기기를 노비처럼 하였다. 왕은 구천에게 석실(石室)에 살게 하고 자기 아버지 합려의 묘지기를 시킨 일도 있었다. 구천은 굽신거리며 묘역(墓域)의 풀을 뽑기도 하면서 묘지기를 성실히 했다.

이런 굴욕을 감내하기란 쓸개를 핥고 장작 위에 눕는 것보다도 더욱 괴로웠으리라.

(이 남자는 이미 왕으로서의 긍지도 없고 기력도 없다.)

부차는 구천이 하는 모습을 보고 이렇게 생각했다.

구천이 바라는 함정이었다.

경멸을 심하게 당하면 당할수록 월을 위하는 것이 된다.

범려가 그렇게 말했던 것이다.

"불쌍도 해라. 범려님을 자기 나라로 돌려보내 주고 싶어요······. 저와는 달리 그분은 자기 나라에 가족을 남겨두고 왔을 텐데······."

애비(愛妃) 서시는 눈썹을 찡그리며 말했다.

(월에서의 수확은 구천을 격파한 것보다도 이 서시를 얻은 일이다······.)

부차는 이렇게 생각하게 되었다.

자기 마음 깊은 곳에 서시의 마음은 꼭 밀착되어 있는 듯했다. 어디에 이러한 여인이 또 있겠는가?

그녀가 말하는 것이라면 어떠한 것이라도 그는 들어 주었다.

지금 오늘날에도 전세계의 남성은 세계를 지배하는 능력을 자랑하고 있지만 여자에게만은, 그것도 특히 미녀에게는 정신을 못 차리는 모양이다.

"좋아, 범려를 귀국시키마."

부차는 그 자리에서 결정했다.

그리고 그는 반사적으로 오자서를 생각해 보았다.

(그 영감은 화를 내겠지. 송충이 같은 짙은 눈썹을 아래위로 움직이면서······.)

그렇게 생각하니 부차는 기분이 좋았다.

오자서가 기뻐하면 부차는 재미가 없어지고, 오자서가 불쾌한 얼굴을 하면 부차는 기분이 상쾌해진다. 이 주종(主從)의 관계는 이미 거기까지 가 있었다. 이유가 있는 것은 아니고 생리적인 혐오감이었다.

"안 됩니다. 절대 안 됩니다!"

과연 오자서는 만면에 붉은 빛을 띠고 눈썹을 치켜올리며 결사 반대했다.

"범려의 석방은 이미 결정한 일이다."

부차는 냉정하게 말했다.

"지난 번 전쟁 때 범려는 죽이기로 되어 있었습니다. 분명 약속했었습니다."

오자서는 이렇게 힐문을 계속했다.

그러나 그의 노함은 주인 부차의 마음에 이상한 희열을 안겨 주는 것이었다.

구천과 범려, 주종을 분리시킨다는 방침이었다. 그러나 구천은 때때로 오에 와서 궁내에 들어온다. 구천은 1년의 절반씩을 오와 월에서 지내고 있으므로 범려를 어느 쪽에 두든 같은 것이 아닌가?

"같은 것이 아니옵니다. 월로 보내면 손이 미치지 못하게 됩니다."

부차는 자신 있게 말했다.

"월은 우리의 속국이다. 어느 곳에도 손은 미친다."

오자서는 반발했다.

"월에서는 지금 본국의 대부(大夫) 종(種)이 군사를 훈련하고 있다고 합니다."

"알고 있다. 구천이 알려왔다. 오나라에 긴급한 일이 있을 때 원병을 보내기 위해 군사를 훈련하고 있다고 알고 있다."

"믿어서는 아니되옵니다."

"그대는 참으로 끈덕지군. 적은 언제까지나 적이 아니야. 은혜를 베풀어 누구보다도 믿을 만한 자기편으로 만드는 것도 가능하다."

부차는 이렇게 말하면서 자신의 말을 어디선가 들은 것 같은 기분이 들었다.

그렇다. 규방에서 서시가 이와 비슷한 말을 한 적이 있었다. 그것을 외우듯이 그가 말하고 있다. 아니, 흉내내고 있는 것은 아니다. 두 사람은 하나이므로 같은 말을 입에 올리는 것은 당연하다…….

"후함이 지나치옵니다."

오자서는 거친 소리로 말하였다.

"보다 더 밑에서부터 생각해 주십시오. 밑의 밑으로부터……."

"밑의 밑이라? 밑에 또 밑이 있는가?"

부차는 말꼬리를 잡았다.

"나는 내가 밑이라고 생각한 곳에 또 밑이 있다고 의심하는 일은 하지 않는다. 매사는 적당한 편이 좋다……. 나는 시체를 매질하는 그러한 일은 흉내내지 못한다."

이렇게 말을 하니 오자서도 반박할 말이 없었다.

부차는 처음부터 오자서를 좋아하지는 않았지만 그를 몹시 미워하게 된 것은 얼마 전부터의 일이다. 규방에서 오자서의 일이 화제가 되었을 때였다.

서시는 부들부들 몸을 떨면서 말했다.

"아이! 참으로 무서운 사람."

목소리도 쉰 것처럼 떨렸는데 그 속에 증오가 담겨 있었다. 그것을 느꼈을 때 부차는 오자서에 대한 자신의 증오가 얼마나 깊은 것인가를 깨달았다.

　부차 즉위 11년(B.C. 485년), 오는 동원령을 내려 다시 북벌을 강행하려 했다.

　"제를 공격하기보다는 우리나라에 있어 배후의 화근인 월을 먼저 멸망시키지 않으면 안 되옵니다. 그렇지 않으면 언제 배후를 습격받을지 알 수 없는 일이옵니다."

　간언하는 오자서의 눈에는 핏발이 섰다.

　(지겨운 놈이로군……..)

　"그 월나라는 이번의 북벌에 평소 훈련시킨 군사의 3분의 2를 종군시키겠다고 약속했다. 따라서 전비도 부담하는 것이다……. 그것이 나의 배후를 습격하는 것인가?"

　"그러니 더욱 조심해야 합니다."

　"그대의 말을 따를 수가 없구나……."

　얼굴조차 보고 싶지 않았다.

　부차는 오자서를 멀리할 방법을 생각했다.

　(그렇다!)

　부차는 생각난 듯이 말을 계속했다.

　"그대는 월에 대해서만 말하고 제에 대해서는 그 사정조차 모르고 있지 않은가? 한 번 제를 보고 오라. 사자(使者)로 파견할 것이니……."

　"명령이시옵니까?"

　"그렇다."

　"그럼 다녀오겠습니다."

오자서는 머리를 숙였다. 사람의 애증(愛憎)에 대해서 오자서는 지극히 민감했다.

(나를 기피하고 있다. 그래서 이렇게 멀리하는 것이다.)

그는 직감했다.

(나도 끝장이다.)

초나라 평왕의 시체를 매질했을 때 그는 늙음을 느끼고 '날은 저물고 갈 길은 멀다'라고 말했다. 그로부터 벌써 20년이 지났다. 어쩐지 이제 막다른 길에 다다른 것 같았다.

그는 제나라로 갔다.

사자의 일행 가운데 그는 아들을 참가시켜 귀국할 때에 제나라에 남겨 두었다. 제의 대신인 포씨(鮑氏)에게 그 아들을 부탁한 것이다.

이 일을 부차에게 고한 것은 서시였다. 그날 그녀는 아침부터 기분이 좋지 않은 듯 부차가 말을 걸어도 건성으로 대답했다. 뭔가 못마땅한 모습으로 왕에게 관심을 갖게 하는 것이다.

"서시야, 무슨 일이냐? 몸이 어디 불편한가?"

부차가 물었다.

"몸이 불편한 것이 아니라 심기가 좋지 않사옵니다."

"그 말을 듣고 보니 흘려 버릴 수 없구나."

(몸은 달라도 마음은 같다고 생각하고 있었다. 몸이 나쁜 것은 알지 못한다 하더라도 마음이 흔들리는 것은 곧 알았어야 했다. 그것을 모르고 있었으니…….)

"가르쳐 다오. 마음이 어떻게 아픈가?"

부차는 미친듯이 서시의 어깨를 감쌌다.
"저는 전에 빨래하는 가난한 여자였사옵니다. 이렇게 사랑을 받고 있습니다만 이제는 고향인 저하촌으로 돌아가 다시금 개울에서 옷을 빠는 생활에 젖어들고 싶사옵니다."
"무엇 때문에? 내 곁에 있고 싶지 않다는 뜻이냐?"
"그렇지는 않사옵니다. 다만 무서워서……."
"무엇이 무섭다는 것이냐?"
"그분이옵니다."
"오자서 말이군?"
마음은 하나라고 믿고 있으니 만큼 부차는 그것을 맞힌 것이다.
"그분은 아들을 제나라에 남겨 두셨습니다. 후환의 두려움 없이 생각했던 일을 하실 작정인 것 같사옵니다. 평소부터 그분은 저를 좋게 보지 않았사옵니다. 만일의 경우 우선 화를 당하는 것은 저임에 틀림없사옵니다."
서시는 헐떡이며 말했다.
"걱정하지 마라. 오자서 놈이 생각하는 대로는 할 수 없도록 하겠다……. 서시야, 겁낼 것 없다."
부차는 서시의 어깨를 잡은 손에 힘을 주며 말했다.

오왕 부차는 그녀를 위해 궁전을 열심히 축조했다. 해령관(海靈舘)이나 관왜각(舘娃閣) 등이 그것이다. 청소궁(淸宵宮)에 향섭랑(響屧廊)이라고 하는 회랑(回廊)을 만들었다. 그녀가 섭(屧; 나무로 만든 신발)를 신고 그곳을 걸으면 북을 치는 듯한 소리가 났다고 한다.

 궁전이나 정원을 만드는 데는 많은 비용이 들었으며, 그만큼 국력이 소모되었을 것이 틀림없다.

 오자서의 간언은 이 무렵에는 오히려 역효과밖에 나지 않았다.

 부차는 중원의 무르익은 문명을 동경하는 문화군주(文化君主)이고, 복수를 위해 시체를 채찍질하는 사람과는 마음이 맞지 않았다.

 서시의 뒤에서 범려의 그림자를 느껴도 오자서는 그런 사실을 부차에게 말할 수 없었다.

 (어디까지 의심해야 마음이 흡족하겠는가? 그대는 여전히 끈덕지군.)

 이렇게 조소를 당할 것이 뻔하였다.

 아들을 제나라에 남겨두고 왔던 것도 오자서가 오나라에 대해 절망했기 때문이었다.

 오왕 부차는 그것을 지적했다.

 (급소로구나.)

 오자서는 눈을 감았다.

 "남기고 싶은 말이 있는가?"

 머리 위에서 소리가 났다.

 오왕의 사자 앞에서 오자서는 무릎을 꿇고 있는 것이다.

 오자서는 눈을 떴다.

 거기에는 명검 '속루'(屬鏤)가 놓여 있었다.

 왕이 그에게 하사한 것이다. 단순한 선물이 아니다. 그 칼로 자결을 하라는 것이다.

사자는 말하라는 것이 아니고 남길 말은 없느냐고 물었던 것이다.

사대부는 변명하지 않는 것이 중국 고대의 관습이다. 군주에게 의심을 받게 되면 죽을 수밖에 없다. 그러니 만큼 조심하는 것이 필요했다.

"왕에게 전하라."

오자서는 이렇게 말하고 일어섰다. 이미 주종의 예를 취하지 않을 의사를 나타낸 것이다.

그는 어깨를 갑자기 곧게 세우며 격한 목소리로 말을 계속했다.

"나는 그대의 아버지 합려를 패자(覇者)로 만들었고 여러 공자(公子)들 중에서 그대를 택해서 즉위시켜 주었다. 그대는 처음 오나라의 반을 내게 주겠노라고 말했지만 나는 받지 않았다. 그런데도 나를 의심하고 죽이려 하다니 지금에 와서야 사람을 의심하는 법을 알았는가? 그런데도 아직 월왕 구천이나 범려는 의심하려 하지 않는구나. 바보 자식! 아마 앞으로 혼자 지탱해 나가기에 힘겨울 것이다. 하, 하, 하……."

이 부분은 『사기』에서와 마찬가지로 『오자서전』(伍子胥傳)에는 하늘을 우러러 탄식하며 말했다고 되어 있고, 『월세가』(越世家)에는 크게 웃으면서 말했다고 되어 있다.

큰 노여움은 큰 웃음과는 통하는지도 모른다. 여기서는 웃었다는 쪽을 택하고 싶다.

다음에 오자서는 집의 가신들을 향해 말했다.

"내 말을 듣거라! 내 무덤에는 가래나무를 심어라. 그것으로 오왕 부차의 관을 만들 수 있도록 말이다. 그리고 내 눈알을 빼어서 오의 수도 동문(東門)에 올려놓아 다오. 월군이 공격하여 오를 멸망시키는 것을 이 눈으로 구경할 것이다!"

말을 끝내자 그는 속루의 검을 두 손으로 잡았다. 그리고 자기 목에 칼날을 대고 뒤로 젖혔다가 앞으로 숙였다. 명검이다. 오자서의 목은 잘렸다. 철기시대가 아닌데도 이런 명검이 있었을 것 같지는 않다.

오자서의 마지막 말을 사자로부터 들은 부차는 과연 미칠듯이 노하였다.

"그렇게 지껄였겠다. 자서 놈! 무덤 속에 넣어줄 것으로 생각했었단 말인가! 바보 녀석!"

문화인으로 자처하는 부차도 이때만은 상식적인 관용을 잊고 잔인한 처분을 명했다.

"자서의 시체는 말가죽에 싸서 강(양자강)에 던져라!"

이리하여 오자서는 물과 인연이 깊은 원령이 되었다.

은혜도 갚고 복수도 한다

오자서가 죽은 후 이제는 간언하는 신하가 없었다. 대신 백비는 썩은 관리로 거짓된 인간이었다. 그런 자에게 국정이 맡겨져 있었다.

자서가 죽고 3년이 지났다.

월왕 구천은 범려를 불러 물었다.

"자서가 죽은 후 오에는 인재가 없다. 슬슬 군사를 일으켜 볼까?"

범려가 대답했다.

"잠시만 더 기다려 주십시오. 지금의 오는 점점 과도히 국력을 소모시키고 있습니다. 머지않아 좋은 기회가 올 것입니다."

'혼자 지탱해 나가기 힘들 것이다'라고 죽기 직전, 오자서가 이렇게 말했다는 소리를 듣고 오왕 부차는 발끈했다.

(자서 따위의 보좌가 없이도 나는 패자가 되어 보이겠다……)

부차는 패자가 되는 일에 열중했다. 일종의 도락(道樂)이다. 오를 위해서가 아니다. 죽은 오자서에 대한 오기도 있었다.

오자서가 아들을 부탁한 제나라의 대신 포씨(鮑氏)는 주군인 도공(悼公)과 사이가 나빴다.

(언젠가 나도 주살될 것이다. 그렇다면 선수를 치자.)

이렇게 생각하고 도공을 살해하여 버렸다.

"불충의 신(臣)이다. 천명(天命)을 대신해서 토벌하겠다."

오왕 부차는 의례(儀禮)에 따라 문 밖에서 3일간 계속해서 애도의 곡을 한 다음 제나라를 향해 공격해 들어갔다.

부차는 이것을 천하의 도의를 지키기 위한 것이라고 생각했다.

— 우리는 천하의 도의를 지키는 경찰군이다.

이런 발상이었다.

이러한 자세를 취함으로써 패자로 인정받을 실적을 쌓으려는 것이었다. 그러나 제나라 군은 선전하여 오군을 격퇴했다.

"괜찮다. 일진일퇴는 병가상사(兵家常事)이다!"

부차는 단념하지 않고 국제정치 무대에서 주도권을 잡는 일에 광분했다.

3년 후 부차는 중원의 한복판인 황지(黃池)에서 중원의 제후들과 회맹(會盟)을 했다. 이 중원 수장회의(首長會議)의 의장을 맡는 자가 바로 패자인 것이다.

"주왕실에서는 오의 시조 태백(泰伯)이 장남이었다. 회맹의 장은 당연히 오의 주인이 되지 않으면 안 된다."

부차는 이렇게 주장했다.

이에 대해 진(晋)의 정공(定公)은 양보하지 않았다.

"오는 자작(子爵)에 지나지 않지만, 진은 백작(伯爵)이다. 회맹의 장은 진의 주인 이외는 없다."

말할 것도 없이 이것은 선거로 결정할 수 있는 일이 아니었다. 실력, 즉 군사력으로 결정되는 것이다. 이때문에 부차는 전국의 정병을 이끌고 북상하였다.

한편 월나라에서는 범려가 구천에게 말했다.

"현재 오는 태자가 남아 지키고 있지만 노인과 여자 아이들뿐입니다. 어쩌면 회계의 치욕을 설욕할 시기가 온 것 같습니다."

구천이 응답했다.

"그런가? 오래 참고 기다렸다. 곧 동원령을……"

구천의 눈은 빛났다.

오나라에는 운하가 많고 태호(太湖) 등 호수와 늪도 적지 않았다. 오나라로 쳐들어가서 싸운다면 수전(水戰)이 주가 될 것이다. 그것을 예상하여 월에서는 수군의 훈련에 힘을 기울였다.

4만의 정병에 수영의 명수 2천을 배치하고 친위군과 막료 6천, 병참·경리 등을 맡은 관원 1천, 이것이 월의 토오군(討吳軍)이었다.

나라를 텅 비워 놓은 오나라가 이 월나라의 정병을 막아낼 도리는 없었다.

"뭐, 월병이라구? 설마……?"

오나라에 남아 있던 소수의 수비부대는 월병의 침공 소식을 듣고 잠시 동안 반신반의했다. 오왕 부차는 그동안 그 정도로 월을 경시했고, 그것이 군사들 내에도 스며들어 있었던 것이다. 한편에서 보면 범려가 지도했던 '공손작전'(恭遜作戰)이 훌륭하게 성공했다고도 할 수 있다. 구천의 공손한 태도는 도저히 일부러 취한 행동이라고는 생각할 수 없었다.

그것을 간파할 수 있는 유일한 인재인 오자서는 이미 이 세상 사람이 아니었다.

주의 경왕(敬王) 38년(B.C. 482년) 6월에 월군은 오군을 공격해 들어갔다. 을유일(乙酉日)에 월병 5천이 오의 수비부대를 오의 수도 전방에서 격멸했다.

다음 병술일(丙戌日)에는 오의 태자 우(友)가 포로로 잡혔다. 그리고 다음 정해일(丁亥日)에는 월병이 오의 수도로 입성했다.

구천 이하 월의 대군은 오의 동문으로 입성했다. 오자서가 죽기 직전에 '내 눈을 파내어 오의 동문에 올려놓아라. 월병이 공격하여 오를 멸망시키는 것을 이 눈으로 구경할 것이다'라고 외쳤던 바로 그 동문이었다.

양자강에 던져졌기 때문에 오자서의 눈알은 거기에는 없었다.

또 오나라의 멸망은 아직은 조금 빨랐다. 그러나 대세는 오자서가 예상했던 방향으로 움직이고 있었다.

월병이 오의 수도로 난입했다는 소식은 파발에 의해 황지에 있는 부차에게 전해졌다.

"괘씸한 놈들!"

부차는 격노했다.

(오를 공격한 것이 제나 초였다면 그래도 참을 수가 있다. 그것은 한 번쯤은 열강으로 군림하였던 나라들이기 때문이다. 그러나 월이라니 무슨 일이란 말인가? 회계에서 깡그리 짓밟아 버릴 것을 동정해서 살려준 나라가 아닌가? 그것이 건방지게도 비어 있는 수도를 침입하다니?)

부차의 화는 다른 곳에서도 분출했다.

"이런 중대한 시기에!"

수장회의의 의장 자리를 놓고 다투고 있는 때이다. 실력 경쟁이 패자의 자리를 결정한다. 이런 때에 나라의 수도가 월에게 약탈당했다는 사실이 알려지면 결정적인 장애가 된다.

"이 사실을 밖에 누설하는 자는 참(斬)한다."

부차는 엄중한 함구령을 내렸다.

그래도 비밀 누설의 죄를 물어 참형에 처해진 자가 7명이나 되었다.

황지의 회맹에서는 결국 진의 정공이 의장이 되었다. 지리적으로 언제라도 대군을 내보낼 수 있었기 때문에 그 힘 앞에서는 부차도 어찌할 수가 없었다.
　부차는 화가 나서 말했다.
　"구천 때문이다!"
　최후까지 진의 정공과 싸우지 못했던 것은 '고국의 변'이라는 말 못할 사연을 지니고 있었기 때문이다.
　"대왕마마, 구천과 같은 천한 자의 이름을 그렇게 입에 올리지 마시옵소서."
　서시는 눈썹을 찡그리고 말했다.
　부차는 출정할 때도 진중에 서시를 동반하고 있었다. 한시도 떨어지고 싶지 않았던 것이다.
　서시는 눈썹을 찡그리면 한층 아름답게 보였다. 양미간에 가느다란 주름살이 만들어져 그것이 애틋한 매력을 풍기게 했다. 그 당시 오왕의 궁전에서는 궁녀들이 서시를 흉내내어 슬프지도 않은데 눈썹을 찡그리는 표정을 취하는 것이 유행이었다고 한다.
　― 찌푸림을 흉내내다.
　이런 속담이 있다.
　자기에게 어울리는지 그렇지 않는지를 전혀 생각하지 않고 타인을 흉내내는 일, 요컨대 원숭이 흉내를 말한다. 이것은 서시의 고사로부터 나온 말이다.
　"호오, 구천이 천한가……."
　월의 여자인 서시의 입에서 월왕을 욕하는 말을 듣자 부차는 약간 기분이 가라앉았다.
　"구천은 까마귀 같은 입을 하고 있사옵니다."

서시가 대답했다.

과연 구천의 입은 뾰족했다. 입이 뾰족하게 튀어나온 것은 비천한 상이라고 말해진다.

"그러한 자와 싸우는 것은 창피한 일이옵니다. 대왕마마께서 대등하게 생각하시다니……, 개가 짖는 것과 같은 것이 아니옵니까?"

부차는 말했다.

"개란 말이지. 그럼 물리고 나서 화를 내어 보아도 상대에게는 말이 통하지 않겠구나. 짐승 같은 놈이니까……."

상대를 개로 보았다. 경멸하는 것이다. 그러나 상대를 동류(同類)로 인정하지 않는 것은 상대의 행위에 대한 분노를 삭게 만들어 버린다.

분노는 힘이다. 원래 부차는 그 분노로 타고 있는 동안에 급히 동남으로 되돌아와서 월을 쳐야 했을 것이다. 그런데 서시는 부차의 분노를 조작했다.

"들개 같은 놈! 언제든지 쫓아 버릴 수 있다."

부차는 말했다.

황지에서의 회맹 후, 그는 곧 귀국하지 않고 송을 치려고 중원 땅에서 머뭇거리고 있었다.

"송을 쳐서 승리 못할 것은 없습니다만 국내도 불안하니 어차피 귀국하시지 않으면 아니되옵니다."

대신 백비가 말했다.

귀국 도중에 송을 토벌하는 것은 여력을 보이기 위함이다. 들개인 월에게 빈 집을 습격당했지만 그런 정도의 상처는 가볍다. 패자에 입후보한 부차는 제후들이 그렇게 생각하도록 위장하지 않으면 안 된다.

　서둘러 귀국하는 것으로 알았더니 도중에 송에게 싸움을 걸었다.

　오나라에게 월과 같은 좀도둑은 문제도 되지 않는 것이리라. 과연…….

　천하의 제후들에게 이렇게 평가받고 싶었던 것이다.

　패자를 꿈꾸는 부차는 허세를 부리고 있었다.

　하지만 현실은 냉혹했다. 상세한 보고가 들어옴에 따라 월의 침공이 단순하게 뛰어들어 혼란을 일으킨 것이 아니고 예상 이상의 준비와 계획에 의한 것임이 드러났다.

　무엇보다도 태자인 우가 살해되었다는 정보는 부차에게 큰 충격을 주었다. 태자의 살해는 월의 자신감을 나타내는 것이다.

　'자, 상대해 주마'

　도전하고 있는 것이다.

　겁을 먹고 있는 상대라면 뒤탈이 무서워 태자를 죽이는 대담한 짓은 하지 않는다.

　부차도 결국 일의 중대함을 깨닫고 송을 토벌하는 것을 중지하고 곧바로 귀국했다.

　"이제는 옛 시절의 즐거운 생활은 할 수 없겠사옵니다……. 옛날이 그립습니다……."

　파괴된 궁전 앞에 서서 서시는 가슴에 손을 대고 말했다. 서시의 비탄해 하는 모습은 양미간을 찡그리는 것과는 또 다른 매력이었다. '서시봉심'(西施捧心)이라고 해서 가슴에 손을 대고 슬퍼하는 자세를 후세의 미녀들이 오랫동안 모방하게 되었다.

"괜찮다. 곧 옛날처럼 될 것이다."

부차는 말했다.

왕의 명령으로 파손된 궁전과 정원의 수리가 가장 우선적으로 착수되었다. 백성들의 생활과 직접적 관련이 있는 장소의 복구는 뒤로 미루어졌다. 군사시설의 복구도 좀처럼 진행되지 않았다. 한편 월에서는 오에서 가지고 온 전리품을 백성들에게 골고루 나누어 주어 그들을 위로하는 등 사기를 드높이고 군비도 점점 확장하였다.

오·월의 차는 점점 벌어질 뿐이었다.

오는 패자가 되고 싶은 마음에서 '정의의 편'을 자처하고 이곳저곳으로 출병하였다. 어느 시대의 전쟁에서나 우수한 군사가 제일 먼저 죽게 마련이다. 정신을 차리고 보니 오에는 정병이 없어지고 말았다.

월은 때를 늦추지 않았다.

때때로 국경선을 넘어 쳐들어왔다. 오병은 놀림감이 되어 토지를 빼앗기고 배상금을 지불하는 것으로 그 수모의 순간을 넘겨야 하는 지경에 이르렀다. 형세는 보기 좋게 뒤집힌 것이다.

월은 끈질기게 오를 밀어붙여 나갔다.

오는 비상 시기임에도 불구하고 궁전만은 옛날 이상으로 훌륭하게 재건했다. 그러나 병사들의 무기는 다년간의 외정(外征)으로 낡아빠진 그대로였다. 궁전의 조경에 필요한 비용을 염출하기 위해 때때로 증세가 감행해졌다. 백성들은 지쳐 있었다. 이렇게 되면 상승 기세의 월군에게 승리할 방도가 전혀 없다.

　국지전에서 오를 희롱한 뒤, 월왕 구천은 스스로 군사를 이끌고 꽤 큰 작전을 강행했다. 황지의 회맹 4년 후의 일이다. 태호에 가까운 입택(笠澤)이란 곳에서 오군은 월의 대군에게 참패했다.

　오는 점점 허약해졌다.

　월은 연중행사처럼 해마다 오를 침공했다.

　입택의 싸움 2년 후 오에 침공했던 월군은 그대로 잔류했다.

　오의 수도 고소(姑蘇)는 포위되었다. 포위는 3년이나 계속되었다.

　오왕 부차는 드디어 항복했다. 패자의 꿈이 깨졌을 뿐만 아니라 망국의 주인이 되는 비참한 지경에 이른 것이다.

　항복의 사절로서 오의 대신 공손웅(公孫雄)이 월의 진지로 파견되었다. 그는 상반신을 드러내고 무릎으로 걸어 월왕의 앞에까지 나아갔다. 이것은 노예의 관습이다.

　"일찍이 대왕님을 회계에서 괴롭혔지만 그때는 강화를 맺고 귀국하셨습니다. 이번에도 강화를 맺고자 합니다."

　피눈물나는 비참한 요청이었다.

　범려는 조용히 구천의 표정을 지켜보았다. 그의 표정에서 동요의 빛을 발견했다.

　"그래, 회계의 전례도 있었지……."

　22년 전 회계에서 포위되었던 구천은 국토를 빼앗기는 막다른 곳까지 밀려가서 부차의 온정으로 구원받았다.

　"지금 그것을 갚는 뜻에서 부차를 구해 주어도 좋지 않겠는가?"

　이때 범려가 일어서서 말했다.

"회계의 일은 하늘이 월을 오에게 주었던 것인데 오왕 부차는 천명을 거역하고 받지 않은 것이오. 지금 하늘은 오를 월에게 준 것입니다. 하늘을 거역할 수 있겠습니까? 보십시오. 22년 전 하늘을 거역한 자의 운명이 눈앞에 있사옵니다."

범려의 말을 듣고 월왕 구천은 중얼거렸다.

"무자비한 일이로군……."

회계의 치욕을 잊은 것은 아니었다. 하지만 9년 동안 월은 형세를 역전시켜 오보다 강대해졌다. 그때의 원한은 9년 동안에 조금씩 갚아서 풀었다고 할 것이다.

하지만 범려는 괘념치 않고 군사들에게 명령했다.

"강화는 안 한다! 오의 사자는 빨리 돌아가라!"

오의 사자 공손웅은 울면서 돌아갔다.

두 사람만 남게 되었을 때 구천은 범려에게 의견을 내었다.

"우리들도 늙었고 부차도 불쌍하다. 회계에서의 부차의 실수는 나를 살려주고 또한 월이란 나라를 그대로 남긴 것이다. 나는 적어도 부차의 목숨만은 살려주고 싶다. 그 대신 오나라는 남겨두지 않기로 하자. 어떤가?"

범려가 물었다.

"부차를 어떻게 하시겠습니까?"

"주산(舟山)의 작은 섬으로 보내어 어촌의 촌장 정도를 지내게 하면 좋겠지. 거기서는 군사를 모을 수도 없을 것이 아닌가?"

범려가 말했다.

"군주께서는 조그마한 일에도 마음을 쓰시는 성격이십니다. 자신이 고생을 하셨기 때문에 남의 고생도 잘 아시겠지요."

구천이 대답했다.

"그렇다. 지금의 부차의 괴로움을 나는 피부로 느낄 수 있다."

범려가 대답했다.

"좋을 대로 하십시오. 부차를 주산의 섬에 보내 백가(百家)의 장을 시킨다? 그러나 부차가 받아들일까요?"

구천이 말했다.

"받아들일 수밖에 없겠지."

"저는 받아들이지 않으리라고 생각합니다."

범려가 예상했던 대로였다.

사신이 이 일을 전했지만 부차는 사양했다.

"나는 늙어서 이미 군주를 섬기지 못할 것입니다. 다만 그 수(綬)는 받겠습니다."

수란 관직의 표시로서 허리에 차는 인감의 끈에 붙은 장식으로 전시에는 깃발 대용으로도 썼다. 사신이 가지고 있던 것은 백가장(百家長)의 수였다. 폭은 석 자였다.

수를 받아들인 부차는 가신을 향해 말했다.

"내가 죽은 다음 얼굴에 이 수를 씌워라. 저 세상에 가서 오자서를 볼 면목이 없구나."

부차는 자살해 죽었고 오나라는 멸망했다.

때는 주의 원왕(元王) 4년(B.C. 472년)이었다.

춘추시대의 종막

남의 고생을 안다.

이것은 범려가 그 군주인 월왕 구천을 평한 말이다.

얼핏 찬사처럼 들린다. 고생을 함께 할 수 있는 군주라고 한 것이다. 하지만 이 범려의 말은 반드시 구천을 칭찬한 것이라고는 할 수 없다. 뒤집어 말해 '고생을 함께 할 수는 있지만 즐거움을 함께 할 수는 없다'라고 해석할 수 없는 것도 아니다.

숙적인 오를 멸망시킨 월은 고생의 막을 내리고 이제부터 영화의 시대를 맞는다.

(왕도 지금까지의 모습과는 달라질 것이다.)

범려는 이렇게 예견했다.

"오래 머무를 것이 못 된다. 토사구팽(兎死狗烹)이 될 소지가 크다."

그는 그렇게 보고 물러설 것을 생각했다.

그는 사라지지 않으면 안 되었다.

오나라가 멸망할 때 그는 은밀히 서시를 구출해내어 자기 집에 숨겨 두었던 것이다. 범려는 그 서시를 사랑했던 것이다.

하지만 그녀는 울면서 말했다.

"저는 월나라에서 살 수가 없습니다. 적국인 오왕의 총애를 받던 여자라고 사람들의 손가락질을 받을 것입니다. 제가 월을 위해 제 몸을 바친 것은 범려님 당신만 알고 있는 사실입니다. 누구도 알아주지 않습니다."

범려가 대답했다.

"그래 좋다. 그럼 월을 떠나자."

범려는 서시를 데리고 제로 갔다.

그는 제에서 월의 대신 종(種)에게 편지를 보내어 이런 충고를 했다.

― 새가 없어지면 좋은 활도 창고 속에 넣어두어야 합니다. 토끼가 죽으면 사냥개도 끓여서 먹게 되는 것입니다. 목이 길고 입이 새처럼 뾰족 나와 있는 인물과 고생은 함께 할 수 있지만 즐거움을 함께 할 수는 없습니다. 당신은 어찌해서 월왕에게서 떠나지 않습니까?

얼마 후 과연 월왕 구천은 종을 의심해서 자살을 명했다.

범려는 제에서 해변의 땅을 갈고 상업을 열심히 해서 수십만 금의 대재산가가 되었다. 제나라 사람들은 그가 재상에 앉기를 바랐지만 그는 한숨을 쉬고 말했다.

"존귀한 명예를 오랫동안 누리는 것은 상서롭지 못하다."

그리고 모았던 재산을 전부 아는 사람들에게 나주어 주고 도(陶)라는 땅으로 피했다.

도에서도 그는 실업가로서 수억의 자산을 만들었다. 도에서 그는 도주공(陶朱公)이라고 자칭했는데, 중국에서는 그 후 재물이 많은 것을 나타내는 말로 '도주의 부'(陶朱之富)라는 말을 사용하게 되었다.

여담이지만, 고대에는 일, 십, 백, 천, 만, 억으로 십진법(十進法)에 정확히 따르고 있었다. 때문에 억이란 10만이다. 사람들의 계산 능력이 발달함에 따라 만과 억 사이가 크게 벌어져 십만, 백만, 천

만에 이르러 현재의 억이 되었다. 그런 뜻에서 옛 문헌에 나타나는 억의 단위는 주의를 해서 생각할 필요가 있다.

범려는 가는 곳마다 상업을 해 수십만 금을 벌었다고 하니 도에서 번 수억이란 백만 금 정도였을 것이다.

아무튼 궁중에서 일할 때는 상장군(上將軍), 재상 등 높은 벼슬을 다 했고 벼슬을 그만두고는 수억의 재산가가 되었다. 게다가 서시와 같은 미인을 얻었으니 최고의 인생이라 하겠다.

그렇게 좋은 일만 있을 수 있는가?

춘추시대와 전국시대의 경계는 진나라의 분열을 분기점으로 한다.

유랑하던 공자 중이가 귀국하여 초대국으로 만들어 놓은 진(晉)도 기원전 453년에 조(趙)·한(韓)·위(魏)의 세 나라로 분열되어 버린 것이다. 오가 멸망하고 꼭 20년 후의 일이다.

단지 진에서 갈라진 세 나라가 주의 왕실에서 정식으로 제후로 인정을 받은 것은 다시금 50년 후인 기원전 403년의 일이었다.

따라서 춘추시대와 전국시대의 경계는 진이 사실상 분열한 해로 꼽는 기원전 453년 설과, 정식으로 분열이 승인된 기원전 403년으로 보는 두 가지 설이 있다.

오늘날에는 춘추시대다, 전국시대다 하고 나누는 것보다는 노예제 사회냐, 봉건제 사회냐 하는 시대 구분이 중요시되고 있다.

하지만 역시 춘추시대와 전국시대는 시대가 크게 분리되는 시점인 만큼 진의 분열은 그 상징으로서 언급하지 않을 수 없다.

진나라의 분열은 한 마디로 말해서 하극상(下剋上)이었다.

진의 공실(公室)의 힘은 날로 쇠퇴해지고 가노(家老)의 집안인 육경(六卿)의 힘은 날로 강해졌다.

진의 육경은 범(范), 지(知), 중행(中行), 조(趙), 한(韓), 위(魏)의 여섯 성씨이다. 이 육경들 사이에도 세력 다툼이 있었던 것은 말할 나위도 없다.

먼저 범과 중행 두 성이 지씨를 맹주로 하는 조·한·위, 네 성의 연합군에 멸망되어 경쟁에서 사라졌다. 남은 네 성 중에서 가장 강했던 것은 맹주인 지씨였다. 지백(知伯)이라는 뛰어난 지도자가 있었기 때문에 나머지 세 성은 아무리 해도 상대가 되지 않았다.

그것을 기회로 해서 지백은 세 성에게 제각기 무리한 요구를 제시했다.

― 영지를 할양해라!

최초로 그러한 요구를 받은 것은 한씨였다. 당시 한의 주인은 한강자(韓康子)였는데 지씨의 무리한 요구에 격노했다. 하지만 중신이 간언했다.

"지금 거절하면 공격해 올 것입니다. 지씨의 실력 앞에 우리 한씨는 멸망당하고 말 것입니다. 지씨의 요구를 받아들이십시오. 지씨는 재미를 붙여 다른 성씨들에게도 영지 할양을 요구할 것입니다. 어느 곳인가가 거절을 하면 싸움이 일어날 것입니다. 그때가 우리들에게 좋은 기회가 될 것입니다."

한강자도 조용히 생각해 보니 중신이 하는 말에 일리가 있었다.

"좋다. 만호(萬戶)의 현을 주어 보자."

지백은 재미를 보고 나서 위씨에게도 이와 같은 요구를 제시했다.

그런데 위환자(魏桓子)도 중신들과 상의를 하여 깨끗이 만호의 현을 떼어 주었다.

마지막으로 이 요구가 제시된 곳은 조씨였다. 지백이 왜 조씨에게 가장 나중에 이 요구를 했는가 하면 당시의 조의 주인인 조양자(趙襄子)는 상당한 인물로 섣불리 건드릴 수가 없었기 때문이었다.

조에는 장맹담(張孟談)이라고 하는 명신이 있었다. 회의를 한 결과 요구를 거절하고 진양(晉陽)에서 싸우기로 했다.

진양을 선택한 이유는 그곳에 가장 세금을 가볍게 매겼고 선정을 베풀어서 백성들이 복종하고 있었기 때문이다.

"분수를 모르는 놈!"

지백은 동원령을 내렸다. 지백의 군사들만이 아니었다. 위씨와 한씨에게도 출병하도록 요청했다. 아니, 요청이라기보다는 명령을 했다고 하는 편이 적절한 표현일 것이다.

위씨도 한씨도 지백의 명령을 거역할 수가 없었다.

"조씨의 영지를 몰수해서 우리들 세 성이 나누어 가짐이 어떠한가?"

출병 요청을 했을 때는 이런 유혹의 말이 있었지만 위도 한도 그것을 믿을 만큼 바보들은 아니었다. 그런 약속에 기대도 하지 않았지만 마지못해 군사를 보냈다.

진양의 수비는 견고했다. 관목으로 화살을 만들고 궁전의 기둥

밑의 연동을 화살촉으로 했기 때문에 무기도 충분했다.

성을 공격한 지 3개월이 지나도록 진양은 함락되지 않았다.

진양은 해발 1천m 정도이고 분하(汾河)가 그 부근을 활 모양으로 굽어 흐르고 있으며, 농한기에 농민들이 자기들의 힘으로 구축한 방축이 이 부근의 하천에는 여러 개 있었다.

지백은 애를 써서 그 분하의 물을 진양성 안으로 흘려보냈다. 물에 잠기게 하는 작전이었다.

성내의 주민들은 솥을 높은 곳에 걸어 놓고 취사를 하고 나무 위에서 생활하는 상태였으며 식량이 모자라 드디어 어린 아이를 잡아먹게까지 되었다. 그러나 자기 자식을 잡아먹을 수는 없다.

— 자식을 바꾸어서 잡아먹다.

라고 『사기』에는 기록되어 있다.

아무리 선정의 실적이 있다고 해도 백성들의 인내에는 한도가 있다. 이 전쟁은 영지 싸움이고 백성들과는 아무런 관계도 없었다.

(어째서 우리들이 이렇게 고통을 받아야만 하는가? 우리들을 괴롭히는 자를 처치하면 되지 않겠는가?)

양순한 진양의 주민들도 이 지경에 이르러서는 반란의 기미가 보이게 되었다.

조양자는 이런 분위기를 알아차렸다. 백성들뿐이 아니다. 군신들도 배반할 마음을 가지는 자가 많았다. 그것은 주인 조양자를 대하는 태도로 알 수 있었다. 권위를 잃어가고 있는 것이다.

(내게 옛날처럼 예를 행하는 자는 오직 고공高共 하나뿐이다.)

조양자는 국면을 타개하지 않으면 멸망이 있을 뿐이라고 깨달았다. 기사회생(起死回生)은 철저하고 완벽한 방법이 아니면 불가능하다. 단단히 각오하고 비상수단을 써야 할 때다.

조양자는 생각했다.

(일찍이 충실했던 진양의 백성들까지 등을 돌리려 한다. 하지만 저쪽 진영에도 같은 현상이 있을 것이다. 한이나 위는 할수없이 출병했으므로 처음부터 충실한 군사라고는 할 수 없다. 그곳에 허점은 없을까?)

그리하여 장맹담을 파견해서 은밀히 한과 위를 설득했다.

"만일 조가 망한다면 지의 천하가 될 것입니다. 그때는 한도 위도 우리들 조와 같은 운명이 될 것입니다. 지금 우리들 세 성이 힘을 합해서 지를 치면 앞으로 오랜 동안 공존할 수 있을 것이 아닙니까?"

이 이야기는 틀림없었다.

지씨는 뛰어났기 때문에 다른 두 성과는 힘의 균형이 잡히지 않는다. 한도 위도 내심으론 조의 다음은 자기들의 차례라고 느끼고 있었던 것이다.

"이길 수 있을까요? 우리들이 협력을 한다면?"

문제는 바로 이것으로 집약된다. 세 성이 지씨를 쓰러뜨리면 그 뒤에는 도토리의 키 재보기로 우열을 가릴 수 없고, 분별없는 영지 할양을 요구할 염려가 없다. 틀림없이 공존이 가능하다. 현재보다는 훨씬 좋아질 것이다. 하지만 지씨 토벌의 승산 여하가 우선 목전의 문제점이었다.

"한의 협력이 있으면 반드시 이길 것입니다."

조의 사자 장맹담은 단언했다.

"어떤 작전으로?"

"물입니다. 한군이 진지를 치고 있는 영역에 분하의 방축이 있지요."

그 방축은 분하의 물을 막아 그것을 진양성 내로 흘러 들어가게 하는 역할을 하고 있었다.

"물을 진양 성내로 흘러들어가게 하지 않는다면 조군이 기운을 낼 수 있다는 것인가?"

"아니 그것만으로는……."

"음."

한강자는 머리를 옆으로 흔들었다.

(조는 물 공격으로 궁지에 몰려 허덕이게 되었고 전력도 떨어져 있다. 전력 회복을 위해 물 공격을 늦추어 달라.)

조의 의향을 한강자는 그렇게 생각했다.

조군이 전력을 회복하고 한·위 양군과 힘을 합치면 저 강대한 지씨에게 이길 수 있겠는가? 한강자가 머리를 옆으로 흔든 것은 이 과제에 대한 부정의 대답이었다.

"지씨의 힘은 무서운 것이오. 조의 힘이 약간 회복된 것만으로는 당해낼 수 없소. 지씨의 힘을 약화시킬 수 있는 묘책 없이는……."

한강자는 자리에서 일어섰다. 조의 제안에는 따를 수 없다고 결론을 내린 것이다.

장맹담은 한강자를 불러 세웠다.

"잠깐 기다려 주십시오. 지씨의 힘을 약화시킬 수 있는 묘책을 말씀드리려는 것입니다."

"그래요, 어떤 방법으로?"

"한군 관할의 방축의 물을 역으로 지씨의 진지로 방출하는 것입니다."

장맹담이 말했다.

"옳지!"

한강자는 낮은 목소리로 외쳤다. 기책(奇策)이었다.

방축은 출렁출렁하게 물을 담고 있는 큰 못이고 수문은 진양성을 향해 만들어졌다. 잡아 가둔 물을 진양성으로 방출해서 수공을 한다. 그것을 위한 시설이었다. 하지만 이 못의 반대쪽에서 물이 방출되면 지군의 진지가 수공을 당하는 것이다. 물론 그쪽에는 수문이 만들어져 있지 않다. 그러나 물은 꼭 수문으로만 흐르는 것이 아니다. 제방을 끊으면 그곳으로 물은 넘쳐흐른다.

방축은 한군의 관할 영역에 있었지만 지씨는 방축 경비를 위해 군사를 파견하고 있었다. 그러나 소부대에 불과하다. 여차하면 급습해서 전멸시킬 수 있다. 그렇게 하면 아무리 생각해도 승산이 크다. 확실하다고 해도 좋았다.

"합시다."

한강자는 고개를 끄덕였다.

밀사는 위의 진영에도 파견되었다. 위환자도 두말 않고 이 작전에 찬성했다.

드디어 제방이 끊어지고 잡아 두었던 분하의 물은 미친듯이 지군의 진지로 쏟아져 들어갔다. 대홍수가 난 것이다. 그와 동시에 한군과 위군이 좌우에서 지군을 덮쳐 들어갔다. 전혀 예상치 못한 방향에서 적이 출현했기 때문에 지군 진영에서는 당황하지 않을 수 없었다.

정면의 진양성 성문이 열리고 더욱이 급소를 찌르듯 조군이 무섭게 달려들었다. 그에 앞서 조양자는 전 장병에게 숨겨두었던 식량 전부를 나누어 주었다.

"이것으로 성 안의 식량은 마지막이다. 이제부터는 성 밖에서 밥을 먹자!"

그는 배불리 먹은 군사들에게 공격을 명했다.

승패는 한순간에 끝났다. 지군의 참패였다. 지백도 포로가 되어 목이 잘렸다. 멸망한 것은 최고 강자였던 지씨였다.

이후 조·한·위는 지씨의 영지를 셋으로 나누어 각기 차지하고 점점 국력을 키워 갔다. 그리고 각기 힘의 균형을 유지하며 2백 년 이상 공존할 수 있었다.

그런데 이 세 가노(家老)에 비해서 진의 공실은 비참해졌다. 세 가노가 강해짐에 따라 군주인 진은 약체가 되어 옛날과는 반대로 진공이 정기적으로 세 가노들에게 인사를 하고 다녀야 하는 형편이었다.

진의 직할 영지는 조상의 묘가 있는 곡옥(曲沃)과 수도인 강(絳)으로 줄어들고 말았다. 그것도 정공(靜公) 2년(B.C. 376년)에 세 가노에게 멸망되고 얼마 남지 않았던 영지도 세 가노가 나누어 차지했다.

더욱이 명목상의 천하의 주인인 주왕실이 이미 조·한·위의 세 성을 제후로 승인하고 있었기 때문에 그들을 가노라고 할 수는 없었다. 대등한 제후로서 옛 주인인 진을 멸망시킨 것이 된다.

228 십팔사략 ❶

전국시대

(戰國時代)

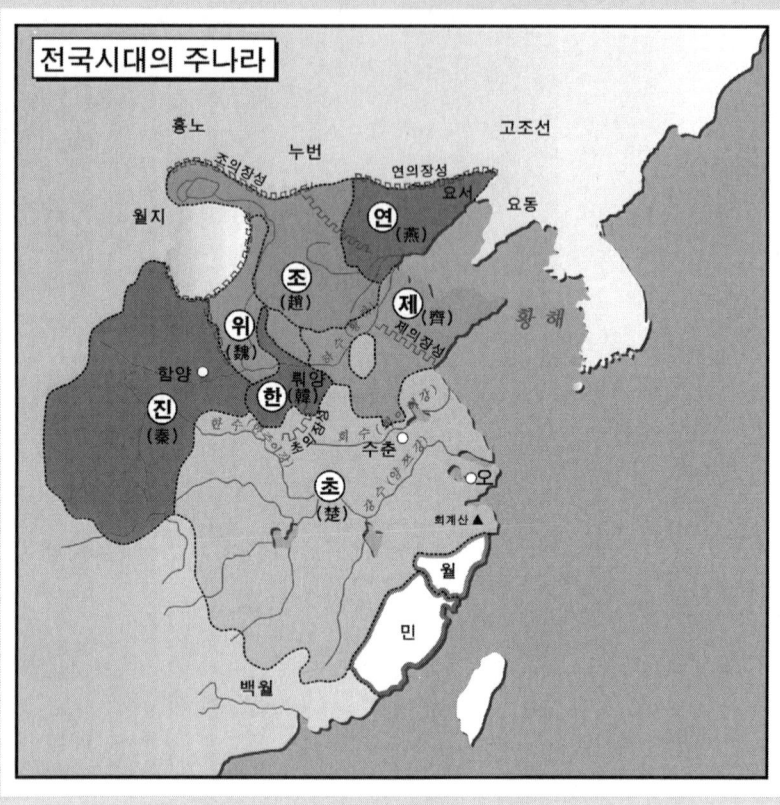

전국시대
(戰國時代)

손자병법(孫子兵法)

 진양성의 수공합전(水攻合戰 ; B.C. 453년)은 춘추시대의 종막이고 동시에 전국시대의 개막이었다. 이미 가문, 혈통 같은 것은 통용되지 않았다. 실력 본위의 시대이다. 형식적인 것은 멀리하고 내용을 중히 여겼다.
 이 시대에 중국의 사상은 꽃을 피웠다. 제자백가(諸子百家)라고 불리는 중국의 학술사상은 모두 전국시대에 나온 것이다.
 손무(孫武)는 춘추시대 말기 오나라의 오자서를 섬겼던 장군이다. 복수의 화신 오자서가 끊임없이 초를 공격하고 싶어했을 때 이를 만류했던 사람이 있었다.
 그 유명한 병법서인 『손자병법』을 썼던 손무였다.
 "아직 안 되오, 아직 더……."
 이렇게 손무는 오자서를 말렸다.
 그는 두 나라의 백성들의 움직임을 조용히 관찰하고 있었던 것이다. 또한 외교 관계에도 신경을 써서 초가 당(唐)이나 채(蔡) 등 여러 나라의 미움을 사고 있다는 것을 알고 비로소 공격하라는 신호를 했다.

손무는 저돌적인 야전 장군은 아니었다. 13편의 『손자병법』에는 인생의 철학도 포함되어 있다.

— 손무 이미 죽고 1백여 년 후에 손빈(孫臏)이 있었다.

라고 『사기』에 기록되어 있지만 손무가 언제 죽었는지는 알 수가 없다.

오가 초를 치고 오자서가 시체를 매질해서 원한을 푼 싸움 당시에는 손무가 생존해 있었던 것은 확실하다. 이것이 기원전 506년의 일이었다.

두 번째의 손씨 성을 가진 병법가 손빈이 그 이름을 날렸던 마릉(馬陵)의 싸움은 기원전 341년의 일이다.

손무는 춘추시대의 무장이고, 손빈은 전국시대 무장이었다.

춘추시대와 전국시대가 다른 점은 이미 이야기한 것처럼 춘추시대는 문벌을 존중하였고 전국시대는 실력 본위의 시대였다는 점이다. 노예제 사회에서 봉건제 사회로의 이행기에 해당되고 청동기시대에서 철기시대로 바뀌는 시기이기도 하다. 춘추시대는 전자의, 전국시대는 후자의 기풍을 보다 농후하게 지니고 있었다.

춘추시대에는 가문을 존중했던 만큼 병법도 가전(家傳)으로서 전해져 왔다. 하지만 실력주의가 된 전국시대에는 병법을 비롯하여 기타 학문, 기술도 학교에서 배우게 되었다.

손빈은 유명한 병법가를 조상으로 모시고 있었지만 거기에 얽매여 우물쭈물하고 있을 수는 없었다.

실력주의라고는 하지만 정도의 문제이고 가문이나 출신이 완전히 무시되는 것은 아니었다. 그것도 역시 크게 작용을 했다. 오늘날에는 명문가 출신보다는 명문대학 출신이 어느 정도 출세하는데 유리한 것과 같은 것이다. 때문에 머리를 싸매고 공부하여 명문대에 입학하려는 것과 같은 이치이다.

손빈은 자존심이 강했다. 자존심이 지나치게 강했기 때문에 오히려 조상들의 일을 말하지 않았다. 집안의 계통이 너무나 알려져 있었기 때문에 병법을 배우는 데 있어서도 고향인 제(齊 ; 조상인 손무는 오를 섬겼지만 제의 출신이었다)의 학교를 떠나 조(趙)로 갔다.

조는 진(晋)이 셋으로 분열되었던 나라의 하나로 수도는 한단(邯鄲)이었다. 한단에서 손빈은 병법을 배웠다.

"흠, 자네 성은 손씨인가? 손씨라고 하면 1백 년 전의 손무와 같은 성이 아닌가? 더욱이 제나라 출신이니, 혹 어떤 관계가 있는 게 아닌가?"

동급생들로부터 이런 질문을 받으면 손빈은 머리를 흔들며 대답했다.

"손이란 성은 제나라에는 쓸어 버릴 정도로 많다네. 나하곤 아무런 관계도 없는 사람이지."

"그렇겠군……, 그 손씨라면 제에서 병법학교를 세우고 있으니 같은 가문의 자제가 일부러 조까지 공부하러 올 리는 없겠지."

동급생들은 납득했다.

당시에 손빈의 아버지는 제나라에서 병법학교를 열고 있었다. 그는 아버지에게서 개인적인 지도를 받았지만 학교에서 강의를 들어 본 일은 없었다.

— 학교 주인의 아들.

이처럼 특별한 눈으로 보게 되는 것이 싫었던 것이다.

그런데 한단의 병법학교 학생들 중에서 한 사람만은 손빈을 알고 있었다. 손빈의 아버지가 경영하는 학교에서 퇴학처분을 받고 한단으로 흘러 들어온 방연(龐涓)이란 자이다. 학교 주인의 아들이 교실에는 나오지 않았지만 생활하는 집이 학교와 같은 동네에 있었기 때문에 학생들과 얼굴이 마주칠 때도 있었다. 방연은 손빈을 기억하고 있었다.

(요 꼬마 녀석!)

방연은 마음속으로 상대를 이렇게 불렀다. 화가 치미는 것이다.

그는 꼬마 녀석의 아버지에게 퇴학 처분을 받았다. 이유는 물건을 훔쳤기 때문이었다. 선생이 특별한 사람 이외는 보여 주지 않는 병법이 쓰인 죽간을 훔치려 하다가 현장에서 붙잡힌 것이다. 잘못은 그에게 있었다.

"태생이 천한 자식이라 할수없구나."

그때 손빈의 아버지는 이렇게 말했던 것이다.

방연은 중원 태생으로 약간은 알려진 집안의 아들이었는데 어머니는 그 집안의 첩이었다. 가문(家門)을 말하면 부산물과 같이 취급될 것이다.

'첩의 자식'이라는 것이 알려지게 된다. 때문에 가문을 자랑하고 싶어도 그렇게 할 수가 없었다.

방연의 가슴속에는 항상 담고 있는 것이 있었다.

― 명문의 내력은 올바른 출생에 있다.

가문에 대한 심한 동경이 있었다. 억지로 '명문'이라는 조건만은 붙일 수도 있었지만 '내력이 올바른 출생'이 아니라는 사실은 깊은 상처로 남아 있었다.

방연이 나이 어린 손빈에 대해 은근히 적의를 품은 이유도 상대가 명문 출신임에도 그 출신을 숨기고 있었기 때문이다.

그는 생각했다.

(얼마나 건방진 놈인가!)

선망은 증오로 연결되는 법이다.

(이 건방진 꼬마 녀석을 언젠가 혼내 주어야겠다.)

방연은 그렇게 생각하게 되었다.

과연 병법가다웠다. 목표를 세우면 그것을 달성할 전술을 생각했다. 우선 학교의 선배로서 증오하는 마음을 철저하게 숨기고 손빈에게 접근했다. 손빈 쪽은 상대를 모르고 있었다. 아버지의 제자는 많았고 될 수 있는 한 학교에는 접근하지 않았기 때문이다. 그러므로 한단의 병법학교에서 이것저것 친절하게 대해 주는 방연에게 숨겨진 의도가 있다는 것은 꿈에도 생각하지 못했다.

방연으로 보면 결정적인 순간을 포착하기 위해 상대를 자기 쪽으로 끌어당겼던 것이다.

(음, 이것은 가볍게 뒤엎어 버리는 것만으로는 안 되겠다. 아주 밟아 뭉개 버려야겠다.)

증오로 눈을 번득이며 방연은 이러한 생각을 하게 되었다.

명문의 적출(嫡出)출신이라는 이유 때문만이 아니다. 이 꼬마 녀석이 있는 한 자기가 천하 제일의 병법가가 될 수가 없다. 출신에 대한 선망은 재능에 대해서도 해당되었다. 그 선망이 증오로 변한 것은 말할 것도 없다.

 어느덧 방연은 학업을 모두 끝마치고 위(魏)나라로 가서 취직을 하게 되었다. 위의 수도인 양(梁)은 현재의 개봉시(開封市)이다. 그 당시의 위의 주인은 혜왕(惠王)이었다.
 춘추시대에는 남쪽의 초·오·월의 제후들이 '왕'이라고 부르고 있었지만, 중원의 제후들은 주왕실을 생각해서 '공'(公)이라고 불렀다.
 하지만 전국시대가 되자 중원의 제후들도 차례차례로 내놓고 '왕'이라고 부르게 되었다.
 하늘에 두 개의 태양이 없고 지상에 두 왕이 없었다고 말하고 있었지만, 지금 지상에는 두 왕은 고사하고 왕 투성이가 되고 말았다. 왕이라고 하는 칭호의 가치가 떨어진 것은 이 무렵부터이다. 후에 진(秦)나라는 천하를 잡자 너도나도 '왕'이라 불러 품위가 떨어진 '왕'이라는 호칭을 버리고 '황제'(皇帝)라는 새로운 칭호를 채택했다. 그리고 황자(皇子)나 공신을 '왕'으로 봉하게 되었다.
 북방계의 제후로서 처음 왕이라고 칭한 것은 손빈의 고향인 제(齊)나라의 위왕(威王)이었고, 두 번째가 이 위(魏)나라의 혜왕(惠王)이었다.
 방연은 점차로 출세해서 위나라 혜왕의 장군이 되었다. 그는 은밀히 한단의 학교에 있는 손빈에게 사자를 보냈다.

― 위(魏)나라의 참모로 맞이하고 싶다.

사자는 구두로 그렇게 전했다.

손빈은 학교에서 선생의 대강(代講)을 하고 있었다. 지금으로 말하면 대학의 조교수 정도이다. 거기에 일국 군대의 참모라는 미끼가 던져진 것이다.

병법가라면 '제안이 지나치게 과분하구나'하고 의심을 하면서 이 일에 대처했어야 했을 것이다. 하지만 손빈은 의심하지 않았다. 사자를 보내 온 것은 평소 그에게 특별한 호의를 보여 주었던 방연이다. 그의 재능을 가장 잘 알고 있는 인물인 것이다. 장군이 되면 심복의 참모가 필요할 것이니 자기를 맞이하려 하는 것은 자연적인 추세라고 해도 좋을 것이다.

손빈에게 온 사자가 말했다.

"본래 같으면 적당한 지위에 있는 자로 하여금 예물을 가지고 훌륭한 행렬을 갖추어 영접을 했어야 할 것입니다. 그러나 주인 방연은 새로이 부름을 받고 출세한 몸으로 위의 오래된 가신들의 시기를 받고 있습니다. 참모의 직에 대해서도 사전에 누설되면 고참자들의 방해를 받을 염려가 있기 때문에 될 수 있는 한 비밀리에 진행하고 싶다는 의향입니다. 황송하지만 주인의 고충을 참작하시어 단신으로 눈에 띄지 않도록 위의 수도로 와주셨으면 합니다."

출세가도를 달리는 신참자와 자존심만 높고 역경에서 헤어나지 못하는 고참자의 대립은 어느 나라에도 항상 있는 일이다. 또한 세상이 크게 변해서 실력주의로 바뀌어 가고 있는 전국시대였기 때문에 그런 경우는 특히 많았다.

"알겠습니다. 그때문에 문서 대신에 구두로 전해 주셨군요. 이것도 병법에서 배웠습니다……. 곧 홀몸으로 은밀히 위로 가겠습니다. 그 일을 방연님께 전해 주십시오."

이렇게 손빈은 참모 취임을 승낙했다.

손빈은 신변을 정리하자 한단을 떠나 양(梁)으로 향했다. 될 수 있는 한 남의 눈에 띄지 않도록 잠행한 것이다.

(이것은 마치 첩자 같구나…….)

손빈은 양으로 들어가 숙소에 몸을 숨기고 방연의 연락을 기다리며 쓴웃음을 지었다.

그러나 사실 웃을 때가 아니었다.

양으로 들어가 3일째 되던 날, 그가 머물러 있는 방으로 약 10여 명의 관리들이 덮쳐들었다.

"밀고에 의해 너는 첩자의 혐의를 받고 있으므로 우선 조사해야겠다."

우두머리인 듯한 관리가 그렇게 말하고 부하들에게 손빈을 포박하라고 명했다.

(곧 혐의가 풀리겠지…….)

손빈은 다시금 이렇게 낙관하고 있었다.

확실히 그의 행동은 의심스러운 점이 많았다. 자신도 첩자 같다고 생각했을 정도였다. 미심쩍게 생각하고 밀고한 사람이 있다고 해도 이상할 것이 없었다.

체포되어서도 그는 방연의 이름을 입에 올리지 않았다. 이것은 그의 병법가다운 주의 깊은 배려에서였다.

손빈은 속으로 생각했다.

(등용하려고 하는 방연은 고참 가신들의 저항을 받을 것이다. 섣불리 그의 초빙을 받았다는 사실을 말하면 모든 일이 와해될지도 모른다. 양에 도착하자 앞서 다녀간 밀사의 지시대로 방연에게 연락을 취해 두었다. 방연은 내가 머무르고 있는 숙소를 알고 있을 것이다. 곧 내가 체포된 것도 그는 알게 될 것이다. 그리고 그의 보증으로 석방될 것이다.)

하지만 투옥되고 2일이 지나고 3일이 지나 취조를 받으며 손빈도 약간 머리를 갸웃거리기 시작했다.

취조관은 큰소리로 외쳤다.

"나는 네가 제나라의 사람으로 신분을 감추고 한단으로 숨어들었고, 다시금 우리 위나라에도 잠입한 것을 알고 있다!"

손빈은 지그시 어금니를 깨물었다.

취조관의 말 그대로였다. 가문을 알리고 싶지 않아 신분을 감추고 한단의 병법학교에 들어갔다. 방연의 지시에 의해 위나라에도 은밀하게 잠입한 것이다.

"제의 첩자냐, 조의 첩자냐? 아니면 여러 나라의 첩자냐? 바른대로 대라……. 대단히 끈질긴 놈이로군!"

취조관은 한 번 노려보고는 고문용 몽둥이로 호되게 손빈의 등을 후려갈겼다.

"첩자가 아니오!"

손빈은 신음했다. 그도 이제 어쩔 수 없이 장군 방연의 부탁을 받았노라고 대답했다.

　다음날 취조관은 갑자기 손바닥으로 그의 뺨을 때리며 욕설을 퍼부었다.

　"이 바보 같은 놈아! 허튼 수작 하지 마라! 장군님은 너 같은 놈은 알지도 못한다고 하셨다. 터무니없는 구실을 붙여서 나까지 골탕을 먹게 하다니……. 미중을 보냈다든가 참모 취임이라든가 하는 그런 말은 일절 없었다고 하더라. 거짓말을 해도 좀 적당히 해라!"

　손빈은 낮게 외쳤다.

　"아차!"

　그리고 속으로 생각해 보았다.

　(이것은 병법의 응용의 하나로 남을 죽이려는 모략이 아닌가? 그러나 왜 방연은 나를 죽이려 하는가?)

　그 의문은 곧 풀렸다.

　판결이 있던 날 깊은 밤 방연이 손빈을 찾아온 것이다. 옥리를 멀리하고 두 사람만이 상대했다. 이때 손빈의 목에는 칼이 채워져 있었고 발목은 쇠사슬에 매여 있었다.

　판결의 내용은 '빈'(臏)이었다. 그것은 두 다리의 무릎을 절단하는 잔인한 형이다.

　손빈의 본명은 알려져 있지 않다. 무릎이 없어진 다음, 사람들은 '종지뼈를 잘리는 형을 받은 사람'이라고 해서 그를 빈(臏)이라고 부르게 되었던 것이다.

　"아직 발이 있는 동안에 너에게 이유를 알려 주겠다."

　방연은 차가운 웃음을 입가에 흘리며 말했다.

"명문의 출신임을 숨기는 너의 그 건방진 버릇을 나는 용서할 수가 없었다. 그리고 너의 재능도 용서할 수가 없어……. 너는 이제 폐인이다. 특별히 감옥에 있는 것만은 벗어나게 해주겠다. 두 다리가 잘린 다음 너는 우리 집 뜰 아랫방에서 나의 출세를 그 눈으로 똑똑히 보아라."

"그랬었구나……."

끄덕이는 순간 그때까지의 음울한 표정이 손빈의 얼굴에서 사라져 버렸다. 그는 미소를 짓고 있었던 것이다. 의문이 풀리자 스스로에게 조소하고 있었던 것일까?

앉은뱅이 군사(軍師)

손빈은 두 다리를 고통으로 절단당하고 나서 방연의 집에서 동물처럼 살아가는 몸이 되었다.

"꼬마 녀석아! 눈을 뜨고 있는 거냐?"

방연은 때때로 생각난 듯이 뜰 아랫방을 기웃거리며 손빈에게 소리쳤다.

"눈은 뜨고 있소!"

손빈은 시원한 목소리로 대답했다. 무릎 아래의 두 다리가 없었기 때문에 탈출의 걱정은 없었다. 뜰 아랫방의 문단속은 그렇게 엄중하지 않았다.

"눈을 크게 뜨고 있거라. 그리고 내 위세를 보아라."

출입할 때 종자들의 인원 수는 날로 많아져 가겠지만 더불어 손님도 늘어났다. 위나라 사람들뿐이 아니라 외국의 사절도 우리 집 손님이 된다. 잘 보아 두는 것이 좋을 것이다."

방연은 만족한 듯 말했다. 노골적인 허세이다. 상대가 성한 인간이라면 약간은 조심했을지도 모른다. 하지만 이미 폐인이 된 상대이기 때문에 거리낌없이 드러내 놓고 자랑하고 싶은 대로 자랑한 것이다.

"외국의 사절도 찾아옵니까? 대단하십니다."

손빈은 솔직하게 놀라는 체하였다.

실은 이때 그의 뇌리에 탈출의 묘안이 떠올랐던 것이다.

21세기의 현대에도 외교관의 통과는 자유스럽지만 2천 수백년 전의 중국에서도 마찬가지였다.

(그렇다. 내가 여기서 탈출하는 데는 외국 사절의 손을 빌리는 수밖에 없다.)

그는 그 집의 집사나 하인배들과 친해졌다. 불행한 앉은뱅이 죄인은 사람들의 동정을 샀다. 게다가 그는 애써 애교 있게 사람들과 접촉을 했던 것이다.

(어차피 불구자니까.)

집에 있는 자들도 손빈의 부탁이라면 웬만한 것은 들어 주게 되었다.

"아, 나는 이제 살아서 고향에 돌아갈 가망은 없소……. 하지만 고향 사람을 한 번만이라도 만나보고 싶소……."

손빈은 그렇게 말하며 슬피 울었다. 사람 좋은 늙은 집사가 같이 눈물을 흘리며 약속해 주었다.

"좋아. 좋아. 이번에 동쪽 나라 사람이 집에 오시면 어떻게든 해서 만나 보도록 해줌세."

손빈이 태어난 곳은 현재의 전성현(鄄城縣;하남성과의 경계에 가까운 산동성 서쪽)으로 전국시대에는 위(衛)나라였다. 하지만 손무의 자손으로 불리기 때문에 조상의 계통으로 말하면 고향을 제(齊)라고 해야 할 것이다.

제든 위든 아무튼 위(魏)에서 보면 동쪽 나라이다. 늙은 집사는 집의 연회에 제나라 사절이 왔을 때 은밀하게 손빈을 만나게 해주었다.

방연의 집 연회에는 손님이 많았다. 제의 사절은 늙은 집사에게 부탁을 받고 호기심에서 만나 볼 생각을 했다.

"불쌍한 죄인을 만나 주시지 않으시겠습니까?"

하지만 제의 사절은 그 앉은뱅이 죄인을 만나고 놀라지 않을 수 없었다. 이야기를 해보니 드문 재능을 지닌 사람이라는 것을 알게 되었다. 특히 그의 병법에 관한 조예는 이루 말할 수 없을 정도로 깊었다.

(이 사람은 기재奇才다.)

제의 사절은 곧 귀국하기로 되어 있었다. 귀국 선물로 이 뛰어난 재능을 지니고 있는 인물을 데리고 돌아갈 수 있다면 제를 위해 얼마나 도움이 될지 모른다.

"그대는 자신의 재능을 어디에선가 펴보고 싶다고 생각하지 않소?"

이렇게 권해 보았다.

"말할 것도 없습니다. 다만 지금은 붙잡혀 있는 몸입니다. 어떻게 해서든지 자유를 얻고 싶습니다."
"그렇다면 맡겨 주시오."
제의 사절은 손빈의 재능과 인품에 완전히 반하고 말았다. 이야기하는 것도 죄인이 아니라 윗사람을 대하듯이 정중했다.
당시에는 지체 높은 사람의 공식행차에는 많은 종자를 거느리는 것이 상례였다. 그는 별채에서 기다리고 있는 종자 한 사람을 불러 손빈을 업어다 마차 속에 숨기도록 명했다.
이렇게 해서 손빈은 위의 수도를 탈출해서 제로 돌아간 것이다.
사절은 그를 자기 나라 장군 전기(田忌)에게 추천했다. 그의 뛰어난 병법의 식견을 높이 샀던 것이다. 전기도 그의 재능을 사랑해서 자기 막사의 손님으로 모셨다.
제나라엔 기사(騎射 ; 말을 타고 활을 쏘는 것)라는 운동이 성행했다. 그것은 4두 마차 경주에 궁술(弓術)을 혼합한 경기이다. 귀족이나 장군들은 이것으로 곧잘 내기를 했다.
어느 날 전기는 공자(公子)와 이 경기로 내기를 했다. 3회 승부였다. 손빈은 말의 다리 힘을 보고 양쪽의 실력이 백중하다고 판단했다. 하지만 3대의 마차는 모두 상·중·하의 수준급이었다. 손빈은 전기에게 필승의 작전을 알려 주었다.
그것은 간단한 일이었다.
우리 쪽의 최하의 마차를 상대의 최상의 마차와 싸우게 하는 것이다. 물론 이것은 이기지 못한다. 그 대신 이쪽의 최상은 상대의 중정도와 싸워 이길 것이고, 이쪽의 중정도는 상대의 최하와 상대를 하기 때문에 이것도 이길 수 있다.

2승 1패로 전기는 천금의 내기에서 돈을 벌었다.

손빈 병법의 특징은 근본적으로 기책(奇策)에 의하지 않고 오직 확실성만을 바탕으로 했다는 점이다. 기사의 내기에 관한 일화는 그것의 단적이 예이다.

도표로 보면 다음과 같다.

상 → 중
중 → 하
하 → 상

이것은 2차 대전 때도 많이 활용된 전략이다. 약한 부대는 강한 적과 싸워 전멸시키고, 강한 군대는 상대의 중정도 적을 섬멸하게 하여 연합군이 승리한 것이다. 이것은 상대의 정보를 정확하게 알 때만이 가능한 전략이다.

그 즈음은 위(魏)가 조(趙)를 쳤다. 양쪽 다 진에서 분열된 형제 국이지만 인접해 있었기 때문에 자주 분쟁이 있었다.

조나라는 제나라에 구원을 요청했다. 제나라의 위왕(威王) 25년 (B.C. 354년)에서 다음해에 걸쳐서의 일이다. 이 무렵 손빈의 군사적 재능은 어느 정도 잘 알려져 있었다. 상대는 위이다. 손빈은 우수하다는 이유로 위의 장군 방연에게 다리를 잘린 악연을 가지고 있었다. 원한은 골수에 사무쳤을 것이니 복수에 불타고 있었을 것이다.

제나라왕은 그 불타는 복수심을 이용하려고 했다.

하지만 손빈은 사퇴했다.

"신은 온전치 못한 몸입니다. 발이 없는 장군으로는 싸움하기에 적합치 않습니다. 군사(軍師)로서 치차(輜車) 속에서 작전을 세우는 것 정도가 고작일 것입니다."

치차란 포장을 씌운 마차를 말한다. 포장을 씌우는 것은 밖에서 보이지 않게 하기 위한 것이고 주로 부인들이 타고 다녔다. 부인 마차이니 물론 전쟁에는 나가지 않는다.

이렇게 해서 전기(田忌)가 장군으로 출정하고 손빈은 군사로서 보좌하기로 하였다.

가령 이때 손빈이 사퇴하지 않았어도 결국 전기가 외정군(外征軍)의 사령관에 임명되었을 것이다. 왜냐하면 이것은 제의 상층부의 파벌싸움의 일환이었기 때문이다.

제의 재상은 추기(鄒忌)라고 했다. 장군인 전기와 같은 이름이기 때문이 이기(二忌)라고 불리었으며 '양웅은 병립(竝立)하지 않는다'라고 할 정도로 치열한 경쟁을 하는 사이였다.

추기는 속으로 생각했다.

(조를 도와 위를 쳐서 승리하면 주전론자인 나의 공이 된다. 하지만 패하면 전기의 죄가 되어 나의 숙적은 없어지게 된다. 이기든 지든 나에게는 이익이 된다.)

때문에 만일 외정의 책임자로 손빈이 임명되었다면 추기는 이렇게 강력하게 반대했을 것이다.

"형여(刑餘)의 불구자를 장군으로 삼았다가는 외정군이 불구가 될는지도 모릅니다. 불길한 일입니다."

전국시대에 원병을 보낼 때에는

— 의(義)를 위하여.

이런 명분을 내세웠지만 그것뿐이 아닌 것은 말할 것도 없다. 항상 자기 나라의 이익을 염두에 두고 유리하다는 판단이 서면 구원 요청을 승낙했던 것이다.

이때도 실은 구원군을 보내고 나서 위와 조의 쌍방 모두 지치게 한 다음 작전 행동을 시작한 것이다. 손빈의 병법을 사용할 것까지도 없었다.

— 조의 수도 한단이 위의 수중에 떨어졌지만 우리 제군이 그것을 구하려고 한단을 공격해서는 안 된다. 위는 정병을 한단 점령 작전에 투입하고 본국에는 늙은이와 부녀, 아이들밖에 없다. 위의 수도 양을 공격할 자세를 보이면 한단 점령군은 급히 수도를 지키기 위해 조에서 철수할 것이다.

이 싸움에서 손빈이 내놓은 책략이었다.

전기는 이 작전을 받아들여 위군이 황급히 한단을 포기하고 귀국하는 것을 계릉(桂陵)에서 크게 무찔렀다.

그러나 전기는 이 전쟁에서 승리를 거두었지만 정치 싸움에 말려들어 곧 망명하지 않을 수 없게 되었다. 전기가 다시금 제의 장군으로 돌아가 꽃을 피운 것은 위왕이 죽고 선왕(宣王)이 즉위한 다음이었다.

전국(戰國)의 시국 정세는 복잡괴기한 것이었다.

계릉의 싸움이 있고 난 13년 후 그처럼 앙숙이었던 위와 조가 이번에는 연합해서 한(韓)을 쳤다. 한은 간신히 조군을 격퇴했지만 위나라의 정예군 앞에 그 운명은 풍전등화가 되었다.

한은 제에게 구원을 요청했다.

제는 이번에도 장군에는 전기, 군사에는 손빈 이 두 사람을 출정시켰다.

위의 장군은 방연이었다. 태자인 신(申)이 상장군에 임명되고, 나라의 운명을 건 싸움이라는 비장한 각오를 보였다.

하지만 태자의 측근은 가만 있지 못했다.

"만일 이 싸움에 응하면 왕위는 이미 절망입니다. 싸우지 말고 돌아가십시다. 패하는 것보다는 나을 것입니다."

태자 신은 머리를 옆으로 흔들었다.

"돌아갈 수는 없다. 동생인 이(理)까지도 나의 출정을 취소하도록 모후에게 울면서 간청했다고 들었다. 그처럼 나는 변변치 못하단 말인가?"

그는 눈물을 흘리고 있었다. 동생의 온순한 정리(情理)에 눈물을 지었던 것이다.

하지만 이(理)가 형님의 출정 취소를 위해 간언한 것은 측근인 혜자의 헌책에 따라 취한 행동이었다.

모후를 통해서 올려진 탄원이 왕에 의해 받아들여졌다면 이는 형님에게 은혜를 베푼 것이 된다. 만일 받아들여지지 않는다 하더라도 형님은 싸움에서 죽든가 패해서 태자의 자리를 잃을 것이다. 어느 쪽이든 그에게는 유리하게 된다는 계산이었다.

장군인 방연은 얇고도 큰 입술을 벌리고 말했다.

"돌아가다니 말도 안 됩니다. 상대는 기껏해야 전기수자(田忌豎子 ; 전기와 꼬마)가 지휘하는 겁쟁이들뿐인 제병(齊兵)들이 아닙니까?"

그는 자기 집에서 몰래 탈출한 손빈의 일을 언제까지나 가슴 아프게 생각하고 있었다. 때문에 그 이름을 입에 올린 일이 없었다. 언제나 수자(豎子)라고 부르고 있었다.

― 겁쟁이들뿐인 제병(齊兵).

방연이 토해내듯 그렇게 말한 것은 반드시 손빈에 대한 미움 때문만은 아니었다. 전쟁으로 밤낮이 없는 삼진(三晉 ; 위·조·한)의 군사들은 제병을 바보 취급하고 있었다. 또한 한 사람 한 사람 비교해 보아도 확실히 제의 군사들이 약하긴 약했다.

― 제병은 약하다.

"이왕 떠도는 정평(定評)이니 이것을 잘 이용하도록 하십시다."

이것이 손빈의 작전이었다.

제의 출병 소식을 듣고 위군은 한에서 철수했지만 제군을 추격하는 형세가 되었다.

위나라로 들어간 제군은 손빈의 전술에 의해 첫날에는 10만 개의 부뚜막을 만들었다. 손빈은 같은 병법학교에서 공부했기 때문에 방연의 작전을 잘 알고 있었다. 사람에 따라 작전을 세우는 것도 제각기 습관이 있었다.

방연은 적군의 수를 알아보는 데 부뚜막의 수와 거기에서 오르는 연기를 첫째의 판단 자료로 했다. 버릇은 고쳐지지 않는 것이다. 게다가 그것으로 해서 실패한 일이 없었기 때문에 더욱 그러했다.

다음날 손빈은 부뚜막의 수를 5만으로 줄였다. 그리고 사흘째 되던 날에는 3만으로 줄였다.

방연은 제군을 추적해서 거기에 남겨진 부뚜막 자리를 조사하고 척후병의 보고와 비교해 보았다.

"겁쟁이 제병 놈들! 우리 위나라에 침입해서 사흘밖에 되지 않았는데 벌써 태반이 도망을 치고 말았구나."

방연은 그렇게 말하며 미소를 지었다. 큰 공을 세울 절호의 기회였다.

제군에 도망병이 계속 생겨 군단 그 자체가 자연소멸이라도 된다면 모처럼의 기회를 놓치고 마는 것이다. 급히 따라잡아 쳐부수지 않으면 안 된다. 그때문에 무장을 가볍게 한 부대를 편성해서 추격의 속도를 다그칠 필요가 있었다. 그래서 2일의 노정을 1일에 달리려고 했던 것이다.

손빈은 척후병의 보고에 의해 위군의 진격 속도를 계산해 보고 초저녁 무렵에 마릉(馬陵)에 당도할 것을 예상했다.

마릉은 하북성 대명현 동남이 되며 하북, 하남, 산동의 세 성을 경계로 접하고 있는 지점이었다. 도로가 좁고 양쪽에 산이 높이 솟아 있었다. 복병을 두기에는 안성맞춤의 지점이고 시각도 알맞은 때였다.

포병에 상당하는 노(弩; 세 사람이 조작하는 큰 석궁)와 활의 명수를 선발하여 저격병을 조직하고 길 양쪽의 산속에 매복시켜 두었다.

그리고 길옆의 거목의 껍질을 벗겨 거기를 흰색으로 칠해 놓고 그 위에 검은 글씨로 다음과 같이 써놓았다.

— 방연은 이 나무 아래에서 죽는다.

앉은뱅이 군사 손빈은 병졸들에게 시켜 만든 들것 위에 앉아 산 위로 올라가 복병들에게 명했다.

"산 아래 거목 밑에서 불이 켜지면 일제히 발사하라."

마릉에 해가 지고 주위는 먹을 뿌린 듯이 점점 어두워졌다. 밤이 점차로 깊어졌을 때 위군은 이곳을 지나치게 되었다. 하지만 방연은 추격을 재촉하고 있었다. 위험한 길을 위험한 시각에 지나는 것이지만 '제병은 약하다'고 가볍게 생각하고 있었기 때문에 단숨에 지나치려 했다.

"앞쪽 나무에 무엇인가 글씨가 쓰여 있습니다."

그런 보고를 받고 방연은 그 나무 아래로 갔다. 글씨라는 것은 알 수 있었지만 어두워서 읽을 수가 없었다. 그는 부싯돌로 불을 켜 나무에 씌어진 글을 읽으려 했다.

반짝 하고 불이 켜졌다.

나무에 씌어진 글씨를 읽을 수 있었다.

그러나 그와 동시에 전후좌우에서 화살이 비오듯 쏟아지고 돌이 우박처럼 날아왔다.

무장을 가볍게 한 위군은 여기서 전멸되고 말았다.

"드디어 꼬마가 이름을 빛내는구나!"

방연이 그렇게 신음하며 그곳에서 목숨을 끊었고 태자 신은 포로가 되었다.

— 손빈, 이로써 이름이 천하에 드러나고 세상에 그 병법이 전해지다.

『사기』는 손빈의 전기(傳記) 말미에 그렇게 기록하고 있다.

실제로 그의 병법서는 잃어버린 지 오래되어 전해지지 않다가 최근에 죽간이 출토되었다. 삼국시대 조조(曹操)가 '손자병법'을 정리하였다고 전해진다. 그러나 그 원본 죽간은 최근에야 발견된 것이다.

이제야말로 재상

중국에는 '손오'(孫吳)라는 말이 '병법'의 대명사로 사용되고 있다. 손은 손무와 손빈을 말하고, 오란 오기(吳起)를 말하는 것이다.

오기는 손빈보다 약간 전시대의 병법가였다.

손빈이 이름을 빛낸 마릉의 싸움 40년 전에 오기는 죽었다. 두 사람의 병법가는 마치 마라톤 선수가 바톤을 이어받듯 잇따라 세상에 나온 것이다.

오기는 집념의 사나이였다.

요즈음 유행하는 말로 하자면 근성(根性)이 있는 사람이었다. 그는 장렬했지만 어쩐지 친해질 수 없는 면이 있었다.

오기는 어떻게 하든지 출세하고 싶었다.

그는 위(衛)나라 사람이니 손빈과는 태어난 장소가 가까웠을 것이다. 태어난 집은 천금의 부를 자랑하는 호족이었다. 젊었을 때 그는 출세욕에 사로잡혀 가산을 군자금으로 해서 각지의 제후들에게 손을 썼으나 뜻대로 되지 않았다.

눈 깜짝할 사이에 재산을 몽땅 탕진하고 말았다.

"별다른 재능도 없는 주제에 돈의 힘으로 어떻게 오르려고 한단 말이야. 아무리 돈을 써도 지금 세상엔 재능이 제일이야."

"오기와 같이 되어서는 안 된다……. 자제들을 훈계하는 데 좋은 본보기야."

"글쎄, 벼슬도 얻지 못하면서 돈만 쓰고 파산한 바보 같은 사람이야."

고향 사람들은 그런 식으로 그를 조롱했다.

오기는 화가 났다.

자기를 헐뜯은 자 30명을 죽였다고 하니 오기는 아무래도 제정신이 아니라고 할 수밖에 없다. 오늘날에도 마음에 들지 않는다는 이유만으로 간단하게 사람을 죽이는 자가 있지만 약 2천 5백여 년 전에도 정신구조가 같은 인간이 있었던 모양이다.

이렇게 대량 살인을 한 이상 그냥 고향에 머물러 있을 수는 없었다. 동쪽으로 도망치려 했을 때 어머니가 성문까지 전송을 나와 울면서 말했다.

"너에게 재능이 없는 것은 아니다. 재능을 아직 닦지 않았을 뿐이다. 초조해 하지 말고 공부를 해라."

어느 시대이건 부모님은 자상한 것이다.

"어머니!"

오기는 핏발선 눈으로 입술을 떨면서 말했다.

"저는 대신이나 재상으로 출세하기 전에는 두 번 다시 고향의

흙을 밟지 않겠습니다."

 말을 끝내자 그는 갑자기 자기의 팔꿈치를 물었다. 그것도 웬만큼 문 것이 아니라 혼신의 힘을 다해 물었던 것이다. 피가 철철 흘렀다. 그래도 놓지 않았다. 머리를 좌우로 흔들었다. 마침내는 자기 팔꿈치의 살을 물어뜯고 말았다. 무서운 결심이었다.

 오기는 어머니의 말씀에 따라 우선 공부를 하기로 하고 증자(曾子)에게 입문했다.

 증자는 공자 말년의 제자이다. 이름은 삼(參)이라고 하며 공자보다 46세 아래였다. 『효경』(孝經)의 저자라고 한다.

 물론 오기의 입문시대 공자는 이미 죽었다.

 대단한 근성의 인간답게 그는 공부에 전력을 쏟았다. 학문이 좋아서라기보다는 그것으로 출세하고 싶었던 것이다. 오기는 공부하는 중에 어머니가 죽었는데도 고향에 돌아가지 않았다. 죽은 어머니에게 맹세한 말이 있었기 때문이었다. 아직 대신도 재상도 되지 못했는데 어떻게 돌아갈 수가 있겠는가? 그러나 그렇게 열심히 공부를 했는데도 오기는 증자로부터 파문의 통고를 받았다.

 스승인 증자는 노했다.

 "어머니가 돌아가셨는데 집으로 가서 복상(服喪)하지 않는다는 것은 무엇인가?"

 『효경』의 저자인 증자는 곧 오기를 제명처분해 버리고 말았다.

 오기는 거기서 파문을 당하고 노(魯)로 갔다. 본격적으로 병법을 배운 것은 그 무렵부터이다. 그로서도 유학(儒學)보다는 병법이 오히려 체질에 맞았던 모양이다. 병법학교에서는 두드러지게 성적이 좋아 대망의 벼슬도 얻을 수 있었다. 노의 군대에서 일자리를 얻은 것이다.

노의 군대에서도 그는 승진을 계속했다. 대단한 집념의 인간이었기 때문에 한눈팔지 않고 열심히 일한 대가로 얻어진 당연한 승진이었다.

그러는 동안 제나라가 노를 공격했다.

제에 비하면 소국인 노였기에 동원령을 내리고 방비하지 않으면 안 되었다.

― 누구를 장군으로 할 것인가?

이 문제가 노의 수뇌부에서 검토되었다.

"오기가 좋을 것이다."

하는 소리도 있었지만

"아니야, 오기는 안 돼. 그의 아내는 제나라의 여자가 아닌가?"

반대하는 자도 있었다.

그 소리를 들은 오기는 아내를 죽여 버리고 말았다.

신임을 얻기 위해 아내를 죽였다니 얼마나 무서운 이야기인가? 그러나 참다운 신임일 수가 있을까? 출세를 위해서라고 바꾸어 평할 수 있을 것이다.

아내를 죽인 그는 결국 노의 장군이 되어 제군을 격파하고 공을 세웠다.

그러나 그런 행동으로는 다른 사람에게 호감을 살 수가 없었을 것이다. 과연 그는 곧 그 지위에서 밀려나고 말았다.

실력 위주의 시대에 실력자는 어디에서나 환영이었다. 제후들은 나라를 강하게 하기 위해서 열심히 인재를 구하고 있었다. 재능만 있다면 어디서든지 받아 주었다.

오기는 노를 떠나 위(魏)로 갔다. 위는 문후(文侯)가 주인으로 있었다. 오기는 다방면으로 등용되기 위한 방도를 찾았다.

문후는 재상인 이극(李克)에게 물었다.

"오기라는 자가 열심히 등용되고 싶어 한다는데 도대체 어떤 인물인가?"

"그 자는 욕심이 많고 여색을 좋아하지만 용병에 있어서는 고금을 통해 독보적인 존재입니다."

"그렇다면 장군으로 기용함이 좋지 않을까?"

욕심이 많고 또는 호색가라고 해도 좋았다. 실제로 쓸모 있는 재능의 소유자라면 타국과 경쟁을 해서라도 포섭하고 싶은 것이다.

오기는 드디어 위의 장군이 되었다. 그리고 진(秦)과 싸워 다섯 개의 성을 빼앗는 공적을 세웠다.

그는 병사와 같은 옷을 입고 같은 음식을 먹었다. 하지만 그것은 인간주의적인 차원에서가 아니었다.

— 병사들의 환심을 사서 그들로 하여금 싸움에 임했을 때 결사의 용기를 불러일으키게 하자.

이런 공리(功利)의 계산에서 그렇게 하고 있는 것이었다. 싸움에 이기면 그는 출세를 하는 것이다.

위생시설이 나빴던 당시의 군영에는 악성 종기를 앓는 병사들이 적지 않았다. 종기의 가장 좋은 치료법은 입으로 고름을 빨아내는 것이다. 오기는 곧잘 종기를 앓는 병사들의 고름을 빨아내 주었다.

언젠가 오기가 젊은 병사의 종기에서 고름을 빨아내자 병사의 어머니가 슬피 울었다.

"왜 슬퍼하시오? 장군님이 황송하게도 일개 병사에 지나지 않는 아들의 더러운 고름을 빨아내 주셨는데……."

옆에 있던 사람이 그렇게 말하자 그 어머니는 눈물을 닦으면서 탄식하였다.

"그것을 슬퍼하는 것입니다. 그 애의 아버지도 오 장군께서 고름을 빨아내 주신 일이 있어요. 그래서 감격해 가지고 장군님을 위해서라면 목숨을 아끼지 않겠다고 힘껏 싸우다가 전사했지요. 저 애도 감격해서 장군님을 위해 목숨을 바치려고 생각하겠지요……. 아, 저 애는 어느 싸움터에서 죽을는지……."

오기는 병사들의 인망을 얻어 싸움에서 많은 승리를 거둔 공적으로 서하(西河)의 태수(太守)가 되었다. 진과 국경을 접하는 중요한 지역의 책임자인 것이다. 하지만 그가 노리고 있었던 것은 바로 재상의 지위였다.

문후(文侯)가 죽고 무후(武侯)의 시대가 되어 전문(田文)이 재상으로 등용되었다.

전문은 제의 왕족으로 재상을 지내고 있다가 제의 민왕(湣王)에게 미움을 받아 위로 망명해 온 인물이다. 맹상군(孟嘗君)이라고도 불리었으며 3천 명의 식객을 두고 있었던 것으로 알려져 있다.

전문이 죽은 후에도 재상의 자리는 오기에게로 돌아가지 않고, 위왕의 사위인 공숙(公叔)이 임명되었다.

전문이 재상이 되었을 때도 재미가 없었지만, 공숙이 재상으로 임명되었을 때는 그 이상으로 불쾌했다. 왜냐하면 오기는 평소부터 공숙과는 배짱이 잘 맞지 않았다.

"아무래도 오기는 방해가 된다."

공숙 쪽에서도 그렇게 생각하고 있었다. 그리고 그를 추방시키려고 음모를 꾸미고 있었다.

훌륭한 병법가인 손빈까지도 젊은 날에 방연의 계략에 걸려 다리를 잘리는 형을 받았다. 산전수전을 다 겪은 오기도 공숙의 하인이 생각해낸 계략에 걸려들어 위를 떠나지 않으면 안 될 파국에 빠져들고 말았다.

하인의 계략으로 공숙이 진행시킨 일은 먼저 위왕에게 오기가 얼마나 유능한 인재인가를 말하고, 덧붙여 언제까지나 위에 머물러 줄 것인지 걱정이라고 눈썹을 찌푸리는 일이었다.

위왕도 걱정이 되어 말했다.

"붙잡아둘 방법은 없는가?"

"붙잡혀 있을는지 어떨지……, 아무튼 그의 본심을 시험해 볼 방법은 있습니다."

"어떤 방법인가?"

"공주(왕녀)를 아내로 맞이하도록 제의하는 것입니다. 오기에게 위에 있을 마음이 있으면 고맙게 제의를 받아들일 것이고 머물러 있을 의사가 없으면 틀림없이 거절할 것입니다."

"그러면 시험해 보도록 하라."

그런 준비를 하는 한편 공숙은 퇴근할 때 오기를 자기의 집으로 데리고 갔다.

공숙의 집에서는 오기를 속이는 연극이 시작되었다. 즉 공숙은 엄처시하(嚴妻侍下 ; 공처가)여서 아내 앞에서는 전혀 머리도 제대로 들지 못하고 쩔쩔매었고, 위왕의 딸인 공숙의 아내는 남편을 남편 취급하지 않고 경멸하는 연기를 해보였다.

그때 오기는 그 모습을 보고 생각하였다.

(공주를 아내로 맞이하는 것이 아니다.)

직접 그런 점을 보고 느끼게 된 오기는 얼마 안 있어 공주를 아내로 맞이하라는 이야기가 왕으로부터 나오자 첫마디에 거절해 버리고 말았다.

"오기는 위에 머물러 있을 의사가 없군. 그렇다면 요직에 앉게 할 수는 없다."

위왕은 그렇게 생각하고 점차로 그의 실권을 박탈하였다.

실권을 쥐고 있어야지만 오기는 안전한 것이다. 권한이 없어지면 벌거벗은 것과 같다. 이렇게 되면 목숨을 보존하는 것도 쉽지가 않다.

과연 병법가답게 신변의 위험을 느끼고 그는 위에서 도망쳐 버렸다.

(결과적으로는 잘되었군.)

출세욕에 사로잡혔던 오기는 초(楚)에서 그렇게 생각했다.

실력시대이다. 가능성에 불과한 재능이라도 서로가 잡아끌었다. 오기의 재능은 가능성 정도가 아니라 노에서도 위에서도 실적을 입증받고 있었다.

곧 초의 영접을 받았다. 게다가 주어진 자리는 그처럼 바라고 바라던 재상의 자리가 아닌가!

　(나는 운이 좋다.)

　오기가 그렇게 생각한 것도 무리는 아니다. 보통의 출세가 아니다. 위를 도망쳐야 하는 위급한 상태, 즉 계곡 밑바닥에서 단번에 산꼭대기로 끌어올려진 것이다.

　오기는 정신없이 기쁨에 사로잡혔다.

　"드디어 재상, 드디어 재상……."

　그는 몇 번이고 혼자 중얼거렸다. 소리를 내어 말하지 않으면 실감이 나지 않았다.

　― 기쁨에 사로잡혔을 때야말로 조심하라. 분위기에 휩쓸려 필요 이상의 언동은 삼가라.

　정말로 그런 교훈을 실천해야 할 형편이었다. 그것이 안 되었던 오기는 역시 병법에 통달했다고는 할 수 없으리라.

　잘 나갈 때일수록 조심하라!

　초는 중원에 비하면 후진 지역이다. 문명은 황하 중류인, 소위 중원에서 꽃피웠고 점차 남쪽으로 이동했다. 양자강 유역의 초나라는 전국시대임에도 그 분위기는 춘추적이었다.

　실력시대라고 하는데도 초에서는 아직도 가문이나 혈통이 판을 치고 있었다. 요직은 대부분 왕족이 차지하고 있었다. 요직뿐이 아니고 왕족을 먹여 살리기 위해 멋대로 불요불급한 한직(閑職 ; 중요한 자리가 아닌 관직)을 만들어 놓고 그런 곳에 함부로 돈을 쓰고 있었다.

　재상 오기는 그 한직의 정리부터 손을 댄 것이다. 왕의 일족이라

해도 직계 이외의 자리는 고려해 보는 것 없이 현직에서 해임시켰다.

거기서 남는 예산으로 실제로 싸우는 군사를 양성했던 것이다.

그 효과는 재미날 정도로 눈앞에 나타났다. 남쪽의 복종하지 않는 여러 부족들을 평정하고, 북쪽에 인접한 소국인 진(陳)이나 채(蔡)를 병탄(倂呑 ; 다른 나라를 평정하여 자기 세력권에 넣음)하였으며, 삼진(三晉)의 제후들을 치고 초대국인 진(秦)을 공격하는 등 초의 국운은 날로 강성해 갔다.

초의 도왕(悼王)은 이 실적을 보고 깊이 오기를 신임했으며 모든 것을 맡기기에 이르렀다.

오기는 그 분위기에 휩쓸리고 말았다.

"이제야 재상, 이제야 재상……."

주문을 외우듯 하면서 점점 가차없이 녹이나 받아먹는 왕족이나 명문의 귀족들을 그 지위에서 추방해 버린 것이다.

선진(先進)의 기술을 후진(後進)의 땅에서 사용하는 것이니, 한번도 약을 사용해 본 일이 없는 사람에게 항생제를 주사하는 것과 같은 효력이었다.

효과가 좋아서 점점 자신이 붙어 갔다.

하지만 직위를 빼앗기고 봉록이 깎인 왕족이나 귀족들의 원한은 뿌리를 깊이 내리고 있었다.

위를 도망치기 직전에는 몸의 위험을 느낄 수가 있었다. 실권을 빼앗기고 역경에 처해 있었기 때문이다. 그런데 이번에 오기는 자기가 얼마나 위험한 처지에 있는가를 눈치채지도 못했다. 순경(順

境;모든 일이 잘 되는 때), 아니 절정에 달해 있었기 때문이다.
 오기를 떠받쳐 주고 있는 것은 실은 초의 도왕뿐이다. 도왕을 잃는다면 그는 곧 천길 낭떠러지에 굴러 떨어질 것은 눈에 보이는 듯하다. 그것이 병법가라고 하는 그의 눈에 보이지 않았던 것이다.
 마음이 들떠 분위기에 휩쓸린다는 것은 참으로 무서운 결과를 낳는다. 왕의 병이 위독하다는 소식을 듣자 오기에게 물리침을 받았던 왕족이나 귀족들은 단단히 준비하고 때가 오기를 기다렸다.
 왕의 병이 일시 좋아졌던 것은 반오기파(反吳起派)들에게는 오히려 유리한 결과를 초래했다. 결속을 굳히고 계략을 짜는 데 시간을 주었기 때문이다.
 ― 도왕 죽다.
 왕족·귀족의 연합군은 일제히 일어나 오기를 죽이려 했다.
 오기는 병법가로서 최후의 지혜를 짜내었다. 군사들에게 포위되어 이미 도망칠 수는 없다고 단념했다. 하지만 자기를 죽이려 하는 놈들에게는 본때를 보여 주겠다고 생각한 것이다.
 그는 도왕의 시체가 놓여 있는 방까지 도망쳐 왕의 시체 위에 엎어졌다. 왕족과 귀족의 연합군 장병들은 오기를 향해 화살을 빗발처럼 퍼부었다. 오기의 몸은 화살로 고슴도치처럼 되었다.
 하지만 전부 오기의 몸에만 꽂힌 것은 아니었다. 몇 개는 왕의 시체에도 꽂혔다.
 오기가 죽은 다음, 오기를 공격했던 장병들은 대부분 주살되고 말았다.
 왕의 시체에 화살을 쏘았다. 물론 이것은 사형에 해당하는 큰 불경죄이다. 벌칙의 엄함은 오기가 강조했던 것이다.

— 이때 죽은 자 '일족을 합하여' 70여 가(家).

『사기』는 이렇게 기록하고 있다.

과연 병법가로서 오기다운 훌륭한 복수라고 칭찬하는 사람도 있을 것이다. 그러나 『사기』의 사마천은 비판적이었다.

— 각박잔폭(刻薄殘暴), 소은(少恩;인정이 없음)하여 그 몸을 망치니 슬프다.

백가쟁명(百家爭鳴)

위(衛)에서 태어난 오기는 노에서 위(魏)로, 위에서 초(楚)로 병법의 실력자라는 간판을 짊어지고 떠돌아다녔다.

전국시대에는 이처럼 떠돌아다니는 철새를 받아주는 사람이 있었다. 여러 나라가 모두 그만큼 열심히 인재를 구하고 있었기 때문이다. 나라만이 아니라 개인도 또한 인재를 구했다. 자기의 입장을 굳히고 자기의 지위를 강화하기 위해서도 주위에 인재를 모아두지 않으면 안 되었다.

병법가 손빈이 제나라에 있을 때 제의 수도 임치(臨淄)는 중국에서 가장 번영했던 도시였다. 유적의 조사에 따르면 성벽의 길이는 19km가 넘고 높이는 10m 정도로 추정되는 모양이다. 여기에 옹문(雍門), 직문(稷門), 신문(申門) 등 13개의 성문이 있었다.

그 중에서도 직문 주위에는 호화로운 저택이 줄지어 늘어서 있었으며 이것은 널리 천하에서 초빙한 학자, 사상가들에게 제공되었던 것이다. 그들은 차관급으로 상대부(上大夫)의 봉록을 받고 있었다. 하지만 일정한 일은 없었다. 그들은 모여서 토론하고 공부하고 연구하고 서로 다른 학자에게서 무엇인가를 섭취하려고 노력하였다.

그들을 직하(稷下)의 학사(學士)라 불렀다.

당시의 사람들은 그들의 자유 토론을 '백가쟁명'(百家爭鳴)이라고 표현했다. 이런 식으로 직하의 학사를 우대한 것은 제(齊)나라에서 인재를 모으는 방법의 하나였던 것이다.

우수한 학자들이 모였다.

손빈이 그 병법을 완성시킨 것도 이 직하의 학풍에 힘입었을 것이라고 추측하는 학자도 있다. 흥미 있는 것은 직하의 학사에 비교적 유가(儒家)가 적었다고 하는 사실이다. 성선설(性善說)의 맹자(孟子)와 성악설(性惡說)의 순자(荀子), 두 사람 정도가 이름 있는 직하의 유가였을 것이다.

하지만 이것은 이상한 일이 아니다.

중국의 학문이라고 하면 유교라고 생각하겠지만, 유교가 성행하게 된 것은 훨씬 후인 한(漢)나라 무제(武帝) 시대가 되어서이다. 전국시대의 유가는 제자백가(諸子百家) 중의 일가(一家)에 지나지 않았다.

또한 유가는 제라고 하는 나라를 좋아하지 않았다.

제나라는 주(周)의 공신인 태공망(太公望) 여상(呂尙)을 군주로 책봉하여 다스리게 한 나라이다. 하지만 기원전 481년에 간공(簡公)이 전상(田常)에게 죽음을 당한 다음 전씨의 나라가 되고 말았다. 당시 노를 섬기고 있던 공자(孔子)는 노의 애공에게 몇 번이고 출병해서 전씨의 제를 치도록 건의했다. 그러나 노의 국력으로는 제를 이길 수 없어 출병 계획이 중지되었다. 제의 간공이 죽은 2년 후에 공자도 죽었다.

공자가 싫어한 제를 유가에서 좋아했을 이유가 없다.

또한 직하의 학사들의 학풍도 지극히 진보적이었기 때문에 복고주의자가 많은 유가들로서는 좋아할 수가 없었던 것이다.

― 재능만 있으면 출신지를 묻지 않고 그 신분도 묻지 않았다.

이런 제의 정책 그 자체가 유가의 마음에 들지 않았음에 틀림없다. 신분과 서열을 엄하게 따지는 것이 유가의 사고방식이었다.

공자도 이렇게 강조했다.

― 귀천(貴賤)의 서(序)가 없으면 무엇으로 나라를 보존할 것인가?

귀한 자는 언제까지나 귀한 것이고 천한 자는 언제까지나 천하다. 이 신분을 무시하면 나라를 다스려 나갈 수 없다는 것이다.

공자가 꿈에서까지 본 것은 주공(周公)의 치세였다. 즉 노예제도가 잘 되었던 은·주의 시대인 것이다. 사회제도와 정치체제를 은·주의 시대와 같이 만들려는 것이 공자의 이상이었다. 신분의 귀천을 강조하는 것은 노예제 사회를 성립시키는 기본조건이었기 때문이다.

노예가 신분을 헤아리지 못하고 반항을 하면 사회체제는 붕괴되지 않을 수 없다. 수공업 노예의 반란(백공百工의 난 등)을 비롯해서 각지에 노예의 반항이 일어나고 있는 것이 공자에게는 한탄스러워 견딜 수가 없었다. 때문에 공자는 열심히 외쳤다.

― 귀천과 서열을 확실하게 하라.

옛날의 그 좋은 시대로 되돌아갈 수 없을까 하는 생각에서 복고사상의 체계를 만들었던 것이다. 아마도 그 공자가 살아서 150년 후의 제나라를 본다면 외면하고 말았을 것이다.

당시의 직하에는 수백에서 수천에 이르는 학자들이 모여 있었지만 이 학사원의 원장은 다름 아닌 노예 출신의 인물이었기 때문이다.

공자가 보면 외면했을 노예는 바로 성은 순우(淳于), 이름은 곤(髠)이라는 사람이었다.

본명은 확실하지 않다. 손빈의 '빈'이 발을 잘리는 형에 처해진 것을 뜻하듯이 '곤'은 노예를 뜻하고 있었다. 곤의 본래의 뜻은 머리를 빡빡 깎는다는 뜻으로 당시 그것은 노예의 표시였다. 집이 가난했기 때문에 노예로 팔린 것이다. 형제는 많지만 노예로 팔린 것은 그 혼자뿐이었다. 그를 판 돈으로 부모는 그의 형제들을 양육했다.

자기 자식은 모두 귀여운 법이다. 그 중에서 한 사람의 희생자를 내지 않으면 안 될 처지에 놓였을 때 세상의 부모들은 어떻게 했을까? 제비뽑기로 정할 것인가?

그의 부모는 가장 못생긴 자식을 택하였다.

순우곤(淳于髠)은 다섯 자도 안 되는 작은 체구이고 얼굴은 한 번 보면 다시는 잊어버리지 않을 정도로 추했다. 있는지 없는지 알 수 없을 정도의 코는 두 구멍이 천장을 향해 있고, 두 눈은 높이도 크기가 각기 다른 모양이었다.

　체력이 약하기 때문에 농사를 짓는다든가 공산품을 만드는 육체노동에도 적합하지 않았다. 손쉬운 심부름 외에 별로 쓸모가 없었다.

　― 노예를 늘린다.

　노예를 늘리기 위해 그 방법으로 여자 노예와 결혼을 하게 했다. 생산수단인 노예의 수를 늘리는 일은 주인으로서는 중요한 일이었다.

　(뭐야? 이렇게 지지리도 못생긴 추남醜男하고…….)

　순우곤의 아내가 된 여자 노예는 상대의 추한 얼굴을 보고 마음속으로 그렇게 생각했다. 그녀는 자기 자신이 아름답다고 생각하고 있었고 다른 사람에게 영리하다는 칭찬을 받고 있었다. 하지만 노예의 결혼은 당사자에게는 아무런 발언권도 없었다.

　순우곤은 아내의 얼굴을 보고 말했다.

　"그대는 나를 보고 못생긴 추남이라고 생각하고 있겠지만 이것은 주인의 명령이오. 나를 원망하지 마오."

　마음속을 콕 찌르는 말을 했기 때문에 아내는 찔끔했지만 다시 잠시 후에 속으로 생각했다.

　(머리는 나쁜 것 같지 않구나. 하지만 이렇게 못생긴 얼굴을 하고 있으니 어떤 아이가 태어날 것인가?)

　그녀는 걱정이 되었다.

　"당신은 걱정할 것이 없어요. 나는 이렇게 못생겼지만 그대는 예쁘니까 그렇게 못생긴 아이는 태어나지 않을 거요."

순우곤의 그런 말을 듣고 아내는 마음이 이상해졌다.

"어떻게 내가 아이 걱정을 하고 있다는 것을 알았지요?"

순우곤이 미소를 지으며 말했다.

"글쎄, 당신의 얼굴에 그렇게 쓰여 있으니까 알았지."

"제 얼굴에요?"

그녀는 슬그머니 자기 얼굴을 손으로 만져 보았다.

(무표정한 얼굴을 하고 있었는데 내심을 꿰뚫어보다니……? 비교적 영리해 보이기는 한데, 그런대로 한 반 자라도 키가 좀 컸더라면…….)

그녀는 문득 그렇게 생각했다.

그러자 남편은 말했다.

"헌데, 그건 불가능한 일이야. 나는 이미 어른이니 이 이상 키는 자라지 않을 거요."

그녀는 눈을 번뜩이며 물었다.

"당신은 그것을 어디서 배웠죠."

순우곤이 의아한 듯 말했다.

"그거라니?"

부인이 말했다.

"남의 속마음을 읽는 기술 말예요."

순우곤은 쉽게 대답했다.

"별로 배우지 않았소. 저절로 알게 된 것이지……."

물론 자연히 습득한 재능이었다. 아니, 그것이 뛰어난 재능이란 것을 그 자신은 아직 깨닫지 못했다. 아내의 말을 듣고 간신히 그것이 특이한 재능인 모양이구나 하고 생각하기 시작한 것이다.

특이한 재능은 특이한 환경에서 생겨난다. 가난한 집의 사랑받지 못하는 추한 아이는 다른 사람의 얼굴빛만 엿보며 자란다.

— 이 사람은 밥을 줄 것인가?

— 이 사람이 나를 때리지나 않을까?

— 어떻게 하면 이 사람에게서 돈을 얻을 수 있을까?

아침에 일어나서 잠자리에 들 때까지 그는 그런 것만 생각하고 있었다. 그때문에 사람의 마음을 읽는 방법을 터득하게 되었다. 돈을 얻으려고 가까이 갔다가 매만 맞으면 손해다. 알려고만 하면 사람의 마음은 그 표정에서 충분히 읽을 수가 있는 것이다. 오늘날 심리학에서 말하는 독심술을 그는 지니고 있었던 것이다.

그녀가 남편에게 말했다.

"사람의 마음을 읽는 기술은 틀림없이 써먹을 때가 있을 거예요. 혹시 우리들은 그것 때문에 노예의 신분에서 해방될지도 모르잖아요. 하기에 따라서는 말예요……. 자, 생각해 보도록 해요, 그 방법을……."

순우곤의 아내는 남편의 뜻하지 않은 재능을 발견하고는 흥분하고 말았다.

"그래요. 주인 같은 것 상대해 봤자 별수 없어요. 장군이라든가 재상이라든가……, 그리고 우리들에게 허락된 기회는 참으로 짧은 거예요. 때문에 당신이 지금부터 해야 할 일은 짧기는 하지만 사람의 마음속을 파고드는 말, 그런 기지의 말을 해야 해요. 잘 되면……."

그녀는 혼자서 조잘댔다.

실은 그녀도 특이한 재능의 소유자였다. 그것은 연출자로서의 재능이다. 연출과 선전의 효과에 의해 참다운 재능이 빛날 수 있는 것이다. 순우곤은 곧 노예의 신분에게 빠져나올 수가 있었다.

직하의 학사를 돌보는 일, 곧 여기서부터 그는 출발했던 것이다.

순우곤 자신도 '직하의 학사'의 한 사람으로 꼽히고 있지만 전문적인 학자는 아니었다. 박람강기(博覽強記 ; 동서고금의 책을 널리 읽고 사물을 잘 기억함), 골계다변(滑稽多辯)으로 알려져 있었다. 그는 같은 직하의 학사들에게도 맹자나 순자와 같이 저서로 알려진 것이 아니라, 여러 가지 단편적인 일화가 그의 존재를 두드러지게 하고 있었다.

제의 위왕은 한때 주색에 빠져서 정치를 돌보지 않고 있었다. 그것이 계속되어 국정은 황폐해졌다. 하지만 섣불리 간하다가는 고집 세고 승벽이 강한 왕에게 목이 날아갈 염려가 있었다.

순우곤은 위왕을 향해 말했다.

"나라 안에 큰 새가 있어서 왕의 뜰에 앉아 3년간을 날아가지도 않고 울지도 않습니다. 그런데 대왕님, 이 새가 도대체 무슨 새인지 아시겠나이까?"

"하하하……."

위왕은 웃고 나서 앉은 자세를 고치며 말했다.

"그 새는 말이다. 날지 않으면 그만이지만 일단 날기 시작하면 하늘을 뚫을 것이다. 또한 울지 않으면 그만이지만, 한 번 울면 사람을 놀라 자빠지게 하겠지."

위왕은 이것을 계기로 정치에 열을 쏟아 하루하루 국정을 바로잡아 나갔다.

울지 않고 날지 않는다라는 성어(成語)의 유래이다.

같은 위왕 때, 초가 공격해 오자 조에게 구원을 요청하기로 하였다. 그 사자로 선발된 것이 순우곤이었다. 위왕은 구원 요청을 위한 예물로 황금 1백 근, 차마(車馬) 40두를 조에 주기로 했다.

"하하하……."

이번에 큰 소리로 웃는 것은 순우곤이었다. 너무나 지나치게 웃었기 때문에 관의 끈이 '뚝'하고 끊어져 버릴 정도였다.

"무엇이 우스운가?"

위왕이 물었다.

"얼마 전에 신이 동쪽에서 오는 도중에 한 농부가 길가에서 풍년을 기원하고 있는 모습을 보았습니다. 그 농부는 돼지발과 술 한 사발을 놓고 이렇게 외고 있었습니다.

작고 작은 산골짜기 논에서 바구니 가득히
움푹한 논에서 마차 가득히
오곡아 잘 영글어라
우리 집에 넘치도록

지금 그것을 생각해내고 웃었사옵니다."

위왕이 말했다.

"알았다."

위왕은 쓴웃음을 짓고 예물을 황금 1천 일(鎰), 백벽(白璧) 10대(對), 차마 4백 두로 늘렸다. 그것으로 순우곤은 조로 가서 정병 10만, 병차 1천 대를 빌린 것이다. 초는 그것을 알고 재빨리 군사들을 후퇴시켰다.

만일 직설적으로 '예물이 적다'고 말하면 위왕의 성격으로는 '아니, 한 푼도 더 늘릴 수 없다'하고 고집을 세울 염려가 있었던 것이다.

― 뜻을 살피고 표정을 보는 데 노력하다.

상대의 마음속을 살피고 그 표정을 관찰하는 데 용의주도했던 것이다.

― 아무래도 노예적인 방식이다. 어째서 옳은 일이라면 정정당당히 간하지 못했는가?

하는 비난도 있을 것이다.

하지만 그는 독심술로 여기까지 온 것이고, 노예적이라고 말하지만 실제로 노예 출신이었던 것이다.

어떤 사람이 그를 위(魏)의 혜왕에게 소개를 했다. 두 번씩이나 만나 보았지만 순우곤은 끝내 한 마디도 말하지 않았다. 혜왕은 소개한 사람에게 힐문조로 말했다.

"그대는 순우곤에 대해 독보적인 현인(賢人)처럼 말했지만 내게는 한 마디도 말해 주지 않았다."

그 소개자가 한 마디도 하지 않은 이유를 곤에게 묻자,

"첫 번째는 왕이 말타는 것만을 생각하고 계셨소. 두 번째는 음

악에 마음을 빼앗기고 계셨소. 그래서 잠자코 있었던 것이오."

라는 대답이었다.

소개자가 그 말을 혜왕에게 전하자 혜왕은 '음!'하고 신음소리를 내었다. 확실히 첫 번째는 명마를 헌상한 자가 있어서 그것을 보고 싶어할 때 곤이 왔던 것이다. 두 번째는 명가수가 왔다고 해서 그 노래를 들으려고 하던 참이었다. 그리고 그 사실을 순우곤이 알 리가 없는데 그것을 알아차리자 혜왕은 심히 감탄했다.

"순우곤은 참으로 성인과 같다."

그리하여 새로 날을 정해 만나보고 2일간을 계속 이야기를 들었는데, 완전히 심취되어 어떻게 해서든 옆에 있게 하고 싶다고 말했던 것이다.

하지만 순우곤은 사양했다. 그는 평생 동안 벼슬을 하지 않았다. 제나라에서도 직하의 학사로서만 있었을 뿐 직위에 앉은 일이 없었다.

직하의 대학자·대사상가들은 제각기 자기 혼자만이고 어떠한 간섭도 받기를 싫어하는 인물들뿐이었다. 이것은 오늘날에도 마찬가지이다. 자기가 천하 제일의 학자라고 생각하고 있기 때문에 지극히 다루기 힘들었을 것이다. 그러나 그런 대로 그는 잘해간 것 같고 별다른 마찰도 없이 백가쟁명을 즐기고 있었던 것이다.

모름지기 독심술의 명인인 순우곤이 그들 속으로 들어가 여러 가지로 대인관계를 조정하고 있었기 때문이리라. 그의 기지는 윤활유로서 큰 역할을 했을 것이다.

직하의 여러 학사의 백가쟁명에서 중국의 학술 사상 중요한 부분이 탄생했다고 한다. 오늘날까지도 공자의 사상은 우리에게 커다란 영향력을 주고 있다. 그런 공자가 순우곤을 천한 신분이라 하여 싫어했을지 모르지만, 순우곤이라고 하는 노예 출신인 독심술 대가의 공적은 의외로 큰 것이라 하지 않을 수 없다.

위험한 줄타기

성은 공손(公孫), 이름은 앙(鞅)이라는 사람이 있었다. 후에 어·상(於·商)의 영주가 되었기 때문에 상군(商君) 또는 상앙(商鞅, ?~B.C. 338)이라 불리게 되었다. 여기서는 그를 상앙이라 부르자.

상앙은 위(衛)나라 사람으로 위공의 측실의 자식이라고 한다. 젊었을 때 정치학을 배워 위(魏)나라의 재상인 공숙좌(公叔座)의 집사(執事)가 되었다.

(이렇게 쓸모 있는 인물도 드물 것이다.)

하고 공숙좌는 혼자 감탄을 했다.

(위태롭다. 생명이 위태롭다……)

상앙은 항상 이러한 태도로 몸을 움직였다. 그것이 참기 어려웠다. 소름이 끼쳤다. 하지만 위기의식에 도취되고 싶었던 것이다. 다만 정말로 생명이 위험하면 인정사정 볼 것 없었다. 위험을 즐기는 사람은 그만큼 조심성을 지니지 않으면 안 된다. 자동차의 구조나 정비 등에 무관심한 속도광은 자동차를 빨리 달릴 수 없는 것이다. 자동차를 잘 아는 자만이 위험한 모험과 스릴에 심취하는 것이다. 상앙은 모험과 스릴을 즐기는 사나이였다.

무슨 일을 시켜도 훌륭한 수완을 발휘했다. 이론은 실로 정연했다.

공숙좌가 재상으로 위의 혜왕에게 진언하는 일은 사실상상의 의견을 그대로 받아 옮기는 데 불과했다. 상앙은 재상의 개인비서이지만 재상을 통해서 위의 국정을 움직이고 있었다.

(어리석다.)

상앙은 그런 생각이 들 때가 있었다. 그의 두뇌에서 만들어져 얻어진 공적은 전부 재상의 것이 되고 만다.

재상은 상앙을 수하에 두고 재상의 직무를 계속 잘 수행해 나갈 수 있었기 때문에 상앙을 왕에게 추천하려고 하지 않았다. 상앙은 그것이 불만스러워 뛰쳐나오려고 생각했다. 그러나 그 계획을 수정했다. 재상의 주치의로부터 은밀히 재상이 중병에 걸려 그의 죽음은 시간문제라는 말을 들었기 때문이다.

재상이 상앙을 나라의 요직에 천거하지 않은 것은 그 재능을 자기가 중개하고 있다고 생각했기 때문이다.

재상은 악인이 아니었다.

"앞으로 기회가 오면 천거해 주겠네. 조금만 더 참고 견디게. 부탁이네."

하고 손을 마주 잡다시피 하고 말했다.

재상은 약속을 지킬 것이다. 다만 그 시기는 재상이 국정에서 물러설 때가 될 것이다. 또한 재상의 정치 노선은 상앙에서 이루어진 것이기 때문에 은퇴할 때는 상앙을 추천하지 않을 도리가 없을 것이다.

국정에서 물러서는 것은 용퇴의 경우만은 아니다. 건강상의 이유 등 여러 가지가 있을 수 있다. 재상이 불치의 병에 걸려 있다면 상앙이 천거될 시기가 가까워진 것이 아닌가. 떠나려고 했던 계획을 그만둔 것은 그런 이유 때문이었다. 하지만 정치적 심리학에도 도가 통해 있는 상앙은 이미 손을 써놓고 있었다.

위험을 즐기는 상앙은 그만큼 용의주도한 인물이었던 것이다.

재상은 곧 병으로 쓰러지고 위의 혜왕이 재상의 저택으로 문병을 왔다. 윗사람이 아랫사람의 문병을 하는 것은 그만큼 병이 위중할 경우이다.

"경에게 만일의 경우가 생긴다면 우리 위의 국정을 누구와 의논해야 좋겠는가?"

혜왕은 근심스레 물었다.

"신의 비서로 있는 상앙은 나이는 젊지만 대단한 재능을 가지고 있사옵니다. 신에게 만일의 경우가 생긴다면 그를 등용해서 국정을 맡겨 주시기 바라옵니다."

하고 재상은 대답했다.

재상은 이미 고령이었고 병 때문에 얼굴은 여위고 목소리도 힘이 없었다. 혜왕은 측은한 듯 바라보고만 있었다.

혜왕이 잠시 입을 다물고 있을 때 재상이 다시 말했다.

"은밀하게 드릴 말씀이 있습니다. 사람들을 물리쳐 주십시오"

두 사람만이 있게 되자 재상은 작은 목소리로 말했다.

"만일 상앙을 등용하고 싶지 않으시면 반드시 그를 죽이십시오. 다른 나라에서 그를 등용한다면 큰일이 납니다. 결단코 국경을 넘게 해서는 아니되옵니다."

"알았네……."

혜왕은 대답했다. 재상의 저택에서 돌아오는 길에 혜왕은 좌우에 있는 자에게 재상의 말을 누설했다.

"저 늙은이도 불쌍하구나. 노령과 병 때문에 판단력도 흐려진 것 같다. 이름도 없는 청년을 등용하라는 말을 하고 있으니……."

혜왕은 상앙을 등용할 의향이 없는 것 같았다. 하지만 만일을 위해 재상의 말대로 그 젊은이를 죽여도 좋다고 생각하고 있었다. 제후들의 행위는 냉혹했다.

"황공하오나……."

그때 한 근위사관이 무릎을 꿇고 말했다.

"재상의 정신이 희미해져 간다는 것은 소신도 친구에게서 들었사옵니다. 그 친구는 재상을 측근에서 모시고 있는 상앙이란 자이옵니다만……, 노재상은 그를 10여 년 전에 데리고 있던 다른 청년으로 착각하고 있었다는 것이옵니다. 그 청년은 뛰어난 재주를 가지고 있었지만 일찍 죽음으로 해서 재상이 슬퍼했다고 하옵니다. 늙으신 재상은 그 청년이 살아서 자기 곁에 있는 것으로만 생각하고……, 아무튼 불쌍한 일이라고 말하고 있었사옵니다."

"그런가? 음, 그랬을 테지."

혜왕은 근위사관의 말을 듣고 상앙을 죽일 것을 중지했다. 분명히 재상이 말한 상앙을 다른 사람으로 믿었기 때문에 만일을 위해 죽이는 일도 없게 되었다.

그 근위사관의 이름은 범차(范差)라고 했다.

상앙의 친구인 범차는 상앙의 지시에 따라 그와 같이 왕에게 말했던 것이다.

가까이 모시고 있었기 때문에 상앙은 재상의 성격과 일의 처리 방식을 잘 알고 있었다. 자기가 죽을 것이라고 느낄 때는 상앙을 추천해 줄 것이다. 하지만 세세한 일까지도 마음을 쓰는 재상은 등용하지 않는다면 죽이라고 조건을 붙였을 것이다.

"왕이 나를 등용할 의사가 없는 것 같으면 노재상의 노망으로 돌리고 나를 다른 사람과 바꾸어 생각했다고 말해 주게."

상앙은 범차에게 그렇게 부탁해 두었다.

아슬아슬하게 목숨을 잃을 뻔했던 것을 범차의 덕으로 모면했다. 이 일로 짜릿짜릿한 위험의 묘미를 즐길 수 있었다.

상앙은 단념이 빨랐다. 위(魏)에서의 출세를 포기하고 진(秦)으로 갔다.

이 빠른 단념은 실은 주의 깊은 것과 상통하는 것이다.

당시 진나라는 효공(孝公)의 시대로 끊임없이 인재를 구하고 있었다.

상앙은 범차를 데리고 갔으며, 효공의 총신 경감(景監)에게 발탁되어 그의 도움을 받아 요직에 앉을 수가 있었다. 하지만 범차는 표면에 나서지 않게 했다.

눈부시게 활약했다. 하지만 그 이면에 모든 사태에 대비해서 대책을 강구해 두었다. 범차는 이면 공작의 요원이었던 것이다.

노재상인 공숙좌가 혀를 내둘렀듯이 상앙은 드물게 보이는 유능한 정치가였다. 그가 진에서 두각을 나타낸 것은 당연한 일이었다.

진을 섬긴 상앙은 그의 동향 선배로 초를 섬겼던 오기와 비슷했다. 두 사람 다 모두 중원의 선진 지역에서 닦은 정치 기술을 후진 지역에서 발휘하여 성공한 것이다. 타국인이었기 때문에 그 지방의 관습이나 귀족, 호족들에게 냉정하게 할 수 있었던 조건까지 닮았지만 상앙이 오기(吳起)보다는 얼마간 도량이 넓었다고 할 수 있다.

상앙은 중국의 진로를 어느 정도 결정지은 인물이라 하겠다. 그는 진나라가 후에 통일국가로 가는 국력의 기초를 조성했다. 그때 조성된 힘을 바탕으로 시황제(始皇帝) 시대가 되어 천하를 통일했기 때문이다.

이 무렵에 소국들은 도태되고 전국 7웅(戰國七雄 ; 지도 참조)이 패권(覇權)을 다투었다. 초대국인 진(晋)이 조(趙), 위(魏), 한(韓)의 세 나라로 분열됐기 때문에 도토리 키재기와 같은 상태였다.

문화나 정치가 지나치게 발달하면 퇴폐하기 쉽다. 선진 지역의 퇴폐로 인해 후진 지역의 진(秦)나라와 초(楚)나라가 패권으로 한 발 다가선 형세가 되어 가고 있었다.

이것은 초가 광대한 남쪽, 진은 사천(四川)과 서북이라고 하는 개발할 수 있는 광대한 땅을 배후에 가진 장점도 있었기 때문이었다.

같은 상황이면서도 초가 패망하고 진이 천하통일에 성공한 것은 무엇 때문인가?

그것은 다름 아닌 오기와 상앙의 차이인 것이다. 오기는 병법학자로서 군사에 지나치게 역점을 두었다. 하지만 상앙은 법률가로서 법치에 중점을 두었던 것이다.

법률은 국가를 기능적으로 운영하는 수단이다. 그리고 법률은 일단 확립만 되면 그것을 만든 사람이 없어도 그 스스로가 움직여 준다.

오기가 죽은 다음 초의 개혁은 원점으로 돌아갔지만, 상앙이 죽은 다음 진은 그가 만든 법률에 의해서 개혁 노선을 그대로 지속시킬 수가 있었다.

상앙은 할일이 상당히 많았다. 하지만 무엇보다도 중요한 것은 법률을 확립하는 일이었다.

그러나 엄벌주의(嚴罰主義), 연좌제(連坐制), 밀고(密告)의 장려, 신상필벌(信賞必罰) 등 법률 지상주의의 제도를 만든다 하더라도 그것을 지키지 않는다면 아무런 쓸모가 없다.

처음 상앙이 만든 법률은 거의 지켜지지 않았다.

"윗사람이 지키지 않기 때문에 아랫사람도 안 지킵니다. 태자에게도 벌을 주셔야 합니다."

상앙이 그렇게 말했기 때문에 효공은 놀랐다.

"그, 그것은 조금 기다려라."

"예, 기다리겠습니다……. 태자님은 다음을 이으실 분이니 벌을 내릴 수는 없겠지요. 그렇다면 죄는 보좌하는 자에게 있는 것이니 그 보좌역을 엄하게 벌하셔야 할 것입니다."

이렇게 해서 태자의 시종(侍從) 공자건(公子虔)이 코를 잘리는 형을 받고 스승인 공손가(公孫賈)는 얼굴에 문신을 그리게 했다.

다음날부터 누구 한 사람 법률을 위반하는 자가 생기지 않았다. 즉 법치주의의 기틀을 마련하기 시작한 것이다.

태자의 측근을 희생하는 것으로 법률의 권위를 확립하였고, 그것을 기초로 하여 상앙은 개혁을 착착 진행하였다.

하지만 초의 왕족들의 한직(閑職)을 폐지한 것으로 오기가 원한을 사 처참한 최후를 마친 교훈을 상앙은 잊었던 것일까. 아니다, 그러나 지금 그는 태자의 측근이었던 자의 원한을 사고 있었다.

조심성 있는 상앙은 사전에 손을 쓰고 있었다. 지금까지 표면에 나서지 않았던 그의 심복인 범차를 공자건에게 침투시켜 놓은 것이다.

코를 잘린 공자건은 분한 나머지 집에 틀어박혀 한 발자국도 밖으로 나가지 않았다. 종자들까지 하직하고 집을 나갔다. 그런 때에 범차가 들어간 것이다.

"모두가 나를 버리고 떠나가는데 너만이 나를 따라 주었다. 고맙다."

공자건은 말했다.

범차는 충실하게 봉사했다. 역경에 처했을 때의 친절은 각별한 법이다. 건은 기뻤다.

(가엾구나…….)

범차는 동정했다. 공자건은 공족(公族)의 한 사람으로, 벌을 받지 않았다면 때를 만나 크게 될 인물이었다. 게다가 이 사람은 남자도 반할 정도의 미남이었다. 그 미모의 한가운데 있었던 모양좋은 코가 잘려 나갔다. 잘린 자리에 붉은 살이 엉킨 모양이 무참하게도 드러나 보였다.

범차는 반하기 잘하는 사나이였다. 그는 남자에게 반한다. 일찍이 풍부한 재능을 가진 상앙에 반해 그를 위해서는 무엇이든지 하려고 했다. 상앙이 좋아하는 위험한 줄타기의 보좌역을 맡기도 했다.

"잘했다. 범차!"

아슬아슬하게 죽음을 모면한 것을 알았을 때 상앙은 손뼉을 치며 기뻐했다. 범차도 그 기쁨을 함께 나누었다.

위(魏)에서 진으로 와서, 그는 다시금 조심성 많은 상앙을 위해 이면의 정비 공작을 하려고 공자건의 집에 종자로 들어갔다.

그 모습은 슬픔에 잠겨 있었다. 쾌재를 불렀던 상앙과는 반대로 비탄에 젖은 공자건이었다. 범차의 마음은 움직였다. 그는 공자건에게 반해 버리고 만 것이다.

그 사이에 상앙의 눈부신 활약이 있었다. 마릉에서 위의 장군 방연이 손빈에게 패하자 상앙은 기회를 놓치지 않고 위로 출병해서 대승을 거두었다. 그리고 위의 공자 앙(仰)을 포로로 잡았다.

위의 혜왕은 이를 갈았다고 한다.

"그때 재상 공숙좌가 말한 대로 상앙을 죽였어야 했다!"

상앙은 어(於)·상(商)에 봉해져 진나라 최고의 공신으로 봉록을 받아 누렸다.

"효공이 죽은 다음에 상앙의 운명은 뻔한 것 아니냐? 초의 도왕이 죽은 다음의 오기를 생각해 보면 좋을 것이다. 상앙은 우선 공자건의 일당에게 당하고 말걸."

상앙을 미워하는 사람들은 그런 말을 주고받았다.

효공은 늙어 자주 병을 앓았다.

위험하다. 상앙!

하지만 상앙은 이러한 상황을 즐겼다. 자신의 주의 깊은 생각에 의해 위험에서 벗어나는 그 묘미, 그는 그것을 생각하면 가슴이 뛰는 것 같았다.

그는 범차를 불러 다짐을 했다.

"왕의 목숨도 얼마 남지 않았다. 공자건 쪽은 잘 되어 가고 있겠지?"

"그 일을 얼마 전에 이야기했더니 공자건은 울었습니다. 너무나도 감동한 나머지……."

범차는 대답했다. 그는 결코 상앙을 속인 것이 아니라 있는 그대로를 말한 것이다.

코를 잘리는 벌을 받은 후 공자건은 나라 안에서도 세상에서도 버림받은 존재가 되고 말았다. 그런데 그에게 누군지도 모를 인물로부터 계절 따라 막대한 금액의 선물이 들어왔다. 공자건의 생활은 그것으로 메꿔 나갔다.

"옛날 은혜를 베푼 사람에게서 오는 것이겠지. 이름을 숨기고 보낸다면 애써 조사할 필요는 없다. 언젠가는 알게 될 테지."

공자건은 말하고 있었다.

"그것을 보내는 사람이 상앙이란 것을 알았습니다. 벌써 몇 번씩이나 계속 보내오고 있습니다."

상앙의 지령으로 범차는 그것을 밝혔다. 그러나 그것은 상앙이 기대한 것처럼 자기의 온정에 감격해서 흘린 눈물은 아니었다.

(이놈, 상앙! 이렇게까지 나를 욕보이고 있었더란 말인가?)

더욱 증오심으로 마음을 끓게 했던 것이다. 그리고 효공이 죽은 다음 상앙의 사지를 찢고 일족을 몰살시키려고 은밀히 동지들과 연락을 취하기 시작했다. 범차는 그것을 알고 있으면서도 상앙에게 보고하지 않았다.

 법률지상주의도 지나치면 인심의 밑바닥을 볼 수가 없게 되는지도 모른다. 상앙은 범차의 미묘한 마음의 움직임을 눈치채지 못했다.

 공자건을 감읍(感泣)시켰다면 달리 보복을 할 만한 자는 없으니 안전하다.

 상앙은 그렇게 생각했지만 잘못 알고 있었다.

 효공이 죽자 공자건의 동지들이 상앙에게만 모반의 음모가 있다고 밀고해서 체포케 했다.

 상앙은 도망쳐 함곡관(函谷館)까지 갔으나 어느 곳에서도 잠을 재워 주지 않았다.

 "상앙의 법률로 험(驗 ; 여권)이 없는 사람은 재울 수가 없습니다. 법칙이 엄해서 어쩔 수 없습니다."

 그는 자기가 만든 법률에 발목이 잡히고 말았다.

 일단 위(魏)로 도망쳤지만 위는 진을 두려워해서 상앙을 추방했다. 그리하여 그는 자기의 영지로 도망쳐 주민들을 조직해서 저항하려고 했지만 진군의 공격을 받고 맹지에서 죽었다. 이번의 줄타기에서는 건너가지 못하고 드디어 줄에서 떨어진 것이다.

 진의 새로운 왕인 혜왕(惠王)은 본보기로 그의 사지를 찢어 죽일 것을 명했다. 그러나 상앙의 몸은 찢어져 나갔지만 그의 법률은 진나라에서 계속 살아남아 중국 통일의 발판이 되었다.

그의 죽음은 기원전 338년의 일이었다.

계명구도(鷄鳴狗盜)

제후들이 부국강병(富國强兵)을 목표로 인재를 모으는 데 광분했을 때 변방의 작은 나라들도 마찬가지로 유능한 인재를 맞으려 했다. 그 대표적인 예는 전국(戰國)의 4군(君)이라 불리는 사람들이었다.

제(齊)의 전문(田文), 맹상군(孟嘗君).
조(趙)의 조승(趙勝), 평원군(平原君).
위(魏)의 공자 무기(無忌), 신릉군(信陵君).
초(楚)의 황헐(黃歇), 춘신군(春申君).

그들은 소국의 제후들이고 그들이 신변에 모았던 인재들도 큰 인물은 적었다. 가령 맹상군은 제의 공족(公族)이지만 제에는 직하의 학사가 있었기 때문에 그곳에서 밀려난 사람들을 건져 올리는 정도였다.

맹상군 이야기를 하자면 '계명구도'(鷄鳴狗盜)란 말이 반사적으로 떠오른다.

그는 2급이건 3급이건 사람을 좋아해서 아무튼 한 가지 뛰어난 재주만 있으면 받아들였다. 도적질도 흉내 내기도 재질 속에 들어간다.

　전국시대는 각지에서 산업을 장려하고 도로를 정비해서 교통운수의 편의를 꾀했다. 그때문에 여행하기 쉬워졌고 유랑하던 예능인이나 행상인이 각지를 전전하게 되었다.

　그들이 정보 전달의 역할을 담당했다.

　마음이나 거리에 나도는 소문이 점차로 상층부에 도달해서 제후들의 귀에까지 들어갔다. 그러면 제후들은 제후들대로 각지에 첩자를 보내어 정보를 수집해 그것을 민간의 소문과 비교해서 그 정확도를 측정했다.

　— 맹상군은 훌륭한 인품의 소유자다. 당대에서 그와 견줄 만한 자는 없다.

　이와 같은 소문이 진(秦)의 소왕(昭王) 귀에 들어갔다.

　상앙이 죽은 뒤 40년 후의 일이다.

　"맹상군을 부르도록 하라."

　소왕은 가신에게 명했다.

　인재의 교류가 빈번하다고는 하지만 제왕의 일족인 맹상군을 진나라 왕이 초청하려고 하니 그렇게 간단한 일은 아니었다. 초청을 받았다고 맥없이 찾아가 상대에게 살해될 경우에는 웃음거리가 된다.

　그런 때는 적당한 인질을 잡는다. 인질도 인질로서의 가치가 있는지 없는지를 자세히 검토하지 않으면 안 된다. 처음부터 살해될 것을 알고 쓸모없는 인질을 보내는 경우도 있었다.

　진은 경양군(涇陽君)을 인질로 보내고 맹상군을 진으로 오도록 요청했다. 경양군은 소왕의 어머니 선태후(宣太后)의 동생이 된다.

하지만 이때는 일이 성사되지 못하고 계획이 중지되었다.

제의 민왕(湣王) 25년에 다시금 이야기가 나와 맹상군이 진나라로 가는 일이 실현되었다. 기원전 299년의 일이다.

그런데 진에서는 맹상군의 처우를 둘러싸고 의논이 분분하였다.

"재능이 있는 인물이니 재상으로 등용해서 진을 위해 크게 활약하도록 함이 어떠하오?"

"아니, 그렇지 않소. 맹상군은 제왕의 숙부가 되는 인물이니 우리 진의 재상이 되어도 은밀하게 제의 이익을 첫째로 할 것이오."

찬반양론은 팽팽한 상태였다.

그 중에는 맹상군이 출생한 날이 불길한 날이어서 등용해서는 안 된다고 주장하는 자도 있었다.

맹상군은 5월 5일에 태어났다.

고대의 중국에서는 이날을 1년 중에 가장 나쁜 날로 꼽고 있었다.

음력 5월은 여름철의 중심으로 불(火)의 힘이 강하고, 5일도 말(馬)의 날로서 힘이 강하다. 지나치게 강하기 때문에 불길한 것이다. 이날에 태어난 아이는 키가 문 높이만큼 자라면 부모를 해친다는 말이 있었다.

맹상군이 태어났을 때 그의 아버지가 말했다.

"이 아이를 내다버려라."

하지만 맹상군의 어머니는 몰래 자기 아들을 키웠던 것이다.

그런데 진의 수도로 들어간 맹상군은 한가하게 앉아서 진왕의 소식만을 기다리고 있었던 것은 아니다. 그가 데리고 간 가신단(家

臣團) 속에는 둔갑술의 명인도 있었다. 은밀하게 진의 조정에서 이야기되고 있는 일을 탐지하도록 했다.
"아무래도 형세가 좋지 않습니다."
첩자가 보고했다.
맹상군의 등용이 부결된다면 그것으로만 끝나지는 않을 것이다. 자기가 데리고 있지 않을 인재는 다른 사람에게 보내서는 곤란하기 때문에 죽여 버려야 한다. 이것이 전국시대의 관습이었다.
맹상군은 사느냐 죽느냐의 갈림길에 섰다.
드디어 첩자는 최악의 정보를 탐지해 내었다.
― 맹상군을 유폐하고 그 후에 죽인다.
하고 결정한 것이다.
이미 그들의 숙소는 진병들의 감시 하에 놓여 있었다.
(어떻게 하면 좋은가?)
독재 군주제에서는 왕의 한 마디로 모든 일이 결정되기 때문에 왕에게 구명을 애원하는 것이 상책이었다. 하지만 누가 왕을 설득할 것인가.
왕은 누구의 말을 가장 잘 듣는가?
그런데 소왕은 행희(幸姬)라는 여자를 총애하고 있었으며 그녀가 하는 말이라면 웬만한 것은 들어 준다고 했다.
이와 같은 소식도 그의 가신단의 정보망을 통해 알아냈던 것이다.
"좋다! 공로(孔路)를 시켜 행희에게 가도록 하라."
맹상군이 급히 명했다.

공로는 설득의 천재였다. 이론이 아니고 정(情)에 호소하는 설득이 그의 자랑이었다.

"저에게 호백구(狐白裘)를 주신다면 왕에게 맹상군을 석방하도록 당부해 보겠어요."

행희는 공로에게 속삭이듯 말했다.

"예, 어떻게든 해보겠습니다."

공로는 돌아왔지만 안색이 좋지 않았다.

호백구는 천하에 둘도 없는 가죽옷이다. 그것도 여우의 겨드랑이 밑의 순백의 털만을 모아서 만든 것이다. 한 마리 여우의 그것은 불과 한 줌밖에 되지 않는다. 때문에 한 장의 호백구를 만들려면 1만 마리의 여우를 필요로 한다는 말도 있다.

맹상군이 진으로 올 때 그것을 한 장 가지고 와서 소왕의 정실에게 헌상했던 것이다.

행희가 시기심이 생겨 자기도 한 장 가지고 싶다고 말한 것은 여자의 소견에서 비롯된 것이리라.

아무튼 이것은 어려운 문제가 아닐 수 없었다.

"두 장이나 어디 있어야지. 큰일났구나……."

맹상군은 머리를 옆으로 흔들며 슬픈 얼굴을 했다.

그때 앞으로 나온 것은 구도(狗盜 ; 개처럼 민첩한 도적)라고 불리는 훔치기 명수였다. 그의 가신단은 실로 제제다사(濟濟多士)였다.

"황송하오나 전일 소왕에게 헌상한 호백구는 아직 궁전의 창고에 있을 것이옵니다……. 소인이 한 번 훔쳐보겠습니다."

"그래, 그렇게 해주겠는가?"

과연 천재적인 도적이었다. 경계가 삼엄한 진의 궁중 창고 속으로 숨어들어 어렵지 않게 전일 헌상했던 호백구를 훔쳐내었다.

그것을 공로가 행희에게 바쳤기 때문에 그날 밤 규방에서 석방령이 내려졌던 것이다.

— 맹상군 숙사의 경비를 풀어라.

그러나 여자를 품에 안고 색을 즐기다가 침대에서 했던 명령은 다시금 곧 취소될 것이다. 일각의 시간도 지체할 수 없다. 맹상군과 그의 가신단은 전력으로 함곡관을 향해 밤길을 재촉했다. 그곳을 지나면 그 다음은 안전했다.

함곡관은 현재의 서안(西安)과 낙양(洛陽)의 중간에 있으며 당시 진의 동쪽 관문이었다. 이 관문을 지나 동쪽으로 가면 위의 세력권이 된다.

쉬지 않고 마차를 달렸기 때문에 사람도 말도 지쳐 버렸다. 아무튼 맹상군 일행은 함곡관에 도착했다. 하지만 관문의 육중한 문은 잠겨 있었다.

관법(관문의 법률)에 계명(鷄鳴 ; 닭의 울음소리)이 들릴 때 문을 연다고 하였다. 닭이 울 때, 즉 새벽이라야 문이 열리지만 아직 새벽은 멀었다.

진의 소왕은 과연 침대에서 여자의 말을 듣고 석방명령을 내렸던 것을 후회하고 그 명령을 취소함과 동시에 빠른 기병부대로 뒤를 추격케 했다.

"아무래도 추격부대가 꽤 가까운 곳까지 온 것 같습니다."

일행 중에는 초능력적인 청각의 소유자가 있었다. 지면에다 귀를 대고 추격부대가 시간적으로 반 시진 정도의 거리까지 왔다는 것을 고했다.

"음, 어떻게 하면 좋을까?"

맹상군은 팔짱을 끼고 고심했다.

그때 흉내의 명수가 앞으로 나오며 물었다.

"닭의 울음소리만 내면 되는 것이 아닙니까?"

"그렇지. 규칙이 그러니깐 닭의 울음소리를 내면 되지."

"그럼 한 번 울어 보지요."

그는 성대묘사의 천재였다. 손가락을 입에 대고는 '꼬끼오, 꼬끼오!'하고 닭 울음소리를 내었다.

그러자 그 소리를 따라 여기저기서 진짜 닭들이 울어대기 시작했다.

"닭이 운다. 관문을 열자."

함곡관의 관리는 졸리는 눈을 부비면서 관문을 열었다.

법률만능, 엄벌주의의 체제를 세운 재상 상앙은 약 40년 전에 죽었지만, 그 체제는 존속되었다. 닭이 울어도 관문을 열지 않으면 관리는 엄벌을 받는다.

맹상군의 가신단 중에는 별의별 재주꾼들이 다 있었다. 도적이나 흉내의 명수뿐이 아니고 문서위조의 천재도 있었다.

관문이 열려도 봉전(封傳;통행증)이 없으면 통과할 수가 없었다.

하지만 일행의 통행증은 위조의 명수가 진짜와 조금도 틀리지 않은 것을 만들어 놓고 있었다. 법률지상주의의 악폐를 교묘히 이용한 것이다.

이렇게 해서 맹상군 주종 일행은 무사히 함곡관을 지나 진의 국경 밖으로 도망칠 수 있었다.
진의 추격부대가 함곡관에 도착한 것은 맹상군 일행이 관문을 나선 후 얼마 지나지 않은 후였다.

맹상군은 제로 돌아오는 도중 조(趙)에 들러 전국시대 4군의 한 사람인 평원군(平原君)을 만났다.
깡패 두목들의 인사와 같은 것이라고나 할까?
그렇게 말하면 전국시대 4군은 모두가 뜻이 그렇게 고상하지 못하고 오히려 깡패와 같았다고 해도 좋을 것이다.
조나라 사람들은 유명한 맹상군이 왔다고 해서 밖으로 나와 구경하기 시작했다. 어느 세상에서나 서민들은 구경을 좋아했고 이 시대는 특히 오락이 없었다. 외국의 유명한 사람을 볼 기회가 좀처럼 없었던 것이다.
입방아를 찧기 좋아하는 친구 하나가 아무 생각 없이 말했다.
"맹상군, 맹상군! 하고 굉장한 평판이기에 얼마나 훌륭한 인물인가 했더니 별것 아니군. 우리들보다도 작은 소인이 아닌가!"
이것이 맹상군의 귀에 들어갔다.
"음, 벌레 같은 놈들! 나를 무시하다니……, 이 마을에 있는 자들을 몰살해 버려라!"
맹상군은 벼락같이 외쳤다. 그의 부하들이 마차에서 내려와 칼을 뽑아들고 마을 사람들을 베어 버렸다. 노인도 부녀자도 아이들도. 그들은 몰살하고 말았다.

― 작격(斫擊 ; 칼로 베어 죽이는 것)하여 수백명을 죽이고 드디어 한 현(縣)을 멸망시키고 사라지다.

『사기』에 이렇게 기록되어 있다.

이것은 그야말로 변명의 여지가 없는 만행이고 백성들을 벌레만큼도 생각하지 않은 전국시대 대부(大夫)의 면모를 폭로한 장면이었다.

― 선비[士]는 자기를 알아주는 자(知己)를 위해 죽는다.

라는 말이 있지만 현실은 그와 같은 것이 아니었다.

맹상군은 제로 돌아가 재상이 되어 세력을 떨쳤다.

식객 3천 명이란 숫자는 결코 과장이 아닌 것 같다. 그러나 그는 식객들에게도 등급을 매겼다. 가령 계명구도와 같은 자들의 숙사는 '전사'(傳舍)에 머무른다. 여기서는 식사에 육류가 나온다. 상급의 식객은 '대사'(大舍)에 들며 출입할 때 탈것이 준비된다.

최상의 식객에게는 집이 한 채씩 주어졌다.

그러나 맹상군의 제에서의 위치는 결코 확고부동한 것이 아니었다. 그를 제의 재상의 지위에서 쫓아 버린다면 제의 국력이 저하될 것이라고 보고 진(秦)이나 초에서 모략과 중상을 시도했다.

제의 민왕도 그렇게 명군(明君)이라고는 할 수 없었다. 질투심이 강한 편이었다.

― 제에는 맹상군이 있기 때문에 살아간다.

라는 평판을 들으면 벌컥 화를 내는 상태였다.

맹상군에 관한 평판은 실은 국제적인 모략에 의해 필요 이상으로 높여져 제왕의 귀에 들어가도록 조작되었던 것이다.

왕과의 불화가 원인이 되어 맹상군은 곧 실각하게 되었다.
그러자 3천의 식객은 차례차례로 그로부터 떠나가 버렸다. 풍관(馮灌)이란 사람이 하나 남았을 뿐이다.
이 풍관은 말을 잘하는 자로서 여러 가지 지모를 짜내어 맹상군의 복귀에 노력했다.
그 보람이 있어 맹상군은 다시금 제의 재상의 자리에 복귀하였다.
"재상이 되신 이상 다시금 전과 같이 식객들을 맞이하지 않으면 안 됩니다."
풍관이 말했다.
"전의 식객들을 말인가?"
"그러합니다."
"그놈들은 내가 실각하자 모두가 등을 돌리고 떠나가 버렸다. 이번에 복귀했다고 해서 무슨 얼굴을 하고 이곳으로 돌아오겠는가? 돌아오는 놈들이 있으면 나는 그놈의 얼굴에 침을 뱉겠다!"
맹상군은 거친 목소리로 말했다.
그러자 풍관은 말에서 내려 머리를 깊이 숙이고 말했다.
"생(生)이 있으면 사(死)가 있습니다. 이것은 당연한 일입니다. 부귀가 있으면 사람이 모이고 빈궁해지면 사람은 사라집니다. 이것 또한 당연한 일이 아닙니까? 시장을 보십시오. 아침에는 얼마나 혼잡합니까? 하지만 밤이 되면 사람의 왕래가 끊어집니다. 사람들이 아침을 좋아하고 밤을 미워하기 때문이 아닙니다. 시장에는 아침에만 물건이 있기 때문입니다. 주인께서 지위를 잃고 나서 식객들이 사라지는 것도 같은 이치입니다. 그런 일로 해서 사람들을 미워하고 있으면 인재가 모이지 않을 것입니다. 그렇게 되면 주인께서 하시고자 하는 일에 지장이 있을 것이 아닙니까?"

"알았다."

맹상군은 머리를 끄덕였다. 그리고 그를 떠났던 사람들을 다시 불러 모았다. 하지만 제왕의 질투가 완전히 없어진 것은 아니었다.

맹상군은 그 후 다시 그 제왕과 호흡이 잘 맞지 않게 되었다. 제왕은 그를 죽이려고 했다.

정보가 빠른 식객이 그 소식을 듣고 알렸기 때문에 그는 위(魏)로 망명해서 거기서 재상이 되었다.

제의 민왕이 죽자 신왕인 양왕(襄王)은 맹상군과 화해했다.

맹상군은 소영주로 제후들의 사이에서 자립하게 되었다. 그의 영지는 설(薛)이라고 불리는 지방이었다.

설은 현재의 산동성 등현의 동남쪽이다.

맹상군이 활약했던 시대로부터 약 2백 년 후 『사기』의 저자 사마천이 설 지방을 방문했을 때 풍기가 대단히 문란하고 마을 사람들은 흉폭했다고 기록하고 있다.

맹상군은 천하의 협객으로 계명구도와 같은 자들을 모아 놓았고 그 뒤로 그들의 후손들이 살아왔기 때문이다. 그 지방 사람들이 사마천에게 그렇게 말했다고 한다.

296 십팔사략 ❶

진나라 시황제의 등장

(秦始皇帝)

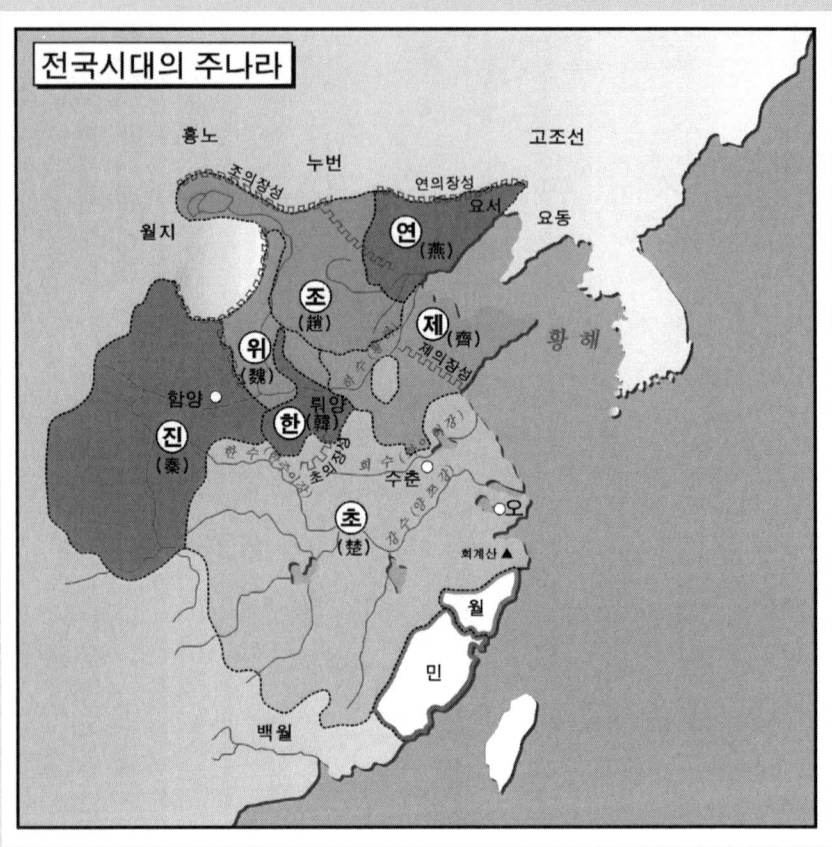

진나라 시황제의 등장
(秦始皇帝)

소진(蘇秦)과 장의(張儀)

귀곡선생(鬼谷先生)은 경력 불명의 인물이다. 그 이름도 그가 살고 있던 지명을 따라 불리고 있다. 실제의 성도 이름도 모른다.

그도 그럴 것이 그는 다른 사람에게 자기 자신을 '귀곡선생'이라고만 부르게 하였고 1년 중의 전반(前半)은 부풍(扶風)에서, 후반은 영천(穎川)에서 지냈으며 그 사이에 각지로 여행하는 일도 많았다고 전해진다.

또한 전설에 의하면 귀곡선생은 수백 세의 장수를 누렸다고 한다.

이것은 오직 전설에 불과하다.

명주실 같은 백발이 두 눈까지 덮였으며 백마의 꼬리 같은 수염은 가슴 부근까지 드리워져 있었다.

당시의 학교에서 선생은 장막을 치고 가르쳤다. 또한 일반 학생에게는 고참 제자가 선생을 대신해서 가르쳤다. 그때문에 선생의 얼굴을 본 적이 없는 학생들도 있었다는 일화가 있다.

귀곡선생의 제자 중 첫째 제자가 소진(蘇秦), 둘째 제자가 장의(張儀)였다. 대리 강의는 대체로 이 두 사람이 담당했던 것이다.

소진은 학업을 끝내자 입신출세의 길을 찾아 여러 나라를 편력하는 여행길에 올랐다.

장의는 소진의 후배이지만 재능으로 본다면 훨씬 뛰어났던 것 같다.

귀곡선생은 장의에게 말했다.

"그래, 나를 위해 이곳에 남아 있게. 이제 머지않아 나는 강의는 고사하고 남의 이야기를 들을 기력도 없어지고 말 거야……."

귀곡선생의 요청을 받고 장의는 학사(學舍)에 머무르기로 했다.

귀곡선생의 학문은 대체로 종횡가(縱橫家)라고 했다. 즉 권모술수의 연구이다. 권모술수를 사용하는 무대는 천하이기 때문에 귀곡선생은 천하를 가르쳤던 것이다. 즉 철학과 전략을 가르쳤던 것이다. 구체적으로는 역사, 지리, 풍습, 습관, 제도, 경제, 인물 등 모든 것에 통달해 있어야만 한다.

젊었을 때 귀곡선생은 대여행가로서 각지를 돌아보며 자료를 수집해서 견문을 넓히고 학문을 닦았다. 늙어서는 상인이나 예능인 등 사방을 여행하는 자에게 자금을 대주고 그들이 돌아오면 이야기를 들었다. 이야기를 하는 당사자는 그저 여행담이었지만 귀곡선생은 그 이야기 속에 담겨져 있는 뜻을 찾아내어 분석하고 다른 자료와 연결지어 음미하고 추론(推論)했던 것이다.

장의는 수년간 귀곡선생을 대신하여 강의를 맡아 했다. 그 사이 선배인 소진이 두 번 정도 학사에 들러 귀곡선생의 가르침을 받은 적이 있었다.

　소진은 여러 나라를 떠돌아다녔지만 뜻대로 안 되었다.

　소진은 낙양 사람이었다. 우선 고국인 주(周)나라의 현왕(顯王)에게서 부름을 받고자 했으나 실패했다.

　당시 주의 왕실은 이름뿐이고 아무런 실력도 없으면서 자존심만 높았다. 가문이나 경력을 까다롭게 따졌다. 소진은 비천한 출신이므로 주왕의 측근은 그를 무시하고 상대하지 않았다.

　다음은 진(秦)으로 갔다.

　마침 상앙의 사건과 맹상군 일로 극도로 외국인을 경계하고 있던 때이므로 진에서도 그의 등용은 실패했다.

　생각 끝에 옛 스승에게 조언을 구했던 것이다.

　"조를 설득할 수는 있겠지만 재상인 봉양군(奉陽君)은 아무래도 너와 맞을 것 같지가 않구나. 연(燕)으로 가서 조와의 동맹을 권해 보는 것이 좋을 것 같다."

　귀곡선생은 그렇게 가르쳐 주었다.

　소진은 스승의 말에 따라 연의 문후(文侯)에게로 가서 그곳에서 일자리를 얻었다.

　"이곳은 참으로 천부(天府)입니다."

　소진은 어디로 가서나 그렇게 말을 했다.

　천부라는 것은 천연의 요새에 둘러싸인 물자가 풍부한 혜택받은 땅이라는 뜻이다.

　유세가(遊說家)의 취직운동은 요컨대 이렇게 말해야 했다.

　― 이 나라를 훌륭하게 만들어 드리겠습니다.

― 이 나라의 제도는 잘못되어 있습니다.

이처럼 설득해서는 안 된다. 누구에게나 향토를 사랑하는 마음이 있다. 향토에 대해서 나쁘게 말하면 반발하는 것은 당연할 것이다.

소진은 열심히 그 땅을 칭찬하였다.

"이처럼 천부의 고장이지만 심히 유감스러운 것은……."

개혁해야 할 점을 지적하고 그것을 개혁하는 데는 자기의 재능이 필요하다고 설득하는 것이었다.

연(燕)의 문후(文侯)를 설득했을 때에도 그는 그런 논법을 펼쳤다.

"이 나라는 동쪽으로 조선(朝鮮 ; 고조선을 일컬음), 북쪽으로 임호(林胡), 누번(樓煩), 서쪽으로 운중(雲中), 구원(九原)이 있고, 북에는 역수(易水)가 흐르고 땅이 넓으며 군력은 우수하고 수년을 지탱할 수 있는 군량이 있습니다. 그리고 이 나라만큼 전쟁이 적은 나라는 달리 찾아볼 수 없습니다. 그 이유는 조가 방벽이 되어 진의 내습을 막고 있기 때문입니다. 진이 이 나라를 공격하기 위해서는 천리 밖에서 싸워야 하지만 조가 이 연을 공격하려 한다면 불과 1백여 리입니다. 군사를 동원해서 반나절도 되지 않아 수십만의 군사를 이 나라에 투입할 수가 있는 것입니다."

우선 치켜올리고, 이 상태가 언제까지나 계속되지는 못할 것이라고 겁을 준 것이다.

연이 당장 해야 할 일은 조와 화친을 맺는 이외에는 없다는 사실을 뚜렷하게 해놓고 그 일에는 자기의 재능이 가장 적합하다고 설득하였다.

문후는 소진의 이야기를 듣고는 겁을 먹고 그를 등용할 마음이 생겼다.

"그대가 우리나라의 안전을 도모해 줄 수만 있다면 나는 그대에게 국정을 맡기리라."

당시 진(秦)나라에서는 상앙을 처형했지만 그가 개혁한 법과 기구는 그대로 존속되어 있었다. 바로 그것이 기초가 되어 날로 부강해져 갔다. 전국 7국 중에서 점차로 초대국(超大國)으로 성장해 있었다.

소진에게는 큰 야망이 있었다.

연(燕), 조(趙), 위(魏), 한(韓), 제(齊), 초(楚)의 6개국을 종으로 세우고 초대국인 진(秦)과 대항하는 것이었다.

이것을 '합종'(合從)이라고 했다.

(나의 희망은 오직 한 나라의 재상이 되고 싶다는 그런 시시한 것이 아니다.)

그는 자신을 향해 중얼거렸다. 그의 야망은 타인에게는 말할 수 없는 것이었다.

언젠가 귀곡선생에게서 병법가 오기(吳起)의 이야기를 들었다. 그에 의하면 오기는 재상이 되고 싶어서 자기의 팔을 물어뜯어 어머니에게 맹세를 했을 정도라고 했다.

"초의 재상이 되었을 때 오기는 희망을 달성했다고 할 수 있다. 정점에 달했다고 생각하는 순간 인간은 긴장이 풀려 스스로는 느끼지 못하지만 서서히 무너져 가는 것이다. 왕족의 봉록을 깎을 때 오기는 될 수 있는 한 원한을 사지 않도록 주의했어야 하지만 그것에 태만했다. 올라갈 대로 올라갔다고 생각한 인간의 피할 수 없는 부주의이다."

오기에 대해서 귀곡선생은 그렇게 논평했다.

(나는 오기처럼 한 나라의 재상이 되는 것으로 만족하지는 않겠다. 그럼 6국의 재상을 겸하는 것이란 말인가? 그것만으로도 만족할 수 없다. 그러나 당면한 목표는 거기에 있다. 6국의 재상이 되어도 그것만으로 나의 꿈을 이루는 것은 아니다.)

소진은 마음속으로 그렇게 자문자답했다.

합종에 의해 6국을 묶고 그 재상이 되는 목적은 무엇인가? 초대국인 진을 쓰러뜨리는 것이다. 그렇다면 쓰러뜨린 다음은?

6국 중의 한 나라의 군주? 그렇다면 남은 5개국이 승복하지 않을 것이다. 6국의 군주 이외의 인물이 통일시켜야 한다. 즉 황제가 되는 것이다.

(나다!)

이미 자문자답 같은 수속은 필요치 않았다. 마음 한 구석에서의 포효인 것이다.

5백 년 가까이 분열된 중국을 통일하는 일이야말로 지금까지 없었던 대영웅을 위해 남겨진 대사업인 것이다.

(무력이 아니라 지력知力으로 그 일을 하자…….)

생각이 여기에 미치자 소진은 마음이 들뜨고 눈이 어지러워지는 것 같았다. 지금은 그 첫출발이다.

연의 문후에게 인정을 받고 연의 사절로서 조로 향한다. 연·조의 동맹은 6국 합종의 시작인 것이다. 두 나라를 화친시켜 놓지 못한다면 어떻게 6국을 묶어 놓을 수가 있겠는가.

일생일대의 사업인 것이다.

소진으로서는 다행히도 귀곡선생이 그와 맞지 않을 것이라고 했던 조의 재상 봉양군은 이미 죽었다.

연나라는 기록에 의하면 선비족(鮮卑族)이었다는 기록도 있다. 현재의 북경(北京)을 중심으로 하는 하북성의 대부분이었다.

조는 하북성 남쪽에서 산서성 하남성에 걸쳐 펼쳐진 나라로 일찍이 초대국인 진(晉)의 일부였다. 수도는 한단이었다.

소진은 한단으로 가서 조의 숙후(肅侯)를 설득했다.

"진(秦)나라는 날로 강해져 섬서의 땅에서 동쪽을 엿보며 중원 진출의 야심을 품고 있습니다. 진은 한 나라씩 공격하여 여러 나라를 굴복시키려 하고 있습니다. 생각해 보십시오. 진이 아무리 강성하다고는 하지만 6국을 합친 힘을 어떻게 당해낼 수 있겠습니까? 진과 위, 이것은 진이 우세합니다. 진과 한, 물론 땅이 협소한 한은 진의 적수가 못 됩니다. 진과 제, 역시 진의 군사가 강할 것입니다. 실례이지만 만일 진과 조가 싸움을 한다면 그도 진이 유리하다고 아니할 수 없습니다. 불길한 말씀을 용서해 주십시오. 한 나라씩 대항해 나간다면 그야말로 진이 바라는 바가 아니겠습니까? 진을 막기 위해서는 여러 나라가 힘을 합하는 길밖에 없다고 생각합니다. 그 제1단계로서 역사적으로도 지금까지 그렇게 문제가 없었던 이 조와 북쪽의 연, 두 나라의 동맹을 찬동해 주십사 하는 것입니다. 조·연의 동맹이 성립된다면 아무리 광폭한 진이라고 해도 우리 두 나라에는 손을 대지 못할 것은 정한 이치이옵니다."

출발이 중요하다. 소진은 이론정연하게 논했다.

"과연······."

조의 숙후는 머리를 끄덕였다.

"연과 동맹을 맺는다면 진이 우리 나라를 쉽게 공격하지 못할 것이라는 말이군? 확실히 그렇겠소?"

"틀림없을 것이옵니다."

소진은 단언했다.

이러한 때는 자기 이론이 옳고 그름이 반반이라고 생각되어도 옳다고 단언하지 않으면 안 된다. 소진은 귀곡선생에게서 그렇게 가르침을 받았다.

조·연 두 나라의 동맹으로 진의 침공을 미연에 방지할 수 있을지 없을지는 솔직히 말해서 소진 자신도 반반으로 생각하고 있었던 것이다.

공격하는 쪽인 진에서 보면 조의 후방에 연이 있다. 공격해야 할 지역이 깊어졌지만 그렇게까지 깊숙이 공격해야 할 이유는 없다. 한바탕 소란을 피우고 적당한 곳에서 철수하면 되는 것이다.

만일 중원의 나라와 초가 손을 잡고 있다면 동쪽을 공격하고 있는 사이에 남쪽에서 초에게 공격당할 염려가 있다. 이런 협격 가능한 위치에 있는 두 나라의 동맹은 무섭지만 조와 연처럼 연장선의 저쪽에 있는 두 나라의 공수동맹은 진으로서는 그처럼 공포의 대상이 아니었다.

드디어 진나라가 위를 공격했다.

위는 조의 서쪽에 인접한 나라이다. 물론 진의 신흥세력에는 당해낼 수가 없다.

(제발 조를 공격하지 않았으면……..)

소진은 하늘에 빌고 싶은 심정이었다.

조·연 동맹만 이룩된다면 진은 조에게 손을 대지 않을 것이라고 그는 조왕에게 보증했던 것이다.

만일 진이 위를 공격했던 여세를 몰아 다시금 동진해서 조에게로 군사를 돌린다면 소진은 조왕에게 거짓말을 한 셈이 된다.

소진은 귀곡선생에게서 배운 정보수집 방법을 사용해서 진의 중앙부의 의향을 탐지했다.

그런데 수집한 정보를 종합해 보니 어쩌면 진나라는 위를 격파한 후 다시금 동쪽으로 군사를 진출시키려는 계획인 것 같았다.

위의 패보가 끊임없이 날아든다. 소진은 마음이 걸리지 않을 수 없었다.

(어떻게 하면 좋을까?)

좋은 묘책이 떠오르지 않을 때 그의 머리에 떠오르는 것은 귀곡선생이다.

(선생님의 가르침을 받자…….)

그는 한단에서 낙양의 남쪽으로 향했다. 귀곡선생이 하남에 거주하고 있을 시기였기 때문이다.

귀곡선생의 학사의 모습은 옛날과 변함이 없었다. 변한 것은 소진 자신이었다. 그는 이미 그때와 같이 가난한 서생이 아니다. 조와 연 두 나라의 재상을 겸하고 있었다. 그렇지만 득의만면한 것은 아니었다.

진이 조를 칠까봐 전전긍긍 겁내고 있었다.

"변함이 없구만."
소진은 안면이 있는 오래된 학생에게 소리쳤다.
"이곳은 별세계 같아요."
하고 그 학생은 대답했다.
"장의는 변함없이 대강(代講)을 하고 있는가?"
소진은 자기보다 뛰어난 재능을 가진 동창생인 장의를 생각하고 물었다.
"아니오, 장의는 1년 전에 이곳을 떠나갔습니다."
"그런가? 그렇다면 대신 대강을 할 만한 사람이 있는가?"
"아니오."
학생은 머리를 옆으로 흔들었다.
"그렇다면 곤란하지 않은가. 입학 희망자가 줄어들지 않을까?"
"아니오. 귀곡선생이 몸소 강의하십니다."
"그래, 그렇다면 걱정 없지. 연령도 많으신데 건강하셔서 다행이군."

조언을 얻으려고 찾아와도 상대가 늙어 기력이 없으면 곤란한 일이다. 들어보니 믿을 수 있는 대강자가 없어 노구를 이끌고 자신이 강의를 하고 있다고 한다. 그렇다면 결코 머리가 둔해지지는 않았을 것이다.

안내를 청해서 소진은 귀곡선생을 만났다.
(늙으셨구나.)
그것이 첫인상이었다.
"몸은 늙었지만 머리는 점점 맑아진다. 안심해라."

귀곡선생은 담담히 말했다.

"건강하셔서 무엇보다도 다행입니다."

"장의란 놈이 떠나가 버려서 내가 강의를 하지 않으면 안 되게 되었어. 오늘 아침에도 천문(天文)을 강의했는데 목이 잠겨 버린 것 같다."

귀곡선생이 말했다.

"수고가 많으시군요."

늙은 몸에는 강의가 힘겨운 듯 목소리가 쉬어 있었다. 허리도 구부러진 듯 앞으로 숙이고 있어서 더욱 목이 작아진 듯한 느낌이었다.

귀곡선생이 문득 말했다.

"진이 위를 공격한 다음이 걱정되겠군?"

귀곡선생은 칼로 급소를 찌르듯 소진의 방문 목적을 알아 맞혔다. 역시 육체는 늙어도 머리는 더욱 날카로웠다.

"어떻게 했으면 좋을지 묘안이 서지 않습니다."

"가장 이상적인 상태를 생각하는 것이다."

"어떠한 상태를?"

귀곡선생이 말했다.

"진군 정지, 전군 귀환……. 본국에서 진병들에게 그런 명령을 내리는 것이겠지."

"물론 그것이 이상적이긴 합니다만……."

"진의 중앙을 움직이면 되지 않는가?"

귀곡선생은 아무 일도 아니라는 듯 말했다.

모략학교(謀略學校)

"그와 같은 것을 말씀하시지만……."

소진은 약간 걱정스러웠다. 정신은 맑은 것 같지만 역시 늙어빠진 듯한 느낌을 받았기 때문이다.

"너는 할 수 없는가?"

"저는 한 번 진에게 거부당한 인간이옵니다. 저로서는 진으로 갈 수도 없습니다. 하물며 진의 중앙을 움직인다는 것은……."

"네가 할 수 없으면 딴 사람에게 시키면 될 것이 아닌가?"

소진이 물었다.

"다른 사람? 그것은 대단히 어려운 일이옵니다."

그러자 귀곡선생이 대답했다.

"너 이외는 어려운 일을 할 만한 자가 없다는 말인가? 일찍이 이 학사에 너보다 뛰어난 학생은 없었더란 말이냐?"

"장의……."

소진은 그 이름을 입속으로 중얼거렸다. 학사에서 그보다 뛰어난 학생은 장의뿐이었다.

"그렇지! 그 장의를 쓰면 좋겠지."

하고 귀곡선생이 말했다.

소진이 다시 되물었다.

"그렇지만 어떻게요?"

"장의는 보통의 방법으론 움직일 수 없는 놈이다. 그를 쓰는 일은 어렵지만 너라면 비책을 가지고 그를 움직이게 할 수 있을 거다."

"그것을 가르쳐 주십시오."

하고 소진은 무릎으로 다가앉았다.

"하, 하, 하……."

갑자기 귀곡선생은 쉰 목소리로 웃어젖혔다.

"말씀하신 대로 장의는 간단하게 쓸 수 있는 인물이 아닙니다. 게다가 현재는 불우하다고 들었습니다. 더욱 어렵지 않겠습니까?"

소진이 말했다.

"불우하니 만큼 너로서도 장의를 쓸 수 있는 방법이 있을 것이다. 만일 그가 때를 얻어 출세했다면 도저히 접근할 수도 없었을 것이 아닌가?"

귀곡선생의 두 눈은 긴 눈썹 아래에서 번쩍 하고 빛났다.

장의는 불우했지만 자신을 잃은 것은 아니었다. 그의 자신감에 대해서는 유명한 일화가 있다.

유세를 돌았지만 어디서나 취직을 하지 못하다가 언젠가 초의 재상에게서 잠시 식객노릇을 했다. 전국 4군 정도의 유력자는 아니라도 항상 몇십 명 정도의 식객을 두고 있었던 것이다.

그런데 그 재상 집에서 귀중하게 간직하고 있던 옥을 분실했다. 내력을 모르는 가난한 식객인 장의가 절도 혐의를 받았다. 그는 수백 대의 매를 맞으면서도 자백하지 않았다.

몸 전체가 멍이 들고 군데군데 피부가 터져 피가 흘렀다.

장의의 아내가 울면서 말했다.

"쓸데없는 책이나 읽고 유세를 하고 다니기 때문에 이런 창피를 당한 거예요."
 그러자 장의는 낼름 혓바닥을 내밀고 말했다.
 "보시오. 내 혓바닥은 있소?"
 "있다뇨. 혀가 있으니까 말을 할 수 있는 것 아녜요."
 장의가 말했다.
 "됐어요. 혓바닥만 있으면 걱정할 것 없어요."
 장의는 두뇌와 변설이 무기이다. 그 무기만 건재하면 몸이 멍든 것쯤은 문제가 아니다. 자기 재능에 대한 자신감이 이런 불우한 역경 속에서도 조금도 좌절하지 않게 하는 것이다.
 그처럼 줏대가 센 장의를 움직이는 일은 쉬운 일이 아니었다. 귀곡선생은 그 방법을 가르쳐 주겠다고 말했다.
 "꼭, 가르쳐 주십시오."
 소진은 머리를 숙였다.
 "우선 내가 장의에게 연락을 취해서 너에게 취직 부탁을 하라고 전하겠다."
 소진이 재차 물었다.
 "저한테로 올까요?"
 귀곡선생이 말했다.
 "다른 사람의 말이라면 들을 만한 귀가 없겠지만 내 말이라면 듣겠지."
 "장의가 찾아오면 어떻게 해야 되겠습니까?"
 "모욕을 주어라. 어린 학생이 아니니 남을 욕보이는 방법까지 자세히 가르쳐 줄 필요는 없겠지. 아무튼 너에게 면회를 청해도 곧 만나서는 안 된다. 잠시 동안 애를 태운 다음 생각난 듯 면회를 해서 마음껏 모욕감을 주는 것이 좋다."

"그렇다면 장의는?"

"너에게 면박을 당한다면 장의 녀석은 발분하지 않을 수 없을 것이다. 좋다, 소진 두고보자. 그렇게 생각할 것이다. 그래서 그는 진으로 갈 것이다."

"진으로 갈까요?"

귀곡선생이 말했다.

"가고말고. 가지 않을 수가 없겠지."

소진이 또다시 되물었다.

"왜 그렇습니까?"

귀곡선생이 대답했다.

"너는 조의 재상을 겸하고 있다. 너에게 복수할 생각이라면 조의 적이 되는 곳, 즉 진으로 갈 수밖에 없다."

소진이 상체를 펴고 말했다.

"장의는 지금 가난합니다. 아무리 재능이 있어도 뚜렷한 소개자가 없으면 진의 유력자를 만날 수 없을 것입니다. 소개자를 얻기 위해서는 사교가 필요합니다. 사교는 돈이 있어야 하고요."

귀곡선생이 말했다.

"그 돈을 네가 주어라."

"옛?"

소진은 고개를 갸웃했지만 곧 빙긋 웃고서 말했다.

"그 방법이었습니까?"

"그렇다……."

과연 이름 높은 스승과 우등생이다.

몇 마디 주고받은 말 속에 만 마디의 내용을 전하고 그것을 받아들인 것이다.

장의는 화가 나면 진나라로 갈 것이다.

유력자를 만나기 위한 자금에 대해서는 앞으로 생각하기로 하고 소진은 심복자에게 장의의 뒤를 은밀히 따르게 한다. 동숙을 해서 이야기를 하고 완전히 그 재능에 반한 것처럼 한다.

'당신을 위해서라면 돈은 얼마든지 내겠습니다. 그 재능을 묻어 둘 수는 없습니다. 천하를 위해 당신의 뒷바라지를 하겠습니다.'

이렇게 말하게 하는 것이다.

소진의 심복자는 장의와 함께 진까지 동행해서 진에 도착하면 금전상의 원조뿐 아니라 여러 가지로 보살펴 주는 것이다.

그 사나이가 아낌없이 제공한 자금으로 장의는 단시일 내에 진의 국정에 참여할 수 있는 지위까지 승진한다. 물론 금전은 출세의 발판에 불과하다. 장의의 재능은 발판만 얻으면 스스로 빛나는 것이다.

어느 날 그를 보살펴 주던 사나이가 일이 끝났다고 하면서 진을 떠나려고 한다.

'제공해 준 돈도 아직 갚지 못하고 있소. 지금 나의 지위로 어느 정도 당신을 위해 일할 수 있을지도 모르겠소. 그러니 사양말고 이야기해 주시오. 될 수 있는 한 도와 드릴 테니.'

장의는 그렇게 말할 것이다.

그때 그 사나이는 갑자기 땅에 엎드리며 말한다.

'실은 지금까지의 일은 모두가 우리 주인 소진님의 명령으로 저는 그것에 따랐을 뿐이옵니다. 소진님은 귀곡선생 문하에서 최고였던 장의님이 지금 세상의 부름을 받지 못하고 역경 속에 있는 것을 천하를 위해 슬퍼하고 계셨습니다. 그래서 거짓으로 장의님을 욕보이고 발분케 하려는 것이었습니다. 그 후 곧 저에게 장의님을 따르게 해서 장의님이 필요한 것을 무엇이든지 아낌없이 제공하도록 명하셨던 것입니다. 사례를 받는다는 일은 꿈에도 생각해 보지 않았습니다.'

이렇게 되면 장의는 감격하지 않을 수 없을 것이다. 세상의 차가움을 뼛속까지 느낀 뒤고 보면 감동은 더욱 깊을 것이다.

보수는 받지 않는다고 하지만 지금까지의 은의에 대해 보답하지 않는다면 인간의 도리가 아니다. 어떤 형태로든 보답해야만 한다.

지금 은인인 소진이 가장 바라고 있는 것은 무엇일까?

6개국 합종의 첫 단계로 조·연 동맹이 간신히 성립한 때이다. 그런데 진이 조를 공격한다면 이 동맹은 간단히 깨지고 만다.

진의 조나라에 대한 공격을 중단시킨다. 이 이상으로 소진에게 보답하는 길은 없다. 빌린 것을 갚는다. 이 단순한 도덕심으로 장의는 유력자의 마음을 움직여 조나라를 공격하는 진나라 군사를 물러나게 하는 것이다.

장의는 백과 흑을 말로써 한데 뭉칠 정도로 언변의 마술사이다. 여러 대신들에게 조를 공격함으로써 야기되는 불리함을 설파하고 그것을 믿게 하는 것은 장의에게는 그리 어려운 문제가 아닐 것이다.

"알겠는가?"

불우한 재사에게 은혜를 팔고 그 재능을 얻어 진이 조에 진출하는 것을 막는다. 귀곡선생의 고육비책(苦肉秘策)이었다.

소진은 뛸듯이 기뻐했다.

"대단히 감사합니다."

그는 3배, 9배 절을 올리고 종자에게 가지고 오게 했던 예물을 올렸다.

소진은 돌아갔다.

귀곡선생은 자리에서 일어나 안으로 들어갔다.

귀곡학사는 안이 깊었다. 강의하는 장소에서 안쪽으로는 출입이 금지되어 있었다. 웬만한 일이 아니고는 대강자(代講者)도 허락 없이는 들어갈 수 없었다.

낭하의 모퉁이까지 귀곡선생은 천천히 걸어갔다. 모퉁이를 돈 다음, 잠시 후 구부렸던 허리를 펴고 힘찬 발걸음이 되었다.

제일 안쪽에 푸른색으로 칠한 문이 있었다. 손잡이는 황금색으로 무거워 보였지만 귀곡선생이 한 손으로 밀자 쉽게 열렸다.

"눈치챘느냐?"

방안에서 소리가 들렸다.

귀곡선생은 훨씬 안으로 들어가 앉으면서 말했다.

"소진은 눈치채지 못했습니다."

"마음이 초조해 있었겠지."

처음부터 방안에 있던 인물이 그렇게 말했다.

어쩌면! 그 인물은 지금 마주앉은 귀곡선생과 마치 쌍둥이처럼 모습이 꼭 같았다.

조금 전에 방안으로 들어간 귀곡선생은 두 손을 양 눈썹에 대었다.

다음 순간, 길고 짙은 흰 눈썹이 면도기로 미는 듯이 떨어지고 그 밑으로 검은 눈썹이 나타났다. 계속해서 자기 머리를 만지자 백발이 떨어졌다. 그 아래로 검은 머리카락이 나타났다.

그 얼굴은 여러 나라를 방랑하고 있어야 할 장의였다.

"목소리에는 많은 주의를 했습니다."

하고 장의는 말했다.

"그만큼 연습을 했으니깐 닮은 것도 닮은 것이지만, 소진의 마음이 동요하고 있었기 때문에 눈치채지 못한 것이다. 그건 그렇고 너에게도 서서히 운이 돌아오는 것 같구나."

방안에서 기다리고 있던 노인이 말했다. 이 사람이야말로 진짜 귀곡선생, 그 사람이었던 것이다.

"예, 선생님 덕분으로."

귀곡선생으로 분장했던 장의가 머리를 숙였다.

귀곡선생은 소진의 방문 소식을 듣자 장의를 불러 자기의 대역을 하도록 했다.

이 기회에 장의를 위해 길을 열어 주려고 생각했다.

장의에게 부족한 것은 소개자를 얻기 위한 자금이었다. 그것을 소진에게서 끌어내리려고 한 것이다.

　귀곡선생으로서는 두 사람의 뛰어난 제자를 경쟁시키고 싶었던 것 같다.

　"소진은 합종을 추진하고 있다. 장의야, 너는 연형(連衡)을 취해라."

　이렇게 귀곡선생은 엄숙하게 말했다.

　합종은 6국을 동맹시켜서 진에 대항하는 것이다. 그에 대해서 연형이란 진과 제, 진과 조, 진과 위, 이런 식으로 진이 6국과 제각기 화친하는 것이다. 이 경우 초대국인 진은 어느 나라에 비해서도 우위에 선다.

| 연(燕) + 조(趙) + 위(魏) + 한(韓) + 제(齊) + 초(楚) |

↓

진(秦)

　위의 도표가 종(縱)의 합종이라면 횡(橫)의 연형(連衡)은 이러한 도식이 된다. 각개격파의 방법이라 할 것이다.

　　진(秦) － 연(燕)　　진(秦) － 조(趙)　　진(秦) － 한(韓)
　　진(秦) － 위(魏)　　진(秦) － 제(齊)　　진(秦) － 초(楚)

　연형론의 장의로서는 연+조+위 라고 하는 합종의 연결을 끊는 것이 그 최대의 임무가 된다. 합종론의 소진은 그 반대로 진과 각국이 횡선으로 연결되는 것을 방해 하지 않으면 안 된다.

귀곡선생의 두 제자는 천하를 무대로 정정발지(丁丁發止 ; 싸움할 때 칼들이 서로 맞부딪치는 소리)의 모략전을 전개하게 되는 것이다.

동창생이 숙적이 된 것이다.

"진나라가 중국을 하나로 통일하기 위해서는 연형 이외는 방법이 없습니다."

하고 장의가 말했다.

귀곡선생이 물었다.

"왜 그런가?"

장의가 다시 말했다.

"연형에 의해 진이 천하의 주인이 되고, 중국은 통일됩니다. 합종이라면 6국이 제각기 주인이 아닙니까? 6국이 동맹을 해서 진을 멸망시켜도 또다시 도토리 키재기 같은 6국은 패권을 다투어 전쟁을 벌이고, 그 전쟁은 끝이 없을 것입니다. 이제 난세는 질색입니다."

"장의야, 너는 뜻이 아직 미흡하구나."

"무슨 말씀이옵니까?"

귀곡선생이 대답했다.

"소진은 6국의 재상을 겸하길 희망하고 있다. 재상이 나라의 주인으로 바뀌는 것은 그렇게 이상할 것이 없어. 진(晉)나라도 그렇고, 채(蔡)나라도 그랬었다."

"아니, 그럼 소진은?"

귀곡선생이 말했다.

"그렇다. 그는 천하의 주인을 노리고 있는 것이다."

장의가 중얼거렸다.

"아주 건방진 짓을……."

귀곡선생이 다시 말을 이었다.

"장의야, 너는 재능에서는 소진보다도 뛰어나다. 단 소진이 포부가 큰 것으로는 너보다도 우위에 있다……. 내가 생각하기로는 연형에 의해 진(秦)이 천하를 통일할 가능성은 우선 십중팔구라고 본다. 합종에 의해 진을 무너뜨리고 소진이 천하를 잡는 것은 십 중 하나둘에 불과하다……. 소진은 그 작은 가능성에 큰 꿈을 걸고 있다. 꿈을 얕보는 것이 아니다. 알겠느냐?"

귀곡선생은 역시 야망의 소진보다는 재능의 장의를 사랑했던 것이다.

그런 스승의 뜻은 깊었다.

(아니, 나에게는 그렇게 생각하게 하고 실은 소진에게도 똑같은 식으로 같은 생각을 하게 한 것은 아닐까?)

모략학교의 우등생이니 장의도 이런 의심을 품을 것이다. 그 의심을 풀기 위해 귀곡선생은 자기 입으로가 아니고 변장한 장의의 입을 통해 소진에게 비책을 주었던 것이다.

"알았습니다. 소진과 같은 인물이 천하의 주인이 되면 천하가 큰 불행입니다. 어떤 일이 있어도 합종을 깨뜨려 보이겠습니다."

하고 장의는 말했다.

"단 진으로 하여금 조의 출병을 그만두게 하는 것만은 꼭 실행하지 않으면 안 된다. 너희들 두 사람의 경쟁은 그것이 끝난 다음에 시작되는 것이다."

"명심하겠습니다."

장의가 대답했다.

"그럼 진의 수도로 가 보아라."

장의는 진을 향해 출발했다. 그 후에는 모두가 각본대로 진행되었다. 소진이란 배우는 자기의 역할을 너무나 잘 알고 있었다. 각본에 없는 행동을 할 염려는 조금도 없었다.

소진, 당하다

장의와 소진에 대해서 『사기』에서 사마천은 자기의 견해를 피력했다.

― 먼저 죽은 쪽이 더 많은 허물을 남겼다.

이 두 사람의 뛰어난 전략가는 일을 해나가는 과정에서 악랄한 짓도 했을 것이다. 한 선생에게서 배운 관계로 둘이 살아 있을 때는 행동이 비슷해서 누구의 행위였는지 혼동이 되었을 것이나, 소진이 죽은 후에는 장의가 자기의 아름답지 못한 행위를 죽은 소진에게 뒤집어씌웠을 가능성이 크다.

소진은 뛰어난 변설로 한때는 6국을 합종시켜 재상을 겸하는 화려한 출세를 하였다.

예의 추켜올린 다음 위협하는 방법은 뜻밖에 효과가 있었다. 거기에 그의 달변이 제후들의 마음을 사로잡은 것이다.

가령 국토가 조그마한 한을 설득할 때는 유명한 경구를 사용했다.

― 닭의 머리는 될지언정 소의 꼬리는 되지 말라.

닭은 작은 동물이지만 그래도 그 윗부분인 머리가 되는 것이 좋다. 소는 덩치는 큰 동물이지만 그 꼬리가 되는 것은 쓸모가 없다.

"그것도 그렇겠군."

한의 혜선왕(惠宣王)은 그의 말에 수긍하고 진에 복종하는 것을 그만두고 합종에 찬성했다.

진을 맹주로 하는 연형과 진에 대항하는 합종이 천하의 패권을 향해 불꽃 튀는 싸움을 벌였던 것이다.

동문인 두 사람의 싸움이고 보니 상대의 방법을 서로가 잘 알고 있었다. 쌍방이 힘든 상대였다. 그러나 역시 학생 시절의 성적은 정직한 것이어서 장의 쪽이 전략술에 있어서는 한 수 위인 것 같았다.

장의가 노린 것은 경쟁자인 소진의 인간성의 약점이었다.

귀곡선생의 학사에 있을 때 소진의 별명은 '건달'이었다. 잘 되면 들떠서 춤이라도 출 것같이 약간은 덤벙대는 성격인 것이다. 6국의 재상을 겸하게 되자 소진은 덤벙댔다. 덤벙댄다는 것은 사람들에게 자기의 존재를 과시하고 싶어 하는 것이다. 자기 과시욕이 강한 인간은 우선 동배들에게 거만해진다. 대등한 대화를 해야 할 때에도 낮추어 보는 듯한 말투를 쓴다. 그리고 자기보다 윗사람에 대해서도 대등한 자세를 취해 보이고 싶어한다.

6국의 재상을 겸했을 때 그는 고향으로 금의환향해서 천금을 내

놓고 친척들이나 옛 친구들에게 은혜를 베푸는 사치한 행동을 했다.

현재의 북경을 영지로 하는 연(燕)의 군주인 역왕(易王)에게 분별없는 어머니가 있었다. 지나치게 남자를 밝히는 여자였다. 미망인으로 나이도 적지 않은데 남자를 보면 추파를 던지고 싶어했다. 이런 여자는 역사에서 항상 문제를 일으켜 왔다. 그래서 성인들은 색이 강한 여자를 조심했는지도 모른다. 아니, 색이 강했다기 보다는 누구나 색을 좋아하긴 하나 그것을 밖으로 드러내느냐, 드러내지 않느냐의 차이였을 것이다.

왕의 어머니라면 소진에게는 윗사람이다. 공손하게 대해야 하는데 상대가 그에게 요상한 추파를 던져온다. '건달'의 속성을 지닌 소진은 그녀와 매우 친하게 지냄으로써 자기를 더욱 두드러지게 나타내려 했다.

경우에 어긋나는 일이었다.

"세상에는 이런 일이 있기 때문에 재미가 있다."

그는 이렇게 말하고 자기가 섬기는 주인의 어머니와 친밀하게 지내는 듯 행동했다.

어느 세상에서나 말 많은 자들이 있게 마련이다.

— 소진은 왕모와 이상한 사이다.

이런 소문이 퍼졌다.

소진은 한창 시절이고 역왕의 어머니는 이미 초로의 할머니다. 이 한 쌍을 두고 부자연하고 단편적인 우스운 이야기가 나돌아도 사실이라고 생각하는 자는 없을 것이다. 소진은 그렇게 생각하고 태평하게 있었다. 하지만 이 소문은 점차로 사실로 확대되고 있었다. 경쟁자인 장의의 검은 손이 소진의 주변에 뻗쳐 있었던 것이다.

같은 염문이라고 해도 절로 미소 짓게 되고 호감이 가는 것과 미간을 찌푸리게 하는 것이 있다. 소진과 역왕의 어머니에 대한 소문은 처음에는 '설마……'라고 생각되어 악의 없는 우스갯소리였을 뿐이다.

그런데 그러는 동안 점차로 음습한 것으로 변해 있었다.

— 소진은 그 특유의 수완으로 왕모를 홀렸다. 그의 혓바닥은 위와 밑에 두 개가 붙어있다. 밑의 혓바닥이 특히 크다는 것이다.

이러한 외설은 사람들을 웃겼지만 점점 날조되고 과장되어 갔다.

장의가 멀리서 조종하고 있었던 것이다.

— 소진은 밑에 있는 무기를 사용해서 왕의 어머니를 빼앗고 다음에는 위에 있는 무기로 왕의 나라를 빼앗을 것이다…….

이렇게까지 비약하면 이제는 가만히 있을 수가 없다.

일의 옳고 그름은 차치하고 그냥 내버려둘 수가 없는 일이다.

(차제에 소진의 처우에 대해서 재고해 보자.)

역왕도 이렇게 생각하게 되었다.

"소진을 어떻게 할 것인가?"

역왕은 은밀하게 측근들과 상의했다.

신하로서 불경스러운 혐의가 있으니 즉시 참죄에 처하자는 의견도 있었다. 하지만 그것은 소수 의견에 지나지 않았다. 현재 소진은 연에 머물러 있지만 6국 합종의 주역이고 그의 처분은 중요한 국제문제를 일으켜 약소국 연의 운명을 좌우할 염려가 있었다. 신중론이 대세를 점했다.

이 밀의는 물론 소진에게는 극비로 했다. 하지만 모략의 태두인 소진이 왕의 측근에도 첩보망을 치고 있었던 것은 말할 것도 없다. 그는 재빨리 이 정보를 수집했다.

(지금은 신중론이 통하지만 이 다음에도 그렇게 된다고는 보장할 수 없다. 위험하다.)

소진은 그렇게 생각했다.

왜 이런 어려운 일이 생겼을까?

(소문에 꼬리가 붙었기 때문이지만 과연 그 꼬리는 자연적으로 붙은 것인가? 만일 인위적이라면……)

과연 모략가의 뛰어난 두뇌였다. 소진은 장의의 검은 그림자를 눈치챘다.

소문이 자연히 팽창했다면 그렇게 걱정할 것은 없다. 그러나 장의가 뒤에서 조종하는 것이라면 어디까지 밀고 갈 것인가? 상상할 수도 없다. 목숨의 위험은 조석으로 다가와 있다.

(장의가 공작하고 있다면 이미 때가 늦었다고 하지 않을 수 없다. 한시라도 빨리 이 연을 도망치는 수밖에 없다. 하지만 이대로 도망쳐서는 소진의 이름이 다시는 천하에 나타날 수가 없다.)

그는 한바탕 연극을 하고 연을 떠나기로 했다.

먼저 연의 역왕을 은밀히 만나 말했다.

"연에 있어서 최대의 화근은 남쪽의 제입니다. 연의 안전은 제의 약체화에 의해서만 보증될 것입니다. 신이 제로 가서 제의 국력을 약화시켜 보겠습니다."

역왕이 말했다.

"그것은 그럴듯한 일인데……, 그 구체적인 방법은?"

소진이 대답했다.

"군사 이외의 큰 사업을 권할 것입니다. 토목이나 건축 같은 것 말입니다. 그렇게 하면 재정의 부담에 의해 국력이 약해질 것입니다."

역왕이 물었다.

"하지만 어떻게 해서 제왕을 설득할 것인가?"

"신이 제로 가겠습니다."

"흠, 우리 연을 떠나서?"

"그렇습니다……. 그것도 신이 무사히 연을 떠난다면 연과의 관계를 의심받을 것입니다. 신을 추방한 것으로 해주십시오……. 큰 죄가 있어 벌을 두려워해서 도망친 것으로 하면 제에서도 의심하지 않을 것입니다. 다행히 신에 관해서는 기묘한 소문이 떠돌고 있으니 도망을 위장이라고는 생각하지 않을 것입니다."

"음, 그것은 그렇지만……."

역왕은 말꼬리를 흐렸다.

이렇게 해서 소진은 정치의 무대에서 내려오지 않고 연을 떠나 생명의 위험을 모면한 것이다.

(어떤가 장의! 너에게 쉽게 당하지는 않을 것이다.)

그는 보이지 않는 적에게 가슴을 펴고 이렇게 말했다.

당초부터 합종의 주역이었던 소진은 제로 가서도 재상으로 중용되었다.

이 무렵에는 장의의 치밀한 방해공작에 의해서 합종의 결맹도 꽤나 큰 금이 생겨 있었다. 특히 연과 제 사이는 도랑이 깊이 파여 있었다.

연·제의 반목은 장의가 획책한 책략의 성과였다. 소진은 그 숙적이 만든 성과를 이용해서 연에서 제로 옮겨 앉은 것이다. 제에서는 연에서 쫓겨난 자는 같은 편이라는 사고방식이 강했다.

제의 선왕(宣王)은 소진이 제로 간 뒤 곧 죽었지만 이때의 장례는 파격적으로 성대했다.

새로 즉위한 민왕에게 소진이 다음과 같이 진언했기 때문이다.

"효도를 분명하게 하기 위해서도, 제후들에게 우리 제의 국력을 과시하기 위해서라도, 될 수 있는 한 성대한 장례를 치르도록 하시옵소서."

(하! 소진도 제법 뛰고 있군.)

제의 터무니없이 큰 장례식 소식을 듣고 역왕은 쓴웃음을 지었다.

소진은 끈이 풀린 6국의 합종을 다시 한 번 단단히 조여 매고 싶었던 것이다. 그런데 가는 곳마다 숙적 장의의 손이 뻗쳐 있어 끈이 조여지기는 고사하고 그 끈을 토막토막 잘라내려고 기도하고 있는 것을 느낄 수 있었다.

그것에 대항하기 위해서 소진은 무리를 하지 않으면 안 되었다.

진나라는 점점 국력이 강해져 가고 있었다.

남은 6국은 군소라고는 하지만 그 중에서 초와 제가 가장 강력했다. 초와 제가 합종의 중심이 되지 않으면 안 되었다.

초나라에서도 제와의 우호조약을 무엇보다도 먼저 실행시키려고 노력하고 있었다. 가장 열심히 그것을 제창한 사람은 다름 아닌 굴원(屈原) 그 사람이었다.

굴원은 스스로 초의 사절로서 제를 찾아와 초·제의 우호 증진에 노력하고 있었다.

소진이 연에서 제로 달아난 것도, 굴원이 제에 사절로 간 것도 모두 『사기』에 기록되어 있다. 같은 시대에 같은 외교문제를 다루었던 이 두 사람은 제의 수도에서 반드시 얼굴을 마주했을 것이다. 그렇지만 정사에는 그 일에 대한 상세한 기록이 없다.

굴원의 초·제 우호론도 소진의 합종과 이해는 공통이었다. 말하자면 동지인 것이다. 단 이 두 사람은 성격적으로는 맞지 않았을 것이다. 굴원은 소진의 모략의 상대가 되기에는 지나치게 근엄했고, 소진은 굴원이 제일 싫어하는 장의와 같은 계열의 모사꾼이었다.

같은 목적을 갖고 있었지만 이 두 사람은 될 수 있는 한 서로 만나지 않으려 했던 것이 아닐까? 그때문에 기록에 남길 만한 자료가 없었는지도 모른다.

소진은 초조했다. 자기 주위에 장의가 착착 손을 써오고 있다. 동문인 까닭에 그것을 잘 알 수가 있었다.

언제나 누군가에게 미행을 당하는 듯한 느낌이었다. 때문에 소진은 신경질적으로 신변에 주의를 기울였다. 신원이 확실하지 않은 자는 일절 접근하지 못하도록 했다. 고용인들도 지금까지의 교우관계를 조사하고 장의의 그림자가 조금이라도 미칠 것 같은 염려가 있는 자는 남녀를 불문하고 채용하지 않았다.

그러한 정보가 진에 있는 장의의 귀에도 들어갔다.

"일하기가 대단히 힘이 듭니다."

장의의 제자가 말했다.

"아니야. 점점 하기 쉬워졌다."

하고 장의는 웃었다.

"어째서 그렇습니까?"

"소진은 나를 지나치게 의식하는 것 같다. 신경이 점차로 날카로워져 이미 나 이외는 머릿속에 아무것도 생각할 여유가 없을 것이다. 현재 제나라에서도 소진과 경쟁하고 있는 대신이 없지는 않을 텐데."

"과연……."

사제 사이이기 때문에 약간의 암시만 주어도 모든 것이 이해된다.

그들이 하기 힘들다든가 하기 쉽다고 말하고 있는 것은 자객을 보내어 소진을 죽이는 일이었다.

신변의 경계가 엄중하면 엄중할수록 자객이 접근하기가 힘들 것이다. 하지만 상대는 장의만을 경계하고 있기 때문에 장의의 손길이 파고들 틈은 없지만 그 반면에 다른 사람에 대한 경계는 상대적으로 허술할 것이다.

제에서도 타국 사람인 그가 왕의 신임을 받고 있는 데 대해서 여러 대신이나 벼슬아치들 사이에 불만이나 질투심이 있을 것이다.

(뭐야, 저런 촌뜨기 주제에…….)

천하를 무대로 활동하고 있는 소진은 제의 대신들을 바보 취급하고 있었다. 자기의 목숨을 노리는 자가 있다면 그것은 같은 천하를 무대로 싸우는 장의 외에는 없을 것이다. 제왕의 총애를 경쟁하는 일은 소진에게는 목숨을 걸 정도의 일은 아니다.

그러나 대신들은 그것에 목숨을 걸지도 모른다. 소진은 장의 한 사람만을 상대로 골똘히 생각하고 있어 제의 다른 정객들에 대한 경계는 소홀히 하기 쉽다.

장의가 하기 쉽다고 장담한 것은 소진에게 그런 틈이 생기는 것을 간파했기 때문이다. 그는 자기가 직접 하지 않고 소진에게 불만을 갖고 있는 제의 대신들을 은밀하게 조종해서 그들로 하여금 자객을 보내게 했던 것이다.

심부름하는 하인의 안내로 한 사람의 자객이 집으로 숨어들어 소진을 찌른 것이다.

"당했구나!"

소진은 가슴팍을 누르며 신음했다.

심장에서 약간 빗나갔지만 출혈이 심했다. 공교롭게도 너무나 엄중한 경계를 한 탓으로 의원이 소진의 집을 통과하는 데 많은 시간이 걸려 손을 쓰기에는 이미 늦었다.

빈사의 소진에게로 제나라 왕이 찾아왔다.

보통의 병문안이 아니다. 소진은 제의 국정의 중요한 부분을 쥐고 있었다.

신앙에 가까울 정도로 그를 신임하고 있던 제왕은 죽어가는 소진에게서 국정에 관한 조언을 들으려 했다.

"우리 제를 적대시하는 자들을 일망타진할 방책이 있습니다."

헐떡이며 소진은 말했다. 제왕은 귀를 가까이 가져갔다. 그것을 듣고 싶어서 찾아온 것이다.

"신을 찌른 일당이야말로 합종을 파괴하고 제를 멸망시키려는 불령(不逞)의 도배들입니다……. 자객을 체포해 주시기 바랍니다."

소진의 숨은 점차로 거칠어졌다.

"어떻게 하면 자객을 체포할 수 있겠는가?"

"신이 죽거든 시장에서 신의 시체를 차열(車裂)의 형에 처해 주십시오."

"뭐라고, 그대를 차열의 형에?"

말이 끄는 두 대의 마차바퀴에 좌우의 손발을 묶고 신호와 함께 마차가 좌우로 갈라져 달리면 눈 깜짝할 사이에 몸은 찢어지고 만다. 차열의 형이란 이와 같은 잔인한 형벌이었다.

"죽은 후에는 아프지도 아무렇지도 않습니다. 제발 주저 마시고 차열의 형을 내려 주십시오……. 그리고 소진은 연의 첩자로 제에 와서 연을 위해 제에게 불리한 짓만을 도모했다고 그 처형의 이유를 써서 높은 곳에 걸어 주십시오……."

"그것은 무엇 때문인가?"

"신이 반도로서 처형되면, 신을 찌른 자는 반도를 죽인 상을 받으려고 출두할 것입니다……. 그 자를 체포해서 고구마 줄기를 들추듯, 제의 멸망을 꾀한 자들을 검거하는 것입니다……."

"알았다."

하고 제왕은 머리를 끄덕였다.

소진은 곧 숨을 거두었다.

제왕은 소진의 말에 따라 그의 시체를 차열의 형에 처하고 그가 반도라고 쓴 나무패를 높이 걸었다. 과연 자객은 출두했고 그 배후가 차례차례로 나타나 관계자는 모두 처형되고 말았다.

하지만 소진의 임종시 연극으로도 그의 최후의 목적은 이루어지지 않았다. 그는 장의 도당을 숙청하려고 했지만 아무리 조사해도 그 선까지는 나타나지 않았다. 장의는 신중히 자기까지는 수사의 손이 미치지 못하도록 공작했기 때문이다.

초(楚)의 왕족에는 소(昭)·굴(屈)·경(景)의 3성(姓)이 있었다.

왕족을 통제하는 것이 국정의 근본이고 그것을 담당하는 대신을 '삼려대부'(三閭大夫)라고 불렀다.

굴원(屈原)은 굴성의 왕족으로 일찍이 이 삼려대부의 요직에 앉은 일도 있었다. 하지만 굴원은 정치가라기보다는 시인이었다. 정치적 수완을 발휘하여 반대파를 그럴듯하게 속인다든가 타협을 한다든가 하는 인간은 아니었다. 성실한 사람이었지만 옳다고 믿으면 결코 양보하지 않는 완고한 데가 있었다.

책사(策士) 장의가 있는 진은 이미 모략의 손길이 초에 뻗치고 있었다. 이때 왕족의 하나인 그가 초의 정계에 있었던 것은 불행한 일이라 아니할 수 없다.

"고집스럽고 딱딱하게만 나옵니다. 벅찬 상대입니다."

초에 보냈던 첩자가 초의 요인 굴원의 성격을 그런 식으로 보고해 왔을 때 장의는 히죽 웃고 나서 말했다.

"벅찬 상대라기보다는 오히려 요리하기 쉬운 상대이다."

곧은 인간일수록 모략을 쓰기가 쉽다. 오로지 한 길로만 밀고 갈 뿐 좌우나 위아래를 보지 않기 때문에 발을 조금만 건드려도 쉽게 쓰러진다. 그런 뜻에서 장의는 굴원을 머리에서부터 얕보고 있었던 것이다.

굴원은 굴원대로 장의처럼 비뚤어진 인간은 질색이었다.

"장의는 학식이 풍부하고 재능이 많은 인물이지요."

이렇게 말해도 굴원은 머리를 옆으로 흔들며 말했다.

"아무리 학문이 많고 재능이 뛰어나도 책모를 일삼는 인간은 질색이다. 사나이라는 것은 곧고 바르지 않으면 안 돼."

굴원은 장의뿐만이 아니라 장의가 속해 있는 진나라도 싫어했다. 진은 대신이나 장군을 등용하는 데 있어 재능만을 중히 여기고 인격 같은 것은 무시했기 때문이다.

초의 중신들은 두 파로 갈라져 있었다.

친진파(親秦派)와 친제파(親齊派)였다.

진을 싫어하는 굴원이 친제파였음은 물론이다.

"진은 강대국이다. 친진정책이라고 하는 것은 결국 진에 굴복하는 것이 아닌가? 그에 비하면 제는 우리 초와 같은 정도의 나라이기 때문에 대등한 관계를 유지할 수가 있다. 게다가 단독으로는 진에게 대적할 수 없기 때문에 제와 동맹을 맺으면 안전할 것이다."

굴원은 그렇게 주장했다.

확실히 그러했다. 초·제의 동맹이 튼튼하다면 진은 쉽게 두 나라에 손을 쓸 수가 없다. 제를 공격하면 배후에서 초의 공격을 받을 염려가 있다. 초를 공격하려고 해도 허리를 제에게 찔릴 우려가 있었다.

"이래서는 안 되지."

최대의 책사 장의가 전력을 기울여 초·제 동맹의 파괴를 꾀한 것은 말할 것도 없었다.

"먼저 친제파의 거두 굴원을 고립시키자!"

장의는 굴원을 꺾을 방침을 정했다.

방침이 정해지면 다음은 황금(黃金)작전이다.

매수에 또 매수! 장의는 손을 늦추지 않았다. 자금이 풍부한데다 첩보활동에 의해 초의 국정을 잘 알고 있었기 때문에 목표가 분명했고 돈은 적절하게 사용되었다.

초의 회왕(懷王)이 그렇게 현명하지 못한 것도 장의의 공작을 쉽게 해주는 요인이었다. 회왕은 정수(鄭袖)라는 여자를 총애했고 그녀가 하자는 대로 했다. 장의의 매수공작은 이 정수에게까지 뻗치고 있었다. 여자를 이용하면 안 되는 일이 없다.

친진파의 거두는 상관대부(上官大夫)의 자리에 있던 근상(靳尙)이었다. 궁중에서의 서열도 굴원과 근상은 동급으로 숙명의 경쟁자였다.

"중앙정부에 굴원이 있는 한, 당신의 지위는 편안할 수 없소."

장의는 은밀하게 사람을 파견해서 근상에게 이런 충고를 던졌던 것이다.

"그러나 굴원은 적이기는 하지만 대단한 재능의 소유자요. 쉽게 물리칠 수가 없소."

근상이 생각 끝에 이렇게 말하자 장의는 대리자를 통해서 친절하게 가르쳐 주었다.

"그의 결점을 노리는 겁니다. 그 비타협적이고 남들과 충돌하는 성격을……. 당신이 한 마디만 하면 사방에서 호응하는 소리가 일어날 것이오. 먼저 왕입니다."

근상은 머리를 끄덕였다.

(과연, 왕도 굴원에 대해서 그렇게 좋게는 생각하지 않고 있다.)

굴원은 다른 가신들처럼 왕을 향해 아첨의 말을 하지 않았다. 오히려 격한 어조로 간하는 일이 많았다. 명군이라 할 수 없는 회왕은 굴원이 거북스러워 견딜 수 없는 것처럼 보일 때가 많았다.

"왕은 국정상의 성공을 자기 혼자서 차지하고 싶어 하고 있소. 그것을 노리시오."

원격조종이었는데도 장의의 조언은 지극히 구체적이었다.

근상은 각본에 따라 왕에게 말했다.

"이번의 법령은 잘 되어 있습니다만 굴원은 그것을 코에 걸고 자기가 아니면 누구도 이와 같은 국법을 만들 수 없을 것이라고 큰소리치고 있사옵니다."

초에서는 모든 법령의 기초를 나라 안에서 최고의 문장가인 굴원에게 맡기고 있었던 것이다.

왕은 근상의 말을 듣고 불쾌하게 생각했다.

(기초한 것은 굴원일지 몰라도 그것을 명한 것은 여기 있는 내가 아닌가? 놈은 나를 무시할 작정인가?)

회왕은 점차로 그를 멀리했다.

"경은 제와의 우호를 주장하고 있지만 한 번 제로 가서 실적을 올려 주었으면 좋겠다."

이런 구실로 왕은 굴원을 제에 사절로 보내어 중앙에서 쫓아 버린 것이다.

굴원이 없는 초는 장의에게는 어린아이와 같은 상대였다.

그는 스스로 초를 찾아와 회왕을 설득했다.

"진은 제를 미워하고 있습니다. 만약 초가 제와 단교한다면 진은 사례로 상(商)·어(於)의 땅 6백 리를 드리겠습니다."

상·어의 땅은 섬서성에 있으며 일찍이 상앙이 봉해졌던 땅이다.

어리석은 회왕은 그것이 올가미인 줄도 모르고 욕심을 부려 장의의 제의를 수락하고 제와 단교해 버리고 말았다.

장의는 이렇게 해서 진에 있어서 눈엣가시였던 초·제의 우호관계를 파괴하였다.

회왕은 제와 단교한 대가로 약속대로 6백 리의 땅을 받기 위해 사자를 진으로 파견했다.

"6백 리? 농담이시겠지요. 내가 회왕에게 약속한 것은 6리였습니다. 어디서 어떻게 잘못되었는지요……? 상식적으로 보아도 아실 것입니다. 6백 리나 그런 엄청난……."

장의는 사자에게 뻔뻔스럽게 거짓말을 했다.

그 소식을 듣고 과연 회왕도 화가 치밀었다.

"음, 잘도 속였구나!"

동원령을 내리고 진으로 군사를 진격시켰다. 물론 진에서는 이렇게 되리라는 것을 알고 있었다. 단수(丹水)와 석수(淅水) 사이에서 초병을 맞아 초병 8만을 궤멸시키고 장군을 포로로 잡았으며, 계속 전진해서 초의 영토인 한중(漢中)을 점령해 버리고 말았다.

"음, 당하고만 있을 수는 없다."

회왕은 이를 갈며 군사 동원을 계속해서 남전(藍田)까지 공격해 들어갔다.

이것은 하나의 의지였다. 하지만 의지만으로 전쟁을 이길 수는 없다. 약육강식인 전국시대의 세상이다. 의지만으로 하는 싸움에 피로해진 초의 허점을 노리고, 옆에서 위가 초의 영토로 군사를 진격시켰다.

초는 공격해 들어갔던 진에서 군사를 철수시킬 수밖에 없었다. 동맹이 계속되고 있었다면 이런 때 제가 구원해 주었겠지만 단교 상태였기 때문에 그것도 바랄 수가 없었다.

장의에 의해 이루어지는 진의 모략은 지극히 치밀했다. 더 이상 초를 압박하지 않았다. 계속 밀고 들어간다면 초는 창피도 무릅쓰고 제에 사정을 하여 동맹관계를 부활시키려고 할지도 모른다. 그렇게 되면 진도 좋을 게 없고 도리어 입장이 괴로워지는 것이다.

실의에 빠진 초의 회왕에게 진은 달콤한 말을 걸어왔다.

"이번 싸움에서 우리가 점령했던 한중의 땅을 반환해 드리지요."

감사의 눈물을 흘리며 이 제안을 받아들일 것으로 생각했는데 회왕은 지나치게 감정적인 인간이었다.

"토지 같은 것은 필요없다. 그보다도 나를 속인 장의의 신병을 넘겨주기 바란다. 한번 본때를 보여 주겠다."

하고 회답했던 것이다.

"어떤가, 장의? 어떻게 하면 좋겠는가?"

진의 소왕은 장의에게 물었다.

"즐거이 초로 가겠습니다."

장의는 즉석에서 대답했다.

"이 변변치 않은 몸이 저 광대한 한중의 땅을 대신할 수 있다면 이 이상 바랄 것이 없겠습니다."

진의 소왕이 말했다.

"초로 가면 화 잘 내는 회왕에게 맞아 죽을 것이다."

"맞아 죽을지 어떨지는 두고보셔야지요."

장의는 웃으며 대답했다. 초로 간 장의는 예상대로 감옥에 갇히고 말았다.

그러나 자신만만하였다. 그는 벌써 자기가 초에 가서 해야 할 일을 생각해 놓고 그 공작을 착착 진행시켜 놓았던 것이다.

상관대부 근상을 통해서 회왕의 왕비 정수에게 다음과 같이 바람을 넣었다.

"장의는 진의 총신(寵臣)입니다. 그의 목숨을 구하기 위해서 지금 진에서는 온 힘을 기울여 미녀를 찾고 있습니다. 절세의 미녀를 구해 초에 바치고 그것으로 장의의 목숨을 살리려고 하고 있습니다. 그와 같은 미녀가 이곳으로 와도 당신은 아무렇지 않겠어요?"

정수는 이미 20대의 후반을 지나 30에 가까워 있었다. 당시에 있어서는 중년 여인이라 불리울 나이였다. 미모에는 아직 자신이 있지만 내리막길이라는 것을 의식하지 않을 수 없었다. 1년 정도는 괜찮다 해도 좀 더 세월이 흐르면 어떻게 될까. 게다가 그처럼 넓은 진에서 고른 미녀라면 절세의 미인일 것이다.

정수는 속으로 생각했다.

(왕의 사랑을 그 여자에게 빼앗긴다면…….)

"지금 장의를 석방하면 진의 미녀는 오지 않을 것입니다."

이렇게 말하는 근상의 말에 그녀는 넘어가고 말았다. 그녀는 왕을 졸라서 장의를 석방하도록 했다.

"진의 원한을 사면 이 초나라는 어떻게 될 것인지요? 그런 무서운 일을 당하느니보다는 소첩은 이만 물러갈까 하옵니다……. 그렇지 않으려면 장의를 석방해서 진의 원한을 사지 않도록 해주시옵소서."

그녀는 눈물을 흘리며 부탁했다.

"그런가? 알았다, 알았어. 장의를 석방시켜 주지."

안타까운 이야기지만 회왕은 정수의 말을 받아들여 장의의 석방을 명령하기에 이르렀다.

마침 제와 단교했기 때문에 사절로 제에 주재하고 있던 굴원이 돌아와 있었다.

굴원은 장의의 석방 소식을 듣고 왕에게 급히 면회를 청하여 말했다.

"장의 때문에 얼마나 곤욕을 치르셨습니까? 그런데 벌써 그 일을 잊으셨습니까? 그 자를 어째서 석방하시는 것이옵니까?"

이런 말을 들으니 장의 때문에 당한 여러 가지 일들이 생각나서 왕은 심사가 뒤틀렸다.

"알았다. 곧 군사를 보내어 장의를 붙잡도록 하라!"

긴급명령이 내려졌지만 장의도 빈틈없는 자이다. 밤을 새워 말을 달려 재빨리 초의 국경을 넘어 버렸다.

장의는 진나라로 돌아와 초나라에 대한 모략의 손길을 늦추지 않았다.

완급자재(緩急自在 ; 늦음과 빠름을 자재함)한 진의 농간에 회왕은 마음껏 희롱당할 뿐이었다.

장의가 은밀히 파견한 모략부대는 점점 많은 사람들을 매수하여 이제는 왕의 측근에 있는 사람들까지 친진파 일색으로 변해 버렸다.

반진의 태도로 최후까지 버티고 있는 것은 굴원 한 사람뿐이었다. 그는 고독한 싸움을 계속했다. 그를 돕는 자가 없었던 것은 너무도 지나치게 곧은 그의 성격 때문이었는지도 모른다.

(굴원은 안 되겠다. 결코 빠지지 않는다.)

장의도 이렇게 판단하고 그에 대한 매수공작은 하지 않았다. 장의는 쓸데없는 짓을 하는 자가 아니었다.

"진의 왕녀를 회왕에게 바치고 진과 초의 화친조약을 맺고 싶소. 그러니 타협을 위해 이곳으로 오시기 바랍니다."

진으로부터 그런 말이 있었을 때 회왕은 굴원의 맹렬한 반대를 뿌리치고 진으로 가기로 했다. 장의의 공작에 의해 초는 외교적으로 고립되어 있었기 때문에 진의 유혹은 큰 매력이었다.

궁중의 회의에서 친진파가 대세를 점하고 있었다. 특히 왕의 막내인 자란(子蘭)은 열렬한 친진론자로 부왕이 진으로 가는 것에 적극적인 찬성이었다.

결국 회왕은 진으로 가서 그대로 억류당하는 신세가 되고 말았다.

진은 왕을 인질로 해서 영토 할양을 요구하는 대단히 노골적인 태도를 보였다. 그래도 초는 속수무책이었다. 다른 나라와의 외교 실패로 초에게는 동맹국이 없었다. 단독으로 진과 마주 싸운다는 것은 불가능했다.

회왕은 화가 나서 진나라에서 죽고 그의 장남인 경양왕(頃襄王)이 즉위했다. 재상은 자란(子蘭)이다. 때문에 초의 국시는 변함없이 친진이었다.

집요하게 반진론을 주장했던 굴원은 드디어 추방되고 말았다.

방랑 시인이 된 굴원은 관리의 상징인 관을 쓰지 않고 머리칼을 풀어 흐트린 채 장강(長江)의 주변을 방황했다. 몸은 고목처럼 마르고 얼굴도 살을 깎아 놓은 듯이 여위어 있었다.

"아니, 삼려대부님이 아니십니까? 어떻게 해서 이런 곳에?"

강가에서 만난 어부가 그를 알아보고 이렇게 물었다.

"세상이 모두 흐려 있는데 나만이 맑다. 모두 취해 있는데 나만이 깨어 있다. 때문에 함께 어울리지 못하고 이런 곳에 온 것이네."

"세상이 흐려 있으면 함께 흐려지면 되지 않겠습니까? 모두 취해 있으면 어째서 대부님도 취하지 않으십니까?"

"헛, 헛……."

굴원은 공허한 목소리로 웃었다.

"나는 그와 같은 일은 할 수 없네. 그와 같은 일을 할 양이면 죽는 편이 좋으니…….”

 멱수(汨水)와 나수(羅水)가 합치는 멱라의 못에서 굴원은 품속에 돌을 넣고 투신했다. 유언으로 시를 지었는데 그 시에는 「회사(懷沙)의 부(賦)」란 제목을 붙였다. 돌(沙石)을 품고 투신한다는 의미이다.

 후세의 사람들은 굴원의 뜻을 애석하게 여기고 그 원령을 위로하기 위해 그가 자살한 5월 5일에 쌀을 넣은 대통을 물에 던져서 공양했다. 이것이 편수(粽 ; 대나무 잎으로 말아서 찐 떡)의 기원이라고 전해지고 있다.

 굴원은 강국인 진나라에 끝까지 저항한 인물이다. 결코 타협하지 않았다. 중국인은 강국의 압박을 받을 때 꼭 굴원의 일을 생각한다. 그는 저항정신의 상징이다.

 저항의 중심을 잃어버린 초는 그 후 진에게 아첨을 하는 굴욕외교를 계속했다. 하지만 그것이 초를 구하는 길은 아니었다. 하루하루 영토를 깎이어 굴원이 죽은 후에 진에게 드디어 멸망당하고 말았다.

 그 후 진나라는 어찌 되었는가? 진 소양왕(昭襄王)은 왕위에 있은 지 56년이나 되어 이제 그의 나이 일흔을 바라보았다.

 그해 가을, 소양왕은 노환으로 세상을 떠났다. 이에 세자 안국군(安國君)이 왕위를 계승했다. 그가 바로 효문왕(孝文王)이다.

 이때 한(韓)나라 환혜왕(桓蕙王)은 상복을 입고 친히 진나라에 가서 소양왕의 죽음을 조상했다. 겁쟁이 환혜왕은 진나라에 깍듯이 신하로서 예를 다했다. 그 밖의 다른 나라 왕들은 모두 장상(將相)이나 대신급을 보내어 소양왕의 장례에 참석시켰다.

장례를 마친 지 사흘 만에 모든 상례(喪禮)는 일단 끝났다. 효문왕은 모든 신하와 함께 성대한 잔치를 벌였다. 밤 늦게야 잔치가 파하자 모든 신하는 각기 자기 집으로 돌아가고 효문왕도 취침하러 내궁으로 들어갔다.

그런데 뜻밖의 일이 일어났다. 그날 효문왕이 죽은 것이다. 왕위에 오른 지 얼마 되지도 않은 진 효문왕이 하룻밤 사이에 죽다니 믿을 수 없는 일이었다.

진나라 문무백관과 백성들은 모두가 객경 벼슬에 있는 여불위(呂不韋)를 의심했다.

(허! 이거 야단났구나! 여불위가 세자 자초子楚를 속히 왕위에 올려세우려고 술에 독약을 타서 왕에게 먹인 것이 분명하다!)

모든 사람의 짐작은 바로 들어맞은 것이었다.

전날 밤에 여불위는 효문왕을 모시는 좌우 사람들에게 많은 황금을 주어 매수했다. 그는 그들을 시켜 술에 독약을 타서 효문왕에게 먹였던 것이다. 곧 진효문왕은 독살을 당한 것이다.

그러나 진나라 문무백관과 백성들은 이 사실을 뻔히 들여다보듯 짐작은 하면서도 여불위를 두려워한 나머지 아무도 입 밖에 내어 말하지 않았다.

이에 여불위는 모든 신하와 함께 세자 자초(子楚)를 왕위에 모셨다. 그가 바로 장양왕(將襄王)이다. 따라서 하루아침에 과부가 된 화양부인은 태후가 되고, 지난날 여불위의 애첩이었던 조희(趙姬)

는 왕후가 되었다. 그리고 실제로는 여불위의 자식인 조정(趙政)이 진나라 세자가 되었다. 그 후로 조정은 조라는 어머니의 성을 버리고 그저 세자 정(政)이라고 일컬었다.

당시 진나라 승상이었던 채택은 속으로 생각했다.

(오늘날 새로 등극한 왕은 여불위의 은덕으로 왕이 된 사람이다. 내가 승상 자리에 버티고 있다가는 일신에 해가 미치겠구나!)

그는 즉시 자리를 내놓았다.

그리고 마침내 여불위가 진나라 승상이 되었다. 동시에 장양왕은 승상 여불위를 문신후(文信侯)로 봉하고 식읍으로 하남 일대인 낙양 10만 호를 하사했다.

한편, 서주(西周)가 망하고 난왕(赧王)은 객사했으며, 동주를 다스리던 주공(周公)이 소양왕에 의해 동주군으로 벼슬이 깎이게 되었다.

이때 동주군은 진나라에서 소양왕과 효문왕이 잇따라 죽어 매우 어수선하다는 보고를 받았다. 동주군은 이런 절호의 기회를 놓쳐선 안 된다고 결심했다. 이에 동주군은 천하 모든 나라로 빈객들을 보내어 '서로 다 같이 연합하여 횡포무도한 진나라를 쳐 없애자'고 교섭했다. 동주군은 이 기회에 진나라를 무찌르고 주나라를 다시 일으킬 작정이었다.

그때 진나라는 무엇을 하고 있었는가?

진나라 승상 여불위가 장양왕에게 말했다.

"서주는 이미 망하고 이젠 동주만이 겨우 명맥을 유지하고 있습니다. 비록 난왕이 죽고 천자란 것은 없어졌지만, 아직도 주왕실의 자손들이 천하 모든 나라에 여론을 불러일으켜 주나라를 재흥시키려고 기회만 노리고 있습니다. 대왕께선 이 기회에 동주를 싹 무찔러 아주 없애 버리십시오. 그래야만 천하의 민심을 잡을 수 있습니다."

장양왕은 즉시 승상 여불위를 대장으로 삼았다. 마침내 여불위는 군사 10만 명을 거느리고 동주로 물밀 듯 쳐들어갔다. 진나라군사는 단숨에 동주를 짓밟고 동주군을 사로잡아 진나라로 돌아갔다. 진나라는 동주의 공성(鞏城) 등 일곱 성을 모조리 접수했다.

주나라는 무왕(武王)이 주왕조를 세운 후 그동안이 38대, 873년이었다. 곧 주 왕조는 873년 만에 진나라에 멸망당하고 만 것이다.

한비자(韓非子)와 이사(李斯)

순자(荀子)는 조(趙)나라 사람으로 50세가 넘어서야 제의 직하의 학사로 들어갔다. 후에 초로 와서 난릉(蘭陵)에 살았다.

순자로 말하면 맹자의 '성선설'(性善說)에 반해 '성악설'(性惡說)을 주장한 사람이다. 그는 인간의 본성은 악하기 때문에 옛날의 성인들이 예의(禮義)를 만들었다고 했다. 이 '예의'는 공자가 말하는 '예악'(禮樂)보다는 '법제'(法制)에 가까운 뜻을 갖고 있다. 때문에 그의 문하에서 유명한 법치주의(法治主義) 사상가인 한비자(韓非子)와 법치주의의 실천가인 이사(李斯) 두 사람의 제자가 나온 것이다. 이 두 사람의 사상과 실천이 중국의 통일이라는 대사업에 공헌했다.

따라서 순자는 더욱 주목할 만한 인물이라 하겠다.

순자는 말했다.

― 인간이 다른 동물과 결정적으로 다른 점은 도구를 활용하고 노동(창조)할 수 있다는 점이다.

그러나 한비자는 인간이 공동생활을 한다는 점이 다른 동물과 다르다고 말했다.

또한 순자는 운명이란 것을 인정하지 않았고 하늘을 공경하지 않았으며 귀신을 믿지 않았다. 그리고 선왕(先王)의 길에 얽매이지 않았고 인의(仁義)를 경시했다.

지극히 근대적·합리적인 사고방식이었고, 사회생활이야말로 인간 본래의 생활이라고 보았기 때문에 그의 학설을 계승한 제자들이 정치적으로 두각을 나타내게 된 것이다.

순자에 관해서는 남겨진 이야기가 적기 때문에 소설의 주인공이 되기에는 힘든 인물이지만 그의 제자들은 많은 이야기를 후세에 남겨 놓고 있다.

한비자는 한(韓) 왕족의 일원이었다.

뛰어난 두뇌와 늠름한 용모를 가지고 있었지만 애석하게도 태어날 때부터 심한 말더듬이로 상대방이 거의 알아들을 수 없을 정도였다.

한(韓)은 작은 나라로 소진이 한을 찾아와 합종을 설득했을 때, '차라리 닭의 머리는 될지언정 소의 꼬리는 되지 말라'라는 말을 사용했던 나라이다. 진을 소(牛)에 비유하고 한을 닭에 비유했던 것이다.

더구나 서쪽에는 진(秦), 남쪽에는 초(楚)라고 하는 강국과 국경을 접하고 있었다.

　한의 환혜왕(桓惠王 ; 재위년도 B.C. 272~239년)의 시대에 진나라는 수시로 한을 침략했다. 환혜왕 26년에 진에게 상당(上堂)의 땅을 침공당하고, 29년에는 13개의 성을 빼앗겼다.

　"도대체 이 나라를 어떻게 하면 진의 마수에서 지킬 수가 있겠는가?"

　왕자인 안(安)은 한비자에게 상담했다.

　한비자는 최고의 석학이던 순자의 문하에서 따를 자가 없다는 재능의 소유자였다. 그 한비자라면 이 나라를 구할 묘책을 생각해낼 수 있을지도 모른다. 왕자는 그에게 기대하고 있었던 것이다.

　"즉효(卽效)의 법책(法策)은 없습니다."

　한비자는 딱 잘라 이렇게 대답했다.

　"즉효가 없다면 지효(遲效)의 법책이라도 좋다. 나는 조상의 땅을 지켜 나가야만 한다."

　안의 목소리에는 비장감이 담겨 있었다.

　"지효의 법책이라면 몇 가지 있습니다. 저 강력한 진이 그의 힘을 우리나라로 향하지 않도록 하는 것이 그 첫째이지만 그러기 위해서는 대사업을 일으키게 하는 것입니다."

　"그것은 너무나도 빤히 들여다보이는 수법이군. 정석이 아닌가?"

　예전에도 오·월 전쟁 때에 월은 미녀를 오에 보내어 궁전 축조를 권해서 국력을 소모케 했다. 대사업을 권유하면 '기껏 그 방법이냐'하고 의심을 받을 것이다. 왕자 안은 그것을 염려한 것이다.

　"궁전, 능묘, 교량, 성곽 등의 공사로는 정석의 수법인가 하고 의심을 받을 것입니다. 하지만 진에 이익이 되는 사업이라면 진왕도 채택할 것입니다."

왕자 안이 물었다.

"진에 이익이 되는 사업이란?"

한비자가 대답했다.

"진의 약점을 보충하는 일입니다."

왕자 안이 다시 물었다.

"진의 약점? 땅은 넓고 군사는 많다. 그것도 정병이다. 진의 어디에 약점이 있나?"

안은 초조한 듯 물었다.

한비자가 말했다.

"땅은 넓지만 반드시 비옥한 것은 아닙니다. 따라서 군사가 많아도 군량이 모자랍니다. 초는 10년의 식량이 비축되어 있어 진이 항상 부러워하고 있습니다. 즉 관개공사(灌漑工事)를 진왕에게 권하면 어떠할까 합니다."

안은 중얼거리듯 물었다.

"허, 과연. 음, 대규모의 관개공사라? 그렇다! 몇 년간 그것에 힘을 기울이면 우리나라도 한숨 돌릴 수 있다. 비자……, 그대가 진으로 가주겠는가?"

"제 말재주로는 무리입니다."

한비자는 대답했다.

지금까지 왕자 안과 한비자가 주고받은 말은 편의상 회화처럼 기술했지만 심하게 말을 더듬는 한비자는 언제나 신변에 죽간, 필묵 등 필기도구를 준비하여 반은 필담에 의지했다.
"그러나 그대가 아니면 마음이 놓이지 않는다. 그대만을 믿는다. 진을 설득하는 데는 필담으로도 좋지 않은가?"
안은 한비자를 깊이 신뢰하고 있었다. 완전히 그에게 의지하는 듯한 느낌이었다.
"물론 최후에는 제가 진으로 가겠습니다."
역시 한비자는 죽간에 썼다.
"하지만 선발로 우선 정국(鄭國)을 파견해 주셨으면 합니다."
"그럼 그렇게 할까?"
정국은 치수공사를 맡았던 경험이 있다.
"정국이 궁녀에게 손을 대어 그때문에 체포되었지만 탈출해서 진에 망명한 것으로 하십시다."
한비자가 이렇게 말하자 안이 대꾸했다.
"과연, 그렇게라도 하지 않으면 진은 정국을 믿지 않겠지."
한비자가 말을 이었다.
"정국은 다만 가신에 지나지 않지만 신은 왕족이므로 그렇게 간단히 망명을 할 수 없는 것입니다. 정국이 경수(涇水)와 낙수(洛水)를 연결하는 관개수로를 완성하는 데는 몇 년이 걸릴 것입니다. 그 후가 문제입니다. 그때에는 신이 진으로 가겠지만 그러기 위해서는 신과 왕자의 사이가 좋지 않은 듯이 보이지 않으면 안 됩니다. 냉대를 받고 의심을 사서 도저히 고국에 있을 수 없어 도망치는 것으로 해야 합니다. 지금부터 우리 사이가 좋지 않다는 소문을 퍼뜨려야지 그때 가서 갑자기 그렇게 하면 믿지 않을 것입니다. 진의 첩자도 틀림없이 우리 궁중에 잠입해 있을 것이니 언동에 조심하지 않으면 안 됩니다. 내일부터라도 신을 좀 더 차가운 눈길로 보아 주십시오."

왕자 안이 목소리를 떨며 말했다.

"음, 알았다……. 나와 그대 사이에 이런 위장을 한다는 것은 유감스러운 일이지만 이것도 나라를 위하는 길이다……."

한비자는 심한 말더듬이여서 필담이 아니고는 남과 마주앉아 대화를 할 수 없었다. 그 대신 마음속을 주고받는 일, 자문자답에 있어서는 한비자만큼 신속하게, 더욱이 깊고 날카롭게 내용을 파악하는 자도 없었다. 바둑이나 장기에 있어 순간적으로 몇 십이나 몇백 수를 미리 내다보는 명인이 있는 것처럼 한비자의 자문자답도 명인의 영역에 달해 있었다.

'그대는 그렇게 한의 장래가 염려되는가?'

'물론, 한은 내가 태어난 나라이네. 염려하는 것은 당연하지 않는가. 더욱이 나는 왕실의 혈통이네.'

'그렇다고는 하나 한이란 나라도 진(晋)을 셋으로 나누어 만들어진 나라가 아닌가? 그 진은 이미 망했네. 시대의 흐름이 그렇게 만들었지. 한이 설령 망한다고 해도 시대의 흐름이면 모면할 수 없는 일이 아니겠는가? 그대는 좀 더 달리 염려할 일이 있을 것으로 아네. 그것을 모르겠는가?'

'알고 있지. 천하 만민의 일이겠지. 그것은 순자 선생에게서 귀에 못이 박힐 정도로 들어온 일이네.'

'천하가 7국으로 나뉘어 서로 싸우고 있네. 전쟁에 의해 재해를

입는 것은 백성들이 아닌가? 그들의 고통을 덜어 주는 가장 효과적인 방법은 천하를 통일하는 길밖에 없네.'

'대단히 어려운 일이지.'

'그것은 순자 선생도 말씀하셨네. 과감하게 개조할 필요가 있다고……, 선생이 우리들에게 가르친 것은 그 과감하게 개조하는 것이 아니었던가?'

'한을 구하는 것과 만민을 구하는 것은 양립하는 것일까?'

'양립시키기 위해서는 한이 천하를 통일하는 수밖에 없네.'

'그것은 가능한가?'

'불가능하다네.'

'왜?'

'한은 작은 나라이네. 천하를 통일하기 위해서는 먼저 대국이 되지 않으면 안 되네. 그러기 위해서는 대단히 많은 전쟁을 해야 할 필요가 있겠지. 그렇게 되면 만민은 도탄에 빠져 더욱 오랜 동안 고통을 당해야 하겠지.'

'결론은 천하통일을 앞당기는 일이지만 현재 천하를 통일시킬 가능성이 가장 큰 나라는?'

'진(秦)이지.'

'그렇다면 진을 도와 이 천하를 하루라도 빨리 뭉쳐 놓는 것이 만민을 위하는 길이 아닌가?'

'그렇다. 이제는 이미 한이다, 위다, 진이다 하고 말하고 있을 때가 아니다. 진을 돕는 것이 아니라 천하를 구하는 일이다.'

한비자는 이렇게 자문자답해 보았다. 한나라에서 천하통일을 위해 진을 도와 한을 망하게 하려고 생각하는 사람이 한비자 외에 또 있을까? 돈이나 권력을 위해서라면 몰라도 만민의 고통을 구하기 위해서…….

한 사람의 동지도 없다. 고독한 것이다.

한비자는 이 문제를 자문자답할 때마다 늘 고독을 느꼈다. 말더듬이이기 때문에 이와 같은 자문자답을 하고 있는 것이다. 상대가 있어 주고받는 말이라면 이야기해 가는 동안 이야기의 요점이 엉뚱한 방향으로 흐를 경우도 있겠고 상대방의 말에 말려들기도 하여 문제의 핵심에 도달하기가 어려운 경우가 많다.

하지만 이야기의 상대가 자기 자신이고 보니 쉽게 문제의 결론에까지 도달할 수가 있었다.

민중을 위해 한비자는 자기가 왕족으로 태어난 한을 배신하기로 결심하고 그 슬픔을 참고 있었다.

(다른 사람들처럼 제대로 말할 수만 있어도 이런 외로운 생각을 하지 않았을 것을…….)

그는 처연히 생각했다.

정국(鄭國)은 자신의 역할을 잘 이행하고 있는 것 같았다. 관개 공사를 될 수 있는 한 대규모로 해서 외정(外征)의 여유를 없애는 것이다. 그는 변설력도 뛰어났기 때문에 진의 수뇌부를 움직일 수 있었다.

진에는 이미 뒤에 시황제(始皇帝)라 칭했던 정(政)이 왕위를 계승하고 있었다는 것은 앞에 이미 나왔었다. 그의 결단력과 실행력은 유례를 찾아볼 수 없을 정도로 뛰어났다.

정국이 진왕에게 관개공사를 하자고 했을 때 진왕은 아무렇지도 않게 말했다.

"좋다. 해라! 노동력, 자재, 모든 것을 요구하는 대로 지원해 줄 것이다."

정국이 말했다.

"감사하옵니다. 뭐라고 고마움을 말씀드려야 하올지. 아무튼 고국에서 쫓겨나온 몸, 헌상할 재보도 가지고 있지 못하옵니다. 애독서(愛讀書)를 하나 대왕님께 헌상함으로써 예를 갖추고자 하옵니다."

정이 물었다.

"애독서란 어떤 것인가?"

"고분(孤憤), 오두(五蠹), 내외저(內外儲), 설림(說林), 설난(說難) 등의 제목으로 된 제편(諸篇) 10여 만 자의 문장이옵니다."

책이라고는 하지만 종이가 없던 당시였기 때문에 죽간이나 목간에 쓴 것이다. 오늘날의 한 권 정도의 분량이라면 당시에는 마차 한 대분에 맞먹었을 것이다. 한에서 도망치면서까지 그것을 가지고 왔다고 하니 굉장히 귀중한 책(冊)임에 틀림없었다.

진왕은 흥미를 느꼈다.

헌상된 책을 읽고 진왕은 이상하게 흥분을 느꼈다.

"으음, 대단한 사상가다. 이런 인물과 대화를 나누어 보았으면……, 하지만 이 책의 저자와 시대를 같이하지 않으니 유감이군. 한 번 만나보기나 하면 죽어도 한이 없겠는데……."

그는 측근에게 이야기했다.

진왕 정(政)은 이 책의 저자를 옛날 사람으로만 생각하고 있었던 것이다.

왕의 옆에 있던 이사가 이 말을 듣고 생각했다.

이사는 초나라 출신이고 지금 진의 객경(客卿 ; 외국인 대신)으로 와 있었다. 그는 이 책의 저자가 옛날 사람이 아니라는 것을 알고 있었다. 함께 순자 선생의 학당에서 배운 동료이고 성적은 언제나 자기보다 위였던 한비자였다.

(지금 여기서 저자가 현존 인물이라는 것을 알게 되면 왕은 어떤 일을 해서든 한비자를 맞이하려고 할 것이다. 한비자가 진으로 온다면 강력한 경쟁자가 될 것이다.)

이사는 그렇게 생각했다.

그러나 이사는 앞으로의 일도 곰곰 생각했다.

(진왕은 언젠가는 이 책의 저자가 현재 한에 살고 있는 한비자라는 것을 알게 될 것이다. 이렇게 흥분하고 있으니 헌상한 정국에게 하문할 것이다. 또한 정국은 저자의 신분을 솔직하게 대답할 것이 틀림없다.)

그때가 되면 진왕은 이렇게 의심할지도 모른다.

(뭐야? 그렇다면 이사와 동창이 아닌가? 무엇 때문에 이사는 입을 다물고 있었을까?)

이렇게 되면 입장이 난처해진다.

지금 스스로 말해 두는 편이 좋을 것이다.

"황공하오나 그 책의 저자는 신과 동문인 한나라 사람이옵니다."

이사가 정중히 말했다.

"오호, 그대와 동문인가? 그렇다면 곧 그를 초빙하도록 하라."

진왕은 눈을 빛냈다.

"하오나 그 자는 한왕의 일족이기에 그렇게 간단히 초빙에 응할지는 모를 일입니다."

"음, 한의 왕족인가? 그렇다면 더욱 그 인재가 탐난다. 한나라 같은 곳에 두면 보물을 썩히고 마는 격이 된다. 무슨 일이 있더라도 나의 고문으로 맞이하고 싶다."

무엇이든 손에 넣기가 힘들다는 것을 알고 나면 그것을 더욱더 갖고 싶어하는 것이 인간의 본성이다. 뒤에 시황제가 된 진왕(秦王) 정(政)은 타고난 투쟁심을 불태웠다. 진은 초대국이다. 약간의 자기 고집도 관철시킨다.

곧 첩자로부터의 보고로 한비자가 한의 새로운 왕과 사이가 좋지 않으며 현재 미움을 받아 근신중이라는 것을 알았다.

한에서는 34년간 왕위에 있던 환혜왕이 죽고 그 아들인 안이 왕위를 계승하였다. 기원전 238년의 일이다.

새 왕은 왕자시대 때부터 한비자를 싫어했었다고 한다.

"그렇다면 한비자를 초빙하는 일은 손쉬울 것이 아닌가?"

진왕은 한으로 사자를 보내어 한비자를 달라고 청했다.

한나라는 승낙했다.

새 왕은 진의 사자를 연회에 초대했을 때 술에 취한 체하고 말했다.

"그 자는 조금도 아깝지 않을뿐더러 오히려 귀찮음을 덜게 되어 시원하오."

이렇게 해서 한비자는 계획대로 진으로 들어갈 수가 있었다.

축객령(逐客令)

한비자가 진(秦)에 들어온 것을 둘러싸고 주요 인물들의 해석은 각각 달랐다.

한왕(韓王)인 안(安)은 한비자가 진에서 모략을 써서 한으로 군사를 돌리지 않도록 획책해 줄 것으로 기대하고 있었다.

진왕(秦王) 정(政)은 한비자를 얻어 진의 힘을 더욱 강하게 하고 싶었다.

진의 객경(客卿) 이사는 자기보다도 뛰어난 재능을 가진 한비자 때문에 그 지위를 빼앗길 것을 염려했다.

(사려 깊게 손을 쓰지 않으면……..)

이사는 심각하게 고민했다.

이사는 지금 진에서 수리공사의 총감독을 하고 있는 정국이 한나라의 첩자라는 증거를 쥐고 있었다. 하지만 한비자와 정국의 연결은 아직도 그 확증을 잡지 못하고 있었다.

(양쪽이 다 한나라 사람이다.)

두 사람 사이는 동국인이란 공통점밖에 없었다. 그러나 그것만으로는 불안했다. 이사 자신도 역시 외국인이므로 위험성을 내포하고 있었다. 정국도 한비자도 이사도 세 사람 모두가 외국 사람들이다.

위험한 줄타기지만 이사는 결심했다.

정국을 적발한 것이다.

정국은 엄한 조사를 받고 자기가 한나라의 첩자임을 자백했다.

"그렇기는 하지만……."

하고 정국은 자신에 넘치는 목소리로 말했다.

"지금 제가 감독하고 있는 관개공사는 진을 위해서 그야말로 구원의 사업이 될 것은 의심할 여지가 없습니다."

진왕 정은 잠시 생각하고 있다가 명했다.

"좋다. 공사의 감독을 계속하라."

그러나 타국인에 대한 경계심을 갑자기 강화해서 드디어는 축객령(逐客令 ; 타국인 추방령)이 나왔다.

상앙, 장의 등 진나라에서는 외국인들의 정계 활동이 계속되어 토착 호족이나 내국인인 여러 벼슬아치들 사이에 불만이 쌓여 있었다. 그들의 불만이 진왕에게 축객령을 내리도록 압력을 가했던 것이다. 축객령에 의해 한비자를 물리칠 수는 있지만 이사 자신도 진에서 추방되지 않으면 안 된다.

이것이 미묘한 점이었다.

이사는 진왕 정이 불세출의 재능을 갖고 있다는 것을 알고 있었다.

한비자의 저서에 감동한 것처럼 진왕은 인간이 무리지어 사는 생물이고 그것을 유효하게 통제하는 것이 군주의 최대 과제라는 것을 이해하고 있다. 재능만 있으면 타국 사람이라 해도 등용하겠다고 생각하고 있다. 정국에 대한 처우를 보더라도 그것을 알 수 있다.

단 진나라를 결속시키기 위해서 내국인들의 불만은 서둘러 진정시키지 않으면 안 된다.
 (희생자를 한 사람으로 끝내도록 해야겠다.)
 하고 진왕은 생각했다.
 최상의 지위에 있는 타국인을 누군가 한 사람 추방 처분하는 것으로 사람들의 불만을 해소시키려고 했던 것이다.
 정국을 적발하기 전에 이사는 진왕에게 지나가는 말처럼 자신의 뜻을 몇 번인가 말했었다.
 "한비자는 희대의 인물이지만 말더듬이이기 때문에 변설을 사용할 수 없고 그 사상을 모두 저서 속에 쏟아넣은 것입니다. 신은 가끔 그에게 충고했습니다. 그대의 사상을 전부 저서에 남겨 놓으면 누구나가 그대라고 하는 인간은 구하지 않고 그대의 저서를 구하게 되기 때문에 그대에게 불리하다고요. 하지만 그는 받아들이지 않았사옵니다."
 최상의 지위에 있는 타국인 중에 한 사람의 희생자가 필요하다면 그것은 이사가 아니면 한비자 둘 중에 하나가 될 것이다. 그 중 한비자는 그의 저서가 그의 대역을 해줄 수가 있다. 그리고 이사에게는 아직도 저서가 없다.
 양자택일을 강요당했을 경우, 진왕은 한비자를 희생시킬 마음이 생길 것이다. 과연 그대로였다.
 진왕 정은 이사를 불러 말했다.
 "제신들의 요구에 의해 축객령을 내렸다. 그러나 나는 기회를 보아 이 축객령을 해제할 생각으로 있으니 경은 이대로 머물러 있어도 좋다. 단 제신들의 불만을 진정시키기 위해 객경 중에서 한 사람은 물러나 주어야 하겠네. 나는 한비자가 물러가도록 하기로 결정했다. 경이 이 뜻을 본인에게 전하도록 부탁하겠네."

이사는 그 길로 한비자를 방문해서 물었다.

"내국인 제신들은 우리들 타국인 중신들에 대한 텃세가 심하네. 들어서 알고 있겠지만 축객령이 내려져 우리들은 이 나라를 떠나야 하겠지만, 내국인 제신들은 이 나라에서 권세를 휘둘렀던 우리들을 무사히 출국시킬 뜻이 없는 모양이네. 이미 우리들의 목숨은 어떤 방법으로도 구할 수가 없네. 나는 독을 마시고 죽을 생각이네. 그대는 어떻게 할 생각인가?"

한비자는 조용히 자리에서 일어나 뜰로 내려섰다. 그리고 뜰에 있는 나뭇가지를 꺾어 그것으로 땅에다 썼다.

"내게도 독을 나누어 주게나."

"목숨에 미련은 없는가?"

이사가 그렇게 묻자 한비자는 다시 땅에다 글을 썼다.

"할말은 글로 전부 다 남겼으니 미련은 없네."

이사는 한비자에게 독을 주었다.

다음날 이사는 진왕 정을 알현하였다.

"한비자는 추방령에 절망하여 독을 마시고 죽었사옵니다."

한비자가 자살했다는 보고를 들었을 때 진왕 정은 미간을 약간 움직였을 뿐이다.

"그런가······?"

이 한 마디뿐이었다. 자살 당시의 모습 등에 대해서 설명을 들으려고도 하지 않았다.

(혹시 어쩌면……?)

이사는 진왕이 모든 일을 알고 있는 듯한 느낌이 들어 견딜 수가 없었다.

순자 문하의 영재로 세상을 속속들이 꿰뚫어볼 수 있다고 자처하는 이사였지만 진왕의 마음속은 들여다볼 수가 없었다.

이사는 한비자에 대해서는 이렇게 회상했다.

(왕족 출신으로서 그만큼 단념이 빨랐다. 말더듬이라는 것 외에는 무엇 하나 고생을 모르고 자랐는데…….)

그러나 진왕에 대해서는 그가 어떤 속셈을 갖고 있는지 도무지 알지 못하고 있었다.

당시의 제후들 나라 중에서 가장 강대국인 진의 주인이다. 하지만 진왕인 정은 결코 고통을 모르고 자란 인물이 아니다. 오히려 고생의 연속이었다. 특히 정신적 고통을 수없이 맛보았다.

태어날 때부터 그는 고통을 짊어지고 있었다고 할 수 있다.

정은 진의 소왕(昭王) 48년(B.C. 259년) 정월, 조나라의 수도 한단에서 태어났다. 후에 진의 주인이 된 그가 어째서 이국의 수도에서 태어났는가?

전국시대에 살아가는 비극이 거기에 있었다.

그의 아버지는 전국시대 제후의 일족으로서 타국에 인질로 보내어져 있었다.

인질 생활은 쓸쓸한 것이다. 교환 인질이지만 양국 사이에 어떤 일이라도 생기면 생명이 위험해진다. 항상 그런 불안이 뒤따르는 생활이었다.

　정의 아버지, 후의 장양왕(莊襄王)이 한단에서 외로운 인질 생활을 하고 있었을 때 자진해서 그에게 접근해 온 인물이 있었다.

　바로 여불위(呂不韋)라고 하는 큰 장사꾼이었다. 본래는 양적(陽翟 ; 하남성 우현) 출신이지만 여러 지방을 왕래하는 당시의 국제무역상인이었다.

　장사꾼인 만큼 천하의 정보에 통하고 있었음은 말할 것도 없다.

　여불위가 특기로 삼았던 것은 대담한 투기였다. 보통의 도박이 아니다. 모을 수 있는 만큼의 정보를 모아 그것을 분석해서 막대한 자금으로 투기를 하는 것이다. 그것으로 엄청난 부를 쌓았다. 보통 사람들로서는 발상조차 할 수 없는 것이었다.

　그는 손에 들어온 정보를 분석하고 나서 이렇게 예상했다.

　(천하는 통일을 향해 가고 있다. 전국 통일의 대업을 성취하는 것은 전국 7웅 중에 최강인 진일 것이다.)

　그러고는 자신에게 자문해 보았다.

　'너는 장사꾼으로서는 최상의 경지에 달했다고 할 것이다. 그 이상으로 올라갈 길이 있겠는가?'

　적극적인 성격으로 계속 전진하지 않으면 마음이 편안치가 않았다. 그러한 성격의 사람이고 보니 이미 결승점에 도달해 있다고 생각하고 싶지 않을 것이다.

　'아직 길은 있다!'

　하고 그는 자신에게 대답했다.

　정상(政商)의 길이다. 그는 지금까지도 각국의 정치가를 이용해서 대단히 많은 돈을 벌었다. 그것에서 한 발 전진해서 자신이 정치가가 되어 재산을 불린다. 이렇게 되면 힘을 휘두르는 보람도 있을 것이다. 정치가라고 해도 시시한 하급 관리는 아니다.

"재상(宰相) 혹은……."

여불위는 다음 말을 입 안에서 삼켜 버리고 말았다. '국왕'이라는 말이었던 것이다.

우선 재상이 되기 위해서는 국왕의 신임을 얻지 않으면 안 된다. 어느 나라에도 지금은 왕의 신뢰를 받는 재상이 있어 파고 들어가기가 곤란했다.

여불위는 그 특유의 기발한 착상을 했다.

(그 왕을 지금부터 양성하자.)

왕 중에서도 이왕이면 천하의 주인이 될 가능성이 있는 진왕(秦王)을 키우려고 생각한 것이다.

그때의 진왕은 즉위 50년에 가까운 고령인 소왕(昭王)이었다. 실제의 정치는 태자인 안국군(安國君)의 손에 쥐어져 있었으나 이 왕태자도 이미 왕위를 계승하기에 적당한 나이가 되어 있었다. 여불위가 양성하려는 진왕은 안국군 다음의 왕이어야 했다.

안국군에게는 20여 명의 아들이 있었다.

현재 안국군은 화양부인(華陽夫人)이라는 여자를 총애하고 다른 부인이나 측실은 거들떠보지도 않는 상태였다. 하지만 화양부인에게는 자식이 없었다.

"음, 해볼 만하지 않은가!"

여불위는 의욕을 불태웠다.

소왕이 죽은 다음 안국군이 즉위할 것은 이미 기정사실이지만 그 다음의 후계자는 아직 결정되지 않았다.

왕태자는 있지만 왕태손은 미정인 것이다.

여불위는 그 뛰어난 정보 수집력에 의해 안국군의 20여 명의 아들을 한 사람씩 조사하였다.

화양부인에게 사내 자식이 태어나 있었다면 그 아들이 후계자로 봉해질 것이다. 하지만 그녀에게 자식이 없으니 20여 명의 형제는 모두가 똑같은 조건으로 즉위할 가능성을 갖고 있다.

"이것이다!"

20여 명의 형제들 중에서 가장 불우한 자는 누구인가? 가장 접근하기 쉬운 자는 누구인가? 여불위는 그와 같은 기준에서 조나라에 인질로 보내져 있는 자초(子楚)라는 청년에게 주목했다.

진은 조를 공격할 계획을 세우고 있었다.

그 조에 보내어진 인질은 처음부터 살해될 각오를 해야만 한다. 이처럼 불우한 왕족은 없다. 인질이기 때문에 정중하게 대접받지도 못한다. 따라서 접근하는 것도 수월했다.

각지를 떠돌아다니는 여불위는 조의 수도 한단에도 집을 가지고 있었으며 거기에 현지 아내를 두고 있었다. 조희(趙姬)라고 하는 가무의 명수였다.

그녀는 여불위가 여기저기 장사를 다니면서 어린 소녀 시절에 길가의 어느 가난한 사람에게서 사두었던 딸인데 어느덧 자라서 여불위의 내연의 처가 된 것이다. 물론 겉으로는 여불위의 딸로서 자랄 때 매력적이고 애교 있는 여자로 교육되었을 것이다.

우선 자초를 세상에 내놓기 위해서는 그를 세상에 널리 선전하지 않으면 안 된다. 선전하는 데는 자본이 필요하다. 자초는 왕손이라고는 하지만, 말하자면 바둑에서 죽을 줄 알면서도 책략으로 놓는 돌이었기 때문에 본국에서도 그에게 돈을 쓰는 일은 없을 것이라고 생각했다. 사실상 고국에서 오는 생활비도 극히 적었다.

선전하기 위해서는 사교를 빼놓을 수 없지만 인질인 자초는 손님을 초대할 비용도 없었다.

여불위는 자초에게 5백 금을 주었다.

"이것으로 될 수 있는 한 화려하게 한단으로 찾아오는 명사들과 교제를 하십시오."

그는 손을 잡듯이 하며 사교의 요령을 가르쳐 주었다. 여불위의 지도가 훌륭했기 때문인가.

"조에 인질로 가 있는 진왕의 손자인 자초는 뛰어난 인물이다."

이러한 소문이 여러 나라에 퍼져 나가기 시작했다.

물론 여불위도 그의 거래처나 관계가 있는 곳을 찾아가 은밀히 그런 소문이 퍼지도록 공작을 하고 있었다.

자초의 이런 소문이 서서히 본국인 진에도 전해졌을 무렵에 여불위는 장사를 겸해서 진으로 갔다.

뇌물은 장사꾼들의 통행증이다. 돈으로 안 되는 일도 극히 없지만, 한 사람의 노력으로 모의 계략이나 계획이 성공하기도 하는 것이다.

돈의 위력으로 그는 왕태자 안국군의 총비인 화양부인을 만날 수가 있었다.

여불위는 세상 소문들을 말하던 끝에 얼핏 지나가듯 말했다.

"조나라에 계시는 아들 자초님은 참으로 훌륭하신 분이옵니다. 순정(純情)이시고……."

"자초가 훌륭한 청년으로 여러 나라 명사들과 널리 교제하고 있다는 소식을 듣고 있지만 순정이란 말은 처음 듣는군요. 무슨 말인가요?"

"고향을 그리워하는 마음이 강하고 아버님이신 안국군과 그 곁에 계시는 비마마를 깊이 사모하고 계십니다."

"호호, 저를요……."

여자는 사모한다는 말을 들으면 약해지는 법이다. 여불위는 그러한 여자의 마음을 이용한 것이다.

"그러하옵니다. 화양부인은 자기에게는 어머니처럼 생각된다고 가까운 친구들에게 말하고 있다고 들었습니다."

"그래요? ……인질생활은 괴롭겠지요. 가엾기도 해라."

화양부인은 자초를 동정했다.

여불위는 다음에 화양부인의 언니를 설득해서 동생에게 양자를 들이도록 권하게 했다.

"동생이 때를 만나고 있는 것은 그 용모 때문이지만 그 용모는 언젠가는 변할 거예요. 그때를 대비해서 믿을 만한 사람을 만들어 두어요. 안국군의 많은 아들 중에서 마음이 착한 사람을 골라 양자를 삼아 두면 만일의 일이 생겼을 때라도 안심할 수 있지 않아요?"

언니의 말을 듣고 화양부인도 그렇다고 생각했다. 그리고 양자를 맞는다면 자기를 어머니처럼 따르고 있는 자초 이외는 없다고 생각하였다.

　이리하여 화양부인이 자초를 양자로 삼는 일이 진행되어 곧 실현단계에 이르렀다. 이에 의해 자초는 형제들 중에서 가장 왕위에 가까운 위치에 서게 된 셈이다.

　'기화'(奇貨)라는 말이 있다. 상품 중에는 지금은 값이 싸지만 장래에 값이 폭등할 상품이 있는 것이다.

　여불위는 자초를 '기화'로 보고 싼 값으로 샀다. 과연 자초의 주가는 상승하기 시작했다.

　모든 일이 잘 되어 가는 듯이 보였다. 하지만 세상 일이란 그렇게 쉽고 간단한 것은 아닌 듯싶다. 복잡한 문제가 생겼다.

　자초는 여불위의 내연의 처인 조희에게 마음을 두고 있었던 것이다.

　"조희를 내게 양보해 주지 않겠는가?"

　어느 날 자초가 말을 꺼냈다.

　여불위는 아연실색했다. 남들이 볼 때는 딸로 알고 있을지 몰라도 사실은 내연 관계였기 때문이다. 거기다 그녀는 남자를 밝히게 길들여진 음탕한 여자였다. 더욱 기막힌 것은 그녀로부터 임신한 것 같다는 말을 막 들은 다음이었기 때문이다. 아깝다! 맛있는 여자였는데……. 하지만 여기서 거절한다면 자초는 화를 내고 자기에게서 멀어져 갈지도 모른다. 만약 그렇게 되면 지금까지의 고생은 수포로 돌아가고 만다.

　"좋습니다."

　여불위는 머리를 끄덕였다.

"그 대신 조희를 본처로 해주십시오."

"알겠네."

자초의 아내가 된 조희는 얼마 있지 않아 아들을 낳았다. 그 아들은 정(政)이라 이름하였다.

고독한 소년왕

― 진시황제(秦始皇帝)!

그 명성은 너무나도 유명하다. 그렇지만 6국을 멸망시키고 천하를 통일한 기원전 221년까지는 아직 그 이름을 사용할 수 없었다. 그때까지는 진왕(秦王) 정(政)이었다. 아니, 기원전 246년에 진의 주인이 되기까지는 그대로 정이었다.

정은 인질의 아들로 조의 수도 한단에서 태어났다.

그는 유아 시절부터 지능이 뛰어났다. 조숙해서 남의 마음을 꿰뚫어보는 것은 놀라울 정도로 날카로웠다. 남의 눈치를 살피는 인질 생활의 아버지 밑에서 그 또한 순우곤(淳于髡)처럼 독심술 같은 능력도 배웠을 것이다.

지나치게 영리한 것은 일종의 비극일지도 모른다. 최소한 정의 경우는 그랬다고 말할 수 있다.

그는 상당히 일찍부터 자기 출생에 관한 비밀을 알아 버리고 말았던 것이다.

"저 여불위는 자기 자식을 잉태한 첩을 자초에게 억지로 맡겼다는군. 아무리 상대가 인질이라고 해도 지독한 짓이 아닌가?"

"그렇다면 정이란 꼬마놈은 진의 혈통이 아니란 말이 되는군."
"그렇지, 그렇고말고. 큰 소리로 할 말은 못 되지만 말야."
어린 정이 아직은 어른들의 말을 이해하지 못하리라고 생각하고, 남의 말을 하기 좋아하는 노예들은 그런 말들을 어린 정 앞에서 주고받았다. 하지만 조숙한 정은 그들의 이야기를 어느 정도 이해하고 있었다. 모르는 부분은 모르는 대로 기억해 두었다가 성장한 다음 이해한 것이다.

정이 아직 어린 아이였을 때 진나라에서는 장군 왕의(王齮)에게 군사를 주어 조나라의 한단을 포위하게 했다.

조의 입장에서는 자기들의 수도를 포위한 진의 인질을 이용하였다.

자초의 목숨은 바람 앞의 등불이었다.

(얼마나 많은 돈을 투자했는데, 자초를 죽게 한단 말이냐?)

여불위는 그렇게 생각했다.

자초에게 바친 것은 금전만이 아니었다. 자기의 여자도 바치고 아이까지 바쳤다. 금전만으로 계산할 수 없는 투자였다. 그렇게 간단히 죽게 내버려둘 수는 없었다. 여불위는 특기인 매수공작으로 자초를 감시하는 관리를 황금 6백 근으로 매수하여 자초를 진군 진지로 도망치게 하는 데 성공했다.

위기일발의 촌각을 다투는 탈주였기 때문에 가족을 데리고 갈 수가 없었다. 자초는 단신으로 진의 진영에 당도했던 것이다.

조에서는 한단에 남겨진 자초의 아내와 그 아들을 죽이려 했지만, 그녀의 집은 가난했어도 호족이었고 그를 보호하는 여불위의 손길도 뻗쳐 있어 목숨만은 구할 수 있었다.

진의 소왕은 6년 후에 죽었다.

태자인 안국군이 그 뒤를 계승했다. 이것은 이미 정해졌던 일이고, 안국군은 고령인 소왕을 대신해서 그동안 수년간 사실상의 진의 국왕이었다.

안국군은 그의 총비 화양부인과의 약속에 따라 자초를 태자로 세웠다. 안국군은 즉위할 때 이미 나이가 많았고, 더구나 여러 해 동안의 섭정으로 피로가 겹쳐 건강상태가 좋지 못했다. 그는 즉위 1년 만에 죽고 말았다. 죽은 후 효문왕(孝文王)이라는 시호(諡號)를 받았다.

그 뒤를 이어 드디어 태자인 자초가 즉위하게 되었다.

7년 전 한단에서 간신히 도망쳐 살아난 인질이 이제는 초대국 진나라의 주인이 된 것이다. 바로 그가 장양왕(莊襄王)이다.

"대성공이다!"

여불위가 뛸 듯이 기뻐한 것은 말할 것도 없었다. 투기는 보기 좋게 들어맞은 것이다.

장양왕은 여불위를 승상(丞相)에 임명했다. 오늘날의 국무총리이다. 그리고 문신후(文信侯)에 봉하고 낙양 10만 호(戶)를 식읍(食邑)으로 주었다고 이미 얘기한 바 있다.

여불위로 보면 이것으로 투자액은 충분히 회수된 셈이다. 하지만 그의 야심은 컸다. 애당초 인간의 욕망은 끝이 없는 것이다.

진의 국내에서는 지금까지 가장 소외당했고 더욱이 인질로 보내졌던 자초가 태자가 되고 왕에 즉위하는 경로를 재빨리 밟은 것을 예상 밖의 일로 생각했다. 더구나 다른 나라에서는 이변 중의 이변으로 받아들였다.

(이렇게 될 줄 알았으면 좀더 우대해 주었을 것을……..)

(아니, 아직도 늦지 않다.)

조나라의 군신들은 진왕이 된 자초가 자기 나라에 처자를 남겨 두고 있다는 것을 기억해 내었다. 약간 늦은 감은 있지만 조는 진왕 부인과 그 아들인 정을 정중하게 진으로 보냈다.

이때 정은 열 살이었다.

"많이 컸구나……."

장양왕인 자초는 자신의 아들로 믿어 의심치 않는 정을 보고 깊이 숨을 들이마셨다. 7년만이다. 전란의 혼잡 속에서 정신없이 헤어졌을 때 정은 아직 어머니 팔에 안겨 있었다.

(얼마나 성장했을까……?)

재회하기 전 장양왕은 즐거움으로 아들을 만나면 안아 주고 머리도 쓸어 주려고 생각하고 있었다.

하지만 자기 앞에 나타난 아들은 왠지 머리를 쓸어 줄 만한 분위기를 지니고 있지 않았다. 귀염성이 없었던 것은 아니다. 얼굴의 선이 뚜렷하고 영리해 보였다. 그렇지만 애무를 거부하는 듯한 엄한 그 무엇을 지니고 있었다.

(오랜 동안 고생했기 때문이리라.)

자기 아들에게서 풍기는 엄한 분위기를 장양왕은 그런 식으로 이해했다.

자초는 입태자(立太子)와 즉위(卽位)의 경로를 재빨리 밟았지만,

자기 인생의 막도 재빨리 닫고 말았다. 즉위 3년 만에 여불위에게 살해당한 것이다. 그러나 정사(正史)에는 이런 기록이 없다.

당연히 정이 즉위해서 진왕이 되었다. 불과 13세의 소년이었다.

상국(相國)이란 말이 있다. 중국에서 상국을 승상의 윗자리로 한 것은 진왕 정이 즉위한 때부터 시작되었다고 전해지고 있다. 누가 상국에 임명될 것인가?

그 승상의 윗자리인 상국에 여불위가 임명된 것은 말할 것도 없다. 뿐만 아니라 진왕 정은 여불위를 중부(仲父)라고 부르게 되었다. 즉 숙부라는 뜻이다.

13세 소년이 이와 같은 제도와 호칭을 정할 리가 없다. 여불위가 사전에 충분히 준비해서 일을 꾸몄음에 틀림없다.

(이 아이는 내 자유자재로 할 수 있다.)

겉으로 드러낼 수는 없지만 피가 섞인 내 자식이다. 여불위는 그렇게 생각했다.

정이라고 하는 진의 주인을 조종하여 천하의 주인이 된다.

(남자라면 한번 해볼 만한 일이 아닌가?)

산전수전 다 겪으며 장사꾼들과 어울려 천하를 편력해 온 여불위지만 정의 즉위에는 흥분을 느끼지 않을 수 없었다. 자기가 하고 싶은 일을 마음껏 하기 위해서는 최고의 지위에 앉지 않으면 안 된다. 그것이 상국의 자리였다. 또한 그러기 위해서는 사람들에게 존경을 받고 마음에 맞는 사람을 등용시켜야 한다. 중부의 호칭은 그것을 목표로 한 것이었다.

인간은 흥분하면 평소에 잘 보이던 것도 보이지 않게 되는 경우가 있다. 여불위가 소년왕의 차가운 눈길을 뒤늦게 알아챈 것은 너무 흥분해 있었기 때문이리라.

여불위는 옛날부터 하고 싶었던 것을 차례차례로 실행했다.

정식으로 문신후에 봉해졌기 때문에 지금 그는 10만 호라고 할 수 있는 제후들의 한 사람이다. 전국 7웅에는 미치지 못하지만 전국 4군 정도의 치례는 차려야 했다. 그들은 제각기 식객을 3천 명이나 데리고 있었다. 확실히 그것은 보기에도 좋았으리라. 하지만 인재를 모으는 일은 그들의 자위책이기도 했다.

전국 7웅 중의 최강국이면서도 진에는 식객 3천 명을 거느리고 있는 인물은 없다. 그렇다면 내가 한번 해보자. 여불위는 그렇게 생각했다.

『사기』에는 여불위의 집에 1만 인의 고용인이 있었다고 기록되어 있다. 인간의 힘이 중요한 생산수단이었던 시대였기 때문에 노예를 포함하고 있다면 그 숫자는 그렇게 놀란 만한 인원수는 아니다.

그 위에 3천 명의 식객을 데리고 있다는 것도 여불위의 위치로서는 그렇게 어려운 일은 아니었다. 문제는 식객의 수준이었다.

계명구도와 같은 사람들은 고용인들 중에서 양성하면 되었다. 여불위는 전국 4군을 넘어서 오히려 제의 직하의 학사 그룹과 같은 학문의 재능에 중점을 둔 식객을 모으는 데 뜻을 두었던 것이다.

— 그 당시, 제후들의 식객 중에는 변사(辯士)가 많았고 순경(荀卿 ; 순자의 학풍을 따르는 학자들)의 무리들은 책을 저술하여 천하에

뿌렸다.

이러한 기술 역시 『사기』의 '여불위 편'에 있다. 그 당시에 가장 널리 읽힌 책을 오늘날의 사람들은 『맹자』를 상상하겠지만 『사기』의 이 부분의 기술에는 맹자에 대한 기록은 없고 순자에 대해서만 기록되어 있다. 실제로 천하통일에 공헌한 인재는 주로 순자의 문하에서 나왔고 맹자의 문하에서는 출현하지 않았다.

시대의 풍조는 공론을 배제하고 실학(實學)을 존중했던 것이다.

여불위도 인재들을 모아 그들의 지식을 글로 남기게 했다. 그는 식객들에게 제각기 견문을 기록하게 하고 그것을 편집해서 소위 『여씨춘추』(呂氏春秋)를 만들었다.

모든 것을 총망라한 백과전서이다.

"이 세상의 중요한 일들은 이 속에 모두 기술되어 있다. 이 이상 문자를 늘릴 수도 없고 줄일 수도 없다."

여불위에게는 이 저술이 자랑거리였다.

20여 만 자의 저술이라고 하니 4백자 원고지로 5백 매 정도에 지나지 않는다. 하지만 현대의 글과 당시의 한자에 있어 기술상의 차이를 생각하면 내용은 그 3배 정도의 것이라고 보아도 좋을 것이다. 종이가 없었던 시대였기 때문에 이것들은 목간에 씌어졌고, 양으로 보아서는 지극히 많은 것이다.

여불위는 그것을 수도 함양(咸陽)의 시장 입구에 쭉 진열해 놓고 '한 자라도 증·감할 자가 있다면 천금의 상을 주리라'하고 여러 나라의 유세가들에게 외쳤다.

그는 자부심도 있었지만 이와 같은 행위로 여러 나라에 자기 이름을 널리 알리려고 했던 것이다. 그의 행위가 좀 도에 지나친 감도 있듯이 사생활 역시 자유분방하였다.

진왕 정의 어머니는 여불위의 내연의 처였다. 자초의 아내가 되어 자초의 즉위로 왕비가 되고 자초가 죽자 태후가 되어 있었다. 자초에게는 친어머니가 있어 어머니를 하태후(夏太后)라 칭했고, 자초를 양자로 했던 화양부인도 생존해 있어 이를 화양태후라고 불렀다. 그런 뜻에서 정의 어머니는 모태후(母太后)라 불리웠다.

옛날 한단에서 가무의 명수로 알려졌던 모태후이다. 그리고 그러한 사실은 몇몇 사람들밖에 모르는 일이지만 그녀는 남자가 없이는 하루도 지낼 수 없는 음탕한 여자였다. 창가(娼家)에서 자란 탓인지 음탕한 기질이 골수에까지 스며들어 있었다. 13세의 아들이 있는 어머니였지만 그녀는 아직 여자로서 한창 나이였다.

그 모태후가 미망인이 되었다.

(이제부터다. 누구의 눈치를 볼 것도 없이 내 마음대로 할 수 있으니까.)

모태후는 그렇게 생각하고 있었다.

진의 궁중에는 옛날 그녀와 함께 살던 여불위가 있었다. 그는 웬만한 일은 자기가 생각하는 대로 하였다. 더욱이 자기 위에 있는 왕은 나이가 어리다. 본래 음탕한 모태후와 여불위 두 사람은 다시금 가까이 지낼 수 있는 상황이 된 것이다.

오랜만에 다시 만나니만큼 그 흥분이나 신비감도 더했을 것이다. 그리고 이제는 모태후라는 지위가 여불위를 더 흥분시켰을 것이다.

"주의하지 않으면 안 돼요. 그대는 이 나라의 모태후가 아니오."

여불위가 말했다.

"뭘 그렇게 걱정해요. 당신은 공연한 걱정을 하시는군요. 이 나라의 주인인 정은 우리들 두 사람의 자식이 아니어요?"

모태후는 여불위에게 몸을 기댔다. 그리고 농염한 자태로 그를 침대로 이끌었다. 장소는 진의 궁궐이다. 상국의 위치에 있고 왕으로부터 중부라고 불리는 신분이기 때문에 남자지만 그만은 후궁에 출입할 수 있었다. 후궁은 말할 것도 없이 남자 금지 지역이었다.

"그것은 표면에 나타낼 수 없는 일이오."

"그것이 무슨 상관이에요."

"사람들의 눈이 있소. 왕도 이제는 남녀 사이의 일을 알 나이가 되었소."

"아니어요. 그 애는 아직 어린애예요."

자기 아들에 대해서 모태후는 잘 모르고 있었다. 남편인 자초가 진군 진지로 탈출한 뒤, 그녀는 어린 아들과 6년을 둘이서만 살아온 셈이다. 하지만 그것은 표면에 지나지 않았다. 그 6년간에도 그녀는 음탕한 생활을 계속했던 것이다. 외간 남자들을 불러들여 밤낮을 가리지 않고 성욕을 불태웠다.

그녀는 아들에게만 얽매여 있을 수가 없었다.

그 아들은 어머니의 음탕한 행동을 차가운 눈으로 말없이 보고 있었다. 아니, 어머니의 행동을 보고 있었기 때문에 차가운 눈길이 되었는지도 모른다.

아버지는 없었고 어머니는 남자에 미쳐 있는 가정에서 자랐기 때문에 정은 여러 가지 일을 알았다. 자기 출생의 비밀만 해도 부인이 정숙하고 엄한 가정이었다면 하인이나 동네 사람들도 감히 입에 올리지 않았을 것이고, 적어도 정의 앞에서 주고받는 일은 없었을 것이다.

(진 왕가의 혈통이 아니다.)

소년 정은 옥좌에 앉을 때마다 한단에서 들은 그런 말들이 귓전에 되살아나는 느낌이었다.

사실이라면 진의 주인이 될 수 없는 몸이다. 앉기가 거북한 자리이다. 하지만 정은 가볍게 입술을 깨물며 마음속으로 중얼거리며 그 앉아 있는 불편한 것을 참는 것이었다.

(보아라. 이제 곧 천하의 주인이 된다. 진의 주인 자리는 잠시 빌렸을 뿐이다.)

옥좌에 앉아 있는 소년은 고독했다.

56년간에 걸친 소왕 치세로 진은 어느 정도 안정되어 있었고 그 위를 달리는 것만으로도 좋았다. 하지만 그것만으로는 소년 왕 정은 만족할 수 없었다. 진의 피를 받지 않은 자기는 진이 깔아 놓은 평탄대로를 갈 수만은 없다고 완고하게 마음을 다지고 있었다.

(나 스스로의 길을 걷자.)

이것이 정의 결의였다.

하지만 13세의 소년왕은 국정에 대해서 결정권을 가지고 있지 못했다. 모든 것은 상국인 여불위의 후견을 받고 있었다.

(언제까지나 후견을 받지는 않는다. 스스로의 길을 가기 위해서라도…….)

이 명민한 소년은 진짜 아버지인 여불위가 자기를 꼭두각시로 삼아 마음대로 조종하려 하고 있다는 것을 깨달았다.
 이 상태로 계속 있을 수는 없다.
 어느 날 정은 상국인 여불위를 불렀다. 정이 지금까지 여불위를 부른 것은 처음 있는 일이었다. 언제나 여불위가 입궐해서 배알했다. 배알은 결정을 전하는 것뿐이고, 왕의 의견을 묻는 일도 여불위의 의견을 왕이 묻는 일도 없었다. 그런데 이번에는 호출인 것이다.
 여불위는 무슨 일인가 하고 머리를 갸웃거리며 입궐했다.
 소년왕 정은 이 날 언제까지나 자기가 꼭두각시로서 존재하지 않겠다는 것을 여불위에게 분명히 말하려고 했던 것이다.
 "중부님, 이후로는 후궁 출입을 삼가 주십시오."
 하고 정이 말했다.
 "무, 무슨 일 때문이옵니까?"
 여불위는 약간 당황했다.
 "후궁은 부인들이 거주하는 곳이오."
 "그러나 봉인은 상국으로서 여러 태후님들의 상담역이옵니다. 화양태후, 하태후……."
 여불위의 말이 채 끝나기도 전에 정의 목소리가 여불위의 말문을 가로막았다.
 "혈연에 기대지 마시오."
 "옛, 혈연이라니요?"
 "나는 그대를 말하는 것이오."
 정은 한마디로 잘라 말했다.
 "그러면……?"

여불위는 자기 귀를 의심했다. 자기 출생의 비밀을 정이 알고 있다니, 그는 꿈에도 생각하지 못했던 것이다.

거근 장신후(巨根 長信侯)

혈연에 기대지 말라!
(어떤 특수한 관계가 있더라도 나는 너를 염두에 두지 않겠다. 더욱이 너의 꼭두각시로 계속 있을 수만은 없지 않느냐?)
소년왕은 그렇게 선언한 것이다.
"예."
하고 머리를 숙였지만 여불위는 전신에 땀이 흐르는 것을 느꼈다.
영리한 군주는 행동의 자유를 갈망한다. 나이가 어릴 때는 할수 없지만 제 구실을 하게 될 나이가 되면 후견역을 귀찮게 생각할 것이다. 이것저것 구실삼아 후견인을 없애려고 할지도 모른다.
강대국의 왕을 자유로이 조종해서 천하에 풍운을 일으키려 했지만, 진짜 자기 아들이면서도 정(政)은 아무래도 자기의 생각대로 움직여 줄 인간은 아닌 것 같았다.
이제부터 여불위는 죽지 않도록 몸을 조심하는 수밖에 없었다. 숙청의 위기를 모면하려면 한시라도 빨리 전에는 애첩이었고 지금은 모태후가 되어 있는 그 여자에게서 멀리 떨어지지 않으면 안 된다.
하지만 그녀는 다정(多情)하다. 그리고 무척 남자를 밝히는 여자다. 웬만한 일이 아니고는 정부(情夫)를 놓으려고 하지 않을 것이다.

여불위는 대책을 열심히 생각했다. 모태후의 정열은 정신적인 사랑이 아니다. 육체의 애욕이 그녀를 괴롭히고 있는 것이다. 때문에 정부는 반드시 여불위가 아니라도 좋았다.

(육체적이 남성의 기능이 나보다도 뛰어난 사나이를 그에게 붙여주자.)

여불위는 그렇게 마음을 정했다. 대역(代役)을 만들어 그녀에게 붙여 주려고 했다.

(그렇지. 그 소문난 사내가 좋을지도 모르겠다.)

여불위가 생각해낸 것은 대음(大陰)의 노애라는 사나이였다. 대음이란 남성의 상징인 그것이 지극히 크다는 뜻이다. 육체적인 욕망에 사로잡혀 있는 모태후에게는 이러한 사나이가 제격일 것이다.

여불위는 돈의 힘으로 노애를 자기의 사인(舍人)으로 만들었다. 사인이란 개인적인 부하를 말한다. 거근의 소문이 모태후의 귀에 들어가면 그녀는 그 사나이를 탐할 것이다. 여불위는 그렇게 생각하고 될 수 있는 대로 근사한 소문이 나도록 꾸몄다. 그래서 그의 옷을 벗기고 발기가 된 거근에 오동나무로 만든 수레바퀴를 끼고 걷게 했다.

오동나무는 가볍다고는 해도 남근(男根)이 축 늘어지면 떨어지고 만다. 거근인 동시에 지속성도 대단하다고 하여 소문이 널리 퍼졌다.

여불위도 힐끔힐끔 그것을 보고는 혀를 내두를 정도였다.

(세상에 이렇게 굉장한 것도 있었단 말인가?)

이런 사나이를 모태후에게 주는 데 있어서 지난날의 남편으로서 그는 약간 복잡한 감정이 얽히는 것을 어찌할 수 없었다. 질투가 나지 않는 것은 아니었다. 그러나 살기 위해서는 어쩔 수 없다.

수레바퀴를 들어올리는 노애의 소문은 예상한 대로 모태후의 귀에 들어갔다.

어느 날 그녀는 여불위를 불러 이야기를 꺼냈다.

"당신 하인 중에 노애라고 하는 자가 있는 모양인데 그 자를 나에게 양보해 줄 수 없으세요?"

"나와 같은 상국이나 재상 같으면 몰라도 보통 사나이가 후궁에 들어오는 것은 불가능하지 않소."

여불위는 곤란한 듯한 표정을 지었다. 그러나 마음속으로 생각하였다.

(잘 걸려들었다.)

"그 점은 어떻게 잘 해주세요. 부탁이에요. 당신은 상국이잖아요. 웬만한 일은 그리 어려울 것이 없지 않아요. 모태후인 나와 이렇게 동침을 할 수 있는 것까지. 이런 일에 비하면 하인 한 사람쯤을 가지고……."

모태후는 뜨거운 입김을 여불위의 가슴에 토해내면서 말했다.

"곤란하지만……, 아무튼 방법을 생각해 봅시다."

여불위는 그렇게 대답했지만 방법은 이미 생각해 둔 터였다.

황제와 재상 이외의 남성은 후궁에 들어갈 수 없다고 했지만 예외는 있었다. 사나이라고 불러도 좋을지 어떨지 알 수는 없지만 남성의 기능을 상실한 사나이, 즉 환관(宦官)이라면 허락되었다.

"환관으로 해서 들어올 수 있도록 할 터이니 알아서 사용토록 하시오."

여불위는 무심히 말했다.

"그렇게 되면 아무 쓸모가 없는 것 아니어요."

모태후는 입술을 삐죽 내밀었다.

"아니오. 이유를 붙여 그를 궁형(宮刑;남성을 거세함)에 처하는 것으로 하고 실제로는 수술을 하지 않고 그냥 두는 것이오. 그렇게 하면 그는 표면상으로는 환관이니까 후궁에서 부려도 상관이 없을 것이오."

"오오, 과연 상국은 지혜자!"

모태후는 손뼉을 치며 좋아했다.

불가능을 가능하게 하는 것은 여불위가 자랑하는 재주이다. 특히 돈의 힘으로 되는 것은 더욱더 그렇다.

진군에 포위된 조의 수도에서 진나라의 인질을 매수 공작에 의해 도망치게 했던 여불위의 실력이다. 궁형 판결을 받은 사나이의 거세 수술을 중지시키는 정도는 식은 죽 먹기였다.

남자가 있을 수 없는 후궁에서 모태후와 환관의 부부생활이 시작되었다. 철없이 섹스만 즐기는 모태후는 거근의 남자와 저녁이건 낮이건 그짓만 음탕하게 했지 정치적 상황은 파악하지 못했다.

그런데 왕 어머니의 정부가 된 노애는 대단한 권력을 그 수중에 쥐었다. 권세의 주변에 있었던 자라면 권력의 사용방법을 약간은 알고 있었으리라. 하지만 노애는 지금껏 전혀 권세와는 인연이 없었다.

　(흐흥, 이건 참 재미있군. 지금껏 잘난 체하던 자들이 이제는 내 앞에서 굽실굽실한단 말이야. 참으로 재미있는 일이군…….)

　이 가짜 환관은 비로소 처음 알게 된 권세의 매력에 완전히 들뜨고 말았다. 권력의 사용 방법을 모르고 있기 때문에 그것을 휘두르기만 하고 멈출 줄을 몰랐다.

　상국인 여불위도 가짜 환관을 후궁에 넣은 약점이 있기 때문에 무슨 일에서나 노애의 편의를 보아 주었다. 드디어 이 가짜 환관은 후궁 관계의 모든 것을 결재할 수 있을 정도의 세력을 가지게 되었다.

　왕이 어렸을 때에는 인사권의 대부분을 후궁에서 쥐고 있었다. 그 후궁에 군림했으니 노애는 관리의 임명을 마음대로 할 수 있었다. 출세하고 싶은 자들은 그의 집을 출입하며 금품을 보내고 아첨을 했다. 그의 집에는 하인이 수천 명이나 되었다. 이것은 여불위의 1만에는 미치지 못하였지만, 진나라에서는 제2의 실력자가 된 셈이다.

　여불위는 '문신후'(文信侯)에 봉해졌다. 하지만 노애도 '장신후'(長信侯)의 칭호를 얻었다. 산양(山陽)의 땅을 받고 작은 제후가 된 것이다.

　(벼락감투를 쓴 자는 손 쓸 수가 없구나…….)

　여불위는 혀를 찼다.

　이대로 가다가는 앞으로 무슨 짓을 할지 모른다. 서투른 짓을 하면 옆사람까지 봉변을 당할 염려가 있다. 당시의 진은 상앙이 법치

국가의 체제를 확립해 놓은 후, 새로이 이사를 맞이해서 법률제일주의 체제를 굳혀 가고 있었다. 연좌의 죄도 엄해서 상국의 지위라 해도 법률 앞에서는 안심할 수 없었다.

여불위는 후회했다.

이런 일이 생길 줄 알았다면 위험한 대역을 찾아낼 필요까지는 없었다. 여불위 자신이 모태후에게 봉사를 계속하고 있었다면 일은 더욱 안전했을 것이다. 적어도 세심한 주의를 기울여서 표면에 나타나지 않도록 노력했을 것이다. 그러나 노애의 행동은 위태로웠다.

노애는 언제나 보라는 듯 행동했고 여불위는 언제나 조마조마한 마음이었다.

(돌이킬 수 없는 사태에 이르기 전에 손을 써두지 않으면 안 되겠다.)

여불위는 노애를 제거해야겠다고 생각했다.

왕은 성장한다. 그렇지 않아도 조숙한 편이다. 머지 않아 어머니의 추행을 눈치챌 것이다. 그렇게 되면 무사하기를 바란다는 것은 어리석은 일이다. 사건화되는 것은 불을 보듯 뻔한 일이다.

그렇다면 빨리 고름을 짜내야 된다. 늦으면 늦을수록 왕은 성장해서 이 사건을 정치적으로 이용하려고 할지도 모른다. 후견역이라고 하는 방해자를 이 기회에 제거해 버리려고 생각한다면 여불위의 지위는 고사하고 목숨까지도 위험했다.

여불위는 노애를 고발하기로 작정했다.

그는 고발자로서 표면에 나설 필요가 없었다. 식객이 3천 명이나 있으니 그는 지휘만 하면 되는 것이다.

고발을 하는 것도 자신이 다치지 않도록 철저한 예방책을 마련해야 한다. 노애가 문초를 당한다면 그를 천거한 것이 여불위였다는 것이 분명히 밝혀질 것이다. 게다가 궁형(宮刑)의 일이 매수에 의한 것이라는 대죄가 탄로날 위험성도 있다.

노애를 재판에 걸어서도 안 된다. 그러기 위해서 그를 고발함과 동시에 그에게 위험하다는 것을 알려 주기로 했다. 노애는 어이없이 체포당하기보다는 쿠데타를 일으키려고 할 것이 틀림없다. 아니 그렇게 하도록 만들어 놓자. 지금 거근의 가짜 환관 노애는 수만의 사병을 움직일 수 있는 힘이 있다. 쿠데타 진압의 싸움으로 노애가 죽어 버린다면 이 사건은 그것으로 끝나게 될 것이다.

여불위는 곧 계획을 세우고 그에 따라 행동하기 시작했다.

진은 법률제일주의 국가이고 보니 고발을 하는 데 있어서도 확실한 증거가 있어야 했다. 하지만 증거는 넘칠 정도로 많았다.

후궁에서의 무분별한 성생활로 모태후는 두 아이까지 낳고 있었다. 물론 미망인인 모태후가 내놓고 아이를 낳을 수는 없다. 배가 부르게 될 때쯤 해서 점쟁이를 매수해서 이렇게 말하게 했다.

"방위적으로 현재의 장소는 재앙이 있을 것이오니 잠시 옹(雍)의 방향으로 옮겨앉는 것이 좋겠소."

옹은 수도 함양(咸陽)의 서쪽, 현재의 섬서성 봉상현으로 당시 진의 별궁이 있었다. 모태후는 거기서 아이를 낳고 아무 일도 없는 것처럼 태연한 얼굴로 다시금 함양의 궁전으로 되돌아오는 것이다. 돌아와서도 죄의식 없이 노는 음탕한 성행위가 줄어드는 것은 아니었다. 하루도 거르지 않고 섹스만 즐겼다.

여불위의 부하 중 한 사람이 고발을 했다.

"노애는 표면상으로는 환관이지만 실은 궁형을 받지 않았소. 태후와 간통을 해서 두 아이를 낳고 머지 않아 현재의 왕을 폐하고 그 아이들 중 하나를 왕으로 세우려고 기도하고 있소……."

허위의 고발을 한 자는 중죄를 받게 되어 있었기 때문에 대단한 각오가 없이는 이런 중대사건의 고발은 할 수 없었다.

그리고 노애 쪽에도 통보를 하였다.

"태후와의 일, 그리고 두 도련님의 일도 탄로났소. 진왕은 당신을 주살하려고 계획하고 있소. 머지 않아 제사 지내러 옹으로 가시지만 그것은 군사를 모으기 위한 수단이란 것이오."

아무리 왕이라 해도 수만의 병사에 둘러싸여 있는 장신후를 체포하는 것은 그렇게 손쉬운 일이 아니었다. 수도에서 군사를 모으면 상대에게 눈치채일 염려가 있다. 옛날부터 이러한 때에는 제사나 사냥을 빙자해서 일단 수도를 떠나 지방에서 군사를 모으는 방법을 사용하고 있었다.

"음, 어떤 놈이 밀고를 했는가?"

장신후 노애는 이를 갈았다. 남근만 클 뿐 아니라 이 사나이는 배짱도 있었다.

"어떻게 하시겠습니까?"

측근이 묻자 장신후는 히죽 웃고 나서 대답했다.

"뻔하지 않느냐? 누가 얌전히 포승을 받을 것인가? 저쪽이 시작하기 전에 이쪽이 먼저 시작하는 것뿐이다."

그는 태후의 인새를 찍은 동원령을 내렸다.

이것은 진왕 정(政) 9년의 일이며 정은 이미 나이 22세가 되어 청년왕이었다. 하지만 지금까지도 연소하기 때문에 태후의 인새를 왕의 옥새와 같이 사용해 왔다. 그렇기 때문에 태후의 인새로도 군사를 동원할 수가 있었다.

그러나 여불위가 표면에는 나타나지 않았지만 왕인 정에게도 노애의 움직임을 미리 알려 주었다. 그래서 정은 미리 태후 이름의 동원령이 무효임을 전국에 전해 놓고 있었던 것이다. 그러자 장신후는 그가 데리고 있는 사병단을 움직였다. 옹의 남쪽에 있는 별궁인 '기년궁'(蘄年宮)에 웅거하고 반란군을 일으킨 것이다.

진왕 정은 대군을 투입했다.

"아차 속았구나!"

장신후는 신음했다.

누가 미리 정에게 자신의 모반계획을 알려 준 것만은 간신히 눈치를 챘다. 그러나 누가 했는지 이 거근의 노애는 알지 못했다.

장신후의 토벌을 지휘한 것은 창평군(昌平君)과 창문군(昌文君)이었고 반란군은 곧 흩어져 패주했다.

(이렇게 간단히 패할 리 없는데…….)

도망치면서 장신후는 몇 번이나 머리를 갸웃거렸다. 그의 머리에는 현상금이 붙어 있었다. 생포한 자에게는 백만 냥, 죽인 자에게는 50만 냥을 준다는 포고가 나붙었다.

장신후는 호시(好時)라는 곳에서 목이 잘렸다. 함양의 서북쪽으로 현재의 지명으로는 섬서성 건현(乾縣) 부근이다.

그의 시체는 차열(車裂)의 형에 처해졌다.

"차열의 형에 처하기 전에 그 자의 오을 벗기고 벌거숭이로 만들어 효시하여라!"

진왕 정은 엄숙히 명했다.

대역 죄인을 온 국민에게 보이기 위해 효시하는 것이지만, 진왕 정은 그 전에 장신후의 시체를 검사했다. 그 경우, 시체 그 자체가 죄의 증거가 되는 것이다.

환관으로서 있어서는 안 될 물건이 그 시체에 붙어 있었다. 그것도 특히 큰 물건이. 그 이상의 증거는 없었다.

"흠, 저기에 오동나무 바퀴를 걸었단 말인가?"

진왕 정은 잠시 장신후의 물건에 눈길을 주고 있었다.

사건 처리는 지극히 신속하게 행해졌다.

그 엄함이 가을의 서릿발 같았다. 진왕 정은 차마 자기 어머니만은 죽이지 못했지만 옹의 별궁에 유폐키로 했다.

장신후의 일족은 모두 주살되었다. 수천을 헤아리는 그의 가신들도 제일 가벼운 형을 받은 자가 3년의 징역을 받았다. 또한 당시로서는 미개지였던 촉(蜀)지방에 약 4천여 가구를 유형시켰다. 그렇지만 촉에 유형되었던 자들은 몇 년 후에 용서를 받고 복귀되기도 하였다.

태후가 비밀리에 낳은 두 아이도 발각되어 죽고 말았다.

유폐되었던 태후가 다시금 함양의 감천궁(甘泉宮)에 돌아온 것은 그 다음해의 일이다.

제의 유세객인 모초(茅焦)란 자가 이렇게 역설했기 때문이다.

"대왕께서 천하를 바라고 있으시다면 모태후를 수도로 맞이하십시오. 불효자라는 평판이 돌게 된다면 제후들의 마음을 사기가 어려울 것이옵니다."

"그런가? 천하를 위해서인가……."

진왕 정은 즉석에서 옹으로 사자를 보냈다.

<제2권에 계속>

철학사전(개정증보판)과 철학사(전5권)

『철학사전』은 『철학사』(전5권)를 읽는 독자들을 위해 만들어졌다. 본 사전에는 아직도 각종 모순이 중첩되어 있는 이 땅에서 자연과 사회 및 인간 사유의 일반적 발전 법칙을 탐구하여, 올바른 세계관을 수립하고 각종 모순을 인식하고 해결하는 데 초석이 되도록 편찬되었다. 따라서 이 사전은 진보적 철학의 비중을 대폭 높였으며 특히 한국철학에 있어서 새로운 민중적 시각을 통해 재정리하고자 했다. 또한 이 사전은 철학의 근본문제를 비롯하여 여러 문제, 사회관, 인생관, 가치관, 역사관 등의 문제와 기타 철학의 발전과 긴밀히 연결된 사회과학과 자연과학의 논점도 동일한 입장에서 다루었다. 때문에 이 사전과 동일한 입장에서 일관성 있게 집필된 본사 발행 『철학사』(전5권)와 함께 유용한 지침서가 될 것이다.

철학사전편찬위원회 지음/4×6배판 칼라인쇄/고급 서적지 및 고급 양장케이스/정가 350,000원

『철학사』(전5권)는 국내판을 출간하는데 30여년에 걸쳐 기획되고 수정된 책으로 연 40여명의 편집인이 동원되었다. 본서는 1987년 7월 처음 출간되어 1998년 2월에 재편집되었으며 2009년 5월에 3차 증보판에 이어서 이번이 제4차 개정 증보판이다. 대본으로 사용한 책은 「러시아과학아카데미연구소」(Akademiya Nauk SSSR)에서 출간한 『History of Philosophy』(전5권)를 다시 국내에서 우리나라 실정에 맞게 재편집하고 현대적 용어와 술어로 바꾸어 번역한 것으로, 국내판은 고대 노예제 철학의 발생으로부터 자본주의 독점 시대까지의 철학을 재편집하였다.

크라운판 고급인쇄/고급 서적지 및 고급 양장케이스/전5권 세트 정가 650,000원

중원문화 아카데미 新書

1. 한국근대 사회와 사상
   • 일본 교토대학교 연구소 엮음
2. 걸어다니는 철학
   • 황세연 저
3. 반듀링론
   • F.엥겔스/김민석 역
4. 헤겔 법철학 입문
   • 꼬우즈미 따다시 지음
5. 이성과 혁명
   • H.마르쿠제/김현일 외 역
6. 정치경제학 교과서 I-1
   • 짜골로프 외/윤소영 엮음
7. 정치경제학 교과서 I-2
   • 짜골로프 외/윤소영 엮음
8. 정치경제학 교과서 I-3
   • 짜골로프 외/윤소영 엮음
9. 이탈리아 맑스주의
   • K.프리스터/윤수종 옮김
10. 걸어다니는 경제사
    • 황세연 편저
11. 자본론에 관한 서한집
    • K.마르크스와 F.엥겔스 저
12. 지배와 사보타지
    • 안토니오 네그리/윤수종 옮김
13. 과학기술사
    • 석동호 편저
14. 저개발과 의약품
    • M.뷜러/우연재 옮김
15. 맑스주의의 세 갈래길
    • W.레온하르트/하기락 옮김
16. 역사적 맑스주의
    • R.알뛰세르/서관모 옮김
17. 경제학의 선구자들
    • 일본경제신문사/김종호 옮김
18. 근현대 사회사상가 101
    • 이마무라 히도시/안효상 옮김
19. 맑스를 넘어선 맑스
    • 안토니오 네그리/윤수종 옮김
20. 교육과 의식화
    • P.프레이리/채광석 역
21. 정치경제학 교과서 II-1
    • 짜골로프 외/윤소영 엮음
22. 정치경제학 교과서 II-2
    • 짜골로프 외/윤소영 엮음
23. 청년 마르크스의 휴머니즘
    • H.포피츠/황태연 역
24. 사회를 어떻게 볼 것인가?
    • 황세연 편저
25. 헤겔연구②
    • 임석진 외저 (절판)
26. 칸트 철학입문
    • W.O.되에링/김용정 역
27. 노동조합 입문
    • 양원직 편저
28. 마르크스에서 쏘비에트 이데올로기로
    • I.페처/황태연 역
29. 소유의 위기
    • E.K.헌트/최완규 역
30. 변증법의 현대적 전개①
    • W.뢰르/임재진 역
31. 변증법의 현대적 전개②
    • W.뢰르/임재진 역
32. 모순의 변증법
    • G.슈틸러/김재용 역
33. 헤겔연구③
    • 임석진 외저 (절판)
34. 국제무역론
    • 久保新一/김선기 역
35. 칸트
    • 코플스톤/임재진 역
36. 자연과학과 철학
    • H.라이헨바하/김회빈 옮김
37. 철학 입문
    • 황세연 편역
38. 맑스주의의 역사 ①
    • P.브르니츠기/이성백 옮김
39. 맑스주의의 역사 ②
    • P.브르니츠기/이성백 옮김
40. 한국사회와 자본론
    • 황태연 저
41. 정치경제학 비판을 위하여
    • K.마르크스/김호균 역
42. 과학기술 혁명시대의 자본주의와 사회주의
    • 황태연 저/허상수 엮음
43. 혁명운동의 문제들
    • S.P.노보셀로프/이창휘 옮김
44. 마키아벨리의 고독
    • 루이 알뛰세르/김민석 역
45. 들뢰즈와 가타리
    • 로널드 보그/이정우 옮김
46. 과학적 사회주의
    • G.그로서/송주명 옮김
47. 맑스-레닌주의 철학의 본질
    • F.V.콘스탄티노프/김창선 역
48. 철학의 기초(1)
    • A.라키토프/김신현 옮김

중원문화 아카데미 新書

- 49 철학의 기초(2)
  - A. 라키토프/김신현 옮김
- 50 소수자 운동의 새로운 전개
  - 윤수종 외 지음
- 51 한눈에 들어오는 서양철학사
  - 타케다 세이지/홍성태 옮김
- 52 마르크스즘과 유로코뮤니즘
  - 산티아고 까리요/김유향 옮김
- 53 맑스주의와 프랑스인식론
  - P. 토미니크 르쿠르/박기순 옮김
- 54 논리의 오류
  - 에드워드 데이머/김희빈 역
- 55 프랑스 문화와 예술
  - 마르크 블랑팽·장 폴 쿠슈/송재영 옮김
- 56 개발과 파괴의 사회학
  - 홍성태 지음
- 57 인민의 벗이란 무엇인가
  - V. 레닌/김우현 역
- 58 예술·정보·기호
  - 가와노 히로시/진중권 역
- 59 담론의 질서
  - 미셸 푸코 지음/이정우 해설
- 60 사회학의 명저 20
  - 김진균 외 지음
- 61 철학사(1)
  - Akademiya Nauk SSSR 편
- 62 철학사(2)
  - Akademiya Nauk SSSR 편
- 63 철학사(3)
  - Akademiya Nauk SSSR 편
- 64 철학사(4)
  - Akademiya Nauk SSSR 편
- 65 철학사(5)
  - Akademiya Nauk SSSR 편
- 66 인격의 철학, 철학의 인격
  - 김종엽 저
- 67 담론의 질서
  - 푸코 지음/이정우 옮김
- 68 교육자의 길
  - 이오덕 외 저
- 69 정치경제학
  - 짜골로프 저
- 70 박정희 시대-5.16은 쿠데타다
  - 이상우 저
- 71 박정희 시대-민주화운동과 정치주역들
  - 이상우 저
- 72 박정희 시대-5.16과 한미관계
  - 이상우 저
- 73 박정희와 유신체제 반대운동
  - 이상우 저
- 74 세계사 (제국주의 시대)
  - 김택현 편
- 75 세계사 (제1차세계대전)
  - 김택현 편
- 76 세계사 (제2차세계대전과 파시즘)
  - 김강민 역
- 77 세계사 (현대)
  - 조진원 편/이춘란 감수
- 78 근현대 형성과정의 재인식①
  - 안종철 외 저
- 79 근현대 형성과정의 재인식②
  - 정근식 외 저
- 80 시몬느 베이유 철학교실
  - 앙느레느/황세연 역
- 81 소크라테스에서 미셸 푸코까지
  - 기다 캔/김석민 역
- 82 상식 밖의 세계사
  - 가바야마 고아치/박윤명 역
- 83 들뢰즈와 카타리
  - 로널드 보그 저/이정우 옮김
- 84 새로운 예술을 찾아서
  - 브레이트 저/김창주 역
- 85 역사 유물론의 궤적
  - 페리 앤더슨/김필호 외 옮김
- 86 철학적 맑스주의
  - 루이 알튀세르/서관모 역
- 87 생산의 발전과 노동의 변화
  - 마이클 피오르 외/강석재 외 역
- 88 항일과 혁명의 한길에서
  - 김ُ운선 지음
- 89 지배와 사보타지
  - 안토니오 네그리/윤수종 역
- 90 헤겔철학 서설
  - 오토 푀겔러/황태연 역
- 91 과학적 공산주의란 무엇인가
  - 빅토르 아파나시에프/최경환 역
- 92 페레스트로이카 논쟁(서독)
  - 에케르트 외/송주명 역
- 93 페레스트로이카 논쟁(동독)
  - 모르겐슈테른 외/신현준 역
- 94 페레스트로이카 논쟁(프랑스)
  - 프랑시스 코엥/신현준 역
- 95 페레스트로이카 논쟁(소련)
  - 야코블레프 외/신현준 역
- 96 마르크스주의와 개인
  - 아담 사프/김영숙 역

중원문화 아카데미 新書

- 97 변증법이란 무엇인가
  · 황세연 지음
- 98 지역 민주주의와 축제의 관계
  · 정근식 외 저
- 99 왜 인간인가?
  · 강대석 지음
- 100 왜 철학인가?
  · 강대석 지음
- 101 왜 유물론인가?
  · 강대석 저
- 102 경제학의 선구자들 20
  · 일본경제신문사 엮음/김종호 역
- 103 남영동
  · 김근태 저
- 104 다시하는 강의
  · 이영희, 한완상 외 저
- 105 철학의 명저 20
  · 한국철학사상연구회 엮음
- 106 민족문학의 길
  · 구중서 저
- 107 맑스, 프로이트, 니체를 넘어서
  · 서울사회과학연구소 저
- 108 일본적 생산방식과 작업장체제
  · 서울노동정책연구소 저
- 109 근대성의 경계를 찾아서
  · 서울사회과학연구소 지음
- 110 헤겔과 마르크스
  · K.베커/황태연 역
- 111 헤 겔
  · 나까야 조우/황세연 역
- 112 탈현대 사회사상의 궤적
  · 비판사회학회 지음
- 113 역사가 말 못하는 것
  · 민상기 지음
- 114 동성애 욕망
  · 기 오껭겜 지음/윤수종 옮김
- 115 성(性) 혁명
  · 빌헬름 라이히 지음/윤수종 옮김
- 116 성(性) 정치
  · 빌헬름 라이히 지음/윤수종 옮김
- 117 성(性) 자유
  · 다니엘 게링 지음/윤수종 옮김
- 118 분열과 혁명의 영토
  · 신승철 지음
- 119 사랑과 욕망의 영토
  · 신승철 지음
- 120 인동의 세월:1980~1985
  · F. 가타리 지음/윤수종 옮김

인격의 철학, 철학의 인격

김종엽 저/420쪽/고급양장 신국판/
정가 28,000원

한 철학자의 눈에 비친 인격에 대한 고찰!

저자는 여러 철학자들의 사유에 내재된 진정한 개성과 삶의 관점을 드러내 인격적 정체성이 무엇인지를 밝히고자 했다.

이 저서는 인격적 정체성을 사물과 구별되는 존재의 세계에서 설명하려는 실천적 과제를 안고 있습니다. 더불어 그것을 비판하는 논점과도 논쟁할 것입니다. 인격적 정체성을 정당화하려는 철학적 노력은 단순히 물리적 세계에 역행하는 무모한 시도가 아닙니다. 인격적 정체성에 대한 질문은 개별적 실존이 어떻게 변화무쌍한 삶의 실현과정에서 자기 자신과 동일함을 유지하며, 또한 동일함에 이를 수 있는지를 묻습니다.

"국민천세!" 천승세 평역
중국역사대하소설

십팔사략

천승세 선생님께서 심혈을 기울여 엮어내신 주옥같은 이야기는 지금까지 느낄 수 없었던 새로운 역사철학을 여러분 가슴에 선사할 것이다.

노자, 공자, 손자, 한비자, 진시황제, 항우와 유방, 한무제, 조조, 유비, 손권, 측천무후, 당현종과 양귀비, 칭기즈칸 등의 냉혹함과 예리한 통찰력, 그리고 목숨을 건 판단으로 한 시대를 움켜잡았던 드라마 같은 실록은 오늘 날 정치가나 CEO 및 조직의 리더들에게 성공이란 지혜를 제공할 것이다.

십팔사략(전8권 세트)/천승세 평역/정가 120,000원

녹정기(전12권 세트)
김용 지음/정가 168,000원

천룡팔부(전10권)
김용 지음/정가 140,000원

소오강호(전8권)
김용 지음/정가 112,000원

기획/디자인에서 인쇄/제본/후가공까지 **원스톱!**

이제 출판도 **필요한 만큼만 인쇄**하는 POD System!!!

인쇄비용+재고비용의 획기적 절감과 환경보호를 위한 첫걸음입니다.

맞춤소량인쇄
Publish On Demand

모든것이 가능하다! 피오디가 답이다!

- **저렴한 비용!**
  필요한 만큼만 만들고, 원하는 만큼만 만들자!
- **신속한 제작!**
  주문과 동시에 생산시작! 기다리지 말자!
- **무재고 실현!**
  창고비, 유지비, 관리비 등 재고를 유지하기 위한 비용 걱정 끝!!
- **친환경 동참!**
  환경까지 생각하는 일조이조의 시스템

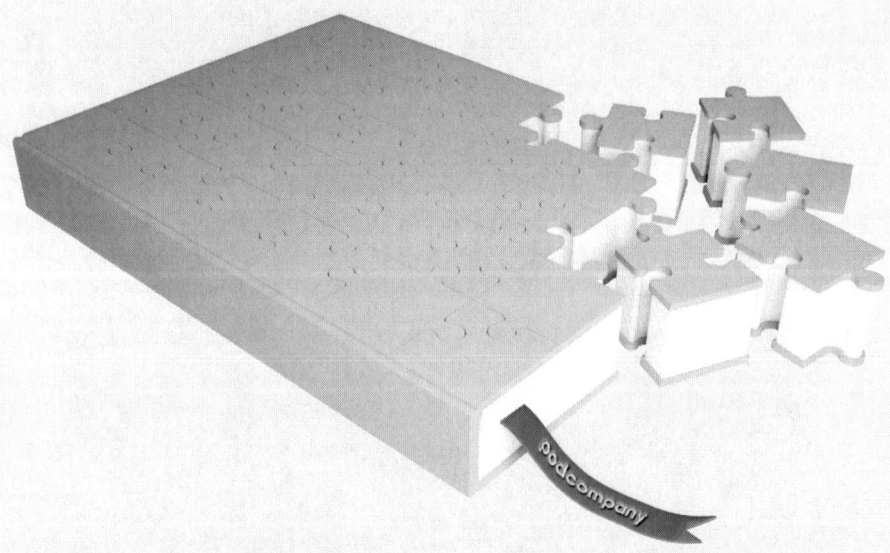

디지털인쇄 · 출판 · 제본 · 편집 · 디자인 전문기업

디지털인쇄공방 (주)피오디컴퍼니 www.podcompany.kr
T. 02-715-0213   F. 02-715-0216   E-mail. podcompany1@gmail.com
Webhard www.webhard.co.kr (id : podcompany pw : 0213)